JULIA ROGASCH

Winterzauber in der kleinen Teestube am Meer

Ein Sylt-Roman

Ullstein

Besuchen Sie uns im Internet:
www.ullstein.de

Originalausgabe im Ullstein Taschenbuch
1. Auflage Oktober 2021
4. Auflage 2022

Umschlaggestaltung: zero-media.net, München
Titelabbildung: © FinePic®, München
Gesetzt aus der Quadraat Pro powered by pepyrus.com
Druck- und Bindearbeiten: CPI books GmbH, Leck
ISBN 978-3-548-06547-2

Meinen Herzensmenschen.
Meinen wundervollen Lesern.
All jenen, die an ihre Träume glauben.
Dir, denn mein Traum lebt durch dich.

1. Luise

Hinter der Autoscheibe kitzelten die warmen Sonnenstrahlen meine Haut. Für einen Moment schloss ich die Augen und genoss dieses angenehme Gefühl. Der November in Hamburg hatte meine Ansprüche dem Wetter gegenüber weit heruntergeschraubt, so grau, nasskalt und ungemütlich war er bisher. Viel Hoffnung, dass es im hohen Norden anders sein würde, hatte ich mir bis vor wenigen Stunden nicht gemacht. Dabei hatte ich mich offenbar geirrt. Ich konnte mich nicht erinnern, wann ich zu dieser Zeit zuletzt von einem so freundlichen Wetter auf der Überfahrt nach Sylt empfangen worden war. Ich kam mir vor wie auf einer Zeitreise aus dem November heraus in einen goldenen Oktober. Ich freute mich darüber, dass ich sogar eine Sonnenbrille benötigte. Die Sonne strahlte vom kristallklaren Himmel, dessen Blau keine Wolke störte, und ließ das Wattenmeer wie tausend glitzernde Edelsteine funkeln. Der Autozug rollte durch das sanft an den Hindenburgdamm plätschernde Wasser, und mit jedem Kilometer stieg die Vorfreude auf meine Heimatinsel.

Ich reiste in jedem Jahr um diese Zeit nach Sylt, um meinen Eltern rund um die Weihnachtsfeiertage in ihrer Teestube unter die Arme zu greifen. In diesem Jahr war es ein wenig anders. Ich würde meine Eltern vertreten, weil diese zu einer Kur aufbrechen wollten. Deshalb war ich früher als sonst hier und wollte auch länger bleiben. Ich hatte meinen Job im Marketing eines Reiseunternehmens so organisiert, dass ich längerfristig von Sylt aus meine Arbeit erledigen konnte. Für die Zeit kurz vor Weihnachten und über die Feiertage nahm ich mir jedes Jahr sowieso Urlaub, so auch diesmal.

Eine Freundin, die sich gerade von ihrem Freund getrennt hatte, war dankbar gewesen, als ich ihr anbot, meine Wohnung für die Zeit, in der ich auf Sylt sein würde, zu nutzen. Da sich auch bei ihr die Suche nach einer neuen Bleibe sicher ein wenig hinziehen würde, profitierten wir beide. Auch wenn ich in Hamburg nur zwei Zimmer bewohnte, kosteten mich diese im Monat einen nicht unerheblichen Betrag. Meine Freundin wollte die Miete für die Dauer der Nutzung übernehmen, was wunderbar passte.

Bei allem Respekt vor der Aufgabe, das *Kliffstübchen* eine Zeit lang im Auftrag meiner Eltern zu führen, weckte diese Herausforderung auch prickelnde Euphorie bei mir. Sylt verströmte in der Weihnachtszeit ein ganz besonderes Flair. Die urigen Friesenhäuser waren liebevoll geschmückt, und in den Gärten und Vorgärten leuchteten unzählige Lichter. Windlichter in den Butzenfenstern flackerten und strahlten eine behagliche Wärme aus. In den Restaurants und Cafés der Insel fand man sich ein zu gemütlichen Stunden, in denen man fröhlich beisammensaß und bei gutem Essen und leckeren Getränken gemeinsam die Vorfreude auf die besinnlichen Weihnachtsfeiertage und den Jahreswechsel genoss.

Ich kuschelte mich beim Gedanken an den Kachelofen in der kleinen Teestube weiter in den Autositz und nippte an meinem Becher Coffee to go, den ich mir vor der Abfahrt in Niebüll gekauft hatte. Voller Vorfreude dachte ich an Friesentee und den Duft frisch gebackener Kekse und Kuchen. Die zufriedenen Gesichter unserer Gäste waren jedes Jahr die Bestätigung dafür, dass meine

Eltern die richtige Entscheidung getroffen hatten, in ihrer Teestube traditionelle Speisen und Getränke anzubieten und auf Individualität und Ursprünglichkeit zu setzen.

Auf Sylt wohnte ich im Haus meiner Eltern, in dem sich auch die Teestube befand. Darüber lagen mein ehemaliges Jugendzimmer und das meiner Schwester Marie. Die Räume wurden mittlerweile als Gästezimmer für die Familie genutzt. Im Nachbarhaus lebte heute noch meine Großmutter, von der meine Eltern einst das *Kliffstübchen* übernommen hatten, bevor meine Schwester Marie eingestiegen war in unser Familienunternehmen.

Wehmütig ließ ich den Blick über das Meer schweifen und dachte an Marie. Ich sah sie mit einem stolzen Leuchten in den Augen vor mir stehen, an dem Tag, als sie mir erzählte, dass sie die Teestube weiterführen wollte. Es war ihr Herzenswunsch gewesen, aber es war nicht nur das, was für ihr Strahlen sorgte. Sie wusste, dass sie mit ihrer Entscheidung meiner Großmutter und meinen Eltern eine große Freude machte. Aber auch mir, die damit nicht länger vom schlechten Gewissen geplagt wurde, weil ich lieber die Insel verlassen und die Welt erkunden wollte. Für meine Eltern war das in Ordnung. Sie hatten uns Töchter niemals dazu zwingen wollen, den Betrieb zu übernehmen. Aber der Gedanke, dass es auch dann weitergehen würde, wenn sie einmal nicht mehr selbst in der Teestube stehen könnten, beruhigte sie dennoch, und die Freude war spürbar.

Vor allem meine Großmutter konnte die Erleichterung darüber, dass ihr Lebenswerk fortgeführt wurde, nie verbergen. Mir kam es vor, als habe sie Marie seit dem Tag, als sie sich für eine Zukunft in der Teestube entschied, nahezu vergöttert. Es war okay für mich, weil ich Marie ebenso über alles liebte und wusste, dass es ihr Traum war, das *Kliffstübchen* zu übernehmen. Für mich war es die Chance gewesen, mich aus dem Familienbetrieb auszuklinken, um meine eigenen Pläne für die Zukunft zu verfolgen.

Es war eine Zeit lang alles genau so perfekt. Ich reiste kurz vor Weihnachten an, um die Festtage gemeinsam mit meiner Familie auf Sylt zu verbringen, bevor ich wieder zum Studium nach Hamburg fuhr und von dort aus, wann immer es möglich war, die Welt bereiste. In meiner Wahlheimat studierte und feierte ich oder lernte mit Freunden neue Restaurants, Cafés und Bars kennen. Einige Jahre später nach dem Abschluss meines BWL-Studiums fasste ich in meinem Job im Marketing eines Reiseunternehmens Fuß und ging darin auf. Seitdem lebte ich in der Hansestadt, wo auch die Firma war, für die ich arbeitete.

Wenn ich in den letzten Jahren um die Weihnachtszeit nach Sylt gekommen war, hatte ich immer nur unterstützend mitgearbeitet. Dieses Mal war es anders, denn für einige Wochen würden nur meine Oma, Franka, die Mitarbeiterin der Teestube, und ich allein sein. Ich spürte zwar bei jedem Zusammentreffen die Blicke meiner Großmutter, die mir auch ohne Worte zu verstehen gaben, was sie von meinem Lebensstil hielt, hatte aber ein unschlagbares Talent entwickelt, darüber hinwegzusehen und mir diese Blicke nicht zu Herzen zu nehmen. Meine Eltern halfen mir dabei, indem sie immer hinter mir standen und mir nie einen Vorwurf machten, sondern den Rücken stärkten. Auch nachdem meine zwei Jahre ältere Schwester Marie mitten aus dem Leben gerissen worden war, als sie bei einem schrecklichen Brand im *Kliffstübchen* starb, kam nie die Forderung meiner Eltern, sie in der Teestube zu ersetzen. Dabei standen sie zu diesem Zeitpunkt vollkommen neben sich, und ich hätte verstanden, wenn sie von mir verlangt hätten, auf Sylt zu bleiben. Der Tod meiner Schwester war für uns alle ein Schock und traf unsere Familie wie ein gewaltiges Erbeben. Das war drei Jahre her, und noch immer zog sich bei der Erinnerung an diese Zeit mein Herz krampfhaft zusammen. Meine Großmutter war wie verbittert seit diesem Ereignis, es fiel ihr schwer, den Verlust ihrer geliebten Enkelin zu akzeptieren. Und obwohl sie es nie aussprach, wusste ich, dass sie erwartete, dass ich nun Maries Lebenstraum und den der Familie fortführte und das *Kliffstübchen* übernahm.

Ich seufzte bei dem Gedanken daran, dass meine Oma Inga und ich nun einige Zeit miteinander auskommen mussten. Ich hoffte, dass sie in diesem Jahr womöglich erstmalig ihren Groll gegen mich ablegen könnte. Schließlich war ich, ohne lange zu zögern, sofort bereit gewesen, meinen Eltern zu helfen und einzuspringen. Und auch, wenn ich mich auf meinen Einsatz in der Teestube freute, ahnte ich, dass mir diese Zeit deutlicher denn je vor Augen führen würde, wie schwer die Lücke, die meine Schwester hinterlassen hatte, zu füllen war.

Meine Gedanken wanderten zu der letzten Nachricht von Marie an mich, die mich kurz vor ihrem Tod erreicht hatte. Sie schrieb ganz euphorisch, dass sie mir unbedingt etwas erzählen wollte, bevor es alle anderen erfahren sollten. Ich hätte so gerne erfahren, was es war, was sie zu berichten hatte. Leider hatte sie das mit ins Grab genommen. Meinen Eltern hatte ich nie davon erzählt. Ich hatte Sorge, dass es sie womöglich sonst auch noch belasten würde, nicht erfahren zu haben, was Marie damit gemeint haben könnte. Mir ging es ja auch so, dass ich immer wieder darüber nachdachte, was es gewesen sein könnte, was sie mir erzählen wollte. Es waren vor allem die Erinnerungen an Marie, die neben all der Vorfreude auf Sylt auch für meine Grübeleien sorgten. Hier wurde mir immer deutlich bewusst, wie sehr mir meine über alles geliebte Schwester fehlte.

2. Moritz

Wenigstens gab Sylt sich Mühe und bereitete mir für eine Anreise im Winter einen nahezu spätsommerlichen Empfang. Ich hatte schon befürchtet, dass der Wetterumschwung mir aufs Gemüt schlagen würde und direkt für eine Erkältung sorgte, so sehr hatte ich die Wärme der Kanaren in den letzten Tagen genossen. Aufgetankt mit sonnigen Stunden, schönen Erinnerungen und den Kopf voller Ideen, kehrte ich auf meine Heimatinsel zurück.

Es fühlte sich nach Jahren zum ersten Mal wieder richtig an, hier zu sein. Die Freude meiner Eltern war überbordend, als ich ihnen vor ein paar Tagen am Telefon mitteilte, dass ich entschieden hatte, in der nächsten Zeit nach Sylt zu kommen. Auf ein Datum legte ich mich bewusst nicht fest. Im Nachhinein ärgerte ich mich aber über den Verlauf unseres Gespräches. Unser Telefonat endete dann nämlich doch wie immer im Streit, weil meine Mutter nicht verstehen wollte, warum ich überlegte, mir erst einmal eine Ferienwohnung zu nehmen, statt bei uns im Hotel zu wohnen. Aber ich hatte schon damit gerechnet, dass es nicht plötzlich rundherum harmonisch zwischen mir und meinen Eltern laufen würde.

Meine Mutter meinte es gut, das wusste ich. Aber sie musste akzeptieren, dass ich alt genug war, Entscheidungen zu treffen, und diese auch nicht ständig rechtfertigen wollte. Von meinem

Vater war ich ja gewohnt, dass er sehr häufig meinen Ideen gegenüber kritisch war. Meine Mutter arrangierte sich meistens damit, dass wir manchmal anderer Meinung waren, und hörte mir zu, um auch im Zweifelsfall zwischen meinem Vater und mir zu vermitteln. Ich war nun einige Zeit meinen Weg gegangen, der nicht hier auf Sylt entlangführte, sondern mich mehrere Orte auf der Welt hatte besuchen lassen. Rund drei Jahre lang war ich kreuz und quer durch verschiedene Länder gereist, hatte die unterschiedlichsten Hotels und gastronomischen Betriebe gesehen. Ich hatte mir mein Bild davon gemacht, wie ich mir meine Zukunft vorstellte. Dabei war ich stets meinem Herzen gefolgt und würde es weiter tun. Würden meine Eltern das nicht einsehen, hatte ich beschlossen, schnellstmöglich das Weite zu suchen. Auch aus diesem Grund schätzte ich ein eigenes Zimmer auf der Insel. Es war längst nicht gesagt, dass ich mich nach Jahren, die ich unterwegs gewesen war, hier schlagartig wieder wohlfühlen würde.

Der Zug rollte in Westerland ein, und ich wollte erst einmal meinen Freund Cay in seinem Bistro besuchen.

Über Social Media hatte Cay meine Reisen verfolgt. Ich hatte etliche Fotos gepostet von Bars und Restaurants aus aller Welt, in denen ich Produkte gesehen und Inspirationen gesammelt hatte, wo ich an ihn und sein Bistro gedacht hatte. Wir hatten immer mal telefoniert, und diese lockere Verbindung in meine Heimat hatte mir Halt gegeben, wenn ich mich einsam fühlte. Sosehr ich es liebte, durch die Weltgeschichte zu reisen, so allein war ich in manchen Momenten. Gerade wenn die Erinnerungen wieder wach wurden und mich nächtelang nicht schlafen ließen, hatte ich mir einen Menschen an der Seite gewünscht, der mich in den Arm genommen, mir zugehört oder mir aufmunternd auf die Schulter geklopft hätte. Aber diesen Menschen hatte ich auf meinen Reisen nicht getroffen. Vielmehr war ich immer wieder mir selbst begegnet. Das war es zwar auch, was ich mir von dieser Zeit erhofft hatte, dennoch waren es keine leichten Begegnungen.

Ich seufzte und wählte Cays Nummer.

»Hi, mein Bester! Wie geht es dir?«, erkundigte ich mich.

»Moritz! Wie schön, von dir zu hören. Mir geht's super, und dir? Wo in der Weltgeschichte treibst du dich denn gerade herum? Bist du noch auf den Kanaren?«, antwortete er offenbar bester Laune.

Ich schmunzelte. »Um genau zu sein, bin ich wenige Kilometer entfernt vom weltbesten Bistro am Meer. Es bietet die leckersten Pommes und das beste belgische Bier vor traumhafter Kulisse.«

»Klingt gut. Schade, dass ich hier so schwer wegkomme. Ich bin überzeugt, du würdest mir viele Plätze auf diesem Erdball zeigen, die mir ganz neue Welten eröffnen könnten.«

»Cay, das habe ich vor, allerdings nicht heute. Passt es dir, wenn ich in gut 15 Minuten vorbeikomme?«

Erst war es still, bis ein ungläubiges Lachen ertönte. »Ich glaub's ja nicht! Aber so was von!«

»Alles klar. Dann bis gleich«, verabschiedete ich mich und legte auf.

Ich kam den Weg entlang und ging auf die Holzhütte direkt hinter der Düne am Strand von Wenningstedt zu. Wind zerrte an den Fahnen, die vor dem Bistro standen, und Sandverwehungen umrandeten die Tür und die Strandkörbe vor dem Häuschen.

Ich trat ein, und sofort zog mir der Duft verschiedener leckerer Speisen in die Nase. Es roch nach Steak und frischen Pommes.

Das Bistro war dezent, aber gemütlich dekoriert. Dicke Kissen und schwere Windlichter mit Kerzen darin sorgten für Behaglichkeit. Von den Decken hingen einige Treibholzstücke an Tauen, von denen vereinzelt silberne Kugeln herunterbaumelten.

»Moritz, du Verrückter! Warum hast du nicht Bescheid gesagt, dass du nach Sylt kommst!« Cay kam mit weit geöffneten Armen auf mich zu und strahlte. Wir umarmten uns, und schlagartig fühlte es sich an, als sei ich nie weg gewesen.

»Schön, wieder hier zu sein. Kaum kommt man auf Sylt an, weiß man wieder, was einem gefehlt hat.«

»Hab ja immer gesagt, dass man gar nicht von hier wegmuss, so schön ist es auf Sylt.« Cay hob die Schultern und grinste. Dann deutete er auf einen Tisch und ging wieder hinter den Tresen. Zurück kam er mit zwei Bier. Hier servierte man Bier in Weingläsern, was ich schon immer besonders fand.

»Alkoholfrei. Ich gehe davon aus, du bist mit dem Auto da?«

»Danke dir«, erwiderte ich und hob das Glas. »Auf die Heimat!«

»Dann bleib jetzt aber auch, mein Freund. Hast mir hier ganz schön gefehlt.«

»Wenn ich deine Fotos immer so sehe, muss ich zugeben, dass solche Reisen ganz sicher den Horizont erweitern. Klasse, dass du das gemacht hast.«

»Ich will die Zeit nicht missen, ja«, gab ich zu.

»Sorry, falls mich das nichts angeht, aber auf deinen Fotos habe ich leider nie eine Frau entdeckt?« Er grinste, und ich musste lachen.

»Leider nicht. Auf meinen Reisen habe ich zwar einige Bekanntschaften gemacht, aber keine war von wirklich langer Dauer.« Resigniert hob ich die Schultern. »Aber ich war ja auch nicht auf der Suche und immer unterwegs. Vielmehr wollte ich Abstand von allem bekommen.«

»Und, ist dir das gelungen? Ich könnte mir vorstellen, dass man manchmal eher unsanft mit sich selbst konfrontiert wird, wenn man so viel allein unterwegs ist?«, bemerkte Cay.

Ich nickte. »Mehr, als einem lieb ist«, bestätigte ich meinem Freund. »Aber glaub mir, das hat mir letztlich die Augen geöffnet.«

»Bist du deswegen zurück nach Sylt gekommen?«

»Auch. Ich habe großartige Dinge gesehen, von denen man einige hier auf Sylt adaptieren könnte. So, wie ich in allen Restaurants Fotos für dich gemacht habe, so habe ich auch für mich und das Hotel ein paar Ideen mit nach Hause genommen, die es wert sind, zumindest angedacht zu werden.«

»Klingt gut. Willst du mehr erzählen?«

»Bisher sind es alles nur Ideen. Jetzt muss ich mich hier erst einmal wieder umschauen. Irgendwie bin ich in den letzten Jahren nicht nur räumlich weit weg gewesen.« Ich lächelte, und Cay grinste zurück.

»Was auch immer dich zurückgeführt hat, ich freue mich und bin gespannt, wie lange es dich hier hält.« Er zwinkerte vielsagend, und ich hob eine Augenbraue. »Wer weiß das schon?«

Cay erzählte mir, dass er aktuell überlegte, neben dem Bistro auch eine Weinbar zu eröffnen.

»Das finde ich super. Eine Weinbar in Keitum wäre in vielerlei Hinsicht hervorragend. In meinen Zukunftsplänen steht jedenfalls ganz sicher auch viel Freizeit, in der ich das Leben genießen will.« Ich lachte.

»Verstehe. Apropos Keitum: Wohnst du wieder in deiner Wohnung oder bei deinen Eltern? Sicher gibt's ja auch immer freie Zimmer im Hotel, oder?«

Ich hob die Augenbrauen und stieß Luft durch die Lippen aus.

»Sie müssen sich doch unwahrscheinlich gefreut haben, dass du zurückkommst«, überlegte Cay weiter.

Zögerlich presste ich die Lippen aufeinander. »Ich habe ihnen erst vor ein paar Tagen Bescheid gesagt, dass ich komme, und ihnen auch kein genaues Datum genannt.«

Ein erstaunter Blick traf mich. »Okay«, kam es gedehnt von Cay.

»Ich wollte die Hintertür, es mir doch noch anders überlegen zu können, bis zum letzten Tag offenhalten. Du kennst mich.« Entschuldigend grinste ich. »Außerdem wären sie sofort in Panik verfallen, weil meine Wohnung nicht fertig ist. Sie wird nämlich aktuell renoviert. Aber das ist in Ordnung für mich, ich wollte sowieso gerne erst mal woanders wohnen. Nur weißt du ja, wie meine Mutter tickt.« Ich rollte mit den Augen. »Hätte sie gewusst, dass ich in Kürze wieder nach Sylt kommen würde, hätte sie alle Handwerker der Insel zusammengetrommelt, um meine Wohnung schnellstmöglich fertigzustellen.« Ich lachte. »Das wollte ich nicht. Das hätte mich irgendwie unter Druck gesetzt, und deshalb habe ich niemandem Bescheid gesagt, wann ich wiederkomme.«

»Okay, verstehe.« Cay nickte. Er nahm es mir nicht übel, dass ich auch ihn nicht informiert hatte, er kannte mich halt. »Aber wo wohnst du dann?«

»Noch habe ich keinen Plan«, erklärte ich achselzuckend.

»Wenn du nichts findest, baue ich dir ein Bett bei mir auf.« Cay grinste. »Für den Fall, dass du echt nicht im Hotel oder bei deinen Eltern einziehst.«

»Danke. Vielleicht komme ich drauf zurück.«

Wir unterhielten uns noch eine Weile, und gut gelaunt machte ich mich auf den Weg nach Keitum. Bevor ich zu meinen Eltern fuhr, erkundigte ich mich in zwei Pensionen nach einem Zimmer. Leider blieb meine Suche nach einer langfristigen Übernachtungsmöglichkeit erfolglos. Zumindest fand ich in Keitum aber eine Bleibe für die nächsten zwei Nächte. Zu müde, noch weitere Hotels oder Ferienwohnungen abzuklappern, entschied ich, zunächst die zwei Übernachtungen dort zu buchen und dann weiterzuschauen, wo ich wohnen würde.

Wie ich es erwartet hatte, war meine Mutter vollkommen aus dem Häuschen, als ich am Abend im Hotel aufschlug. Zwischen der Freude darüber, dass ich zurückgekommen war, und der Enttäuschung, dass ich sie nicht informiert hatte, dass ich heute schon hier sein würde, flossen einige Tränen.

Mein Vater, der noch immer damit haderte, dass ich mir vor drei Jahren die Auszeit genommen hatte und auf Reisen gegangen war, gab mir auch ohne viele Worte zu verstehen, dass bei ihm die Enttäuschung gegenüber der Euphorie noch immer überwog. Als meine Mutter für ein Telefonat den Raum verließ, nutzte ich die Zeit, um mit ihm zu sprechen.

»Papa, ich weiß, dass nicht alle Entscheidungen, die ich getroffen habe, in deinem Sinne waren. Aber glaub mir, ich habe mir diese auch nicht leicht gemacht und habe meine Gründe gehabt. Ich hoffe jetzt, dass du dich trotzdem freust, dass ich wieder hier bin. Und wenn du es willst und wir wieder einen Weg zueinander finden, gibt es vielleicht auch eine gemeinsame Zukunft für uns im Unternehmen.«

Mein Vater bedachte mich eines Blickes, der alles bedeuten konnte. Ich konnte nicht sagen, was hinter seiner Stirn geschah. Aber ich vermutete, dass ich in seinen Augen tatsächlich etwas wie einen Hauch von Freude darüber erkannte, dass ich zurückgekommen war und sogar eine Zusammenarbeit im Hotel in Betracht zog, was lange nicht der Fall gewesen war. Dass es nicht mein Plan war, an seiner Seite in die Unternehmensführung einzutreten, sagte ich noch nicht.

»Mein Sohn, schön, dass du wieder hier bist.« Ein Lächeln zog sich über das nachdenkliche Gesicht meines Vaters, und ich erkannte mich selbst darin. In so vielen Momenten hatte ich vor dem Spiegel gestanden und mich gefragt, wie es weitergehen könnte, wenn ich nach Sylt zurückkehren würde. Und auch wenn ich einige Zeit gebraucht hatte, bis ich den Mut gefunden hatte, die Heimreise zu wagen, so war es mir dennoch gelungen, diesen ersten Schritt zu gehen.

In diesem Moment öffnete sich die Tür, und mein Blick ging zu meiner Mutter, deren Herzlichkeit nicht zuletzt das Band zu meinen Eltern immer hatte bestehen lassen. Trotz all der Streitigkeiten zwischen meinem Vater und mir, die von gegenseitiger Enttäuschung und Unverständnis geprägt waren. Sie hatte respektiert, dass nicht alle meine Entscheidungen dem entsprachen, was mein Vater sich für mich gewünscht hatte, und mir zu jeder Zeit den Rücken gestärkt.

»Willst du heute Abend mit uns essen?«, fragte meine Mutter, und ich nickte.

»Sehr gerne. Darf ich euch einladen?« Erwartungsvoll schaute ich von meiner Mutter zu meinem Vater.

Dieser winkte ab. »Hier ist so viel zu tun«, wollte er gerade ausweichen, da erntete er einen bösen Blick meiner Mutter. »Aber entscheidet ihr«, fügte er dann hinzu.

»Ich reserviere mal einen Tisch. Lasst euch überraschen. Ich hole euch gegen 19 Uhr ab.«

Meine Mutter nickte zufrieden, und ich verabschiedete mich und fuhr zur Pension.

3. Luise

Der Zug ruckelte Richtung Morsum, wo ich das erste reetgedeckte Haus entdeckte. Nun war ich offiziell auf Sylt angekommen. Weiter ging es an Keitum vorbei. Hier hätte ich direkt den Zug verlassen können, da dies mein Heimatort war und hier das Haus meiner Eltern lag.

Weil ich aber auf dem Autozug stand, fuhr ich weiter bis Westerland und konnte es kaum erwarten, in Richtung des Kapitänsdorfes aufzubrechen. Keitum war mein Herzensort und würde es immer bleiben, auch wenn ich zwischenzeitlich im Rahmen meines Jobs so viele traumhafte Orte der Welt bereisen durfte.

Nur einen Platz in Keitum mied ich. Es war der Friedhof, wo mit meiner Schwester Marie ein Teil meines Herzens begraben lag. Mir gelang es bis heute nicht, ihre Ruhestätte zu besuchen.

Ich seufzte und konzentrierte mich zur Beruhigung auf das Atmen, was immer schnell wirkte und meine trüben Gedanken für den Moment wegzauberte.

Eine ähnliche Wirkung hatte das Watt an der Keitumer Ostseite.

Ich freute mich schon darauf, als ich nun den Autozug verließ.

Es war fast schon zu einem persönlichen Ritual geworden, dass ich, bevor ich zum *Kliffstübchen* fuhr, einmal hinunter zum Watt ging.

Auch heute lenkte ich meinen Wagen zunächst im Kreisel am Ortseingang von Keitum geradeaus, um der Straße zu folgen und erst einmal bis weit durch den Ort zu fahren, bis ich links abbog. Hier ging es zu einem Parkplatz, an dem ich mein Auto abstellen konnte und in wenigen Schritten am Meer war.

Ich parkte und warf einen Blick auf das Hotel, welches direkt am Watt lag. Das Hotel gab es schon viele Jahre. Es war aber in den letzten Monaten renoviert und deutlich vergrößert worden. Ich erinnerte mich, dass es bisher nicht ganz an die Straße grenzte, die am Watt entlangführte. Jetzt aber zog sich das neue Resort weit an diesem Weg entlang, und etliche Häuser waren zu dem Haupthaus hinzugekommen.

Die Lage war unschlagbar, und schon von außen erkannte ich, dass das Hotel nicht nur eine großartige Umgebung vorzuweisen hatte, sondern auch durch hochwertige Ausstattung und Großzügigkeit der Anlage punkten konnte. Die teuren Automarken auf dem Parkplatz ließen auf eine entsprechende Klientel schließen.

Ich stand einen Moment lang da und blickte verträumt in die Ferne, als ein Auto neben mir hielt.

»Frau Wellendorf«, klang eine freundliche Stimme aus dem Beifahrerfenster, welches heruntergelassen wurde. »Wie schön, dass Sie auch auf Sylt sind!«

Freudig stellte ich fest, dass eine ältere Dame im Auto saß, welche seit Jahren zu unseren Stammkunden zählte.

»Frau Menke«, begrüßte ich die Frau. Ich beugte mich ein wenig vor und entdeckte auf dem Fahrersitz auch ihren Mann. »Hallo, Herr Menke, ich freue mich, Sie beide wiederzusehen. Geht es Ihnen gut?«

Sie deutete in Richtung des Hotels. »Und wie! Wir haben dieses traumhafte Resort für uns entdeckt. Das Hotel gibt es ja schon länger, aber nach dem Umbau ist es echt ein besonderer Gewinn für den Ort. Wir wollen unser Apartment darin keinen Tag mehr missen. Geht es Ihnen gut?«

»Das klingt wunderbar. Danke, ja. Ich bin gerade auf der Insel angekommen, und mein erster Weg führte mich hier ans Watt. Ich liebe es einfach. Ich werde nun ein paar Wochen hier sein. Vielleicht sehen wir uns ja in der Teestube. Ich würde mich wirklich sehr freuen.«

»Wir schauen ganz bestimmt bei Ihnen vorbei. Wir wollen dieses Jahr erst mal über die Festtage hierbleiben. Unsere Kinder feiern mit ihren Familien und haben uns diesen Aufenthalt hier geschenkt.« Sie hob vielsagend die Augenbrauen. »Glauben Sie mir, es ist nicht leicht, wenn die Kinder so weit von der Heimat entfernt leben.« Bedauernd hob sie die Schultern. »Natürlich lassen wir sie ziehen. Aber das erste Weihnachtsfest ohne die Kinder, das ist schon schwierig. Da müssen wir das Beste draus machen.« Nun lächelte sie wieder. »Wir wollen Sie nicht länger aufhalten. Auf bald!« Sie winkte, ich verabschiedete mich von unseren Stammgästen und schaute dem Wagen hinterher, der auf das Gelände des Hotels einbog.

Ich lief einen Schotterweg hinunter zum Watt, und bereits nach wenigen Schritten sorgten die klare, kühle Luft, der seichte Wind und die Ruhe an diesem Ort für eine Art der Entschleunigung, wie sie nur dieser Insel gelang.

Am Wasser angekommen, atmete ich tief durch, schloss für einen Moment die Augen und lauschte den Geräuschen der Natur. Einige Seevögel waren zu hören. Um diese Zeit traf man hier neben Möwen auch auf einige Enten, die im Watt nach Muscheln und Würmern suchten. Untermalt wurden die Laute der Tiere vom Rauschen des Schilfgrases.

Ich öffnete die Augen wieder und blickte über die Priele. Es herrschte Ebbe. Das Meer hatte sich gerade zurückgezogen. Mir kam es so vor, als erlebte ich die Insel im Winter besonders intensiv. Die Stille war magisch, die Temperaturen schneidend kalt und rau. Dennoch taten sie der Atmosphäre keinen Abbruch. Ich liebte Sylt zu dieser Jahreszeit für seine charmant-schroffe Art, zu der auch das unbeständige Wetter gehörte.

Ich dachte an lange Spaziergänge und Aufwärmen am Ofen. Dazu eine selbst gemischte Teesorte mit Sahne und Kandis. Im besten Fall hatte Oma frischen Kuchen oder Kekse gebacken.

Ich ging einige Hundert Meter am Watt entlang, um dann bald umzukehren. Ich freute mich darauf, meine Eltern zu sehen. Sie würden schon am nächsten Tag zu ihrer Kur auf Rügen aufbrechen, sodass wir den einzigen gemeinsamen Abend heute genießen wollten. Meine Mutter hatte mir verraten, dass sie in meinem Lieblingslokal in Keitum einen Tisch reserviert hatte. Ob meine Oma auch dabei sein würde, wusste ich nicht.

Gerade vor dem Hintergrund der leisen und einsamen Umgebung machte mich die Vorstellung, ab morgen allein mit ihr in der Teestube zu sein, doch unruhig. Die Abende auf Sylt waren lang, weil es früh dunkel wurde. Wenn das *Kliffstübchen* schloss, würde ich an einigen Tagen noch arbeiten müssen, weil ich nicht für die gesamte Zeit, die ich hier sein wollte, Urlaub bekam. Das war einerseits gut, weil es mich ablenkte. Andererseits war es für mich auch eine neue Erfahrung, so viel allein zu sein mit mir selbst.

In Hamburg traf ich mich unter der Woche mit Freunden und war am Wochenende gemeinsam mit ihnen unterwegs. Wir gingen zum Shoppen in die Innenstadt, unternahmen Ausflüge ins Hamburger Umland oder brachen auf zu Wellness-Trips an die Ostsee. Weil ich aktuell Single war, verbrachte ich die meiste Zeit mit meinen Freundinnen im Hamburger Großstadttrubel. Ich seufzte, hatte ich als einzige Freundin auf Sylt doch früher immer nur meine Schwester gehabt und den Rest vernachlässigt, als sich mein Freundeskreis nach Hamburg verlagert hatte.

Aber nun wollte ich mich nicht weiter verrückt machen, sondern erst mal alles auf mich zukommen lassen.

Vor der Teestube angekommen, fiel mir gleich die weihnachtliche Dekoration auf. Meine Mutter steckte viel Herzblut in das Herausputzen des *Kliffstübchens* in der Weihnachtszeit. Es dämmerte nun bereits, sodass die Beleuchtung ihre Wirkung nicht verfehlte.

Im Vorgarten stand ein alter Brunnen, dessen Reetdach, das zum Dach der Teestube passte, aufwendig mit Lichterketten verziert war. Auch dort, wo sonst Wasser sein könnte, flimmerten unzählige Lichter.

Die weiß-grüne Tür unter dem Schild, auf dem in großen blauen Buchstaben *Kliffstübchen* stand, war umrahmt von einer Girlande aus Tannengrün mit roten Schleifen und Kugeln darin. In der Mitte der Tür hing ein imposanter Kranz. In zwei großen Steinkübeln neben der Eingangstür standen Buchsbäume, die mit etlichen kleinen Lichtern gespickt waren.

In den Fenstern flackerten beige Kerzen in großen Windlichtern. Vor dem weißen Holztor am Eingang zum Außenbereich der Teestube standen links und rechts Tannenbäume, die ebenso mit Lichterketten und Schleifenband ausgerüstet waren. Auf den rustikalen Holzbänken im Garten standen Sterne aus Ton in verschiedenen Größen. Dazu grasten auf dem Rasen zwei Rehe, aus Lichtschläuchen und Draht geformt, vor einem Baum, der ebenso hell angestrahlt wurde.

Staunend bewunderte ich die eindrucksvolle Dekoration, als meine Mutter bereits aus der Tür kam und auf mich zustürmte.

»Luise, mein Schatz!« Sie umarmte mich und drückte mich fest an sich. »Wie sehr ich mich freue, dass du da bist!«

»Mama, du hast dich ja mal wieder selbst übertroffen«, staunte ich und erwiderte die Umarmung. »Ich freue mich auch so sehr, hier zu sein«, begrüßte ich sie. »Du bist ja ganz schmal geworden«, stellte ich mit traurigem Blick fest.

Meine Mutter wich diesem aus und winkte ab. »Wir futtern uns jetzt ein paar Wochen lang wieder kugelrund.« Sie lachte leise.

Mit schief gelegtem Kopf schaute ich sie an. »Muss ich mir ernsthaft Sorgen machen um dich?«

Sie schüttelte zögerlich den Kopf und streichelte mir über die Wange. »Du nimmst uns jedenfalls die größte aller Sorgen ab, indem du hier die Stellung hältst. Wir können dir nicht sagen, wie dankbar wir sind.«

Ich lächelte und gab meiner Mutter einen Kuss auf die Stirn.

»Komm doch rein. Papa erwartet dich auch schon sehnsüchtig.« Sie legte den Arm um mich und schob mich sanft in Richtung Eingangstür.

Mein Vater stand mitten im Raum auf einer Trittleiter und hantierte oberhalb seines Kopfes mit einem Schraubenzieher.

»Liebes!« Er geriet ins Schwanken, als er mich sah, und ich eilte zur Leiter, um diese festzuhalten.

»Langsam! Ich bleibe ja erst mal hier und laufe dir nicht weg! Hallo, Papa!«

Ein dankbarer Blick aus den liebevollen Augen meines Vaters traf mich. Auch er sah angestrengter aus als zu dem Zeitpunkt, an dem ich ihn zum letzten Mal gesehen hatte. Aber das war nun auch schon länger her. Zuletzt war ich im September für ein paar Tage da gewesen.

»Ich wollte hier schnell die Girlande wieder befestigen, damit du nicht am Ende auch noch auf die Leiter steigst. Du wirst genug zu tun haben.«

Er werkelte weiter und stieg dann wieder herunter. Ich hielt solange die Leiter. Meine Mutter war in die Küche gegangen.

Mein Vater legte den Schraubenzieher beiseite und umarmte mich. Er war so viel größer als ich, und ich genoss es wie früher als Kind, meinen Kopf an seine Brust zu legen, mich an seinen weichen Pullover zu kuscheln und seinen vertrauten Duft zu riechen. Nichts auf der Welt ersetzte das Gefühl von Heimat. Das wurde mir immer bewusst, wenn ich bei meinen Eltern war.

»Mein Kleines, was habe ich dich vermisst!«

»Ich euch auch, Papa. Aber ich hoffe, ich kann, wenn ihr wieder zurückkommt, noch ein wenig hierbleiben, sodass wir zumindest ein paar Tage miteinander verbringen. Ich habe es von der Arbeit her so geplant, dass das theoretisch klappen sollte.«

»Das wäre wundervoll.«

»Erst mal gibt es einen Tee und was Süßes.« Mit diesen Worten und einem Tablett voller duftender Köstlichkeiten in der Hand trat meine Mutter wieder in den Gastraum.

»Mmh, wie herrlich. Das ist Heimat«, schwärmte ich und setzte mich an meinen Lieblingsplatz, eine weich gepolsterte dunkelgrüne Holzbank in einer Nische, mit Blick aus dem Fenster. An der Wand dahinter hingen Schwarz-Weiß-Aufnahmen meiner Großmutter vor der Teestube und ein Bild von ihr mit meiner Schwester, wie sie Arm in Arm vor dem Haus stehen, die Köpfe aneinandergelehnt und lächelnd. Ein weiteres zeigte meine Eltern auf genau dieser Bank, auf der ich jetzt saß.

Aktuell war der Gastraum leer. Und ich war dafür ganz dankbar, weil wir so Gelegenheit hatten, uns in Ruhe zu unterhalten.

Meine Mutter und mein Vater nahmen ebenso Platz.

»Wo ist denn Oma?«, erkundigte ich mich.

»Sie wollte sich vorhin ein wenig hinlegen. Ich vermute, sie schläft noch«, erklärte meine Mutter.

»Okay«, antwortete ich.

Ich hoffte, dass es stimmte, was sie sagte, und dass meine Großmutter nicht bewusst nicht dabei war, fragte aber nicht weiter nach.

»Seid ihr aufgeregt?« Meine Eltern fuhren so gut wie nie in den Urlaub. Wenn, dann nur für ein Wochenende, an dem ich im *Kliffstübchen* die Stellung hielt. Weil das aber mit hohem Aufwand verbunden war, erklärten sie meistens, dass ihnen Urlaub ja nicht wichtig sei, lebten sie doch auf einer Insel, wo viele andere Menschen ebendiesen verbrachten. Das stimmte natürlich, sorgte dann aber auch dafür, dass sie unterm Strich kaum zur Ruhe kamen und sich von der Arbeit erholten. Die Kur war deshalb genau richtig.

»Ach, es ist schon aufregend. Die Koffer sind gepackt, alle Listen sind geschrieben, und was mir einfiel, ist so weit im Vorfeld geplant, dass du keine Probleme bekommen solltest.« Zögerlich hob meine Mutter die Schultern. »Ich hoffe, dass wir nichts vergessen haben. Ein bisschen durch den Wind ist man ja doch, wenn man so lange unterwegs sein wird. Das sind wir einfach nicht gewohnt.« Sie presste die Lippen aufeinander und hob die Augenbrauen.

Ich lehnte mich über den Tisch und griff nach der Hand meiner Mutter. »Hey, Mama, mach dir keine Sorgen, okay? Ich habe hier alles im Griff! Oma ist im Zweifel auch da. Und Franka. Und wenn mal was sein sollte, wo ich nicht weiterweiß, kann ich ja immer noch zum Telefon greifen.«

Matt nickte meine Mutter und lächelte schief.

»Deine Mutter macht sich schon wieder total verrückt. Ich habe ihr immer wieder gesagt, dass wir keine bessere Vertretung haben könnten als dich«, sagte mein Vater und legte schützend den Arm um meine Mutter, die ihren Kopf dankbar an seine Schulter lehnte.

»Versprich mir, dass du dir Omas Launen nicht zu sehr zu Herzen nimmst, okay?« Mit besorgtem Blick schaute meine Mutter mich an.

»Daher weht also der Wind. Da sei bitte beruhigt.« Wieder drückte ich die Hand meiner Mutter. »Ich komme schon klar mit Oma!« Aufmunternd lächelte ich. Ich wusste, dass meine Großmutter tatsächlich ein schwieriger Mensch sein konnte. Vor allem mir gegenüber, dem Familienmitglied, das Sylt verlassen hatte, was in ihren Augen unverzeihlich war. Aber irgendwie würde ich hier die Zeit mit ihr allein schon meistern, und keinesfalls wollte ich, dass meine Mutter sich deswegen den Kopf zerbrach.

Meine Mutter wirkte jedoch immer noch nervös, und an der Art, wie mein Vater sie umarmte, merkte ich, dass es noch etwas gab, was sie mir sagen wollte. Sie tat sich aber sichtlich schwer damit, was mich nun beunruhigte. »Wenn ich ehrlich bin, bin ich ganz froh, dass Oma grad nicht hier ist.«

Mein Herz setzte gefühlt einen Schlag aus, und ich bekam Angst.

»Ist irgendwas nicht in Ordnung? Ist jemand von euch krank?« In Sekundenschnelle entstanden Bilder in meinem Kopf. Ich musterte meine Mutter und auch meinen Vater, die beide deutlich mitgenommener wirkten, seit ich sie zuletzt im Herbst gesehen hatte.

Zu meiner Erleichterung schüttelte mein Vater den Kopf. »Nein, mein Schatz, keine Sorge. Es ist nur die Erschöpfung, die weiterhin ein Thema ist. Aber deswegen fahren wir ja nun zur Kur. Die letzten Jahre haben ihre Spuren hinterlassen. Die Lücke, die deine Schwester hier und vor allem in unserem Herzen zurückließ, kostet uns jeden Tag viel Kraft. Das ändert sich auch nach ein paar Jahren nicht. Auch die Zeit heilt diese Wunde nicht.«

Traurig nickte ich. »Ja, mir geht es genauso. Auch wenn ich in Hamburg bin.«

Der Gedanke an Marie schmerzte. Seit ihrem tödlichen Unfall war meine Welt eine andere. Sie fehlte mir jeden Tag. Als Ratgeberin, beste Freundin und Seelenverwandte. Es gab keinen Menschen auf der Welt, dem ich meine Sorgen und Ängste bedingungsloser anvertrauen konnte als ihr. Auch jetzt redete ich oft mit ihr und erzählte ihr, was mich bedrückte. Es fühlte sich an, als sei sie immer bei mir. Wahrscheinlich, weil ich sie fest in meinem Herzen verankert bei mir trug. Ich spürte in diesen Gesprächen fast ihre Wärme und auch ihr Lächeln oder ihre herzliche Umarmung. Aber es war nicht dasselbe, denn sie war nicht mehr am Leben und antwortete mir nicht mehr.

Für meine Eltern musste es besonders schwer sein, ohne sie weiterzuleben. Überhaupt stellte ich es mir als das Schlimmste für Eltern vor, wenn das geliebte Kind verstarb. Während ich aber durch mein Leben in Hamburg ein wenig Abstand von allem hatte, war das für meine Eltern anders. Jeden Tag erinnerte sie die Teestube an den Traum ihrer Tochter, die das Familienunternehmen auf ihre einmalig warmherzige und liebevolle Art geführt hatte und damit den Lebenstraum ihrer Großmutter und die Familientradition fortführte.

»In der Zeit, in der wir mit dem Aufbau des *Kliffstübchens* zu tun hatten und es gleich wieder gut anlief, hatten wir so viel um die Ohren, dass wir kaum zur Ruhe kamen. Ein Glück, wie wir heute wissen. Ich hab mit dir ja schon darüber gesprochen.« Sie senkte den Blick. »Vor allem, als wir Zeit hatten, traf uns der Verlust mit voller Wucht. Wir dachten so viel an Marie. Als hätte die Trauer Anlauf genommen. Hier war immer so viel los, dass wir abgelenkt wurden davon. Zumindest tagsüber. An schlaflose Nächte habe ich mich längst gewöhnt.«

Ich verstand gut, was sie meinte, denn mir ging es genauso. Wäre ich auf Sylt geblieben, hätte ich mir nicht vorstellen können, wie ich die Zeit nach Maries Tod überstanden hätte. Mir halfen damals die Entfernung und der Trubel der Großstadt, die jede ruhige Minute schnell vergehen ließen.

»Wir kommen uns vor wie geschwächt. Wie verwundet. Da wirft einen plötzlich die kleinste Kleinigkeit um. Es begann damit, dass immer wieder mal etwas weniger los war und wir mehr Zeit hatten.« Meine Mutter senkte den Blick und wirkte mit einem Mal noch schmaler als zuvor. »Aber seit einiger Zeit ist es noch schlimmer geworden. Denn wir dürfen tatsächlich immer weniger Gäste begrüßen. Das führt dazu, dass es sehr oft viel zu ruhig ist hier in der Teestube. Wir kommen einerseits so viel häufiger zum Nachdenken über Maries Schicksal und darüber, wie sehr sie uns fehlt. Vor allem aber darüber, dass wir gerade daran scheitern, *das Kliffstübchen* in ihrem Sinne fortzuführen.« Bei ihren letzten Worten versagte die Stimme meiner Mutter, und sie begann zu weinen. Bestürzt sprang ich auf, lief um den Tisch herum und nahm meine Mutter in den Arm.

»Hey, Mama! Aber das stimmt nicht! Ihr meistert das alles hier ganz wundervoll, und Marie wäre jeden Tag stolz, wenn sie miterleben würde, wie ihr ihren Traum fortführt.«

Mein Vater, der meiner Mutter ebenso den Arm um die Schultern gelegt hatte, wirkte, als kämpfe auch er mit den Tränen.

»Liebes, die Konkurrenz ist groß. Wir haben zwar Glück, dass es noch immer etliche Menschen, vor allem Urlauber, gibt, die unser Angebot zu schätzen wissen und gerne unsere traditionellen Produkte genießen. Aber je häufiger wir uns umschauen, desto mehr überlegen wir, ob wir etwas verändern müssen.« Ein bedauernder Blick ging durch den Gastraum, und es schmerzte, meine Eltern so verzweifelt vor dem Hintergrund der leeren Tische zu sehen. »Schau dich um: Kein Mensch ist da. Dabei ist die Insel nicht schlecht besucht.« Traurig starrte mein Vater auf den Tisch. »Die großen neuen Hotels bieten den Leuten einfach mittlerweile so viel. Da können wir uns noch so sehr anstrengen, es wird nie daran heranreichen, was sie auffahren, um immer mehr Gäste für sich zu gewinnen. Da gibt es dann Wellness, Spa-Bereiche und Kinderbetreuung unter einem Dach mit kurzen Wegen. Wenn sie dann auch noch Cafés und Restaurants komplett in ihre Anlagen integrieren, wird es immer bequemer für die Gäste, und manche bewegen sich fast nur noch auf dem Gelände des Hotels.«

»Aber Papa, meinst du, nur das ist es, was die Menschen wollen? Ich glaube, viele suchen gerade das Individuelle, Ursprüngliche, was ihr bietet und was die Teestube so besonders macht.« Meine Stimme klang brüchig. Unser Gespräch wühlte mich auf, und der Anblick meiner traurigen Eltern brach mir das Herz.

Mein Vater hob den Blick und schüttelte ratlos den Kopf.

»Wir haben es so sehr gehofft«, sagte er dann.

»Wie sagte Marie immer? Man solle sich inmitten aller Sorgen stets auf das Gute fokussieren.« Matt hob meine Mutter die Schultern und tupfte sich mit einem Taschentuch die Tränen aus den Augenwinkeln.

»Und was wäre, wenn wir es ausprobieren und einige neue Produkte mit aufnehmen oder uns ein paar neue Sachen ausdenken? Man kann ja dann mal schauen, ob man auf diesem Wege wieder mehr Gäste in die Teestube einladen kann?«

Meine Eltern nickten. »Es wird darauf hinauslaufen, dass wir uns überlegen müssen, wie wir das Alte mit dem Neuen kombinieren.« Sie warfen sich einen vielsagenden Blick zu. »Mit dir, mein Schatz, können wir darüber reden. So, wie wir es auch mit

Marie gekonnt hätten.« Betrübt presste meine Mutter die Lippen aufeinander. »Aber deine Großmutter ist so verbohrt. Sie hat jedes Mal wie ein kleines, trotziges Kind reagiert, wenn wir versucht haben, hier ein wenig frischen Wind reinzubringen. Auch wenn letztlich die Entscheidungen über die Teestube bei uns als Eigentümern liegen, wollen wir sie nicht verärgern, weil wir wissen, was ihr das *Kliffstübchen* noch immer bedeutet. Es fällt uns so schwer, ihr ganz klar zu sagen, dass die Teestube ohne innovative Ideen kaum zu halten sein wird. Du weißt, es geht ihr seelisch manchmal nicht gut. Seit dem Tod deiner Schwester hat sie mental sehr abgebaut. Wir haben große Sorge, dass sie daran zerbricht, wenn sie erfährt, dass wir scheitern mit ihrer geliebten Teestube. Das ist immerhin ihr Vermächtnis.«

Verzweifelt schaute ich in die fahlen Gesichter meiner Eltern. »Und wie lange geht das schon so? Warum habt ihr nie etwas gesagt?«

»Es lief eigentlich bis zum Sommer alles gut. Wir konnten uns nicht beklagen. Endlich waren offene Rechnungen aus der Zeit des Brandes vollständig beglichen, und wir schrieben gute Zahlen. Aber als im August das große Hotel am Watt ganz neu umgebaut eröffnet wurde, ahnten wir nicht, was das für uns zu bedeuten hatte. Und wir können nachvollziehen, dass die Leute dorthin abwandern. Es war schon immer eine feine Adresse. Du kannst dir aber nicht vorstellen, wie wunderschön es jetzt geworden ist. Es bietet dem Urlauber einfach so viel. Vom Spa-Bereich über die verschiedenen Restaurants, in denen die Gäste der luxuriösen Zimmer und Suiten speisen können, bis hin zum Café. Das hat vor einigen Monaten eröffnet und läuft uns leider nach und nach den Rang ab.«

Erschüttert von ihren Worten und dem Anblick meiner müden Mutter, strich ich ihr über den Rücken.

»Unsere Rücklagen sind in vielerlei Hinsicht in den Wiederaufbau der Teestube geflossen. Nicht alles war durch die Zahlungen der Versicherung abgedeckt. Wenn das *Kliffstübchen* gut läuft, kommen wir halbwegs zurecht. Aber in diesen Zeiten merken wir leider jede schlechte Woche. Und von denen gab es einige. Und das, obwohl hier sonst Hochbetrieb herrschte und wir eher noch Gäste vertrösten mussten. Wir hatten mit viel höheren Einnahmen kalkuliert. Das Hotel hat uns sogar schon ein Übernahmeangebot gemacht, stell dir das mal vor. Aber das bringen wir nicht übers Herz. Niemals würde Oma uns das verzeihen. Und Marie auch nicht.«

Ich schluckte betroffen. In meinem Kopf drehte sich alles, und ich gab mir Mühe, nun gedanklich einen Schritt nach dem nächsten zu überlegen. Jetzt ging es erst mal darum, meine Eltern zu beruhigen und sie halbwegs unbesorgt in die Kur starten zu lassen.

»Mama, Papa, wir kriegen das alles hin. Vertraut mir. Nun bin ich ja erst mal da und mache mir auch einmal ein Bild. Ihr erholt euch jetzt und ladet eure Akkus auf, dann sieht die Welt schon ganz anders aus. Und macht euch auch keine Sorgen wegen Oma. Da finde ich schon einen Weg, wie wir ihr die Situation schonend beibringen und am Ende alle gemeinsam an einem Strang ziehen. Da bin ich mir ganz sicher.«

Meine Mutter strich mir sanft über die Wange. »Unsere unerschütterliche Optimistin.« Sie lächelte stolz. »Das warst du schon immer. Genau wie Marie, auch wenn ihr sonst so verschieden gewesen seid.«

Ich drückte ihre Hand. »Versprich mir, dass du die Kur nutzt, um den Kopf freizubekommen. Alles andere regele ich hier.«

»Das sagt sich so leicht. Aber ich gebe mir Mühe. Versprochen. Danke, meine Liebe.«

»Es tut uns leid, mein Schatz, dass wir dir schon nach wenigen

Minuten so die Stimmung verhageln.« Mein Vater verzog bedauernd die Mundwinkel.

»Aber deswegen bin ich doch hier! Hilft ja nichts, wenn ihr einen auf eitel Sonnenschein macht und ich hier nach wenigen Tagen kalt erwischt werde, weil ich davon ausgegangen bin, dass alles so ist wie immer.«

Meine Mutter nickte mit aufeinandergepressten Lippen. »Wir haben auch schon daran gedacht, ob wir langfristig ganz neue Wege gehen sollten und uns von der Teestube trennen.« Sie schaute Hilfe suchend ihren Mann an, dieser nickte. »Spätestens, als das Angebot für die Übernahme kam.« Sie machte eine Pause und starrte auf ihre Hände. »Uns fällt diese Überlegung aber doppelt schwer, weil wir wissen, wie sehr Oma am *Kliffstübchen* hängt. Außerdem bedeutet es uns so viel mehr als nur den Broterwerb. Mit der Teestube lebt immer auch Marie irgendwie weiter.«

»Das stimmt. Es kommt auch überhaupt gar nicht infrage, dass ihr diesen Gedanken weiterdenkt. Ich bin jetzt hier, und gemeinsam schaffen wir das alles. Wir haben schon viel schlimmere Zeiten überlebt, da wird uns das auch dieses Mal gelingen. Da soll die Konkurrenz im Ort erst mal beweisen, dass sie unser Angebot toppen kann. Daran glaube ich noch lange nicht.« Ich stemmte entschlossen die Hände in die Hüften und setzte eine ernste Miene auf, als wir alle drei erleichtert lachten.

Ich hatte meine Koffer in der Wohnung meiner Eltern im Erdgeschoss des Hauses ausgepackt. Sie lag hinter dem Bereich der Teestube. Dort wohnte ich im Gästezimmer, welches gleichzeitig als Büro fungierte. Ich zog mir eine Jacke an und wollte vor dem Haus nachschauen, ob meine Eltern zurückkamen. Sie wollten noch ein paar Dinge einkaufen für die Fahrt. Ich trat auf den Flur, und mein Blick ging hoch zu meinem alten Jugendzimmer unterm Dach. Es lag über dem Gastraum der Teestube. Das reetgedeckte Friesenhaus hatte viel mehr Zimmer, als meine Eltern und meine Großmutter benötigten. Meine Großmutter wohnte in einem Nebengebäude unseres Hauses. Es war über den Flur mit unserem verbunden.

Gleich neben meinem Jugendzimmer lag das ehemalige Zimmer meiner Schwester. Hier hatte sie schon gelebt, als wir beide noch auf Sylt wohnten und auch noch, als ich die Insel verlassen hatte.

Aktuell waren die Zimmer als Gästezimmer möbliert, die aber nur privat genutzt wurden. Meine Mutter hatte drei Geschwister, die so oft wie möglich nach Sylt reisten und dankbar waren, wenn sie hier eine Unterkunft fanden.

Noch immer zog sich mein Herz krampfhaft zusammen, wenn ich Maries Zimmer sah. In Hamburg kam es mir so vor, als ob ich mich mit meinem neuen Leben ohne Marie arrangiert hatte. Ich vermisste sie zwar jeden Tag, aber die Trauer hatte sich verändert, und ich lebte wieder. Vielleicht sogar viel bewusster als bis zu dem Unfall. Weil Marie es so gewollt hätte. Aber wann immer ich hier in der Umgebung war, in die sie für mich hineingehörte, war die Lücke, die sie hinterlassen hatte, so präsent.

Ihr Tod war das Schlimmste, was in meinem Leben passiert war, und hatte mich für immer verändert. Ich war überzeugt, ich hatte seitdem jedem einzelnen Tag mehr Leben gegeben. Es fühlte sich an wie eine Dankbarkeit, dass ich leben durfte, und damit eine Pflicht, daraus so viel herauszuholen wie irgendwie möglich. Für Marie, die es genau so gewollt hätte. Nicht immer gelang mir das gleichermaßen gut. Es gab auch Tage, da wirkte der Gedanke, dass das Leben endlich ist, unfassbar lähmend. Maries Tod hatte mir gezeigt, dass es von jetzt auf gleich vorbei sein konnte, wenn man eben noch glücklich gewesen war.

An unser letztes Telefonat erinnerte ich mich immer wieder. Marie war so zufrieden, erzählte mir von einer Schulung, die sie absolviert und die sie erneut darin bestätigt hatte, dass sie mit der Teestube genau das tat, was ihr Freude machte. Gerade hatte sie wieder neue Kreationen ausprobiert und schwärmte davon. Ich dachte daran, wie sie kaum aufhören wollte zu quasseln und ich mich zwischenzeitlich schon über sie amüsierte, was sie empört zur Kenntnis nahm. Sie tat gespielt beleidigt und sagte, ich würde Augen machen, wenn sie mir bald die neuesten Ideen präsentieren würde. Hätte ich geahnt, dass dies unser letztes Telefonat sein sollte, ich hätte niemals aufgelegt, sondern sie stundenlang weiterreden lassen. Ich hätte ihr gesagt, dass sie die wichtigste Person in meinem Leben war und ich ihre Art, stets der Sonne entgegenzublicken, für immer bewundern würde. Marie war ein Mensch, den jeder gerne um sich hatte. So interessiert und aufrichtig herzlich. Gleichzeitig war sie für mich inspirierend, weil sie mir bewies, dass es sich lohnte, seinen Träumen zu folgen, um glücklich zu werden.

Deswegen bestätigte sie mich auch darin, meinen eigenen Weg zu gehen und nicht auf Sylt zu bleiben. Das war damals nämlich keine Option für mich. Ich wollte raus. Ich wollte die Welt sehen und möglichst in einer Großstadt leben, die mir jeden Tag neue Orte präsentierte und in deren Takt ich durch laue Sommerabende tanzen konnte. Marie stand immer hinter mir, auch wenn sie meine Pläne kein bisschen nachvollziehen konnte. Diese Eigenschaft rechnete ich ihr und meinen Eltern, die es ebenso hielten, hoch an. Zum Glück hatte ich ihr oft gesagt, was sie mir bedeutete. Auch in schwierigen Zeiten, in denen die ablehnende Haltung meiner Großmutter es auch uns Schwestern miteinander schwer machte, hielten wir immer zusammen und redeten viel darüber, was wir aneinander hatten.

Marie hatte auch immer versucht, zwischen der störrischen Alten und mir zu vermitteln. Meine Großmutter hielt es für undankbar, dass ich das, was sie über Generationen aufgebaut hatten, ablehnte. Marie hatte meine Entscheidung oft unserer Oma gegenüber verteidigt und gesagt, dass es einfach passen musste, so wie bei ihr, um ein Unternehmen fortzuführen. Es würde keinen Sinn ergeben, wenn ich mich zwingen würde, hier auf Sylt in der Teestube zu bleiben, nur damit ich die Familientradition aufrechterhielt. Am Ende würde das weder für das *Kliffstübchen* noch für mich das Richtige sein. Doch auf diesem Ohr war unsere Großmutter taub.

Sie hatte die Teestube von ihren Eltern übernommen und diese sie von ihren Eltern. Während meine Schwester das aus voller Überzeugung auch tat, was meine Oma oft als »pflichtbewusst« missdeutete, blieb ich bei meiner Entscheidung, und die Fronten zwischen ihr und mir verhärteten sich.

Ich wollte gerade vor die Haustür gehen, da ging die Tür zu Maries Zimmer auf, und ich bekam einen Schreck. Heraus kam meine Großmutter, einen Stapel Tischdecken über dem Arm.

Ihre ernste Miene veränderte sich auch nicht, als sie mich sah.

»Luise, du bist angekommen«, bemerkte sie nüchtern.

»Hallo, Oma«, antwortete ich. »Kann ich dir etwas abnehmen?«

»Geht schon, noch gehöre ich längst nicht zum alten Eisen«, erklärte sie und trat, die Tischtücher in der Hand, auf die Treppe. Meine Oma hatte den Blick starr auf die Stufen gerichtet. Mit langsamen Schritten stieg sie hinab.

Sie legte die Decken auf eine Kommode im Flur und lief die Treppe wieder hinauf.

Einen Moment lang stand ich unschlüssig im Flur. Ich schaute ihr hinterher, wie sie, ohne sich weiter mit mir unterhalten zu haben, Stufe für Stufe heraufstieg. In diesem Moment wirkte sie wieder einmal so unnahbar, und ich verstand, dass es meinen Eltern schwerfiel, dieser sowieso schon so entmutigten und verschlossenen Frau die Wahrheit zu sagen. Ich drehte mich um in Richtung Tür und atmete einmal tief ein und aus, bevor ich in den Vorgarten trat.

Es war mittlerweile recht dunkel, und ich wollte schauen, ob meine Eltern schon wieder da waren.

Heute hatte die Teestube schon ein wenig früher geschlossen. Es war ja leider nichts los gewesen. Wir wollten zeitig essen gehen, sodass meine Eltern nicht allzu spät im Bett waren, bevor es morgen losging.

Das Auto meiner Eltern stand noch nicht auf dem Parkplatz. Ich trat vor das Gartentor und warf einen Blick in den beleuchteten Schaukasten, in dem die aktuelle Speisekarte des *Kliffstübchens* hing.

Omas Lieblingskuchen stand auf der Karte. Hinter diesem versteckte sich ein cremiger Käsekuchen. Darüber hinaus gab es Apfelkuchen und einen fluffigen Gugelhupf mit Vanillegeschmack.

Meine Favoriten waren, schon seit ich denken konnte, die Vanillewaffeln. Frisch gebackene Waffeln mit Puderzucker und einem leichten Vanillecreme-Pudding, der den Hauch von Vanille, der im Teig war, widerspiegelte. Diese waren zu jeder Jahreszeit ein Hochgenuss. Auch die *Süße Versuchung*, ein Kirschkuchen, lockte mich sowie der Pfannkuchen mit Heidelbeeren und Eis, bestäubt mit Puderzucker-Schnee.

Es standen um diese Zeit auch einige ausschließlich winterliche Angebote auf der Karte. Zu den Haselnusstörtchen mit Marzipan gesellten sich Apfel-Zimt-Kuchen, verschiedenes Gebäck und handgemachte Marzipankartoffeln.

Ich kannte von nahezu jeder dieser Köstlichkeiten den Geschmack und den verlockenden Duft, und mir lief das Wasser im Mund zusammen.

Während ich die Karte inspizierte, fuhr der Wagen meiner Eltern vor, und sie stiegen aus.

»Liebes, bist du schon so weit? Dann können wir gleich zum Restaurant rübergehen«, schlug meine Mutter vor, und ich nickte.

»Ich bin startklar. Was ist mit Oma? Sie war eben recht wortkarg.« Fragend hob ich die Augenbrauen. »Ich habe sie lieber gar nicht auf unser Essen angesprochen.«

»Ich bringe kurz die Einkäufe rein und sage Oma Bescheid. Eigentlich wollte sie mitkommen. Bin gleich wieder da.« Mein Vater lief ins Haus, um mit seiner Mutter zu sprechen. Ich hatte den Eindruck, sie legte keinen Wert auf unser gemeinsames Essen, so wenig herzlich war ihr Empfang ausgefallen.

»Bei der tollen Karte kann ich mir kaum vorstellen, dass man an der Teestube vorbeilaufen möchte«, erklärte ich und deutete auf den Schaukasten.

»Du bist lieb, mein Schatz«, erwiderte meine Mutter. »Ich bin der Meinung, dass die Leute, die unsere Kuchen und Tees probieren, auch wirklich zufrieden wieder hinausgehen. Es ist nur tatsächlich die Frage, warum sie überhaupt eher woanders einkehren. Ich kann mir kaum vorstellen, dass sie grundsätzlich seltener in Cafés unterwegs sind. Die Insel ist zu jeder Jahreszeit gut besucht. Aber wie gesagt, das Drama begann bereits zur Hochsaison und geht bis heute weiter. Und vor allem in den Monaten, in denen auf der Insel etwas weniger los ist, war für uns sonst immer gut zu tun. Es fanden gerade dann die Leute einen Platz bei uns, die keine Lust hatten, sich in den zur Hauptsaison überfüllten Touristenorten zu tummeln.«

Mein Vater kam aus der Tür, im Schlepptau meine grimmig

dreinschauende Oma. Ich musste es ihr aber wohl hoch anrechnen, dass sie überhaupt mitgekommen war. Sicher tat sie dies, um ihrem Sohn eine Freude zu machen.

»Es kann losgehen«, erklärte er mit einem verkrampften Lächeln. Wir gingen die wenigen Meter bis zum Restaurant zu Fuß.

Dort angekommen, wurden wir freundlich begrüßt, was die Miene meiner Großmutter jedoch auch nicht aufhellte. Ich fragte mich, ob sie sich eigentlich mittlerweile Mühe gab, das Bild der verbitterten Alten hier im Ort um jeden Preis aufrechtzuerhalten. Es konnte wohl kaum sein, dass sie sich nur so verhielt, wenn ich zu Besuch war. Till, der Inhaber, ging darüber hinweg, dass Oma dreinschaute, als habe er sie beleidigt, freute sich dann aber, mich zu sehen. Wir waren gemeinsam zur Schule gegangen.

»Moin, Luise! Wie geht es dir? Schön, dass wir uns mal wiedersehen!« Ein Strahlen zog über sein Gesicht, und er umarmte mich herzlich.

»Moin, Till, ich freue mich auch. Ich werde sogar ein paar Wochen hier sein und meine Eltern in der Teestube vertreten«, erklärte ich. Stolz nickte meine Mutter.

»Wir werden tatsächlich für einige Zeit zur Kur fahren.« Meine Mutter machte den Eindruck, als sei ihr das unangenehm.

»Ach, echt? Das klingt wunderbar! Da wird meine Mutter sich aber freuen, dass du ihrem Ratschlag gefolgt bist. Das wird euch guttun!« Till lächelte.

»Ja, was deine Mutter erzählte, hat mich überzeugt. Morgen geht es schon los. Ich muss zugeben, ich bin ein wenig aufgeregt.«

»Dann nehmt jetzt erst mal Platz, und genießt den Abend. Ich habe euch den Eckbank-Tisch reserviert. Darf es denn schon was zu trinken sein?«

Wir setzten uns und nannten Till unsere Wünsche. Meine Oma versteckte sich hinter der großen Karte und sprach kein

Wort, selbst als die Getränke gebracht wurden. Wir hatten alle die Speisen ausgesucht und Till unsere Wahl mitgeteilt. Ich hoffte, dass das Alster, welches Oma sich gönnte, ihre Laune heben würde.

»Wie geht es dir denn, Liebes?«, erkundigte mein Vater sich. »Wie läuft es im Job?«

»Wirklich gut. Wir haben im letzten Jahr viel Erfolg mit neuen Konzepten für Club-Urlaube in Deutschland und haben da etliche Reisen konzipiert, die eine ganz neue Klientel angezogen haben. Dazu kam, dass diese jungen Leute auf den Social-Media-Plattformen so gut vernetzt sind, dass sich ihre Begeisterung schnell herumgesprochen hat. Die Influencer sind heutzutage einfach Gold wert. So mancher Tipp von ihnen entpuppte sich als Initialzündung und zog immer mehr Buchungen nach sich. Besser hätte es nicht laufen können.«

Mein Vater nickte anerkennend. Zu meiner Verwunderung sagte auch meine Oma etwas dazu. »Darf ich fragen, was für grandiose Konzepte das gewesen sind?«

Irritiert über das im Vergleich zu ihren sonstigen Reaktionen nahezu überbordende Interesse, setzte ich zu einer Erklärung an, als meine Oma mich schon wieder unterbrach.

»Wenn du allerdings nur wieder diese schrecklichen englischen Wörter aneinanderreihst, will ich es gar nicht wissen.« Sie machte eine abweisende Handbewegung.

»Mama!« Der Blick meines Vaters war verärgert, was seine Mutter jedoch kein bisschen störte.

Ich schluckte, ging aber nicht weiter auf ihren Kommentar ein. »Wir haben Reisen entworfen, die jungen Leuten Urlaub im eigenen Land schmackhaft machen sollen. Da gibt es Reisen für Menschen, die wie früher als Kinder echten Reiterurlaub machen wollten. Im Heu schlafen, mit Pferden am Meer entlanggaloppieren können und abends feiern gehen. Oder die Kletter-, Kanu- und Biketrips für Junggesellenabschiede.« Ich schaute in das wenig euphorische Gesicht meiner Oma, während mir auffiel, dass ich auch »Fahrradausflug« hätte sagen müssen anstelle von Biketrip. Ich vermutete jedoch, ihr Blick wäre derselbe gewesen, hätte ich über die Beschaffenheit von Stützstrümpfen referiert.

Meine Großmutter schien diese Frage aber nur höflichkeitshalber gestellt zu haben. Sie studierte die Getränkekarte und wirkte, als habe sie mir gar nicht zugehört.

»So ein bisschen Social Media werde ich auch für das *Kliffstübchen* mal andenken. Ich hab da schon einige Ideen. Das kann ich via Smartphone ja von überall aus pushen«, fügte ich hinzu. Ich sagte dies vor allem, um zu testen, ob sie mir noch zuhörte. Ein Blick über den Rand ihrer Brille sagte mir, dass sie sehr wohl aufmerksam lauschte, was ich erzählte. Sie hob nur abschätzend die Augenbrauen und richtete den Blick wieder starr auf die Karte.

Meine Mutter wirkte angespannt, und ich ärgerte mich darüber, dass unser Abend durch die übellaunige Art meiner Oma womöglich eine unschöne Wendung nehmen würde, also wechselte ich das Thema.

»Ich bin schon gespannt, was ihr von der Kur erzählt«, freute ich mich. »Jetzt lasst ihr euch mal eine Zeit lang verwöhnen.« Meine Mutter nickte zögerlich.

»Muss ich irgendwas wissen?«, fragte ich.

»In der Teestube ist, was die Abläufe angeht, im Prinzip alles beim Alten. Die Rezepte für die Kuchen und die verschiedenen Teemischungen findest du im Schrank in der Backstube und auf jeden Fall auch in den Büchern in Maries Zimmer. Franka weiß aber auch Bescheid und hat nahezu alle im Kopf. Sie ist ja immer da und unterstützt dich in der Küche.«

Franka Tadsen war die einzige Angestellte im *Kliffstübchen*, und sie war unersetzlich. Bereits seit über zwanzig Jahren gehörte sie zum Team und zauberte hervorragende Torten und Gebäck. Während meine Eltern sich vor allem um die Zubereitung der Teemischungen kümmerten, sorgte sie für täglich frische Speisen und half auch im Service.

»Ich bin sehr froh, dass Franka da ist«, erklärte ich. »Und Oma kann ich ja auch jederzeit fragen, wenn was ist, oder?« Fragend schaute ich sie an.

Beiläufig hob diese die Schultern, als wolle sie sagen: Tu nicht so, als ob mein Rat dich jemals interessiert hätte.

Unser Essen kam, und ich genoss das gegrillte Lachsfilet mit Bratkartoffeln und köstlicher hausgemachter Mayonnaise.

Wir plauderten ein wenig über die Neuigkeiten auf der Insel, und ich erzählte von meinem Alltag in Hamburg. Ich versuchte, meine Enttäuschung darüber zu überspielen, dass meine Oma sich kaum an unserem Gespräch beteiligte und mir gegenüber nach wie vor die Grimmige mimte. Ich fand, dass ich mit meiner Zusage, die Teestube eine Zeit lang zu übernehmen, bewiesen hatte, dass mir meine Eltern und damit auch die Zukunft der Teestube sehr wohl am Herzen lagen. Wenn sie dies nicht anerkannte, war es wahrscheinlich so, dass sie es auch gar nicht wollte.

Ich hoffte nur, dass sie mir hier die Zeit nicht allzu schwer machen würde, zumal ich nun ja auch noch einen weiteren Auftrag hatte. Nicht nur, dass meine Eltern nach ihrer Rückkehr möglichst alles so vorfinden sollten, wie sie es verlassen hatten. Ich wollte ihnen darüber hinaus helfen, die Sorgen um die Zukunft ihrer Teestube zu verringern.

Meine Eltern wirkten an diesem Abend angespannt, und als ich vorschlug, den Heimweg anzutreten, erntete ich dankbare Blicke.

Wir bezahlten und gingen wieder nach Hause. Das Restaurant war gut besucht. Als wir gerade herausgingen, kam eine Familie, die sofort unseren Tisch nutzen konnte. Ich hielt ihnen die Tür auf, während ich nachdenklich hinter meinen Eltern und meiner Oma herschaute.

Vor unserem Haus angekommen, verabschiedete sich meine Oma bei meinen Eltern und erklärte noch, dass sie frühmorgens ein Frühstück bereitstellen würde, damit sie sich nicht hungrig auf den Weg machen mussten.

»Bis morgen, Luise. Schlaf gut«, murmelte sie mir zu.

»Du auch, Oma. Bis morgen.« Ratlos folgte mein Blick der alten Dame. Es war wahrscheinlich zu viel verlangt, dass sie auch mich zu dem Frühstück dazubat. Ich seufzte mutlos und überlegte, was die größere Herausforderung werden würde: der Umgang mit meiner bärbeißigen Großmutter oder ein Konzept zur Rettung der Teestube.

»Liebes, ich bin mir sicher, Oma wird sich berappeln, wenn ihr nur noch zu zweit hier seid.« Mein Vater legte liebevoll den Arm um mich. Ein skeptischer Blick meiner Mutter folgte, dem mein Vater auswich.

Ich schmunzelte. »Papa, mach dir keine Sorgen! Ich werde das hier schon schaffen. Ihr müsst mir versprechen, dass ihr versucht, so gut es geht, abzuschalten und mir zu vertrauen, einverstanden?«

»Wem, wenn nicht dir, mein Schatz?«, antwortete mein Vater und nahm mich in den Arm.

Ich umarmte auch meine Mutter. »Schlaf du auch gut, Mama. Und morgen früh komme ich mit und bringe euch zum Bahnhof.«

4. Moritz

Vorm Hotel hatte ich meine Eltern mit dem Auto abgeholt, und wir waren die paar Hundert Meter von dort bis zum Restaurant im Ort gefahren. Obwohl es tagsüber ungewöhnlich sonnig und spätherbstlich gewesen war, merkte man abends doch, dass bereits der Winter eingezogen war und für kühle Nächte mit erstem Frost sorgte. Bei dieser Witterung wollte ich meine Eltern nicht quer durch den dunklen Ort laufen lassen.

»Einen schönen Wagen hast du«, bemerkte mein Vater beim Einsteigen.

»Leider nur ein Leihwagen, den ich mir am Flughafen von Hamburg genommen habe, als ich von den Kanaren zurückkam. Mein Auto hatte ich damals erst mal verkauft. Gefällt mir auch – ich denke, ich werde nach einem ähnlichen Modell Ausschau halten, wenn sicher ist, dass ich hierbleibe.« Mein Vater ließ das unkommentiert.

Noch war auch die Straßenbeleuchtung nicht im »Saison-Modus«. Die Straßen waren recht dunkel, und es war ungemütlich in den Gassen, durch die am Abend der Wind zog.

Als wir das Restaurant betraten, kam uns eine Familie entgegen. Ich sah nur noch die Person, die als Letzte aus der Tür ging und uns diese noch aufhielt. Für einen Moment stockte mir der Atem, weil ich in dieser Frau jemanden erkannte, der seit einigen Jahren in meinem Herzen für Unruhe sorgte. Perplex starrte ich sie einen Moment an, ging dann aber weiter, und als hinter meinen Eltern die Tür zufiel, verschwand das Bild dieser Frau mit der Familie in der Dunkelheit vor dem Restaurant. Ich versuchte, mich von der Erinnerung loszureißen, die ihr Anblick ausgelöst hatte.

Es dauerte einige Minuten, bis mein Puls sich wieder beruhigt hatte, und ich starrte in die Karte, ohne dass ich sah, was da stand. Dann schaute ich mich im Raum um und freute mich über meine Wahl. Dieses Lokal war bodenständig und gemütlich. Es war bekannt für seine gute Küche und die familiäre Atmosphäre.

Holztische standen vor gepolsterten Bänken. Am Tresen, der fast durch den gesamten Gastraum führte, befanden sich weitere Bänke, die etwas höher standen. Hier traf man sich abends auf ein, zwei Bier und schnackte. Kerzenleuchter aus Messing an der Wand und Bilder mit Aufnahmen von der Insel sorgten für ein gelungenes Ambiente. Es herrschte eine entspannte Atmosphäre, die von der Freundlichkeit des Personals unterstrichen wurde. Ich genoss das behagliche Gefühl und freute mich auf mein Lieblingsessen hier, Spaghetti mit Peperoncini, Schafskäse und Knoblauch. Dazu frisch gebackenes Brot aus dem Steinofen. Meine Mutter folgte meinem Tipp, und mein Vater bestellte sich eine Nordseescholle.

»Da hast du ein wundervolles Restaurant ausgesucht«, freute sich meine Mutter. »Dieser Ecktisch war schon früher mein Lieblingsplatz. Wir waren ewig nicht hier.«

»Das freut mich«, sagte ich.

»Wie kommt es, dass du so plötzlich wieder auf Sylt bist? Sollte es am Ende doch nicht die ganze Welt sein, die du kennenlernen willst?« Fragend hob mein Vater die Augenbrauen. »Oder hast du nach drei Jahren inzwischen alles gesehen? Das hattest du doch vor?«

»Weißt du, wenn man feststellt, dass das meiste, was man finden wollte, bereits fest in einem selbst verankert ist, dann reichen auch drei Jahre, um die ganze Welt erlebt zu haben.«

Der Blick meines Vaters schwankte zwischen gespielter Bewunderung und Amüsiertsein. »Das sind große Worte«, murmelte er. »Für mich klingen sie jedoch ein wenig zurechtgelegt. Bist du inzwischen unter die Philosophen gegangen?«

Ich gab mir Mühe, meinen Ärger über seine Aussage herunterzuschlucken.

»Erzähl uns doch ein wenig von deinen Reisen«, forderte meine Mutter mich auf. »Die Fotos haben wir ja alle bekommen. Aber wie ist es dir ergangen? Hast du nette Menschen getroffen? Womöglich eine Frau?« Neugierig schaute meine Mutter mich an, und die Art, wie sie verschämt mit den Händen rang, war rührend.

»So gerne hätte ich dir eine Frau präsentiert, aber die habe ich auf meiner Reise quer durch die Welt leider nicht getroffen.« Bedauernd hob ich die Handflächen.

»Ach, du weißt doch, wie ich das meine«, murmelte meine Mutter.

»Nein, du hast ja recht. Wahrscheinlicher ist es wohl, dass ich in der weiten Welt die Frau fürs Leben treffe, anstatt ihr hier auf wenigen Quadratkilometern über den Weg zu laufen. Da bin ich ganz bei dir.«

»Das sag so nicht.« Nun war es tatsächlich mein Vater, der sich dazu äußerte und dabei sogar ein Lächeln auf den Lippen hatte. »Ich habe schließlich hier auf Sylt meine große Liebe getroffen.« Liebevoll legte er den Arm um meine Mutter, die ihren Kopf an seine Schulter lehnte. »Dafür musste ich nicht quer durch die Welt reisen.«

Sicherheitshalber ging ich über diese Spitze hinweg. Es würde nichts bringen, darauf einzugehen, weil mein Vater mir zeitlebens vorhalten würde, dass ich das Hotel, welches die Generationen vor mir aufgebaut hatten, nicht dankbar weitergeführt hatte. Stattdessen war ich in seinen Augen durch schlecht versorgte fremde Länder gereist, in denen ich mich unnötigen Gefahren ausgesetzt hatte.

Meine Unversehrtheit, mit der ich wieder hierher zurückgekehrt war, sollte ihn davon überzeugen, dass diese Reisen mir keineswegs geschadet hatten. Im Gegenteil. Ich fühlte mich durch die vielen Eindrücke und Erfahrungen gestärkt. Mir war wichtig, dass ich selbst mir dessen bewusst war. Meinen Vater von dieser Einstellung überzeugen zu wollen wäre Energieverschwendung.

»Auf jeden Fall seid ihr ein glänzendes Beispiel dafür, wie viel Glück man im Leben haben kann, wenn man den einen Menschen findet, mit dem man seinen Weg gemeinsam gehen will.« Anerkennend nickte ich, und meine Mutter lächelte.

»Danke, mein Schatz. Ich bin mir sicher, dass auch du diesen Menschen findest. Ob hier oder ganz woanders auf der Welt, das wird sich zeigen.«

Ich griff nach der Hand meiner Mutter und streichelte sie.

»Auch ohne die Traumfrau im Gepäck blicke ich auf großartige Begegnungen zurück, die ich nicht mehr missen will. Es war eine unvergessliche Zeit. Aber erst einmal bin ich froh, wieder hier zu sein. Wenn ihr einverstanden seid, würde ich euch beziehungsweise einige Mitarbeiter in den ersten Tagen im Alltag begleiten und mal in meine alte Abteilung reinschnuppern. Ich würde gerne einmal schauen, inwiefern ich euch unterstützen kann. Was meint ihr?«

Fragend ging mein Blick zu meinem Vater. Dieser hatte ein Pokerface aufgesetzt, welches ich noch nicht durchschauen konnte.

Ich ahnte, dass er mich zappeln lassen wollte. Er wollte mir keinesfalls das Gefühl geben, als könne ich nach Belieben hier wieder auftauchen und so tun, als sei nichts gewesen. Dabei war mir klar, wie sehr er damals damit zu kämpfen hatte, das Unternehmen letztlich doch ohne meine Unterstützung weiterzuführen, auf die er schließlich gebaut hatte. Dass diese Enttäuschung noch immer anhielt, konnte ich mir vorstellen. Dennoch hoffte ich, dass er mir die zweite Chance geben würde. Ich musste ihm aber Zeit lassen, sich mit der Situation, dass sein Sohn zurückgekommen war, anzufreunden. Mein Vater war ein Mensch, der seinen Erfolg nicht unwesentlich der Eigenschaft zu verdanken hatte, dass er stets kontrolliert und überlegt agierte. Während meine Mutter ihrem Herzen folgte und manche Entscheidung aus dem Bauch heraus traf, war mein Vater eher ein rationaler und sachlicher Typ. Dabei war er in seinem Handeln jedoch immer klar, und man wusste, woran man bei ihm war. Es gab kein Drum-Herumreden oder höfliches Geplänkel.

Ich kam, was derlei Charaktermerkmale anging, eher nach meiner Mutter. Meine Einstellung zu meiner beruflichen Laufbahn veränderte sich mit der Zeit. Als Jugendlicher war ich überzeugt davon, die Familientradition nach bestem Wissen und Gewissen fortzuführen und an der Seite meines Vaters das Unternehmen zu leiten. Ich hatte schon meinen Großvater häufig begleitet in seinem Alltag und gerne seinen Geschichten gelauscht, in denen er mir davon berichtete, wie er damals als junger Mann in meiner Situation gewesen war und diese einmalige Chance ergriffen hatte. Seine Leidenschaft, die Arbeit als Konditor, hatte er zwar nur noch in Teilen ausüben können, dennoch nutzte er seine Möglichkeiten geschickt.

Was er erzählte, motivierte und bestärkte mich einige Zeit darin, mein Leben nach dem Betrieb auszurichten, so, wie er es getan und wie mein Vater es übernommen hatte. Ich war mir des Weges sicher, und meine Ausbildungen und Fortbildungen orientierten sich zunächst an diesem Ziel. Ich hatte meine Lehre zum Hotelkaufmann nicht im elterlichen Betrieb absolviert, weil ich mir Abstand wünschte und vor allem keine Sonderstellung genießen wollte. Dank der Kontakte meiner Familie war ich dann aber bei guten Freunden untergekommen, deren Hotel vergleichbar war mit unserem, nur dass der Ort an der Ostsee lag.

Schon während meiner Lehre hatte mich im Hotel und der dazugehörigen Gastronomie der Bereich der Konditorei besonders interessiert. Ich nahm an einigen Lehrgängen teil, die mich an die Ausbildung eine weitere zum Konditor anschließen ließen. Mit meinem Großvater hatte ich damals häufig gemeinsam in der Backstube gestanden, und er unterstützte meine Pläne aus der Ferne, indem wir häufig Tipps austauschten.

Ich merkte, dass es das war, was ich wollte. Ein Job, wie ihn mein Vater hatte, lag mir nicht. Ich wollte nicht stundenlang im Büro sitzen und administrative und strategische Dinge koordinieren. Mein Wunsch war es, praktisch zu arbeiten und meiner Leidenschaft für Backspezialitäten und Süßspeisen nachzugehen. Außerdem liebte ich das Kochen. Diese Tätigkeiten waren kreativ, jeden Tag konnte ich Neues ausprobieren und experimentieren, während ich meinen Gerichten und Produkten meine ganz persönliche Note gab.

Ich genoss die Wertschätzung, wenn Gäste mir direkt sagten, dass das, was ich ihnen zubereitet hatte, gefiel oder mir verrieten, wo ihre Erwartungen noch nicht erfüllt waren und warum.

Ich hatte die Ausbildung und den Abstand zur Insel genossen, war dann aber gerne zurückgekehrt. Hoch motiviert wollte ich durchstarten, hatte unendlich viele Ideen und das Gefühl, das alles möglich sei. Erst recht wollte ich mich einer Herausforderung stellen, die wohl mit die größte sein sollte. Ich würde nicht, wie mein Vater es wünschte, direkt in die Unternehmensleitung gehen, sondern im gastronomischen Bereich des Hotels Fuß fassen.

Das Bild meines Großvaters Enno als mein Vorbild veränderte sich. Mit meiner Entscheidung, Konditor zu sein, hinterfragte ich seinen Weg, woran er selbst nicht unschuldig war. Das geschah, weil ich ihm viele Fragen stellte und er mir in seinen Antworten von seinem Leben erzählte. Ich fragte mich, ob er sich ein zweites Mal für diesen Weg, den er gewählt hatte, entscheiden würde. Dagegen sprach auch die Tatsache, dass er mich in meinem Vorhaben, als Konditor oder Koch zu arbeiten, bestärkte.

Je mehr ich versuchte dahinterzukommen, was meinen Großvater mit Blick auf sein Leben bewegte, desto mehr wendete sich das Blatt, und er gab mir unterschwellig immer wieder den Rat, meinen eigenen Weg zu gehen. Den Weg, der sich für mich und mein Herz richtig anfühlte. Erst recht, als er alt und schwer krank war, sprach er viel davon, dass ich mir immer vor Augen führen müsse, wohin meine Reise aus Sicht meines Herzens gehen sollte. Ich nahm auch diesen Rat ernst. Ich folgte seiner Empfehlung, die Fortbildungen wahrzunehmen, und war tagtäglich mehr darin aufgegangen, nach traditionellen Rezepten zu backen und mir neue Produkte zu überlegen.

Daher hatte ich, als ich nach dieser Zeit zurück nach Sylt kam, zunächst in der Küche unseres Hotels gearbeitet. Meine Zuständigkeit lag vor allem bei den Süßspeisen.

Ich liebte meinen Job und schrieb mich bei immer mehr Seminaren ein, die auf Sylt und auch in Städten auf dem Festland stattfanden und um speziell friesische Spezialitäten gingen. Leider verstarb mein Großvater in dieser Zeit.

Meine Mutter respektierte meine Entscheidung, zunächst in diesem Bereich einzusteigen. Ich hatte den Eindruck, dass sie insgeheim hoffte, dass ich irgendwann weiter in Richtung der Position streben würde, die mein Vater sich vorgestellt hatte. In dieser Zeit begann die Phase, in der wir mehr und mehr aneinandergerieten, auch wenn es noch nicht zu verbitterten Streits führte.

Diese entwickelten sich erst, als ich Sylt erneut verließ. Mein Vater gab sich damals kaum Mühe, die Gründe zu erfahren, sondern verurteilte meine Entscheidung kategorisch. Meine Mutter, die zwischen den Stühlen saß, tat sich schwer, meinem Vater die Meinung zu sagen, wagte es aber dennoch und erklärte ihm, wie froh sie war, dass ich in meinem Leben das tat, was ich für richtig hielt. Weil meine Mutter und ich uns sehr ähnlich waren, wusste sie, dass es mein Herz war, welches mich antrieb, und dass ich diese Zeit brauchte, damit ich wieder zu mir selbst fand.

Dass das nicht der einzige Grund war, warum ich damals Sylt verließ, verschwieg ich auch meiner Mutter, zu sehr hätte es sie belastet, wenn ich ihr die ganze Wahrheit erzählt hätte. Noch nicht einmal meinem Freund Cay hatte ich die Geschichte anvertraut, die mich der Insel damals endgültig den Rücken zukehren ließ.

Wir verbrachten einen erstaunlich harmonischen Abend. Dies war meiner Mutter zu verdanken, die in allem, was sie tat, darum bemüht war, die Spannungen zwischen meinem Vater und mir zu mindern.

Als ich abends im Bett lag, rief ich auf meinem Tablet verschiedene Anbieter von Ferienwohnungen an. Ich wollte, solange meine Wohnung renoviert wurde, am liebsten dauerhaft in einer Ferienwohnung unterkommen. Ich brauchte nach den Jahren unterwegs auch weiterhin Raum für mich und schätzte die Distanz.

Weil es langsam auf die Weihnachtszeit zuging, war es jedoch recht voll auf der Insel. Diejenigen, die um diese Zeit reisen konnten, genossen noch die ruhigen Tage hier auf Sylt, bevor der Trubel um die Feiertage beginnen würde.

Kurz vor Weihnachten machten sich dann etliche Urlauber und Zweitwohnungsbesitzer auf den Weg, um hier die Festtage und den Jahreswechsel zu verbringen. Das war die Zeit, in der unser Hotel nahezu ausgebucht war.

Über dem Angebot verschiedener Gastgeber, deren Apartments nahezu alle ausgebucht waren, schlief ich irgendwann ein.

5. Luise

Verabschiedungen waren nichts für meine Mutter. Den Tränen nahe klammerte sie sich an ihren Koffer und wäre am liebsten mit mir zusammen wieder nach Hause gefahren.

Zuletzt länger als ein Wochenende verreist waren meine Eltern, als Marie noch lebte. Seitdem drehte sich ihr Leben fast ausschließlich um die Teestube. Ich freute mich für sie, dass nun einmal eine Veränderung mit einem Tapetenwechsel anstand. Diese Auszeit würde ihnen guttun, auch, wenn die verkrampfte Miene meiner Mutter bis zum Einstieg in den Zug eher Gegenteiliges vermuten ließ und sie noch nicht ganz davon überzeugt wirkte. Erleichtert, dass sie es sich nicht im letzten Moment anders überlegt hatte, schaute ich dem Zug noch hinterher, als er den Bahnhof von Westerland in Richtung Festland verließ.

Nachdem ich meine nervösen Eltern am Morgen nach dem Frühstück zum Bahnhof gebracht hatte, war ich schnell wieder zur Teestube zurückgekehrt.

Meine Großmutter hatte ein köstliches Frühstück gezaubert, dessen Überreste und dreckiges Geschirr sie, während ich beim Bahnhof war, auch bereits weggeräumt hatte. Dieser liebevoll arrangierte kulinarische Start in den Tag ließ so etwas wie Herzlichkeit bei meiner Großmutter durchschimmern, was mich staunen ließ. Selbstverständlich war ich nicht explizit dazu eingeladen worden, war jedoch geduldet, was ja schon als kleiner Erfolg zu werten war.

Auf dem Weg zum Bahnhof hatte meine Mutter mir noch erklärt, wo die Unterlagen waren, in denen sie die finanzielle Entwicklung der letzten Monate dokumentiert hatten. Ich nahm mir vor, einmal einen genaueren Blick darauf zu werfen und zu überlegen, was ich in die Wege leiten könnte, um wieder für Entspannung der Situation zu sorgen. Außerdem hatten sie darüber Buch geführt, was in welchen Mengen verkauft wurde. Für die Zeit, in der ich da war, gab es vergleichbare Pläne zu den Vorjahren, die als Grundlage für meine tägliche Planung dienen sollten. Für die ersten zwei Wochen war bereits alles an Zutaten eingekauft und vorbereitet. Einige Lieferungen erfolgten dann erst zu dem Tag, an dem sie benötigt wurden. Das war alles im Kalender eingetragen. Außerdem war Franka über alle Produkte und das Angebot der Teestube perfekt im Bilde.

Es war noch früh. Das *Kliffstübchen* würde ich erst in einer guten Stunde öffnen, sodass ich die Zeit nutzte, alles so weit vorzubereiten, dass ich reibungslos loslegen konnte.

Draußen war es heute novemberlich trüb. Solche Tage waren manchmal schwierig für die Gastronomie, manchmal jedoch auch genau das Gegenteil. Entweder blieben die Gäste aus, weil sie es sich in ihren Ferienwohnungen gemütlich machten, oder aber sie kamen erst recht in die Cafés. Dort konnten sie sich die graue triste Zeit mit leckerem Tee und Speisen, die Leib und Seele wärmten, vertreiben.

Ich hoffte, Letzteres würde der Fall sein, und stimmte mich darauf ein.

Um kurz vor neun Uhr kam Franka.

»Luise, wie schön, dass du da bist. Ich habe mich so gefreut, dass du hier das Zepter übernimmst, wenn deine Eltern unterwegs sind. Lass dich mal drücken!« Aus liebevollen Augen blinzelte sie mich an und schloss mich in die Arme. »Wir machen uns hier schon eine schöne Zeit.«

Ich bemerkte ihren Duft nach Vanille und Aprikose. Seit ich sie kannte, benutzte Franka diesen Duft, der wunderbar harmonierte mit ihrer warmherzigen Persönlichkeit. Franka liebte das Backen und war ein Genussmensch. Wenn sie in der Backstube am Werk war, zauberte sie so feine Leckereien, dass ich noch wochenlang sehnsüchtig an die Tage auf Sylt zurückdachte, wenn ich in Hamburg in meiner Wohnung auf der Suche nach einer kleinen Gaumenfreude war.

»Unbedingt, liebe Franka. Schön, dass du da bist. Ich bin sehr froh, dass ich dich hier hab.«

»Ich bin so dankbar, dass du hier die Stellung hältst. Allein hätte ich doch ordentliches Fracksausen bekommen.« Sie riss gespielt panisch die Augen auf und winkte dann ab. »Aber wir zwei werden das Schiff schon schaukeln«, sagte sie freudig. »Da mache ich mir keine Sorgen!«

Franka lief in einen Nebenraum und kam mit einer weißen Schürze wieder zurück.

»Ich werde schon mal die Kuchen für heute Nachmittag vorbereiten. Wenn was sein sollte, findest du mich in der Backstube.« Mit zügigen Schritten ging sie an die Arbeit, und ich inspizierte die verschiedenen Teemischungen, die meine Mutter vorbereitet hatte. Mit sorgfältiger Handschrift hatte sie auf jede der kleinen Papiertüten die Sorte, die Menge und das Aroma notiert. Dazu speziell für mich immer auch einen Hinweis, wozu der Tee passte und welche Wirkung seine Zutaten hatten.

Mein Herz ging auf, als ich sah, mit wie viel Liebe sie diese Tütchen angefertigt hatte. Ich nahm eins in die Hand, auf dem ein rosafarbener Aufkleber war. Die Mischung trug den Namen *Maries Bester*. Ich las weiter, welche Zutaten in dem Tee waren.

Der Tee enthielt vor allem Vanille. Ich erinnerte mich daran, dass meine Mutter mir einmal erklärt hatte, dass diese recht aufwendig in der Verarbeitung war. Auf der Teetüte hatte meine Mutter notiert, dass durch diese Mischung Glückshormone ausgeschüttet und der Geist angeregt wurde. Das passte perfekt zu Marie, und mir gefiel diese Beschreibung sofort. Ich freute mich schon, selbst einen solchen Tee zu probieren.

Weiter ging mein Blick zu einer Teemischung, die sich, seit ich denken konnte, auf der Karte befand, von der aber, bis auf meine Oma, niemand die Zutaten kannte. Selbst Marie war nie hinter das Geheimnis dieser besonderen Mischung gekommen, die den Namen *Winterzauber* trug. Wir hatten oft probiert, die Zusammensetzung anhand des Geschmacks herauszufinden, was uns bisher aber nie gelungen war. Dennoch oder gerade deswegen gehörte sie wie eine lieb gewordene Tradition des Hauses dazu.

In unserer Teestube verkauften wir ausschließlich lose Teemischungen, die ohne künstliche Zusatzstoffe hergestellt wurden. Unsere Produkte trugen allesamt das Bio-Siegel. Das Angebot ging vom klassischen Friesentee über den Rooibos, Kräuter- und Früchtetee bis hin zu Jahreszeitentees in allen möglichen Geschmacksrichtungen.

Aus der Backstube zog ein köstlicher Wohlgeruch nach Butter, Zucker und Sahne an mir vorbei.

»Franka, was zauberst du Wundervolles? Es duftet fantastisch!«

»Ich schlage vor, wir nutzen später mal eine ruhige Minute und genießen gemeinsam ein Stück meines Käsekuchens, was hältst du davon?«, kam es freundlich aus der Küche zurück. »Wir haben uns so lange nicht gesehen, da müssen wir dringend mal wieder ein bisschen quatschen. Und du musst ja auch wissen, was hier wie schmeckt. Kommt ja immer mal was Neues dazu.«

»Sehr gerne! Ich werde mich wohl am Ende von der Insel rollen können.« Ein Lachen kam aus der Küche.

»Ich werde mich jedenfalls gut um dich kümmern«, scherzte Franka. »Das habe ich deiner Mutter versprochen.«

Der Gedanke, dass ich in den nächsten Wochen Franka an meiner Seite wusste, tat mir gut.

Ich legte weiter ein paar Brötchen in Körbe, stellte Besteck zusammen und füllte Marmelade in kleine Schälchen, die ich gleich zum Frühstück servieren würde.

Die Zeit verging wie im Fluge, und bald war es neun Uhr.

Als ich die Teestube aufschloss, stand schon ein Pärchen vor der Tür, das mich mit strahlendem Lächeln begrüßte. Sie wirkten durchgefroren, hatten die Schultern hochgezogen und ganz rote Nasenspitzen.

»Guten Morgen, wie schön, dass Sie hier sind«, nahm ich die beiden in Empfang. »Kommen Sie schnell rein. Hier ist es kuschelig warm.«

Sie rieben sich die Hände. »Herzlichen Dank! Wir können es kaum erwarten, Ihr vorzügliches Frühstück zu genießen. Draußen ist es so schäbig. Was sind wir froh, dass wir uns wenigstens auf unseren Morgen im *Kliffstübchen* freuen können. Viel mehr kann man bei diesem Wetter ja kaum anfangen.« Die Frau rollte mit den Augen, und ihr Mann schob sie sanft in den Gastraum.

Sie setzten sich an meinen Lieblingsplatz.

Ich ließ ihnen kurz Zeit anzukommen, und trat dann wieder an ihren Tisch.

»Für mich bitte einmal das süße Frühstück mit einem *Wintertee*«, bestellte die Frau.

»Ich nehme das herzhafte Frühstück und dazu einen Kräutertee des Hauses«, entschied sich ihr Mann.

Zufrieden klappten die beiden die Karten zu, und ich gab die Bestellung an Franka weiter.

Der *Wintertee* bestand aus einer Mischung aus Zimt, verschiedenen Beeren und Rosenblättern. Der Kräutertee des Hauses war eine Überlieferung meines Großvaters. Zutaten waren unter anderem Ingwer, Apfelstückchen und Fenchel.

Ich bereitete die Frühstückstabletts zu und servierte sie kurz darauf.

An einem weiteren Tisch nahm eine ältere Dame allein Platz.

Einige Zeit kam dann kein weiterer Gast. Bis zum Mittag herrschte eine beinahe gespenstische Ruhe. Auch wenn ich es genoss, mich ungestört wieder einarbeiten zu können, war es dennoch beunruhigend. Diese Stille kannte ich von der Teestube so gar nicht. Oft war ich in der Vorweihnachtszeit hier. Meist aber dann erst ab Mitte Dezember, wenn es voller wurde auf Sylt. Ich hoffte, dass die Insel insgesamt noch nicht allzu gut besucht und es deshalb auch hier bei uns noch ruhig war.

»Franka, lass uns doch zum Mittag eins deiner Kuchenstücke essen. Es ist ja kaum was los, und ich kann diesem köstlichen Duft keine Minute länger widerstehen.« Ich tippte auf meine Uhr.

Franka schmunzelte. »Ich bin sofort da. Kümmere du dich doch schon um einen Tee. Mein Favorit ist *Maries Bester*.«

Kurz darauf saßen wir gemeinsam an einem Tisch, und ich ließ mir ein Stück des cremigen Käsekuchens auf der Zunge zergehen. Er harmonierte wunderbar mit dem Vanilletee, den wir gewählt hatten.

»Das hätte Marie gefallen. Sie liebte Käsekuchen.« Genießerisch rollte ich mit den Augen. Nachdenklich senkte Franka den

Blick. »Das glaube ich auch. Sie fehlt mir hier ganz schön.« Frankas friesischer Dialekt war angenehm vertraut. Sie hatte eine so charmant raue Stimme und diesen nüchternen Klang darin. Es tat gleichzeitig gut und auch weh, Franka so reden zu hören. Betroffen nickte ich.

»Hast du den Eindruck, Mama und Papa kommen mittlerweile ganz gut klar mit der Situation, ohne Marie hier weitermachen zu müssen?«

Franka wiegte unsicher den Kopf. Die leicht ergrauten Haare hatte sie zu einem Pferdeschwanz zusammengefasst. Vom Alter her hätte sie meine Mutter sein können. Sie war eine gute Freundin der Familie, seit ich denken konnte. Schon als meine Oma noch das *Kliffstübchen* geführt hatte, arbeitete sie hier. Sie war für mich die gute Seele des Hauses.

»Mir tut es leid zu sehen, wie deine Eltern sich aufopfern und alles tun, damit es hier im Sinne von Marie und vor allem auch in dem deiner Großmutter Inga weitergeht.«

Ich hob die Augenbrauen, gespannt, was sie weiter sagen würde.

»Aber wie du dir vorstellen kannst, wird man deiner Oma niemals gerecht. Es kommt mir manchmal vor, als wolle sie durch ihr ständiges Schweigen und ihre mürrische Art immer wieder darauf hinweisen, dass es niemandem jemals so gelingen wird, die Teestube zu führen, wie ihr.«

»Dabei geben sich Mama und Papa solche Mühe«, bemerkte ich traurig, musste ihr aber zustimmen, dass ich mir vorstellen konnte, dass meine Großmutter genau so dachte.

»Marie war in Ingas Augen die einzige Person, die die Teestube so weitergeführt hätte, wie deine Großmutter es sich wünscht, fürchte ich.« Bedauernd hob Franka die Schultern.

»Das wissen Mama und Papa auch, und ich finde es sehr unfair, dass Oma die Kerbe, die der Verlust ihrer geliebten Tochter in ihre Herzen geschlagen hat, mit solch einer Einstellung noch viel tiefer schlägt.«

Franka legte ihre warme, weiche Hand auf meine. »Verzeih ihr. Sie ist verbittert. Und ich meine, dass es nicht erst so ist, seit Marie starb. Was auch immer es war, das ihrem Leben diese Wendung gegeben hat, mit sich und der Welt zu hadern, es muss schlimm gewesen sein. Dass dann auch noch ihre geliebte Enkelin, in die sie so große Hoffnungen setzte, bei dem schrecklichen Brand ums Leben kam, wird sie wohl einfach nie verkraften und den Groll darüber mit ins Grab nehmen.« Resigniert hob Franka die Schultern.

»Leider hast du wohl recht. Ich verstehe ja auch, dass sie mit den Schicksalsschlägen in ihrem Leben hart zu kämpfen hat. Mir fällt es nur schwer, damit umzugehen, dass sie mit Giftpfeilen um sich schießt oder mürrisch schweigt. Egal, was ich sage, es wird mir so ausgelegt, als hätte ich es böse gemeint. Ich habe den Eindruck, ich muss sie mit Samthandschuhen anfassen, und sogar dann gelingt es mir nicht, keinen Fehler zu machen. Das ist wahnsinnig anstrengend.« Betrübt rührte ich in meinem Tee.

Franka nickte. »Das geht deinen Eltern nicht anders. Deine Mutter ist nicht umsonst oft sehr erschöpft. Sie reibt sich am Umgang mit ihrer Schwiegermutter auf. Ich habe auch schon so manches verzweifelte Gespräch mit ihr geführt, wenn sie überlegte, ob sie es Inga wohl jemals recht machen würde.«

»Das tut mir leid.« Ich seufzte und dachte an meine Mutter, die eine sehr starke Frau war. Nie hatte ich sie jammern oder sich beschweren hören. Dabei war sie es, die ihre Tochter verloren und damit das Schlimmste erlebt hatte, was einer Mutter geschehen konnte. Traurig, dass die Mutter meines Vaters darauf keine Rücksicht nahm. »Aber jetzt bin ich ja da und helfe ihr.« Ich überlegte, ob ich Franka darauf ansprechen sollte, was meine Mutter mir erzählt hatte über die wenigen Gäste in der Teestube. In diesem Moment ging sie aber bereits selbst darauf ein.

»Und dass du hier bist, freut mich in doppelter Hinsicht.« Überrascht schaute ich Franka an, als sie dies sagte. »Deine Eltern kämpfen aktuell nicht nur mit deiner Oma. Es ist leider auch so, dass die Geschäfte deutlich schlechter laufen als sonst. Manchmal verbringen wir ganze Tage hier so wie diesen.« Sie machte eine ausschweifende Handbewegung durch den leeren Gastraum und schüttelte den Kopf. »Manchmal auch zwei, drei pro Woche.«

Mein Magen krampfte sich zusammen. Mein Blick folgte Frankas und ging durch den so liebevoll dekorierten Raum, der auf wundervoll behagliche Weise auf Weihnachten einstimmte. Dieser Gedanke an freudige Stimmung und Glück schmerzte. Frankas Worte bestätigten, was meine Mutter sagte. »Leider ist das keine Seltenheit mehr. Wir hoffen sehr darauf, dass es zum Weihnachtsgeschäft wieder anläuft.« Mutlos hob sie die Schultern, und ohne dass sie weitersprach, ahnte ich, dass sie wenig zuversichtlich war, dass diese Entwicklung sich kurzfristig verändern würde.

»Mama hat mir so was erzählt. Auch, dass Oma nichts davon weiß«, deutete ich zaghaft an.

Energisch schüttelte Franka den Kopf. »Das sollte sie auch lieber gar nicht erfahren. Es würde ihr endgültig das Herz brechen. Und das ist sowieso nicht mehr das fitteste.«

Ich nickte. »Ich habe mir darüber auch schon Gedanken gemacht. Und ich bin der Meinung, dass wir hier einige Dinge ändern und über Neuerungen bei unseren Produkten nachdenken sollten.«

Frankas Blick war vielsagend. Sie wusste, wie ich auch, dass meine Großmutter sich jeglichen Änderungen in den Weg stellen würde. Sie hielt die meisten neuen Ideen für modernen Firlefanz, der überflüssig war. Da war sie unbelehrbar. Das *Kliffstübchen* lief früher erfolgreich mit dem, was sie in großen Teilen auch heute noch anbot. Sie sah keinen Sinn darin, das Konzept zu verändern.

»Aber wenn wir sie nun schonen und sie nicht einmal ahnt, dass wir jegliche Innovationen nur aus bestem Willen andenken, um der Teestube wieder Aufschwung zu verleihen, wird sie sich verständlicherweise gegen alle Ideen stemmen«, überlegte ich.

»Du hast schon recht.« Nachdenklich legte Franka die Stirn in Falten.

In diesem Moment kam mir eine Idee. »Oma ist auf mich ja sowieso nicht allzu gut zu sprechen. In der Zeit des Studiums, in der ich häufig in Hotels in anderen Ländern war, habe ich so viel kennengelernt. Ich bin mir sicher, dass man einiges davon auch hier in der Teestube umsetzen könnte. Zumindest wäre es einen Versuch wert.«

»Bei mir rennst du da offene Türen ein. Aber Inga ...«, fing Franka an, winkte dann aber ab. »Das kannst du doch vergessen!«

»Und genau da setzen wir an! Sie sieht in mir sowieso die Enkelin, die sich lieber selbst verwirklicht und ihr eigenes Ding macht mit diesem grauenvollen englischen Kram und die eh nichts richtig kann.«

Amüsiert kicherte Franka. »So ungefähr ist es wohl, ja.«

»Warum sollte ich also meinen eh schon ruinierten Ruf nicht in diesem Fall ausnutzen und meine Ideen einfach umsetzen? Oma kann dann allenfalls sauer auf *mich* sein, und das ist sie ja sowieso. Meine Eltern wären außen vor und hätten damit nichts zu tun.«

»Und du meinst, dass du das durchziehen kannst, hier Schwung reinzubringen, auch wenn Inga täglich aufkreuzt und dir dazwischenfunken wird?«

Zögerlich hob ich die Schultern. »Ich weiß es nicht. Aber ich sehe es als meine Pflicht Marie und auch meinen Eltern gegenüber an, darauf aufzupassen, dass es hier auch langfristig weitergeht. Und da meinen Eltern aktuell die Kräfte schwinden und sie erst mal ihre Akkus wieder aufladen müssen, muss ich nun das Ruder übernehmen.«

»Ich stehe jedenfalls hinter dir, Luise. Ich vertraue dir voll und ganz. Da kannst du dir sicher sein. Ich will doch bis ans Ende meiner Arbeitszeit in meiner geliebten Teestube bleiben dürfen. Wäre doch gelacht, wenn wir dieses Kleinod nicht am Laufen hielten.« Ihre lieben Augen blitzten freudig, und ich wusste, dass ich mit Franka einen Menschen an meiner Seite hatte, auf den ich mich verlassen konnte. Dagegen konnte sogar meine sture Großmutter nichts ausrichten.

6. Moritz

Das Frühstück ließ ich am nächsten Morgen ausfallen. Stattdessen fuhr ich früh an den Strand von Kampen. Ich genoss den Weg durch die Dünenlandschaft, in die sich vereinzelte Reetdachanwesen schmiegten. Die Lage dieser Häuser war einmalig. Bei einem Haus handelte es sich um ein Restaurant, bei dem anderen um das Haus *Kliffende*, in dem sich einst Persönlichkeiten wie Thomas Mann und Emil Nolde aufgehalten und erholt hatten. Nach schweren Sturmfluten, die dieses Ensemble immer näher an die Abbruchkante hatten rücken lassen, war dort eine künstliche Düne errichtet worden. Diese schützte die Häuser heute vor der rauen Nordsee.

Am Parkplatz angekommen, stellte ich mich auf das Holzplateau, von dem aus man über den Strand aufs Meer blicken konnte.

Es wehte ein scharfer Wind, und nur wenige Menschen gingen hier heute spazieren. Die Wellen boten eine atemberaubende Show. In schäumenden weißen Kronen preschten sie an Land, während sich bereits die nächste Reihe hinter ihnen aufbaute, um auf den Strand zuzurollen.

Einige Möwen trotzten dem Wind und flogen mit heftigen Flügelschlägen dagegen an, ließen sich dann für ein paar Momente treiben und wirbelten zurück, bevor sie wieder alle Kraft gegen die wehenden Luftmassen aufwendeten.

Mich beruhigte dieses Bild, und es tat gut, den Kopf hier freipusten zu lassen. Ich bedauerte, dass ich meinen Eltern zugesagt hatte, dass ich schon um 9.30 Uhr im Hotel sein würde. Gerne wäre ich zu einem Spaziergang am Wasser aufgebrochen. Aber dies würde ich ganz in Ruhe nachholen und freute mich schon jetzt darauf.

Ich wollte mich gleich mal schlaumachen, welche Strandsaunen derzeit geöffnet hatten. Auch wenn ich an vielen besonderen Orten dieser Welt gewesen war, war das immer noch einmalig hier auf Sylt.

Von der Sauna aus lief ich nämlich dann immer direkt über den Strand in die Nordsee. Ich konnte mir kein besseres Kältebecken vorstellen, und genau diese Kombination der wärmenden Sauna mit Blick auf den Strand und das kühle Wasser des Meeres nach dem Saunagang war perfekt. Das Gefühl von Freiheit und die Konfrontation mit den Elementen spürte man in dem Moment, in dem man ins kalte Wasser tauchte, intensiver denn je.

Ich ging den Weg über die Holzplanken entlang in Richtung Strand, um von dort den Ausblick zu genießen. Ein schneidender Wind ließ mich meine Jacke fester zurren und tief durchatmen. Die Naturgewalten an diesem Ort faszinierten mich jedes Mal aufs Neue, und ich kostete jede Sekunde aus. Schon dieser kurze Aufenthalt hier kam mir vor, als habe ich meine Kraftspeicher zunächst wieder aufgetankt und mich gestärkt für alles, was da kommen sollte. Dann ging ich zu meinem Auto zurück und fuhr über den Weg in den Dünen und dann durch Kampen hindurch in Richtung unseres Hotels in Keitum.

Auf dem Weg kam ich am *Kliffstübchen* vorbei, und meine Brust fühlte sich eng an. Für einen Moment blieb mein Blick verwundert hängen an einer jungen Frau, die im Türrahmen stand und gerade ein Paar begrüßte. Ich meinte, es war die Frau, die ich am Eingang des Restaurants bereits gesehen hatte. Ihr strahlendes Lächeln und ihr attraktives Aussehen waren mir in Erinnerung geblieben.

Die etwas mehr als schulterlangen blonden Haare trug sie offen. Sie umspielten ihr Gesicht und ihre etwas hohe Stirn.

Im Vorbeifahren konnte ich nicht viel mehr erkennen, wohl aber, dass sie gut aussah. Ich überlegte, ob ich meine Eltern einmal darauf ansprechen sollte, wer die Frau war. Konnte es sein, dass dies die jüngere Tochter der Wellendorfs war? Luise Wellendorf? Dazu passen würde, dass ich schon bei unserer Ankunft im Restaurant für einige Sekunden lang das Gefühl gehabt hatte, Marie zu begegnen. Es musste ihre Schwester sein. Es war jedoch nicht auszuschließen, dass mein Gehirn mir da einen gewaltigen Streich spielte. Womöglich hatte die Familie Wellendorf die Teestube mittlerweile längst verkauft.

Verständlich wäre es nach all dem Kummer, den sie seit dem Brand hatten ertragen müssen. Ich fuhr mit einem drückenden Gefühl im Bauch weiter.

Im Hotel angekommen, empfing mich meine Mutter.

»Guten Morgen, mein Schatz. Ich habe dem Team aus der Küche zuallererst Bescheid gesagt, dass du dir mal ein Bild machen möchtest. Wir wollen uns gleich im Frühstückssaal treffen.«

»Danke, Mama. Ich bin gleich da.«

Das Hotel hatte sich von Grund auf verändert. Bestand es früher nur aus einem einzelnen Gebäude in Keitum, hatten meine Eltern es nun ausgeweitet auf verschiedene Bereiche mit unterschiedlichen Häusern. Der Frühstückssaal lag noch im alten Teil.

Bevor ich dort hinging, drehte ich eine Runde durch den Eingangsbereich des Hotels. Auch wenn ich lange nicht hier gewesen war, fühlte es sich in diesem Teil an, als sei ich kaum fort gewesen.

Viele Dinge waren noch so, wie sie bei meinem Weggang ausgesehen hatten. Allerdings hatten meine Eltern einiges investiert. Wenn ich den Blick schweifen ließ, entdeckte ich einzelne Schilder, die auf den Spa-Bereich und verschiedene Angebote wie den Fitnessraum, Kinderbetreuung oder auch eine Bibliothek hinwiesen.

Hinter der Eingangstür wurde der Gast von einem Tisch empfangen, auf dem frisches Obst und Getränke wie Wasser und Saft arrangiert waren, woran man sich bedienen konnte. Jetzt im Winter wurde das Angebot durch verschiedene Tees, Kaffee und Kakao ergänzt. Ich entdeckte eine Etagere mit Baumkuchenspitzen. Eine kleine Sitzecke lud zum Verweilen ein. Neben der Sitzecke war ein Kamin, der am Abend wohlige Wärme und eine gemütliche Atmosphäre schaffte.

Wie die kugelrunden Buchsbäume, die mich vor dem Hotel bereits mit unzähligen Lichterketten empfangen hatten, war auch hier schon weihnachtlich dekoriert.

Meine Mutter war keine Freundin der überfrachteten Dekoration. Sie legte stets Wert darauf, dass dezent geschmückt war.

Auf dem Kamin standen silberne Sterne, in Windlichtern flackerten Kerzen. Kleine Schälchen mit gebrannten Mandeln und Pralinen in einzeln abgepackten Tüten mit weihnachtlichen Motiven empfingen die Gäste an den Tischen vor der Sitzecke. In den weißen Butzenfenstern sah ich Schalen mit schweren Kugeln und weiteren Lichtern glänzen. Sanfte Klänge klassischer Weihnachtsmusik untermalten die Atmosphäre.

Ich ging weiter und kam in den Frühstückssaal. Einige Gäste waren bereits eingetroffen.

Hinter einer Wand, die den Eingang zur Küche vom Gastraum abtrennte, stand meine Mutter mit einem mir unbekannten

Mann. Der Typ, ungefähr in meinem Alter, kam in einer blütenweißen Kochjacke mit meiner Mutter auf mich zu.

»Herr Jacobsen?« Freundlich schaute er mich an. »Ich bin Claas Kämmerer. Mein Team und ich sind hier, gerade was Süßspeisen und Torten angeht, in recht große Fußstapfen getreten. Schön, dass wir uns endlich persönlich kennenlernen.«

»Guten Tag, Herr Kämmerer, danke. Ich freue mich auch, endlich ein Bild zu dem Namen zu haben, den ich schon so häufig gehört habe.« Meine Mutter hatte mir oft berichtet, wie dankbar sie war, ihn als Koch für unser Hotel engagiert zu haben, als ich Sylt verlassen hatte. Einige Male schon hatte sie mir am Telefon davon vorgeschwärmt, dass der hoch motivierte junge Mann ein tolles Gespür für die friesische Küche hatte und erstaunlich routiniert mit dem Stress, den der Hotelalltag mit sich brachte, umging. »Du würdest ihn mögen«, hatte sie oft gesagt. Dieser Eindruck bestätigte sich, als ich ihn nun persönlich kennenlernte.

»Ihnen eilt ein guter Ruf voraus«, bemerkte ich anerkennend. Meine Mutter nickte bestätigend und lächelte.

Unsicher verzog auch er die Mundwinkel zu einem Lächeln. Sicher hatte er Sorge, dass ich ihm seinen Job nun streitig machen würde, wenn ich als Sohn des Hoteliers hier plötzlich wieder auftauchte. Ich überlegte, wie ich ihm diese Angst nehmen könnte. »Meine Mutter hat schon immer gesagt, dass wir das perfekte Team hier abgeben würden. Würde mich freuen, wenn sie recht behält. Ich kann mir gut vorstellen, dass Sie mir noch einiges hier zeigen können. Da fehlt mir ganz klar die Routine im Hotel.« Ich machte eine ausschweifende Handbewegung.

»Ihre Eltern erzählten, dass Sie viel gereist sind in den letzten Jahren?« Interessiert schaute er mich an, und ich nickte.

»Ja, ich habe mich einige Jahre auf der Welt umgesehen und hoffe, ich kann ein paar Ideen davon auch hier mit einbringen.

Aber das werden Sie mir letztlich am besten sagen können. Sie kennen den Laden und unsere Gäste mittlerweile sicher viel besser als ich.«

In diesem Moment kam ein Ruf aus der Küche.

»Ich werde gebraucht. Bis ganz bald dann!« Entschuldigend lächelte er, hob die Handflächen und verschwand in der Küche.

»Und, wie ist dein erster Eindruck?« Meine Mutter schaute mich fragend an, als wir uns zurückzogen.

»Ein netter Kerl! Und wenn du sagst, er hat's drauf, dann vertraue ich dir komplett.« Ich lächelte, und sie wirkte erleichtert. Wir traten wieder ein wenig aus dem Frühstücksraum heraus und nutzten die Ruhe im Flur.

»Das freut mich, dass du Claas magst.« Sie rang mit den Händen.

»Mama, mach dir bitte nicht so viele Gedanken. Ich komme ganz normal zurück als Moritz Jacobsen. Nicht mehr und nicht weniger. Ich will niemandem die Position streitig machen und werde auch ganz bestimmt keine Chefallüren an den Tag legen. Das möchte ich nach wie vor nicht, da sei dir sicher.«

»Du weißt, dass dein Vater sich das noch immer wünscht«, setzte sie an. »Also, nicht die Allüren, aber …« Sie schaute mich mit einem vielsagenden Blick an.

»Mama, nicht Papa entscheidet darüber, was ich mache«, unterbrach ich sie.

»Ja, das stimmt. Und ich stehe auch nach wie vor hinter deiner Entscheidung. Ich hoffe nur, dass es euch gelingt, harmonisch miteinander umzugehen, wenn ihr unterschiedliche Pläne habt.«

»Das kriegen wir schon hin, Mama.« Aufmunternd legte ich den Arm um sie, teilte aber insgeheim ihre Bedenken. »Was gibt's denn sonst so Neues hier? Lass uns doch mal eine Runde durch die Anlage drehen.«

Sie freute sich und zeigte mir alles, was in den letzten drei Jahren hinzugekommen war. Stolz führte sie mich durch das Hotel.

Ich war nicht einmal an den Feiertagen zurück nach Sylt gekommen. Meist hatte ich mich so weit entfernt von Deutschland aufgehalten, dass ich mich dahinter versteckte, dass es ja kaum möglich war, kurzfristig hier anzureisen.

Dadurch hatte ich die vielen Neuerungen im Hotel jedoch auch nicht mitbekommen. Ich war überwältigt davon, was meine Eltern hier auf die Beine gestellt hatten. Ich bewunderte die neuen Gebäude und Ausmaße des Hotels. Und neben Stolz darauf empfand ich auch Respekt. Mit den Veränderungen hatte das Haus eine ganz andere Größenordnung angenommen, die mir imponierte. Gleichzeitig bestärkte das mich jedoch auch darin, dass es einer ungeheuerlichen Verantwortung entsprach, hier die Leitung zu haben. Ich zog den Hut vor meinem Vater. Ich stellte mir vor, dass neben dieser Tätigkeit in seinem Leben kaum etwas anderes Platz finden würde. Das zeigte sich auch darin, dass er seiner Leidenschaft des Golfens laut meiner Mutter kaum noch, und wenn, dann nur aus geschäftlichen Gründen nachging. Auch wenn es bei mir nicht das Golfen war, gab es so viel, was ich neben der Arbeit am Ende des Tages auf der Habenseite für mein Wohlbefinden verbuchen wollte. Das, was mein Vater dort notieren konnte, war zwar ehrenwert, entsprach aber in keiner Form dem, was ich mir für mein Leben wünschte. Ich hoffte inständig, dass mein Vater das endlich akzeptieren würde. Andernfalls müsste ich schwere Wege gehen und mir endgültig einen anderen Plan für die Zukunft überlegen, was vor allem meiner Mutter das Herz brechen würde.

Vorbei an modernen, aber dennoch gemütlich ausgestatteten Reetdachhäusern, in denen sich Zimmer und Apartments befanden, kamen wir auch zum Spa-Bereich. Diesen hatte ich schon auf unzähligen Fotos bewundern dürfen. Meine Mutter schwärmte sehr von diesem Teil des Hotels, und sie hatte nicht übertrieben.

Ein großer Pool, umrahmt von gemütlichen Liegen und sanftem Licht, bildete das Herzstück. Darum herum waren verschiedene Themensaunen angelegt. Es duftete nach Holz und Frische.

Staunend schritt ich die einzelnen Räume ab.

»Bewundernswert, was ihr hier aufgezogen habt. Das setzt ganz neue Maßstäbe im Ort und auf der Insel«, stellte ich anerkennend fest.

»Es freut mich, dass es dir so gut gefällt. Auf den Fotos kommt es ja doch kaum herüber.« Sie strahlte zufrieden.

»Dann will ich dir noch etwas zeigen, was mir besonders am Herzen liegt.« Lächelnd und mit einem Leuchten in den Augen machte meine Mutter eine einladende Handbewegung. An der Spielewelt für Kinder, die hier betreut werden konnten, wenn ihre Eltern eine Auszeit im Spa nahmen, vorbei gingen wir wieder in Richtung der Küche.

Wir kamen wieder in dem Gebäudeteil des ursprünglichen Hotels an und bogen in den Flur, der vom Eingang abging. Bereits in dem Gang, dessen Wände Schwarz-Weiß-Fotografien zierten, zogen mir ein süßlicher Duft frischen Gebäcks und herbe Kaffeearomen entgegen. Ein handgeschriebenes Eingangsschild lud zum Eintritt in einen weiteren Raum ein. Hier war ein Café entstanden, das ich noch nicht kannte. Wir traten ein, und ich staunte, wie viele Gäste hier waren.

»Wie gefällt dir unser kleines *Friesencafé*?« Stolz deutete meine Mutter durch den Raum.

Bewundernd und mit vor Überraschung offenem Mund hob ich die Augenbrauen. Die Einrichtung war friesisch rustikal. An den Wänden hingen Bilder der Insel. Zu sehen waren das Watt, der Strand und inseltypische Häuser. Ich trat näher, als ich entdeckte, dass in einer Art Galerie die Geschichte und die Personen unserer Familie abgebildet waren. Ich sah Aufnahmen meiner Großeltern und einige Bilder aus den Siebzigerjahren, dazwischen immer mal ein wenig Text, der die Eckpunkte aus diesen Jahren beschrieb. Mir gefiel diese Idee, die die Tradition und die Historie des Hotels wunderbar repräsentierte. Das Gebäude, in dem das Café lag, war eines unserer historischen Friesenhäuser. Gepolsterte Bänke mit Kissen darauf und dunkle Holztische, die liebevoll eingedeckt waren, rundeten das Ambiente ab und boten einen tollen Kontrast zu den hellen Polstern und der cremefarbenen Wand. Hinter allen Bänken waren Lichtleisten eingelassen und gaben dem Raum ein dezentes, aber warmes Licht.

»Wow! Du hast hier ein Café eingerichtet? Warum hast du nichts davon erzählt?« Meine Stimme überschlug sich beinahe vor Begeisterung.

Meine Mutter hob die Augenbrauen. »Eine gewisse Heimlichtuerei liegt wohl in der Familie.« Sie schaute mich mit schief gelegtem Kopf an. »Ich wollte dich damit überraschen. Wenn du wieder zurückkommst. Es sollte genau in die Richtung gehen, die du dir damals immer vorgestellt hast. Ich hoffe, das ist mir gelungen. Dieser Ort wartet nur darauf, mit deinen zauberhaften Torten und Gebäck versorgt zu werden.« Stolz blickte sie durch den Raum. In der Tat hatte sie ihn ganz nach meinem Geschmack eingerichtet. Ich griff nach einer Karte. Darauf las ich neben verschiedenen Kaffeespezialitäten auch eine Auswahl an Teesorten und Eis.

»Und wie ich sehe, wird es wunderbar angenommen«, staunte ich.

Meine Mutter nickte und konnte nicht verbergen, dass sie sich ebenso darüber freute und stolz darauf war. Ich legte den Arm um sie und drückte sie an mich.

»Wir haben so viel Zulauf, es ist fantastisch. Und ich hatte erst Sorge, dass es ja schon so viele Cafés gibt im Ort und ein weiteres womöglich gar nicht angenommen wird.«

»Diese Sorge scheint unberechtigt«, freute ich mich. »Du kannst sehr stolz sein, Mama. Echt stark. Ein wunderschönes Café! Hier kann man sich wohlfühlen. Und du hast recht: Genau so habe ich es mir immer vorgestellt.« Anerkennend schaute ich durch den Raum. »Apropos andere Cafés. Als ich vorhin am *Kliffstübchen* vorbeifuhr, sah ich da eine junge Frau die Gäste in Empfang nehmen. Macht das gar nicht mehr die Familie Wellendorf?«

»Doch, soviel ich weiß, haben die Eltern für einige Zeit die Insel verlassen, weil sie zur Kur fahren«, erklärte meine Mutter.

»Eine unserer Mitarbeiterinnen erzählte mir, dass die Tochter aus Hamburg für ein paar Wochen nach Sylt kommt und die Teestube für den Zeitraum übernimmt. Sie hat schon öfter ausgeholfen und kennt sich dort aus.« Meine Mutter hob die Schultern. »Ich kenne sie vom Sehen, kann mich aber nicht genau erinnern. Sie ist schon vor einigen Jahren hier weggezogen.«

»Verstehe. Ja, vielleicht war sie das dann.« Nachdenklich blickte ich auf die Uhr. Dann war die junge Frau sicher die Schwester von Marie, Luise, von der ich vor Jahren schon gehört hatte.

»Was hältst du davon, wenn ich noch mal bei Claas vorbeischaue und mich auf den neuesten Stand bringe, was das Restaurant und den allgemeinen Gastrobetrieb angeht?«

»Das mach mal, mein Schatz. Ich werde währenddessen deinen Vater suchen und mit ihm noch ein paar Dinge besprechen. Bis später!«

Ich ging noch einmal ins Restaurant und nutzte eine Pause, die Claas gerade machte, um mich bei ihm über seine Ideen und seinen Alltag in der Küche unseres Hauses zu informieren. Schon nach kurzer Zeit waren wir zum *Du* übergegangen.

Während wir uns unterhielten, bestätigte sich mir, dass meine Eltern keinen besseren Mitarbeiter hätten bekommen können als ihn. Insgeheim gefiel mir das vor allem deshalb so gut, weil ich hoffte, dass ich dadurch womöglich mein Augenmerk, sofern es mein Vater zuließ, auf den Konditorei- und Cafébereich legen konnte.

Ich wollte mir nicht zu große Hoffnungen machen. Mein Vater war speziell und sehr von seinen eigenen Ideen überzeugt. Aber jetzt, wo ich sah, dass er das Café zugelassen hatte, war er neuen Überlegungen gegenüber anscheinend offen. Ich scheute jedenfalls nicht davor zurück, es darauf ankommen zu lassen, ihn von meinen Vorhaben zu überzeugen.

Weil ich irgendwann eher das Gefühl hatte, im Weg herumzustehen, Claas viel zu tun hatte und ich ihn nicht länger von der Arbeit abhalten wollte, entschied ich, einen Spaziergang zum *Kliffstübchen* zu machen. Ich zog mir eine warme Jacke an und setzte eine Mütze gegen den schneidenden Wintersturm auf, der vor der Tür toste. Schon nach wenigen Schritten sehnte ich mich nach einer heißen Tasse Tee und in wärmere Gefilde zurück.

7. Luise

Die Tür der Teestube ging auf, und mit einem kalten Windzug kam ein weiterer Gast herein.

Es war ein Mann, der offenbar allein da war. Die Mütze tief ins Gesicht gezogen, sah ich zunächst wenig von ihm. Er trug einen dunkelgrünen Parka, dessen Reißverschluss bis über den Mund geschlossen war. Darunter hatte er einen Schal um den Hals gewickelt, und er sah mit seiner leicht geduckten Körperhaltung insgesamt so aus, als gefalle ihm das Wetter nicht besonders. In der Wärme der Teestube angekommen, richtete er sich auf und lächelte dankbar.

»Herzlich willkommen«, begrüßte ich ihn. Ich deutete in den leeren Gastraum, was mir fast ein wenig unangenehm war. »Sie haben Glück und die freie Auswahl.«

»Vielen Dank.« Ich hatte den Eindruck, sein Blick blieb für einige Sekunden an mir hängen, als überlege er, warum nicht meine Eltern ihn hier in Empfang nahmen, sondern ich.

»Offenbar wagen sich heute die wenigsten in diese Kälte hinaus, was ich verstehen kann.« Er schälte sich aus dem Parka und legte Mütze und Schal ab.

Hinter der dicken Jacke kam ein großer attraktiver Mann zum Vorschein. Er wuschelte sich einmal durch das volle braune Haar und sah trotz der Mützenfrisur unwahrscheinlich gut aus. Nun sah ich seine Augen, deren Ausdruck mich faszinierte, weil das leuchtende Blau unter dem dunklen Braun seiner Augenbrauen auffallend war.

Offenbar starrte ich ihn einen Moment zu lange an, jedenfalls merkte ich, wie Franka mir die Karte aus der Hand nahm, die ich ihm gerade hatte bringen wollen, und mir dabei einen vielsagenden Blick zuwarf.

»Machen Sie es sich bei uns gemütlich. Ich kann Ihnen den Käsekuchen ganz besonders ans Herz legen, dazu einen wärmenden *Wintertee* vielleicht? Aber schauen Sie einfach selbst einmal, was Ihnen gefallen könnte.«

»Das klingt alles wunderbar! Ich werfe aber so oder so mal einen Blick in Ihre Karte!« Dankbar nahm der Mann die Karte entgegen und blätterte darin.

Franka ging wieder in die Backstube und kam heraus mit einem Schälchen voller handgemachter Friesenkekse. Es war ein Mürbegebäck, welches perfekt zu Tee passte. Franka zwinkerte mir zu und stellte dem Gast das Schälchen auf den Tisch.

»Als kleiner Willkommensgruß des Hauses.«

»Oh, herzlichen Dank. Wie aufmerksam.« Strahlend schaute er Franka an. »Ich würde gerne Ihrer Empfehlung folgen und den Käsekuchen samt *Wintertee* probieren. Bei diesen Temperaturen ist das sicher genau das Richtige.« Er lächelte und rieb sich die Hände.

Ich bereitete einen Tee vor, und Franka kam kurz darauf aus der Backstube, den Teller mit dem Käsekuchen in der Hand, und gab ihn mir. Ich servierte beides.

Noch immer rieb der Mann sich die Hände, dabei hatte er schon den Platz ausgewählt, der am nächsten am wärmenden Kachelofen lag.

»Soll ich den Ofen ein wenig mehr anheizen? Ist es zu kalt

hier bei uns?«, erkundigte ich mich. Es konnte schon sein, dass es einem selbst nicht auffiel, wenn der Raum auskühlte, weil man ständig hin- und herlief und in Bewegung war.

»Oh nein. Vielen Dank! Hier ist es herrlich warm. Ich bin diese Kälte nur einfach nicht mehr gewohnt und muss erst einmal wieder ankommen auf der Insel. Man muss sich halt richtig anziehen, damit man dem Wetter zuverlässig trotzt.« Er lächelte und hob entschuldigend die Schultern.

»Geht mir ganz ähnlich. Ich bin heute den ersten Tag wieder hier. Obwohl Hamburg auch nicht gerade mit strahlendem Sonnenschein punktete in den letzten Tagen. Das passte als Einstimmung auf das Wetter hier schon ganz gut.«

Er lachte. »Sie kommen aus Hamburg? Wie schön. Ich mag die Stadt sehr. Aber für besonders charmantes Wetter ist sie tatsächlich eher nicht bekannt.«

»Nicht unbedingt«, bestätigte ich lachend.

»Ich merke gerade, dass ich da in der letzten Zeit sehr verwöhnt war, was das Wetter und die Temperaturen angeht.«

»Wo muss man sich denn derzeit aufhalten, damit man Sonne und Wärme genießen darf?«

Der Mann lachte leise. Dabei fiel mir auf, wie sympathisch sein Lachen war.

»Also empfehlen kann ich Teneriffa. Traumhaftes Wetter. Wunderschön warm, viel Sonne. Lebensqualität pur.« Er ließ ein wenig Kandis in den Tee fallen, der sich langsam knackend darin auflöste.

»Ich habe mal einen Herbst auf La Palma verbracht. Ich erinnere mich daran, dass es herrlich war.«

»Auch ein toller Ort! Gerade, um dem Schmuddelwetter um diese Zeit in Deutschland zu entfliehen, eignet sich die Insel perfekt. Mir hat mal jemand gesagt, dass auf La Palma immer irgendwo die Sonne scheint. Man kann ihr quasi hinterherfahren, falls es mal regnet.« Er lachte und hob die Schultern. »Aber hier ist es auch schön«, bemerkte der Mann, und ich nickte.

»Auf jeden Fall! Sylt ist einfach etwas ganz Besonderes. Die Insel hat halt eher einen rauen Charme. Und dennoch lieben viele Leute sie. Das will doch was heißen. Warm und sonnig kann ja jeder.« Ich lächelte.

In diesem Moment kamen weitere Gäste, und ich freute mich darüber, obwohl ich mich gerne länger mit dem Gast über Urlaubsziele unterhalten hätte.

Die anderen Gäste bestellten, und ich servierte ihnen das Gewünschte und unterhielt mich eine Weile mit dem Paar, als ich feststellte, dass der Gast gegangen war.

Ich trat in die Backstube, in der Franka gerade verschwunden war.

»Hast du den Typen gehen sehen?«, fragte ich sie.

»Ja, keine Sorge, er hat bezahlt.« Franka grinste.

»So meinte ich das gar nicht.« Ich wurde rot. Tatsächlich bedauerte ich es, dass der Mann wieder gegangen war. Ich fand ihn auf irgendeine Art interessant. Zum einen sah er unheimlich gut aus, zum anderen schien er meine Leidenschaft fürs Reisen zu teilen.

»Er hat sich erkundigt, ob wir auch Zimmer anbieten.« Franka hob beiläufig die Schultern. Irritiert schaute ich sie an.

»Okay. Interessant. Wie schade, dass dem nicht so ist«, stellte ich fest, und in diesem Moment schoss mir eine Möglichkeit durch den Kopf, die vielleicht ein erster Schritt in Richtung Rettung der Teestube sein konnte.

»Wenn du aber den Blick gesehen hättest, mit dem Inga diese Nachfrage zur Kenntnis genommen hat …« Franka machte eine Bewegung, als habe sie sich die Finger verbrannt. »Nur gut, dass sie nicht direkt dazwischengegangen ist.« Bedauernd hob sie die Schultern.

»Oma hat das mitbekommen?«, fragte ich erschrocken.

»Sie stand im Türrahmen. Ich konnte sie hinter seinem Rücken sehen.«

Ich atmete auf. »Da haben wir ja Glück, dass er dich und nicht sie gefragt hat.« Ich winkte ab. »Der wäre nie wiedergekommen, da bin ich mir sicher.« Obwohl es eigentlich gar nicht allzu lustig war, mussten wir beide bei der Vorstellung, wie Inga unseren Gast mit ihrer harschen Art verjagt, schmunzeln.

Nachmittags meldeten sich meine Eltern. Sie waren gut angekommen in ihrem Kurort an der Ostsee und hatten auf dem Weg zur Klinik der dortigen Teestube bereits einen Besuch abgestattet. Es freute mich zu hören, wie glücklich sie klangen, und ich war guter Hoffnung, dass sie sich dort erholen konnten.

8. Moritz

Ich drehte mich um und blieb noch einen Moment lang vor dem Friesenhaus, in dem sich die kleine Teestube befand, stehen, bevor ich ins Hotel ging. Die typisch friesische Tür, in deren Mitte ein dicker, mit Kugeln verzierter Kranz hing, war mir schon vor drei Jahren aufgefallen, als ich zuletzt hier gewesen war. Der Garten war ebenso weihnachtlich geschmückt mit unzähligen Kugeln, Licht und Tannengrün. Ich hatte einen Blick auf die Speisekarte geworfen. Es kam mir vor, als lebe man hier alte Sylter Traditionen vor perfekt dazu passender nostalgischer Kulisse weiter. Besonders vor Weihnachten war dies ein Ort zum Wohlfühlen, das hatte mir mein Besuch bestätigt. Die Dekoration aus dichter Tanne, die wie ein Bogen um die Tür herumgelegt war, unterstrich das einladende Ambiente. Bilder zogen an meinem inneren Auge vorbei, die ich mit diesem Ort verband. Ich hatte nicht gedacht, dass einer meiner ersten Wege auf der Insel ausgerechnet hierherführen würde. Aber der Moment, als ich die Frau an der Tür hatte stehen sehen, war, als ziehe mich seitdem ein unsichtbares Band hierher.

Es gab noch einige Dinge, die ich hier auf Sylt zu Ende bringen wollte. Ich war langsam so weit, dass ich diesen Weg gehen wollte, auch wenn ich dafür einen Schritt nach dem nächsten machen musste, um mich selbst nicht zu überfordern. Das hatte ich in der

Zeit, in der ich unterwegs gewesen war, gelernt. Es gab da dieses Rezeptbuch, ein ganz besonderes Geschenk meines Großvaters, welches endlich dorthin zurückkehren sollte, wo es hingehörte. Und dieser Ort war die Teestube.

Ich blickte noch einmal durch den Garten und bewunderte die weihnachtliche Dekoration, aus der die Liebe zum Detail sprach. Hier freute sich jemand auf die Festtage. Mir waren schon am Vorabend viele Vorgärten aufgefallen, in denen prachtvolle Buchsbäume übersät waren mit goldenen Lichterketten. Dies setzte sich hier vor dem *Kliffstübchen* fort und zauberte bereits um diese Zeit ein ansehnliches Lichtspiel.

Auf dem Weg zum Hotel ließ ich meinen Besuch in der Teestube Revue passieren.

Erst hatte ich kurz gezögert, ob ich hineingehen sollte oder mich die Erinnerungen dann womöglich übermannen würden. Aber schon als ich das *Kliffstübchen* betrat, zog mir bereits ein süßlicher Duft frisch gebackenen Käsekuchens entgegen. Außerdem duftete es nach verschiedenen Teesorten, die zusammen eine Mischung ergaben, die ihresgleichen suchte.

Die Teestube hatte noch genauso ausgesehen, wie ich sie in Erinnerung hatte. Die Familie hatte bei der Restaurierung offenbar großen Wert darauf gelegt, möglichst alles so wieder aufzubauen, wie es vorher gewesen war. Die Ursprünglichkeit und der friesische Stil waren perfekt erhalten. Sitzbänke an den Fensterseiten des Hauses, die mit gemütlichen Kissen ausgestattet waren, luden zum Verweilen an den liebevoll eingedeckten Tischen ein. In vereinzelten Nischen befanden sich Tische, und an den Wänden hingen unzählige Bilder mit Motiven der Insel oder historischen Aufnahmen. Es wirkte wohnlich und warm. Holzregale an den Wänden, in denen Teemischungen arrangiert waren, und Vitrinen, die die vielfältigen Kuchenvariatonen zeigten, weckten sofort mein Interesse. Mir fiel allerdings auch auf, dass das Café meiner Eltern große Ähnlichkeit mit diesem Ort hatte.

Die Frauen, die mich in der ansonsten leeren Teestube empfingen, waren so freundlich, dass ich von ihrer zuvorkommenden Art sofort eingenommen war. Eine der beiden hielt ich für Luise, Maries Schwester. Sie war auch diejenige, die ich bereits an der Tür hatte stehen sehen. Innerhalb weniger Minuten hatten wir uns bereits übers Reisen unterhalten, eine Leidenschaft, die wir offensichtlich teilten.

Als sie mir dann auch noch den köstlichsten Käsekuchen überhaupt servierte, fühlte ich mich rundherum gut aufgehoben, und all meine vorherigen Zweifel, ob ich der Teestube einen Besuch abstatten sollte, waren verflogen. Auf der Karte hatte ich die Teemischung *Winterzauber* entdeckt. Es war die Teemischung, auf die mich Marie kurz vor ihrem Tod aus einem ganz bestimmten Grund aufmerksam gemacht hatte.

Maries Schwester hatte wie ich eine große Reiseleidenschaft und war ungefähr in meinem Alter, vielleicht ein paar Jahre jünger. Abgesehen davon, dass sie sehr gut aussah und mein Blick immer wieder zu ihr gewandert war, stets darum bemüht, dass sie es nicht mitbekam, faszinierte sie mich. Mit dem, was sie mir zu ihrem Wohnort erzählte, bestätigte sie, die Tochter zu sein, von der meine Mutter meinte, dass sie ihre Eltern während deren Kur vertrat. Ich bewunderte, wie sie zu Hause alles hatte stehen und liegen lassen, um im elterlichen Betrieb einzuspringen. Mit einem Mal kam ich mir sehr egoistisch vor bei dem, was ich tat. Es kam mir vor, als sei ich undankbar, weil ich nicht einfach in unseren Familienbetrieb einstieg, sondern meine eigenen Ziele und Bedürfnisse obenan stellte. Aber offenbar war die Tochter der Teestuben-Eigentümer ja auch nicht ständig auf der Insel, sondern führte ein Leben in Hamburg. Dass ich die junge Frau so sympathisch fand, brachte mich vollkommen durcheinander. Ganz sicher würde ich erneut hier vorbeikommen. Und das nicht nur, weil hier der Käsekuchen einmalig und die Atmosphäre so behaglich war.

Schade, dass sie keine Zimmer vermieteten.

Zurück im Hotel, lief ich gleich meinem Vater über den Weg. Er bat mich, ihm zu folgen, und wir gingen in sein Büro. Sein Assistent brachte uns Getränke.

»Wie läuft denn dein erster Tag hier auf der Insel? Hat dir Mama schon die neuen Bereiche gezeigt?« Mit unbewegter Miene schaute er mich an.

»Ich bin schwer beeindruckt, was ihr hier in den letzten Jahren aufgebaut habt. Ich ziehe den Hut.« Abwartend blickte ich meinen Vater an. Dieser nickte nur.

»Auch den neuen Küchenchef Claas Kämmerer habe ich kennengelernt. Er scheint ein Vollprofi zu sein. Der Typ ist ein echter Gewinn. Ich habe mich gut mit ihm unterhalten und erlebt, wie er in nahezu stoischer Ruhe seine Arbeit erledigt hat. Sowohl seitens der Gäste als auch des Personals prasselten Fragen und Wünsche auf ihn ein, die ihn kein bisschen aus der Ruhe brachten. Ein richtig guter Mann.«

»Da gebe ich dir recht. Perfekte Voraussetzungen, um diesen Bereich ruhigen Gewissens genau so laufen zu lassen.«

»Wie meinst du das?« Ich ahnte, dass mein Vater darauf hinauswollte, dass mit Claas in der Küche jemand da war, der keine weitere Führungskraft an seiner Seite brauchte.

»Nun, ich denke nicht, dass eine Doppelspitze in diesem Team vonnöten ist. Claas hat alles im Griff. Womöglich würde das am Ende noch demotivierend wirken.«

Was mein Vater sagte, war richtig. Auch mir war der Gedanke

gekommen, dass sich ein Mann wie Claas auf den Schlips getreten fühlte, wenn ich plötzlich dazustieß.

»Ich habe Claas signalisiert, dass er sich keinerlei Sorgen machen muss, dass ich ihn verdrängen oder gar ersetzen will. Das ist nicht mein Ziel.«

»Das würde ich tatsächlich auch zu verhindern wissen, mein Sohn. Einerseits, weil ich Claas sehr schätze, und andererseits, weil ich dich nicht hinter dem Herd sehe. Du hast das Zeug dazu, all deine Erfahrungen und Ideen einzubringen in das Unternehmen, indem du an der Spitze stehst. Ich bin überzeugt, dass uns gemeinsam ein perfektes Zusammenspiel aus Tradition und Innovation gelingen wird.«

Es ehrte mich, dass mein Vater so wertschätzend von mir sprach. Gleichzeitig ärgerte es mich, dass er mich als Person so wenig sah. Vielleicht erkannte er mich tatsächlich nicht. Er wollte es aber auch nicht. Er sah Moritz Jacobsen, den Nachfolger der Jacobsen-Familiendynastie, der selbstverständlich die Tradition weiterführte. So, wie auch er es getan hatte.

Aber der war ich nicht. Ich betrachtete meinen Vater und mich als zwei vollkommen verschiedene Charaktere. Und blickte ich weiter zurück, zu meinem Großvater, dann sah ich da zwar einen Mann, der meine Leidenschaft für den Beruf des Konditors geteilt hatte, der sie dann aber letztlich hintangestellt und sein Leben stattdessen dem Hotel gewidmet hatte. Weil man das als Jacobsen so tat. Aber ich bezweifelte, dass es nur diesen einen Weg gab.

»Papa«, setzte ich an, aber er unterbrach mich sofort.

»Hat Mama dir denn auch das Café gezeigt? Das hat dir doch sicher gut gefallen?« Ich hörte genauer hin, um auszumachen, ob er das, was er sagte, mit einem gewissen Unterton formulierte und er dieses Vorhaben belächelte. Ich konnte kein amüsiertes Schmunzeln erkennen in dem, was er sagte.

Entweder wollte mein Vater der Diskussion über meine Zukunft im Hotel ausweichen, oder aber ich durfte dies als ersten Schritt in meine Richtung deuten. Manchmal erkannte man die Komplimente meines Vaters erst auf den zweiten oder dritten Blick.

»Es ist traumhaft. Mama hat mir nie davon erzählt. Ich bin begeistert.«

Mein Vater lächelte. »Es ist ihr ganzer Stolz. Ich habe den Eindruck, seit sie mit den ersten Planungen begonnen hat, hat sie auf den Tag gewartet, an dem sie es dir zeigen kann.« Sein Blick war liebevoll. Auch wenn mein Vater in vielen Dingen rational wirkte, war meine Mutter ein Punkt in seinem Leben, da zeigte er Wärme. Ihre Meinung war es auch, die ihn zumindest zuhören ließ, während nahezu alle anderen Menschen es schwer hatten, ihn von ihren Vorstellungen und Plänen zu überzeugen.

»Sie wirkte sehr zufrieden, da gebe ich dir recht. Das darf sie auch sein. Es gefällt mir ausgesprochen gut, was sie da etabliert hat.«

Sein Blick bekam für einen Moment etwas Weiches, bevor er wieder ernst wurde.

»Papa, ich habe in verschiedenen Städten dieser Welt großartigen Köchen und Konditoren über die Schulter schauen dürfen. Das habe ich auch deinen wertvollen Kontakten zu verdanken.«

»Danke, mein Sohn. Es freut mich, dass dir ein paar alte Freunde da behilflich sein konnten.«

Ich nickte. »Absolut. Schon während meiner Ausbildung und nun auch auf einzelnen Stationen meiner Reisen habe ich davon profitiert. Es war eine großartige Zeit, und ich habe viel gesehen und kennengelernt. Nicht alles ist eins zu eins anwendbar hier im Hotel. Aber es gab so einige Ideen, die ich gerne übernehmen würde, vorausgesetzt, sie gefallen dir auch.«

»Ich bin immer offen für gute Strategien, wie man hier das Geschäft am Laufen hält.«

»Wie wäre es, wenn ich die Ideen und Vorschläge einmal zusammenfasse und daraus ein Konzept erstelle? Dann kannst du in Ruhe drüberschauen und dir ein Bild machen. Vielleicht können wir dann entscheiden, was für unser Haus infrage kommt und was nicht.«

»Das klingt gut.« Innerlich jubelte ich. Mit so viel Entgegenkommen hatte ich nicht gerechnet und war erstaunt über die Reaktion meines Vaters.

»Noch mal zurück zum Café. Ich war beeindruckt, wie gut besucht das Café heute schon war. Die Zeit, in der es voll wird hier auf der Insel, beginnt ja erst. Aber vorhin war nahezu jeder Tisch besetzt.« Anerkennend lächelte ich, und mein Vater nickte.

»Der Erfolg gibt deiner Mutter recht, ja. Wenn ich ehrlich bin, hätte ich nicht damit gerechnet, dass Keitum ein weiteres Café benötigt. Umso überraschter war ich, dass es so gut angenommen wird. Vor allem unsere Hotelgäste nutzen die Nähe. Es verlaufen sich offenbar aber auch ein paar Ruhe suchende Gäste und hier und da sogar Insulaner dorthin.« Er schmunzelte. »Mein Vater hätte seine wahre Freude daran.«

Ich nickte, und dieser Moment war einer der wenigen, in denen ich den Eindruck hatte, dass mein Vater ganz genau wusste, wie es hinter der erfolgreichen Unternehmensleiter-Fassade seines alten Herrn in Wirklichkeit ausgesehen hatte. Es verwunderte mich, wie offen er mit einem Mal wirkte. Leider war dieser Moment nur von kurzer Dauer.

»Ich könnte dir auch ein Konzept erarbeiten, in dem dargelegt ist, wo *ich* dich hier im Hause sehe. Ich denke aber, das weißt du auch so. Mir ist bewusst, dass dir die Vorstellung, etliche Stunden des Tages hinter dem Schreibtisch zu verbringen, Angst macht.

Erst recht vor dem Hintergrund, dass du in den letzten drei Jahren so gelebt hast, wie der Tag es dir vorgeschlagen hat.« Er hob die Augenbrauen, und da erkannte ich wieder diesen wertenden Blick, den ich hasste. »Verantwortung zu übernehmen ist nach einer Zeit der Unstetigkeit sicher kein Leichtes.«

»Glaub mir, gerade in diesen Zeiten, in denen jeder einzelne Morgen mir einen Vorschlag gemacht hat, was ich mit dem Tag anfangen könnte, ist mir manches bewusst geworden. Vor allem, dass der wichtigste Schritt im Leben ist, Verantwortung dafür zu übernehmen.« Mit diesen Worten stand ich auf, verabschiedete mich und verließ das Büro meines Vaters.

Vor der Tür rannte ich beinahe meine Mutter über den Haufen. Es brauchte nur einen Blick, und sie wusste Bescheid.

»Wie gesagt, Moritz. Gib ihm Zeit. Gib euch beiden diese Zeit, mein Schatz.«

Ich presste die Lippen aufeinander, nickte und sagte nichts. Ich nahm meine Mutter in den Arm.

»Ich kann noch immer nicht glauben, dass du wieder da bist. Ich freue mich so!«

Die rührende Hochstimmung meiner Mutter wirkte sofort versöhnlich, und ich lächelte wieder.

»Danke, Mama.«

9. Luise

An diesem Tag war nicht mehr viel los. Ich konnte es kaum erwarten, die Teestube heute abzuschließen. Die Frage unseres Gastes, ob wir Zimmer vermieteten, hatte mich auf eine Idee gebracht. Ich wusste, dass meine Mutter sich schon einmal überlegt hatte, Gästezimmer anzubieten. Fest stand, dass meine Großmutter dagegen ihr Veto einlegen würde, und es gab nur einen Weg, das zu umgehen: indem ich gar nicht lange fragte. Franka hatte den Blick meiner Oma schon ganz richtig gedeutet. Nicht auszudenken, wenn sie unserem Gast höchstpersönlich geantwortet hätte. Meine Oma wollte einerseits nicht auf den Zug der unzähligen Vermieter auf Sylt aufspringen. Ich hatte aber auch den Eindruck, dass es ihr widerstrebte, Maries ehemaliges Zuhause an fremde Leute zu vermieten.

Baulich betrachtet, konnte ich mir vorstellen, den Teil, der sich über der Teestube befand, wo unsere alten Jugendzimmer lagen, als Gästezimmer, die nicht nur für Familienmitglieder da waren, zu nutzen. Ich wollte mir überlegen, wie man so etwas darstellen könnte. Es wäre eine Möglichkeit, schnell Geld hinzuzuverdienen. Ich könnte Frühstück anbieten, ohne dass ich großen Zusatzaufwand hatte, da wir dieses ja sowieso im Angebot hatten.

Ausgestattet mit je einem Doppelbett, Schrank und einem kleinen Bad, boten sich die Zimmer geradezu an, vermietet zu werden. Meine Mutter hatte schon länger nicht mehr darüber gesprochen, die Idee einer Gästezimmer-Vermietung endlich umzusetzen. Sie hatte eine Zeit lang aber mit der Teestube so viel um die Ohren, wie sie sagte, dass sie den Gedanken sicher wieder verworfen hatte. Ich vermutete, sie scheute die Behördengänge und Auflagen, die mir aber wenig Sorge machten. Während meines Studiums hatte ich derlei Fragen ein paar Seminare gewidmet, sodass ich da auf dem Laufenden war. Für mich waren die Preisangabenverordnung, Bettensteuer und Kurtaxe keine Angstgegner, und ich traute mir zu, die Vermietung im Rahmen einer Kleinunternehmerregelung zu starten.

Auf der anderen Seite konnte ich mir jedoch auch vorstellen, dass meine Mutter diesen Schritt nie gewagt hatte, weil meine Großmutter dagegen war.

An diesem Abend machte ich es mir mit einem Tee am Schreibtisch gemütlich, brütete über verschiedenen Unterlagen und rechnete durch, was ich hinzuverdienen konnte, ohne dass ich bestimmte Grenzen überschritt oder sich daraus weitere Baustellen auftaten. Dabei warf ich auch einen genauen Blick in die Ordner, die mir meine Mutter ans Herz gelegt hatte, der mir bestätigte, dass die Lage alles andere als rosig war. Ich war umso mehr motiviert, die Ärmel hochzukrempeln. Ich erarbeitete ein Konzept für die Zimmervermietung und war der Meinung, dass es klappen könnte, so ein zweites Standbein aufzubauen. Es würden keine Reichtümer sein, die dabei herumkämen. Aber jede kleine Summe, die wir beiseitelegen konnten, falls mal etwas defekt war oder die Umsätze im *Kliffstübchen* schlechter waren, würde helfen.

Ich ging spätabends noch einmal los, um mir die Gästezimmer anzuschauen. Ein Blick auf das dunkle Fenster des Schlafzimmers meiner Großmutter im Nebengebäude, welches ich vom Fenster im Hausflur aus sehen konnte, zeigte mir, dass sie offenbar bereits schlief. Ich lief den Flur entlang, die Treppe hoch und ging noch mal in mein früheres Zimmer.

Es wirkte, als sei meine Mutter immer darauf eingestellt, hier Besuch zu empfangen. Es duftete frisch und war ordentlich und liebevoll eingerichtet. Die Dachschrägen des Friesengiebels sorgten für eine wundervolle Behaglichkeit. Die gemütlichen Möbel in hellen Farben waren allesamt relativ neu. Meine Eltern hatten diese Räume im Zuge der Renovierung nach dem Brand ebenfalls erneuert, weil meine Mutter anfangs oft Besuch von ihren Schwestern bekommen hatte. Es hatte ihr geholfen, dass sie in diesen Zeiten für sie da waren und sie und mein Vater nicht allein vor der Mammutaufgabe des Wiederaufbaus der Teestube standen. Meine Tanten hatten ihr damals auch immer mal im Betrieb unter die Arme gegriffen. Leider lebten sie allesamt im Süden Deutschlands, wo sie Familien hatten oder Jobs nachgingen, in denen sie nur zeitweise entbehrt werden konnten, sodass die Besuche sich irgendwann wieder auf Urlaube reduzierten.

Auch ich war ein paarmal hier gewesen und hatte in den Zimmern mit Freundinnen oder auch mal mit einem Partner gewohnt.

Ich schaute in die Schränke und die Bäder und fand, dass diese Zimmer ohne Weiteres angeboten werden könnten, wenn man sie mit frischen Blumen, einem Stapel Handtücher und neuer Bettwäsche ausstatten würde.

Voller Freude über die Idee, ging ich wieder an meinen Schreibtisch und schaute online beim Laden um die Ecke, ob ich dort neues Bettzeug und einige Kissen bekommen würde. Ich fand ein paar schöne Dinge und wollte gleich am nächsten Tag die Mittagspause für einen kleinen Spaziergang dorthin nutzen.

Mit einem Kopf voller Bilder und aufgekratzt vor Tatendrang, legte ich mich ins Bett, fand aber kaum Ruhe. Ich trat noch einmal ans Fenster und schaute heraus. Bis vor einer Stunde hatte noch die traumhafte Dekoration rund um das Haus herum geleuchtet. Nun aber war es stockfinster. Der Blick in den Garten, der gerade noch so viel Weihnachtsvorfreude verursacht hatte, war jetzt unheimlich. Ein wenig gruselte ich mich. Es beruhigte mich dann aber, dass meine Oma auch hier lebte, wenn auch im Nebengebäude. Auch wenn sie wohl gar nicht mitbekommen würde, wenn mir hier drüben etwas passieren würde, so war sie doch da. Aber es war traurig, dass wir aneinander vorbeilebten, als seien wir Fremde oder zerstrittene Nachbarn.

Ich legte mich wieder ins Bett, kuschelte mich in das flauschige Kissen, und mit einem Mal war da die Geborgenheit meines Elternhauses. Der Gedanke, dass über mir das Reetdach unser Haus schützte, fühlte sich schon früher angenehm heimelig an. Vor allem, als ich noch direkt über der Teestube wohnte. Oben in meinem alten Zimmer war das durch die Schräge des Dachgiebels oberhalb meines Bettes besonders gemütlich gewesen. Hier würden unsere Gäste sich bestimmt auch wohlfühlen. Damals war ich, wenn ich nicht schlafen konnte, oft noch ins Nachbarzimmer, das Zimmer meiner älteren Schwester, herübergeschlichen. Der Gedanke, dass ich heute dort allenfalls die gemangelten Tischdecken und die Rezepte unserer angebotenen Produkte finden würde, stimmte mich traurig.

Über diese Erinnerungen hinweg war ich dennoch irgendwann eingeschlafen, fühlte mich aber am nächsten Morgen kaum ausgeschlafen.

Ich hatte wirr und aufregend geträumt. Von meiner Schwester, die plötzlich im Türrahmen stand mit ihrem unbeschwerten Lachen, was jegliche Sorgen und Kummer in Luft auflösen konnte. Wie sie sich an mein Bett setzte und meinen Ideen lauschte. Sie war begeistert und sofort dabei. Aber dann kam meine Großmutter mit dazu ins Zimmer, schoss mit Giftpfeilen in Form ihrer Blicke um sich und stieg mit gebeugtem Rücken schimpfend die Holztreppe hinab. Es polterte bei jedem Schritt. Ihre Schritte klangen wie ein Hämmern.

Ich rappelte mich auf und stellte fest, dass dieser letzte Teil des Traumes real war. An der Wohnungstür klopfte es laut. Ich hörte die Stimme meiner Oma, die sich zeternd entfernte.

Offensichtlich hatte sie versucht, mich zu wecken, was zu meinem Glück geklappt hatte. Ein Blick auf mein Handy zeigte mir, dass ich verschlafen hatte.

»Danke, Oma«, rief ich ihr noch hinterher, wusste aber nicht, ob sie es noch gehört hatte. Eine Antwort kam jedenfalls nicht zurück.

Ich schnellte aus dem Bett und stob ins Badezimmer. Hektisch sprang ich unter die Dusche, machte mich in Windeseile fertig und schaffte es gerade noch rechtzeitig, um neun Uhr die Teestube zu öffnen. Franka stand bereits vor der Tür.

»Alles in Ordnung? Ich hab mich schon gewundert, warum keiner aufmacht.«

»Entschuldige, Franka. Ich habe verschlafen.«

»Das macht die gute Luft hier oben«, stellte Franka fest und trat ein.

Sie legte Jacke und Tasche ab und zog wieder eine Schürze an.

»Es ist aber auch verflixt dunkel hier um diese Jahreszeit. Da brennt ja keine Funzel auf der Straße, wenn erst einmal die Weihnachtsbeleuchtung überall erloschen ist«, sagte Franka.

»Das habe ich gestern auch gedacht, als ich noch mal aus dem Fenster geschaut habe. War fast ein wenig unheimlich«, bemerkte ich. »Das bin ich von Hamburg nicht mehr gewohnt. Da ist es irgendwie immer hell.«

Wir gingen in die Backstube, und Franka trat an die Insel in der Mitte des Raumes. Hier rührte sie den Teig für ihre Spezialitäten an und zauberte die köstlichsten Torten.

»Was steht denn heute auf dem Programm? Welcher Kuchen ist geplant?« Erwartungsvoll schaute ich über Frankas Schulter, die eine Seite eines handgeschriebenen Rezeptbuches vor sich liegen hatte.

Ein Foto war mit einer Büroklammer an der Seite angeheftet. Es zeigte einen Apfelkuchen mit cremiger Füllung und Puderzucker, der wie Schnee das Kunstwerk zierte.

»Ein Apfelkuchen à la Mama«, erklärte sie mit stolzgeschwellter Brust. »Du wirst nie wieder einen herkömmlichen Apfelkuchen anrühren, versprochen! Das Rezept ist von meiner Mutter. Ich freue mich immer wieder, dass ich ihre Notizen damals nach ihrem Tod heimlich an mich genommen habe.« Versonnen lächelte sie. »Niemand anders hätte was damit anfangen können. Ich bin mir sicher, dass meine Brüder sie entsorgt hätten. Und dabei sind die Rezepte unserer Vorfahren das Wertvollste, was wir in unserem Beruf verwenden können.«

»Ich könnte mir keinen besseren Ort vorstellen für das Rezept als diesen.« Ich machte eine ausschweifende Handbewegung durch den Raum. Franka nickte.

»So leben die Backkünste meiner Mutter weiter. Das bedeutet mir sehr viel. Sie wäre stolz darauf.« Franka klopfte sich auf ihr Herz, und ihre Hand verharrte einen Moment auf ihrer Brust. Ihr Blick war wehmütig, aber zufrieden.

»Wenn es ähnlich besucht ist wie gestern, haben wir auf jeden Fall Zeit für eine Kostprobe.« Ich fuhr mir mit der Zunge über meine Lippen und rieb die Handflächen aneinander. Schon jetzt freute ich mich auf die Kuchenpause.

»Ich hoffe doch sehr, dass wieder mehr Leute den Weg zu uns finden. Und wenn ich ehrlich bin, könnte durchaus auch der

Besuch des jungen Mannes gerne wiederholt werden. Täusche ich mich, oder würde dich das auch ein ganz kleines bisschen freuen?«

Empört stemmte ich die Hände in die Hüfte. »Franka! Ich bin hier, um zu arbeiten, nicht, um mich dem nächstbesten Gast an den Hals zu werfen.« Ich schüttelte den Kopf. Die Erinnerung an meine letzte Beziehung war dermaßen ernüchternd, dass ich aktuell keinen Wert auf neue Bekanntschaften legte. Ich fuhr seit einigen Monaten gut damit, dass ich frei über meinen Alltag entscheiden konnte und auf niemanden Rücksicht nehmen musste. Sicher war das kein Leben, welches ich für immer so führen wollte, aber gegenwärtig konnte ich mir keinen Menschen vorstellen, der mir die Freiheiten lassen würde, die ich brauchte. Ich genoss es, meine eigene Wohnung zu haben und reisen zu können, wann immer ich wollte. Mal ein Kurztrip nach Sylt, mal ein Wochenende an der Ostsee. Ich konnte mich jederzeit mit meinen Freundinnen auf einen Drink treffen oder feiern bis spät in die Nacht. Während um mich herum alle heirateten und Kinder bekamen, hatte ich das Gefühl, dass ich mich noch nicht festlegen konnte, so viel wollte ich noch entdecken und erleben.

Leider war auch heute wenig zu tun. Das machte mich zwar traurig, es hatte aber den Vorteil, dass ich mittags Frankas hervorragenden Kuchen in Ruhe kosten, mich eine Weile aus dem Betrieb ausklinken und ein paar Dinge für die Zimmer besorgen konnte.

Ich ging zu einem Laden direkt in Keitum, mit dem passenden Namen *Zurück zum Glück*, der neben Wohnaccessoires viele Dinge anbot, die das Leben schöner machten. Hier hatte ich online schon einmal im Sortiment gestöbert, und es hatte mir gut gefallen.

Ich schlenderte die Regale entlang, in denen Kerzen, Windlichter und Geschirr sowie Kissen und Decken präsentiert wurden. Ich stellte eine Auswahl an Dekorationsartikeln zusammen, die dem jeweiligen Zimmer eine besondere Note verliehen. Auch Bettwäsche bekam ich in dem Laden. An der Kasse waren einige Blumensträuße ausgestellt, von denen ich ebenso einen mitnahm.

Ein erster Schritt in Richtung einer Neuaufstellung des Betriebs war gemacht, und ich konnte es kaum erwarten, die Räume weiter auszustatten und meine Mutter über meine Pläne zu informieren. Ich wollte sie gleich am Abend anrufen.

Meine Mutter reagierte vollkommen begeistert auf meinen Vorschlag, und mir purzelten Steine vom Herzen. Aufgeregt lauschte sie meinen Ausführungen.

Erst einmal freute ich mich darüber, dass es ihnen an der Ostsee so gut ging. Sie schienen wahrlich aufzublühen und genossen kleine Ausflüge, viel Ruhe und dass sie sich bekochen lassen konnten.

Kurz fürchtete ich, dass sie ärgerlich sein würde, wenn ich ihr von meiner Idee erzählte. Schließlich musste sie letztlich damit einverstanden sein, weil sie die Vermietung ja fortführen würde, wenn ich wieder in Hamburg war. Dann aber erinnerte ich mich daran, wie lange es schon in ihrem Kopf herumschwirrte, neben der Teestube auch Ferienunterkünfte anzubieten. Sie bestätigte mir in unserem Gespräch, dass sie nie den Mut gehabt hatte, sich mit der Umsetzung ihrer Idee gegen den Willen ihrer Schwiegermutter zu stellen. Ich nahm in Kauf, dass meine Großmutter, die sowieso nicht gut auf mich zu sprechen war, ihren Zorn weiter pflegte. Ich musste mir einfach Schritte überlegen, wenn ich den Erhalt des *Kliffstübchens* sichern wollte. Die Vermietung war ein erster Schritt, und ich hoffte, dass sie akzeptieren würde, dass ich diesen Weg einmal ausprobierte.

Ich wollte mit Franka absprechen, inwiefern sie meine Mutter in dieser Sache unterstützen könnte. Sie war von Herzen daran interessiert, dass es mit der Teestube weiterging. Ich hatte mir überlegt, dass ich, wenn das von der Bürokratie her möglich wäre, schnellstmöglich starten würde, um abzuchecken, inwiefern die Arbeit meiner Mutter und meinem Vater zuzumuten wäre.

Im Hintergrund unseres Telefonates hörte ich meinen Vater, der vorsichtig darauf hinwies, dass wir uns garantiert bei seiner Mutter unbeliebt machen würden. Er sicherte uns aber ebenso zu, dass er hinter uns stehen würde, wenn ich ihm versprach, ihm die Hürden des Papierkrams abzunehmen und etwaige Fallstricke zu beseitigen. Ich rief bei einer Freundin aus Hamburg an, deren Eltern ebenso auf Sylt einige Ferienwohnungen anboten. Diese konnte mich in vielen Punkten beruhigen und vor allem darin bestätigen, dass man mit der Umsetzung dieser Idee kaum etwas falsch machen konnte.

Meine Mutter meldete sich ein wenig später noch einmal per Telefon. Sie klang noch immer ganz euphorisch. »Du, Liebes. Dir kann ich es ja nun erzählen.« Sie flüsterte. »Papa ist grad noch mal schwimmen gegangen.«

So geheimnisvoll kannte ich meine Mutter gar nicht und war erstaunt.

»Ich habe in den letzten Monaten schon einiges in die Wege geleitet, um irgendwann Oma davon zu überzeugen, dass diese Vermietung Sinn machen würde. Ich wollte Papa nicht damit belasten, der ja immer Sorge hat wegen der Formalitäten. Abgesehen davon, dass seine Mutter nicht gerade begeistert sein wird von der Idee, was ihm auch bewusst ist. Der Mann einer Freundin kennt sich da aus und hat mir geholfen. Nicht umsonst habe ich auch schon lange darauf geachtet, dass die Zimmer immer so sind, dass jederzeit wer dort einziehen könnte.« Sie kicherte wie ein kleines Mädchen und wirkte ganz begeistert. »In Maries Zimmer steht ein Ordner »Ulla«, da findest du alles. Ich bin der Meinung, wir haben schon an vieles gedacht. Ich habe mit meinem Bekannten alles so abgeklärt, dass ich im Prinzip jeden Tag beginnen könnte. Als du vorhin anriefst, war ich vollkommen aus dem Häuschen darüber, dass du das auch für einen guten Plan hältst.«

Mir verschlug es die Sprache. »Mama, du überraschst mich immer wieder. Das sind ja großartige Neuigkeiten. Ich werfe gleich mal einen Blick in den Ordner.«

»Danke dir, Liebes. All das liegt nun schon seit Monaten so vorbereitet da. Die letzten Wochen haben es mir leider endgültig vermiest, das in Angriff zu nehmen. Ich kann dir gar nicht sagen, wie toll ich es finde, dass du diesen Vorschlag gemacht hast. So oft habe ich daran gedacht. Mir fehlte dann aber in letzter Instanz der Mut. Vor allem, weil Oma mir immer im Hinterkopf herumspukt. Und nicht nur im Hinterkopf, sondern oft genug auch direkt quer durch die Teestube.« Sie seufzte theatralisch, lachte dann aber.

»Mach dir keine Sorgen, Mama. Ich überlege mir, wie ich das mit Oma deichseln werde. Sie ist so oder so nicht gut auf mich zu sprechen. Da halte ich gerne meinen Kopf hin, falls sie vor Wut über diese Idee durchdrehen sollte.« Ich lachte bitter auf, wusste aber, dass ich mich nicht von meinem Weg abbringen lassen würde. Auch und erst recht nicht von meiner Großmutter, die ja auch ein Interesse daran haben sollte, dass die Geschichte der Teestube kein unschönes Ende nehmen würde.

»Dann halt die Ohren steif, mein Schatz, und wir hören wieder voneinander. Ich hab dich sehr lieb!«

»Ich dich auch, Mama«, antwortete ich und legte auf.

Neugierig ging ich gleich zu Maries Zimmer. Wieder sorgte der Griff zur Türklinke für ein Gefühl, als lege sich ein schwerer Ring um meine Brust, der immer enger wurde. Wie sehr wünschte ich mir, dass ich anklopfte und dann ihre liebe Stimme hörte, die mich hereinbat.

Aber das war lange her und würde nie wieder so sein. Meine Schwester fehlte mir unendlich, und so gerne hätte ich all die Dinge, die jetzt in der Teestube geschahen und vielleicht verändert werden sollten, mit ihr besprochen. Ich wollte in den nächsten Tagen zu unserer Bank am *Altfriesischen Haus* gehen, wo wir so oft gemeinsam gesessen und uns alles erzählt hatten. Dort fühlte ich mich ihr besonders nahe.

Ich trat ein und erschrak beinahe zu Tode, als in dem Raum am Schreibtisch vorm Fenster meine Oma saß.

»Oma«, rief ich ertappt, und meine Großmutter zuckte ebenso zusammen.

»Luise«, stellte sie fest, nachdem sie sich mühsam zu mir umgedreht hatte.

»Was machst du hier? Ist alles in Ordnung?« Besorgt schaute ich sie an.

Sie schüttelte langsam den Kopf. »In Ordnung ist hier schon lange nichts mehr.«

Ich schluckte. »Aber dir geht es gut, Oma?«

»Nein. Auch das ist eine ganze Weile schon nicht mehr der Fall.« Sie hatte den Blick aus dem Fenster gerichtet und starrte hinaus. Es dämmerte bereits, und man konnte kaum mehr etwas erkennen.

»Warum bist du hier? Das Zimmer ist kalt. Meinst du nicht, es ist Zeit, lieber ins Warme zu gehen? Oder soll ich hier die Heizung anstellen?« Ich blickte an meiner Großmutter herunter, die nur Hausschuhe und einen Bademantel trug.

Sie schüttelte den Kopf. »Mir ist nicht kalt. Mich wärmt die Erinnerung. Und die ist hier im Raum am stärksten. Leider hat deine Mutter ja jegliche Andenken an Marie mit diesem modernen Krams zunichtegemacht.«

»Verstehe.«

Meine Mutter hatte nach dem Brand das Zimmer gleich umgestaltet. Ich hatte den Eindruck, dass es ihr dabei half, nicht immer wieder zu denken, Marie käme jeden Moment zur Tür herein. Meine Oma schien das nicht gut zu finden. Unsicher, ob ich nach dem Ordner schauen sollte oder ob meine Großmutter dann hellhörig werden würde, stand ich im Türrahmen.

»Suchst du Rezepte, oder so?« Müde deutete meine Großmutter auf einen Schrank. »Da ist alles drin.«

»Danke, Oma. Ich schaue mal.« Ich öffnete die Schranktür und schaute mich um, sah dort allerdings wirklich nur Mappen, die laut Etikett Rezepte enthielten.

Ganz am Rand erkannte ich dann einen Ordner, der Mamas Handschrift und ihren Namen »Ulla« trug. Ich zog ihn heraus und warf, von Oma, die mit dem Rücken zu mir saß, unbemerkt, einen Blick hinein. Es war genau das, was ich gesucht hatte. Wie zur Tarnung hatte meine Mutter obenauf ein paar unverfängliche Schreiben abgeheftet. Sicher rechnete sie damit, dass meine Oma mal einen Blick hineinwerfen würde. Weiter hinten konnte ich in einem separaten Umschlag Unterlagen zu der Vermietung erahnen und klappte ihn schnell wieder zu.

»Ich will früh schlafen heute. Wenn wirklich alles in Ordnung ist, gehe ich jetzt in die Wohnung.«

Sie antwortete nicht, sondern nickte nur schweigend und drehte sich nicht einmal zu mir um.

Ich nahm den Umschlag, trat wieder aus der Tür und ging. Ich seufzte. Eigentlich hätte ich mich über diese kühle Begegnung mit meiner Oma ärgern müssen. Ich war aber viel zu aufgeregt, als dass ich mich länger damit beschäftigen wollte. Ich setzte mich an meinen Schreibtisch und zog die Unterlagen aus dem Umschlag.

Was ich sah, erstaunte mich. Meine Mutter hatte sich von der Gewerbeanmeldung bis hin zum Mustermietvertrag um alles gekümmert und es sorgfältig abgeheftet. Sie konnte von Glück reden, dass ich es war, die diesen Ordner offenbar zum ersten Mal öffnete. Ich war mir sicher, dass meine Großmutter das nicht unkommentiert gelassen hätte. Aber diese Unterlagen waren in einem Extra-Umschlag gewesen, der mit etwas ganz anderem beschriftet war. Staunend schüttelte ich den Kopf.

Beeindruckt und nun erst recht euphorisch legte ich alles in eine Schublade des Schreibtisches und entschied, mich heute schon früh ins Bett zu legen. Ich war müde. Der Tag mit seinen vielen Eindrücken und der Nordseeluft hatte mich erschöpft.

Ich machte mich schnell fertig und ging dann ins Bett. Vorher öffnete ich das Fenster noch einen Spaltbreit. Auch wenn es kalt war, konnte ich nicht genug bekommen von der frischen Brise. Ich erstellte gedanklich schon einen Plan für die täglichen Aufgaben.

Dass ich darüber eingeschlafen war, wurde mir bewusst, als ich von einem lauten Poltern und einem darauf folgenden Aufschrei geweckt wurde.

Kerzengerade saß ich im Bett und zitterte am ganzen Körper.

Unsicher, ob ich direkt die Polizei rufen sollte oder das, was ich gehört hatte, gerade im Traum geschehen war, stand ich auf. Ich tappte auf wackeligen Beinen zur Tür und horchte. Schnell öffnete ich sie, als ich ein Wimmern hörte. Es kam von meiner Großmutter.

»Oma!« Meine Großmutter kauerte, noch immer in ihrem Bademantel, am Fuße der Treppe.

»Ich fürchte, ich brauche einen Arzt. Ich kann kaum auftreten.« Die Stimme meiner Großmutter klang ungewohnt hilflos.

»Ich rufe einen. Ich bin sofort bei dir«, rief ich und eilte zurück in mein Zimmer, um mein Handy zu holen.

Kurz darauf war ich bei meiner Oma und legte ihr eine Strickjacke um die Schultern. Sie saß auf einer Stufe, hatte einen Fuß aufgestellt, den anderen verdreht abgelegt. Ich bekam es mit der Angst zu tun und meinte, eine Schwellung zu erkennen, die sekündlich dicker wurde.

Meine Oma deutete mit dem Kinn nach oben. »Bis zur vorletzten Stufe ging alles gut. Dann hab ich diesen blöden Hausschuh verloren und bin den letzten Absatz hinuntergesegelt. So ein schöner Mist«, schimpfte sie.

»Ich hole was zum Kühlen«, erklärte ich und rannte zur Teestube, wo ich das Licht anknipste und direkt in die Küche lief, um etwas Eis in ein Tuch zu wickeln. Parallel rief ich den Krankenwagen.

Innerhalb weniger Sekunden war ich wieder bei meiner Großmutter und hielt ihr den kühlen Wickel auf die schmerzende Stelle.

»Danke, Luise.« Für den Hauch eines Momentes erkannte ich etwas Liebevolles in ihrem Blick, und das rührte mich. Ich ahnte aber, dass dies sicher nur ihrer Hilflosigkeit geschuldet war.

»Gleich ist der Arzt da. Dann schauen wir, was mit deinem Fuß los ist. Ist dir schlecht, oder tut dir sonst noch etwas weh?« Beruhigend strich ich ihr über den Arm, und sie schüttelte langsam den Kopf. Es war ungewohnt, sie zu berühren, und beinahe schämte ich mich für diesen Gedanken.

Nach einigen Minuten sah ich einen Rettungswagen vor unserem Haus vorfahren.

»Ich bin sofort zurück«, erklärte ich meiner Oma, die dankbar nickte, und lief zur Tür, um sie zu öffnen.

Dann ging alles ganz schnell. Der besonnene und freundliche Sanitäter vermutete, dass meine Oma sich den Fuß gebrochen hatte. Mit viel Glück wäre es aber auch nur eine Prellung oder etwas an den Bändern. Das würde das Röntgenbild ergeben.

Ich besprach, dass ich mit dem Auto hinterherkommen würde, und der Krankenwagen fuhr mit meiner Oma Richtung Nordseeklinik.

Ich zog mich an, lief zu Omas Wohnung und packte schnell eine kleine Tasche mit den wichtigsten Dingen, falls sie ein, zwei Nächte im Krankenhaus bleiben musste.

Es dauerte nicht lange, und ich saß im Auto und brauste zur Klinik.

Mir gingen so viele Gedanken durch den Kopf. Es war mittlerweile sechs Uhr früh. Ob meine Oma wohl die ganze Nacht in Maries Zimmer gesessen hatte? Oder war sie morgens noch mal hochgegangen, und auf dem Weg zurück geschah dann der Unfall?

Es war ein merkwürdiges Gefühl, dass ich mir von einer Sekunde auf die andere solche Sorgen um meine Oma machte. Bisher war unsere Beziehung so kühl. Es hatte sich beinahe fremd angefühlt, als ich sie berührt hatte. Ich fand es in diesem Moment besonders traurig, dass unser Verhältnis so schlecht war. Was wäre, wenn es nicht nur der Fuß gewesen wäre und sich meine Oma bei diesem Sturz so schwer verletzt hätte, dass sie ihn in ihrem stolzen Alter von 88 Jahren gar nicht überlebt hätte?

Sicher hätte ich mir ewig vorgeworfen, dass es mir nicht gelungen sei, das Kriegsbeil zu begraben. Ich fand jedoch, dass auch sie sich Mühe geben musste, unser Verhältnis zu verbessern.

Ich hoffte, dass der Sturz keine allzu schlimmen Folgen hatte.

Im Alter meiner Großmutter war so ein Unfall besonders gefährlich. Wobei es mich beruhigte, dass sie sofort so klar im Kopf gewesen war. So hatte es zumindest den Anschein. Wenn es wirklich nur eine Verletzung am Fuß war, würden nur die richtige Behandlung und Ruhe ihr helfen. Nicht auszudenken, wenn meine Eltern womöglich ihre Kur abbrechen würden.

Vorbei an weihnachtlich geschmückten Häusern, die mich für den Moment mit ihren glitzernden Lichtern und prachtvollen Kugeln beruhigten, hatte ich schon bald das Krankenhaus erreicht.

An der Information teilte man mir mit, wo ich den Wartebereich der Notaufnahme fand. Dort würde man mir sagen können, wo meine Großmutter war.

Eine freundliche Dame dort erklärte mir, dass meine Oma gerade beim Röntgen war und sie sich bei mir melden wollte, wenn es etwas Neues gab.

»Vielen Dank«, erwiderte ich lächelnd, ging zu einem Getränkeautomaten und holte mir einen Kakao. Dieser war zwar kein Hochgenuss, streichelte in diesem Moment in der kühlen, sterilen Notaufnahme aber meine Seele.

»Ihre Großmutter kommt jetzt aufs Zimmer«, meldete sich die Dame von eben. »Ich habe Ihnen hier die Zimmernummer und die Station notiert. Alles Weitere erklärt Ihnen der Arzt.«

Ich griff nach dem Zettel. »Danke. Dann gehe ich dort mal hin«, stammelte ich.

Mit wackeligen Beinen lief ich den Flur entlang, dessen grelles Licht mich blendete. Endlich kam ich bei dem Zimmer an, das mir die Frau notiert hatte.

Ich klopfte an, und ein leises »Ja« erklang.

Es war ein berührender Anblick, wie meine sonst immer so verbittert dreinschauende Großmutter da so klein und zart im Bett lag und mich anlächelte. Dieses Lächeln hatte ich lange nicht so gesehen. Sie schien froh, in all der Aufregung nicht ganz allein zu sein.

»Schön, dass du da bist, Luise. Vielen Dank!«

Ich freute mich über ihre Begrüßung.

»Wie geht es dir? Hast du Schmerzen?«

Matt nickte sie. »Aber was hilft das Gejammer? Bin ja selbst schuld. Was geistere ich auch im Halbdunkeln auf der Treppe herum. Sie schüttelte langsam den Kopf.

»Hast du die ganze Nacht bei Marie im Zimmer gesessen?«

»Nein. Ich war nur sehr früh wach und hatte nach dem Aufstehen etwas gesucht. Dann war ich auf dem Weg zurück, und mit einem Mal liege ich hier. Weil ich mich auch immer wieder aufregen muss.« Erbost schüttelte sie den Kopf, und ich fühlte mich, ohne dass sie es tat, angesprochen.

»Aber warum musstest du dich ärgern?« Ich spürte mein Herz bis zum Hals klopfen. Irgendwas sagte mir, dass sie mitbekommen hatte, in welche Richtung meine Überlegungen gingen. Das passte auch dazu, dass sie gehört hatte, wie unser Gast sich nach dem Zimmer erkundigte.

In diesem Moment klopfte es, und der Arzt kam herein und stellte sich vor.

»Sie sind die Enkelin?«

»Genau. Luise Wellendorf. Hat sich meine Großmutter etwas gebrochen?«

»Nein, es sieht danach aus, als ob sie glimpflich davongekommen ist und wir um eine Operation herumkommen. Ein Band scheint gezerrt, dazu kommen Prellungen. Die Stelle muss für die schnellere Heilung fixiert werden. Wir wollen sie gerne ein paar Tage hierbehalten, um sicherzustellen, dass einerseits Schonung und auf der anderen Seite auch dosierte Belastung stattfinden kann. Wir denken, es sollte in den nächsten zwei bis drei Tagen schon eine deutliche Besserung eintreten. Danach rechnen wir zunächst mit der Aussicht auf Entlassung oder maximal ein bis zwei Tagen Aufenthalt. Auch eine temporäre Überprüfung ihrer Gesundheit erachten wir als sinnvoll.«

Ich war erschrocken. Was er sagte, klang zwar überlegt und schlüssig. Dennoch machte mir ein Krankenhausaufenthalt für meine Oma, die zu Hause immer unterwegs und auf den Beinen war, Sorge. Der Arzt schien in meinem beunruhigten Blick zu lesen.

»Wir werden sehen, wie die Physiotherapeuten die Verfassung Ihrer Großmutter beurteilen, dann gehen wir in die konkrete Planung. Machen Sie sich erst einmal keine Sorgen. So ein Treppensturz kann weitaus dramatischere Folgen haben als ein paar gezerrte Bänder. Auch wenn das nicht schön und sehr unangenehm ist. Es hätte viel schlimmer ausgehen können. Wir wollen aber alles abchecken, was als Ursache für den Sturz infrage kommt, und ausschließen, dass ein Schlaganfall oder Ähnliches der Grund dafür war. Dafür werden wir die Zeit hier nutzen.«

Er bedachte meine Großmutter mit einem mitfühlenden Blick.

Diese rollte mit den Augen. »Alt zu werden ist nicht besonders lustig. Spätestens wenn man erst einmal hier landet, wird's fürchterlich.«

»Sie machen einen robusten Eindruck und sind körperlich topfit für Ihr Alter. Ich bin guter Dinge, dass Sie ganz bald schon wieder zu Hause sein dürfen.«

Er verabschiedete sich, und ich sortierte die Sachen, die ich mitgebracht hatte, in den Schrank. Meiner Oma zeigte ich alles und erkundigte mich, ob sie noch mehr benötigte. Sie verneinte und bedankte sich für ihre Verhältnisse nahezu überschwänglich.

Als ich gerade gehen wollte, hielt sie schwach meinen Arm fest.

»Luise, dir fremde Leute zu uns ins Haus zu holen, das solltest du dir ganz besonders gründlich überlegen«, raunte sie mir zu. »Sehr gut überlegen«, wiederholte sie zischend, und ihre Blicke sprachen Bände. Der Tonfall ihrer Worte war eindeutig. Sie hätte genauso gut so etwas zu mir sagen können wie: »Nur über meine Leiche!« Das hätte auch zu ihrer Miene gepasst.

»Oma, lass uns da ein anderes Mal drüber reden«, wich ich unsicher aus.

»Da gibt's nichts zu reden. Solange ich lebe, kommt es nicht infrage, dass irgendwelche wildfremden Leute im *Kliffstübchen* nächtigen. Schon gar nicht in Maries Zimmer.«

Ich antwortete nicht, presste nur betreten die Lippen aufeinander und verabschiedete mich von ihr. Ich brachte es nicht übers Herz, hier an ihrem Krankenbett eine Diskussion zu beginnen.

10. Moritz

Nachdem ich den gestrigen Tag fast komplett über meinem Konzept brütend verbracht hatte, um meinem Vater möglichst perfekt vorbereitete Unterlagen vorlegen zu können, hatte ich mir vorgenommen, heute noch mal zur Teestube zu fahren. Ich fühlte mich wohl dort. Viel wohler, als ich es mir hatte vorstellen können. Außerdem interessierte mich diese Frau.

Bevor ich im Hotel heute einen Tag lang Claas begleiten würde, wollte ich ein Frühstück im *Kliffstübchen* genießen.

Die freundliche Bedienung, die mir gestern schon den Kuchen empfohlen hatte, nahm mich in Empfang.

»Einen wunderschönen guten Morgen«, begrüßte sie mich. »Auch heute sind Sie wieder in der glücklichen Position, die freie Sitzauswahl zu haben.« Sie machte eine ausschweifende Handbewegung und lächelte.

»Herzlichen Dank.« Ich nahm wieder an dem Tisch vom letzten Mal Platz.

»Ist es derzeit noch so leer auf Sylt?«, erkundigte ich mich. Es wunderte mich, dass hier so wenig los war. Im Vergleich zum Hotel kam mir das merkwürdig vor. Es war so gemütlich hier in der Teestube, und das, was ich bisher probiert hatte, schmeckte köstlich. Und das Personal war so freundlich. Es war fast familiär, hier zu sein. Ich war mir sicher, dass nicht nur ich das so empfand.

Der Blick der Frau war nachdenklich, als sie ratlos mit den Schultern zuckte.

»Nein, ich habe eigentlich nicht den Eindruck, dass es besonders leer auf der Insel ist.« Sie seufzte. »Aber wissen Sie, es gibt mittlerweile so viele zauberhafte Orte auf Sylt. Da verschiebt es sich manchmal, und die Gäste, die sonst hierherkamen, schauen sich auch mal etwas anderes an.« Sie wirkte betrübt darüber. »Gerade die großen Hotels haben inzwischen selbst wundervolle Cafés integriert.«

»Ich behaupte, hier im Ort gibt es kein Café, das vergleichbar ist mit dem *Kliffstübchen*«, bemerkte ich. »Diese Ursprünglichkeit, die Qualität, bei der man das Gefühl hat, dass Oma selbst gebacken hat. Besser geht es doch kaum! Dazu diese Umgebung, einfach perfekt.«

Die Frau lächelte. »Danke. Es freut mich sehr, dass Sie das sagen. Da machen sich die Rezepte meiner Mutter ja bezahlt. Aus denen backe ich nämlich immer mal wieder einen Kuchen oder eine Torte.«

»Bisher war alles köstlich, was ich probiert habe!« Ich nickte anerkennend, und meine Gedanken gingen zu dem Rezeptbuch meines Großvaters, welches mich auch schon einige Besonderheiten hatte zaubern lassen.

»Ich werde es Frau Wellendorf ausrichten, dass Sie sich so wohlfühlen.«

In diesem Moment ging die Tür auf, und Luise Wellendorf kam herein.

»Dann kann ich es ihr auch selbst sagen«, erkannte ich und schmunzelte. Als ich jedoch ihren angestrengten Gesichtsausdruck bemerkte, hielt ich mich zurück. Sie wirkte nicht, als ob sie an einem Gespräch interessiert war. Ihre Stirn lag in Falten, die

Haut war fahl. Sie schien wenig geschlafen zu haben. Aber trotz der Müdigkeit in ihren Augen sah sie sehr hübsch aus.

»Oh, guten Tag«, sagte sie mit entschuldigendem Blick, als sie beinahe schon grußlos an meinem Tisch vorbeigelaufen war. »Ich habe Sie gar nicht gesehen. Sie sind es ja.« Mit einem Mal sah ich, dass sie errötete, was mich verwunderte. Nie hätte ich erwartet, dass sie sich an jeden einzelnen Gast erinnern konnte.

»Kein Problem. Guten Tag«, antwortete ich und suchte ihren Blick, der mir jedoch auswich.

»Meine Kollegin Frau Tadsen hat mir erzählt, dass Sie auf der Suche nach einem Zimmer sind«, fuhr sie dann fort. »Ich hatte gehofft, dass Sie noch mal vorbeischauen. Und nun habe ich Sie fast nicht erkannt.«

Erstaunt blickte ich an mir herunter. »Vielleicht sehe ich heute so anders aus.«

»Ich glaube, ich bin eher einfach ein wenig neben der Spur. Aber zu Ihrer Frage: Ist es noch aktuell, dass Sie eine Unterkunft benötigen?«

Ich nickte. »Ja. Haben Sie eine Idee, wen ich fragen kann?«

»Was Frau Tadsen nicht wusste, ist, dass ich mir überlegt habe, unseren Gästebereich anzubieten. Im Prinzip ist alles so weit startklar, und Sie könnten jederzeit einziehen. Vorausgesetzt, es gefällt Ihnen.« Sie lächelte und wirkte mit einem Mal wieder wacher.

»Das klingt wunderbar. Ich nehme das Zimmer«, sagte ich kurzerhand.

»Aber wollen Sie es sich nicht wenigstens einmal anschauen?« Verdutzt schaute sie mich an.

»Nicht nötig. Ich bin mir sicher, dass ich mich wohlfühle.« Nun sah sie mir direkt in die Augen, und ich erkannte ein Strahlen.

»Wow, ja. Klasse«, stammelte sie. »Ich freue mich sehr. Dann bereite ich alles so weit vor, und Sie können jederzeit vorbeikommen.«

»Prima. Aber vorerst hätte ich gerne das süße Frühstück mit einem Tee *Sylter Früh*.«

»Ist notiert«, sagte sie, verschwand kurz darauf auch schon in der Küche und kam nach kurzer Zeit wieder an den Tisch. In der Hand ein Schälchen mit den Keksen, die ich so mochte.

»Frau Tadsen bereitet das Frühstück vor. Vorab ein paar Kekse. Dann lassen Sie es sich erst mal schmecken und melden sich gerne einfach hier in der Teestube, wenn Sie die Schlüssel abholen wollen.« Mit diesen Worten stellte sie die Schale auf den Tisch.

»Oh, danke. Das mache ich. Stressen Sie sich aber bitte nicht. Ich bin erst mal gut aufgehoben und habe keine Zeitnot.«

»Vielen Dank. Ich freue mich sehr. Sie sind nicht nur unser einziger Gast heute Morgen, sondern auch der Erste, der hier bei uns in der Teestube ein Zimmer bewohnen wird.«

Erstaunt hob ich die Augenbrauen. »Na, wenn das mal kein gutes Omen ist.« Ich lachte.

»Das hoffe ich. Sollte noch irgendwas fehlen, lassen Sie es mich bitte wissen. Und wegen des Preises: Wir liegen da sicher in einem moderaten Bereich im Vergleich zu anderen Anbietern hier im Ort. Leider gibt es dafür auch keinen besonderen Luxus, und ich kann nicht mit einem Wellness-Spa-Bereich und Themen-Restaurants dienen.« Entschuldigend hob sie die Handflächen. »Wenn Sie das wünschen, kann ich Ihnen dazu aber etliche Tipps auf Sylt und auch hier bei uns im Ort geben.«

Ich lachte. »Danke, das brauche ich alles gar nicht. Auf Ihre Tipps komme ich aber gerne zurück. Ich bin mir sicher, Sie können mir einiges empfehlen. Ich war lange nicht hier, und es hat sich viel verändert.«

»Wenn Sie Fragen haben, melden Sie sich. Viel besser kennt sich jedoch meine Kollegin Franka Tadsen hier aus.« Sie lächelte, bevor sie sich umdrehte, zur Küche ging und gleich darauf mit einem Tablett wieder in den Raum kam. »Erst einmal das Frühstück. Unser Hausbrot, Marmelade von der Nachbarin aus dem Ort, die sie selbst herstellt, sowie ein Croissant und ein Joghurt mit roter Grütze«, erklärte sie. »Der Tee kommt sofort«, ergänzte sie, und ich freute mich schon auf das Essen und den Tee.

Als sie ihn brachte, zog mir bereits von Weitem der fruchtige Duft verschiedener Zutaten in die Nase. Ich meinte, Rhabarber und Zitrusfrüchte herauszuriechen, was Luise Wellendorf mir bei der Beschreibung des Grünen Tees bestätigte.

»Guten Appetit«, wünschte sie mir und verschwand in der Küche.

Es kamen, während ich frühstückte, noch weitere Gäste. Dennoch war gerade einmal ein Drittel der Tische besetzt.

Ein Anblick, der mich vor dem Hintergrund des engagierten Teams nachdenklich stimmte.

Ich hatte den Eindruck, Frau Wellendorf hatte Sorgen. In einem Moment, in dem sie sich unbeobachtet fühlte, fuhr sie sich mit den Händen durch die Haare, und ihr Blick ging starr aus dem Fenster. Angelehnt an den Tresen, stand sie da und wirkte angeschlagen. Schon vorher waren mir Ränder um ihre Augen aufgefallen, die ich bei meinem ersten Besuch so nicht gesehen hatte.

Am liebsten hätte ich sie gefragt, ob ich ihr helfen könne. Mich erkundigt, ob es die fehlende Kundschaft sei, die ihr Kummer bereitete. Aber das würde zu weit gehen. Schließlich war ich ein Fremder, und wir hatten uns gerade erst zweimal gesehen.

Vielleicht war es die Tatsache, dass ich dieser Frau ausgerechnet hier in der Teestube begegnete, die ich so lange nicht hatte besuchen wollen. Es könnte die Umgebung sein, die so etwas wie eine tiefe Verbundenheit in mir auslöste. Ich konnte das kaum beschreiben, fühlte aber, dass diese Frau mich anrührte. Aber da war noch etwas ganz anderes. Sie war die Schwester von Marie. Ob es das war, was in mir dieses unerklärlich tiefe Gefühl einer Verbindung zwischen ihr und mir weckte?

Vieles prasselte seit meiner Ankunft auf mich ein. Ich war einige Jahre nicht hier gewesen, hatte unzählige Länder besucht und vor allem Weihnachten, das Fest der Liebe, fernab von meiner Heimat und meiner Familie verbracht. Die Festtage in der Ferne waren auf ihre Art besonders und unvergesslich gewesen. Nie aber hatte sich Weihnachten so angefühlt wie hier auf Sylt. Der Sehnsucht nach diesem Heimatgefühl war ich hinterhergelaufen, und diese Suche hatte mich letztlich wieder hierhergeführt. Um einige Jahre reifer und gestärkt, mich mit den Geschehnissen aus der Vergangenheit zu arrangieren.

Nun stand Weihnachten bald vor der Tür, und ich würde es nach langer Zeit mal wieder hier zu Hause verbringen.

Hier war es so gemütlich, und vor allem Orte wie dieser, die behagliche Teestube, fühlten sich an, als sei ich endlich angekommen. Es gab aber noch einige Dinge, die ich erledigen wollte, um wirklich zur Ruhe zu kommen. Ich hoffte jetzt, dass mein Einzug in eines der Zimmer dieses Hauses ein erster Schritt war, vielleicht Luise näher kennenzulernen und herauszufinden, ob ich ihr die Geschichte um das Rezeptbuch meines Großvaters erzählen konnte.

Ich war davon ausgegangen, dass ich in der Teestube auf die Eltern von Marie oder auf ihre Großmutter treffen würde. Stattdessen dieser jungen Frau hier zu begegnen war überwältigend. Es war, als sei die Geschichte mit Marie damals nicht abrupt und für immer im Schweigen zu Ende gegangen. Hier gab es einen

Menschen, der als ihre Schwester bestimmt eine einzigartige Verbindung zu dieser besonderen Persönlichkeit hatte. Vielleicht ließ sie es zu, dass ich ihr anvertraute, was ich schon Marie hatte geben wollen, und womöglich versöhnte mich dies sogar mit den Erlebnissen, vor denen ich lange geflohen war.

»Darf ich bitte zahlen?«

Luise Wellendorf nickte, kam zu mir, und ich beglich die Rechnung.

»Ich denke, dass ich so gegen 17 Uhr wieder vorbeikomme. Mein Name ist übrigens Moritz Jacobsen.«

»Sehr gerne, Herr Jacbosen. Ich heiße Luise Wellendorf. Dann einen schönen Tag für Sie. Und passen Sie gut auf sich auf. Der Wetterbericht hat für heute eiskalten Sturm vorhergesagt. Womöglich sollen sogar ein paar Schneeflocken fallen«, warnte sie mich.

»Oh, vielen Dank. Das ist ein guter Hinweis. Ich wünsche Ihnen auch einen angenehmen Tag. Auf bald.«

Ich verließ die Teestube und trat hinaus. Der Wind hatte schon jetzt deutlich aufgefrischt und pfiff um die Hausecke.

Ich stellte meinen Kragen auf und wickelte den Schal fester um meinen Hals. Mit schnellen Schritten lief ich in Richtung meines Autos. Ich war spät dran und gleich schon mit Claas verabredet.

Mir gingen auf dem Weg zum Hotel viele Gedanken durch den Kopf. Was Frau Tadsen aus dem *Kliffstübchen* so diplomatisch formuliert hatte, stieß mir bitter auf. Sie hatte davon gesprochen, dass es so viele Cafés im Ort gab, dass Gäste der Teestube zur Konkurrenz abwanderten. Erst recht auch in die neuen Angebote der großen Hotels.

Ich sah meine Mutter, die vor dem Hintergrund finanzieller

Unabhängigkeit einen Ort, von der Idee her ähnlich der Teestube, aufgezogen hatte, der so gut angenommen wurde, dass ich gestaunt hatte. Sicher würden die vielen Leute, die sich mit einem Mal dort tummelten und die teilweise auch keine Hotelgäste waren, ihren Tee und den Kuchen nicht doppelt genießen und anschließend auch dem *Kliffstübchen* einen Besuch abstatten. Sosehr ich begrüßt hatte, was meine Mutter aufgezogen hatte, so unfair erschien es mir jetzt. Hotels wie das meiner Eltern waren nicht angewiesen auf die Einnahmen einzelner kleiner Teilbereiche wie des neuen Cafés. Es war nett, dass sie dies zusätzlich anbieten konnten, die Einnahmen aber waren aus wirtschaftlicher Sicht nicht notwendig.

Ganz anders war es wahrscheinlich beim *Kliffstübchen.* Dieses seit Jahrzehnten von der Familie Wellendorf geführte Unternehmen zeichnete sich durch die familiäre Atmosphäre und den Einsatz dieser Leute aus, die tagtäglich für ihren Laden alles gaben. Ich erinnerte mich daran, mit welcher Euphorie und mit welchem Elan Marie ihre Arbeit als Konditorin angegangen war. Das war mir schon nach unseren wenigen Begegnungen bei dem Lehrgang aufgefallen. Ich stellte mir vor, dass Marie ihr ganzes Herzblut in die Teestube gesteckt hatte. Traurig, dass es ihr nur so kurz möglich gewesen war. Ihre Familie schien ihr Erbe fortzusetzen und zu pflegen. Wie aber sollten sie dagegen ankommen, wenn die großen Hotels und Ketten ihnen nach und nach das Geschäft abgriffen?

Das war schon immer die Einstellung, die mich von meinem Vater unterschied. Aus unternehmerischer Sicht konnte nichts Besseres passieren, als dass ein Hotel es schaffte, so viele Pluspunkte eines inhabergeführten, kleineren Unternehmens wie der Teestube für sich umzusetzen und eine vergleichbare Atmosphäre zu schaffen. In meinen Augen verlor aber ein Ort wie Sylt dann an

Attraktivität, und der ganz individuelle Charme der einzelnen Locations kam abhanden.

Beides hatte seine Berechtigung. In den großen Hotels sollten die Gäste neue kulinarische Genüsse erleben und gleichzeitig Wellness- und Spa-Angebote nutzen können. Damit der Sylt-Urlauber aber das Ursprüngliche und original Friesische der Insel genießen konnte, galt es, kleine inhabergeführte Läden, Cafés und Restaurants am Leben zu erhalten. In meinen Augen bot das die Chance, dass man sich auf wunderbare Weise ergänzte und voneinander profitierte. Meine Gedanken wanderten zu dem, was mein Großvater mir an die Hand gegeben hatte, und ich war mir sicher, dass er diese Idee ebenso unterstützen würde.

Mein Vater hatte meine Einstellung schon immer belächelt. Er hatte wahrscheinlich auch recht, dass man mehr Umsatz generieren konnte, wenn man seine Schiene fuhr. Da war er Realist und ich Träumer, und zwei Welten prallten aufeinander. Dennoch hielt ich an meiner Einstellung fest, dass große und kleinere Unternehmen nicht automatisch nur in Konkurrenz treten sollten, sondern sich gegenseitig unterstützen könnten.

11. Luise

Ich horchte in mich hinein und spürte ein aufgeregtes Flattern im Bauch. Dass unser erster Feriengast so spontan zugesagt hatte, verdrängte kurz die Sorge um meine Oma. Bis Franka mich in die Küche zog.

»Was ist mit Inga?«

Ich brachte sie auf den neuesten Stand. »Sie hatte Glück im Unglück sozusagen«, schloss ich meinen Bericht und lächelte matt.

»Okay. Dann hoffen wir mal, dass sich ihre zähe Art auch in diesem Fall durchsetzt.« Franka drückte beide Daumen in ihre Fäuste.

»Absolut. Aber davon gehe ich erst einmal ganz fest aus.« Ich grinste.

»Das wird schon wieder«, stimmte Franka mir zu und machte dann weiter.

»Herr Jacobsen sagte, dass er gegen Abend so ungefähr um 17 Uhr wieder hier sein will wegen des Zimmers«, erzählte ich.

Franka strahlte. »Du verrückte Nudel! Wie hast du das denn eigentlich so schnell entschieden, und vor allem, wie willst du mal eben bis heute Abend ein Zimmer aus dem Ärmel schütteln?«

Ich grinste. »Wenn gleich Zeit ist, musst du dir unbedingt etwas anschauen.«

»Ich bin gespannt.« Freudig rieb Franka sich die Hände und machte sich wieder an die Arbeit.

»Jacobsen ist sein Name?«, hakte Franka nach, und ich nickte.

»Was für ein Zufall, dass er ausgerechnet so heißt wie die Familie des Hotels am Watt.«

»Stimmt. Aber so selten ist der Name nicht. Ich kenne in Hamburg auch eine Familie Jacobsen«, überlegte ich. Ich war tatsächlich der Meinung, dass es diesen Namen häufiger gab. Wäre er verwandt mit der Hoteliersfamilie, würde er wohl auch dort wohnen, dachte ich. »Was du da gebacken hast, macht wieder einmal einen sensationellen Eindruck – wow«, stellte ich anerkennend fest.

Franka zauberte heute wieder einmal Torten, die wie gemalt aussahen. Dazu hatten wir so viele der Teesorten, die Mama vorbereitet hatte, verkauft, dass ich staunte.

»Es ist unglaublich, wie toll deine Torten ankommen. Obwohl kaum was los war, hast du das Bestmögliche erreicht, und gemeinsam haben wir viele Teetütchen angeboten. Ich bin begeistert, liebe Franka. Und ich bin dir sehr, sehr dankbar.« Anerkennend legte ich den Arm um sie.

»Ach, weißt du, die Teestube ist ja irgendwie auch mein Leben. Es versetzt mir einen Stich, wenn ich sehe, dass deine Mutter und dein Vater verzweifelt die Bücher wälzen. Das haben sie und das großartige *Kliffstübchen* nicht verdient.« Ihr Blick war mit einem Mal sehr traurig.

»Ich mache mir Vorwürfe, dass ich nicht viel eher bemerkt habe, was hier los ist«, gestand ich.

Franka schüttelte den Kopf. »Das musst du nicht. Es dauerte auch, bis deine Eltern überhaupt angefangen haben, sich mir zu öffnen. Und dabei bekomme ich es ja tagtäglich mit. Sie wollten das alles mit sich selbst ausmachen. Glaub mir, sie meinten das nur gut. Sie ahnten, dass du womöglich ein schlechtes Gewissen bekommen würdest. Das war das Letzte, was sie wollten. Sie haben deine Entscheidung immer respektiert und wollten dir nicht die Last aufbürden, das Erbe deiner Schwester unter den schwierigen Bedingungen fortzuführen.«

Frankas Worte rührten mich und bestätigten das Bild, das ich von meinen Eltern hatte. Sie waren so stark und wollten ihre Kinder nie unnötig belasten.

»Es fühlt sich deshalb auch so richtig an, hier zu sein. Ich verspreche dir, ich bleibe so lange, wie ich hier gebraucht werde. Das regele ich alles schon irgendwie. Beruflich kriege ich das hin, und solange ich wen in meiner Wohnung einquartiert habe, ist auch das kein Problem.« Ich lächelte schief.

»Aber mal zurück zu der Vermietung. Dass ausgerechnet dieser junge Mann der erste Gast sein soll, ist doch großartig!« Sie machte eine Pause und schaute mich mit schiefer gelegtem Kopf an.

»Wer weiß, was das für ein Typ ist.« Achselzuckend drehte ich mich weg. Ich befürchtete, dass Franka sonst meine roten Wangen bemerken würde.

»Na, auf jeden Fall ist er *dein* Typ. Das merke ich doch.«

Erstaunt drehte ich mich wieder um und starrte sie an.

»Spätestens jetzt«, sagte Franka mit einem Schmunzeln und tippte sich auf ihre Wangen.

Augenrollend winkte ich ab. »Hör bloß auf. Für so was habe ich nicht den Kopf!«

»Dann ist ja gut.« Franka tat beschäftigt und widmete sich einem neuen Gast, der soeben hereingekommen war.

Ich nutzte eine Stunde, in der Franka die Stellung hielt, und ging in mein Zimmer, um schnell zu duschen und mich umzuziehen.

Nach einem kurzen Blick in den Gastraum, wo noch immer wenig los war, ging ich auch noch einmal in das Ferienzimmer. Ich stellte eine dezent duftende Kerze auf und legte Handtücher ins Bad. Im Badezimmer arrangierte ich ein paar Seifen samt Duschgel und Shampoo, drapiert in einer Schale.

Die Bettwäsche, die ich gekauft hatte, sorgte für strahlend weiße Frische.

Ich würde dem Mann das größere der beiden Zimmer anbieten. Es war mein früheres Zimmer. Der Raum teilte sich in den Bereich, in dem das Doppelbett war, und einen Teil, in dem ein gemütliches Sofa, ein Tisch und ein Fernseher standen. An den Wänden hingen Bilder mit verschiedenen maritimen Motiven. Die Schirme der Lampen, die in den zwei Butzenfenstern standen, waren beige-weiß gestreift und gaben dem Ambiente etwas Elegantes. Genau wie der große Spiegel in einem breiten hellen Holzrahmen, der neben der Tür hing und dem Zimmer zusätzlichen Raum gab. Die Möbel hatten alle helle Farbtöne. Unter der Dachschräge stand das Sofa vor dem Fenster mit Blick in den Garten.

Auf dem kleinen Tisch vor dem Sofa platzierte ich noch die frischen Blumen, die ich gekauft hatte. Eine Flasche Wasser mit zwei Gläsern stellte ich auf den Tisch, dazu legte ich eine Teemischung *Maries Bester*, die meine Mutter selbst hergestellt hatte, sowie eine Packung Kekse.

Mir gefiel das Zimmer. Ich hatte mich an anderen Vermietern orientiert, was den Preis anging, und war der Meinung, ein angemessenes Angebot zu haben.

Aufgeregt ging ich wieder in die Teestube und reichte Franka die Schlüssel zu dem Zimmer, das ich vorbereitet hatte.

»Schau du doch mal. Es ist das größere der beiden Zimmer oben, wo sonst der Verwandtenbesuch wohnt.«

»Oh, wie spannend! Ich bin gleich wieder da.« Freudestrahlend lief sie davon, und ich konnte kaum erwarten zu erfahren, wie es ihr gefiel.

Als sie nach kurzer Zeit zurückkam, erkannte ich an ihrem verzückten Blick sofort, dass das Zimmer ganz nach ihrem Geschmack war. Vor Staunen stand ihr Mund offen.

»Wow! Hätte ich das gewusst, hätte ich schon bei seiner Nachfrage vor ein paar Tagen sofort zugesagt!« Franka lachte.

Ich lächelte. »Meine Mama hat wohl auch schon konkreter darüber nachgedacht, als man vermutet hat. Sie hat die Zimmer immer im Top-Zustand gehalten. Außerdem hatte sie sogar, was die Formalitäten angeht, schon so manches in die Wege geleitet. Keine Ahnung, wie sie das gemacht hat, aber als ich das Zimmer sah, wusste ich, dass wir die Sache mit der Vermietung unbedingt angehen *müssen*.« Meine Wangen glühten vor Begeisterung.

Mit Franka an meiner Seite fühlte es sich schon viel leichter an. Dennoch blieb die Sorge, dass meine Großmutter, die absolut nicht einverstanden sein würde mit meinen Plänen, uns dazwischenfunken würde. Aber das musste ich für mich erst mal ausblenden. Ich würde sie noch im Krankenhaus schonend darauf vorbereiten. Dabei würde der Abstand vielleicht helfen. Wenn sie vor vollendete Tatsachen gestellt wurde, würde sie die Umsetzung meiner Vorhaben zumindest nicht direkt verhindern können. Nun hatte ich aber erst mal etwas Luft, um mir zu überlegen, wie ich es ihr beibringen konnte, dass hier bald jemand wohnen würde.

Noch war ich mir nicht sicher, wie ich es am besten begründen sollte, ohne die Wahrheit zu sagen, aber ich hoffte, dass mir da etwas einfiel.

Mit klopfendem Herzen fieberte ich dem Abend entgegen, an dem unser erster Gast sein Zimmer beziehen würde. Und das nicht nur, weil ich mich über die Vermietung freute.

12. Moritz

An Claas' Seite den Tag im Hotel zu erleben, fand ich spannend. Es war toll zu sehen, wie engagiert und motiviert er an die Arbeit ging. Ich erkannte, wie sehr er das, was er tat, liebte.

Er wirbelte durch die Küche und zauberte mit Leichtigkeit und Präzision die feinsten Gerichte. Die Geschwindigkeit, in der er arbeitete, war erstaunlich. Vor allem, weil dennoch jeder Handgriff saß. Alles, was er zubereitete, sah wie ein eigenes kleines Kunstwerk aus. Auch seine Anweisungen an die Kollegen waren respektvoll und wertschätzend, dabei aber so präzise und klar, dass die Arbeitsabläufe reibungslos schienen.

Was ich ebenso bewunderte, war, dass er sich mir gegenüber nicht distanziert, aber auch nicht übertrieben freundlich verhielt. Einerseits war ich der Sohn seines Chefs, was bei einigen anderen Mitarbeitern für eine auffallende Zugewandtheit sorgte. Das missfiel mir, seit ich denken konnte. Andererseits wusste er womöglich, dass meine Qualifikationen und Interessen seinen eigenen ähnelten. Ich war mir sicher, dass er eine gewisse Sorge, dass ich ihm seine Position streitig machen würde, nicht komplett von sich weisen konnte, was wohl auch nur menschlich war.

Auch ohne zu wissen, wo die Reise hier im Hotel für mich hingehen würde, entschied ich mich, ihm zu verstehen zu geben, dass ich nur mit den besten Absichten hierhergekommen war.

»Claas, darf ich dir ein Kompliment machen?«

Verblüfft schaute er mich an. »Da sag ich nicht Nein.« Er lachte.

»Ich habe den Verdacht, mein Vater geizt eher damit. Ich kenne ihn schon ein paar Jahre und nehme an, dass er sich in dieser Hinsicht kaum verändert hat.« Ich lächelte schief. »Darauf musst du selbstverständlich nicht antworten. Aber auch er hat dich in meinem Beisein schon sehr gelobt. Mir fällt auf, dass du deinen Job hier mit einer bemerkenswerten Ruhe und Souveränität machst. Meine Eltern und auch deine Leute dürfen sich sehr glücklich schätzen. Man merkt, dass hier neben all dem Stress, den eine Küche und der Alltagsbetrieb im Hotel mit sich bringen, Fairness und Teamwork einen hohen Stellenwert haben.«

Claas nickte verlegen und schaute auf seine Hände.

»Die Arbeitsatmosphäre hier ist super. Das zu sehen ist großartig.«

»Danke. Es freut mich sehr, dass du das sagst, und auch aus meiner Sicht würde ich das Klima hier so beschreiben.« Er hob die Handflächen. »Obwohl ich da ehrlich sein will. Ich habe damit wenig zu tun. Das Team ist toll. Hier steht jeder für jeden ein, und wenn mal was hakt, redet man. Und, glaub mir, wir hauen uns hier und da auch mal die Köppe ein.« Entschuldigend grinste er. »Aber bevor der Krach nicht vom Tisch ist, lasse ich hier keinen Feierabend machen.« Er lachte. »So muss das aber in einem guten Team laufen. Und die Rahmenbedingungen stimmen einfach auch. Ich bin sehr dankbar, dass deine Eltern mir freie Hand lassen. Das weiß ich sehr zu schätzen.« Er machte eine Pause. »Klingt fast so, als wollte ich dir Honig um den Bart schmieren, fürchte ich?«

»Mir? Nein! Wenn es jemanden gibt, der daran, dass es hier so gut läuft, nahezu gar keinen Anteil hat, dann bin ich das. Und ich werde definitiv an dieser Stelle auch nicht weiter benötigt.«

Claas schaute mich mit einem Blick an, den ich nicht deuten konnte.

»Die Frage klingt sicher irgendwie seltsam, dabei ist es echtes Interesse. Was wird dein Job hier im Hotel sein?«

Mir gefiel die direkte Art des Mannes.

»Ich müsste lügen, wenn ich das so genau wüsste«, gestand ich.

Jetzt war sein Blick verwundert.

»Ich habe meine Eltern mit meiner Rückkehr ein wenig überrumpelt. Sie hatten noch nicht einmal Gelegenheit, für mich ein passendes Jobprofil zu erstellen.« Ich hob entschuldigend die Schultern, und wir mussten beide lachen. »Aber wenn ich ehrlich bin, gibt es auch gar keins. Das heißt, die Vorstellungen darüber gehen bei meinem Vater und mir ein wenig auseinander.«

»Du hast keine Geschwister, oder?«

Ich nickte. »Nein. Und diese Tatsache lässt meinen Vater verständlicherweise hoffen, dass ich die Tradition fortführe.« Ich machte eine Pause, weil ich überlegte, wie ich meine Gedanken formulieren sollte, ohne dass sie arrogant oder undankbar klangen. »Aber ich bin der Meinung, dass man im Leben den Job machen sollte, für den man geboren ist. Nur dann hat man die Chance, dass er sich nicht wie richtige Arbeit anfühlt. Und das zu erreichen war immer mein Ziel.«

Claas nickte. »Absolut.« Er deutete durch den Raum.

»Dir darf ich dazu gratulieren«, sagte ich und erntete dafür einen überraschten Blick. »Du wirkst, als sei das, was du tust, genau das, was du auch tun möchtest. Du strahlst Zufriedenheit und eine gewisse Leichtigkeit bei der Arbeit aus.«

»Oh, merkt man das schon nach so kurzer Zeit?« Ein Strahlen

ging über sein Gesicht. »Das freut mich zu hören, und ja, ich gebe dir recht: Das ist in der Tat so. Auch wenn es dennoch immer mal wieder Tiefen gibt. Auch das gehört definitiv zu meinem Alltag. Und an diesen Tagen solltest du mir lieber nicht die Frage stellen, ob das alles das ist, was ich mir erträumt habe.« Wir lachten. »Und für dich ist der Job an der Seite deines Vaters nichts?«

Vorsichtig schüttelte ich den Kopf. »Ich denke, hinter der Entscheidung dafür muss man voll und ganz stehen. Und ich sehe mich eher woanders. Wie du ganz richtig sagst, gefallen einem nie alle Dinge an einem Beruf, und man kann auch unzufrieden mit Gegebenheiten sein, selbst wenn man seinen Traumjob gefunden hat. So ging es mir in der Zeit, in der ich als Konditor angefangen habe. Hättest du mich in den ersten Monaten kurz nach dem Weckerklingeln um 4 Uhr gefragt, ob das mein Lebenstraum ist, die Antwort wäre sehr harsch und ebenso klar ausgefallen.« Ich schmunzelte. »Aber wenn du mich fragst, ob ich zufrieden bin, wenn ich gerade eine Torte für einen Auftrag gebacken hatte oder dem Gast sein Stück Kuchen präsentierte oder die Pralinenmischung. Wenn ich über den Menüs für ein Dinner brütete oder Zutaten zusammenstellte. Dann wäre das Leuchten in meinen Augen Antwort genug gewesen. Und deshalb sehe ich mich nach wie vor auch eher in diesem Bereich und nicht hinterm Schreibtisch.«

»Das kenne ich.« Er schaute mich wissend an. »Deine Mutter hat mit dem *Friesencafé* dann ja im Prinzip schon etwas vorbereitet, was genau nach deinem Geschmack sein dürfte, oder?«

Ich nickte. »Es ist großartig, ja. Das ist in der Tat etwas, was ich nahezu identisch umgesetzt hätte.«

»Vielleicht bist du dann ja genau im richtigen Moment zurück nach Sylt gekommen?« Er lächelte, und ich meinte, in seinem Lächeln so etwas wie Erleichterung zu erkennen. Ich hatte den Eindruck, dass ich ihm ein Stück weit die Sorge genommen hatte, dass ich hier im Hotel alles auf den Kopf stellen wollte. Vielmehr hatte ich jetzt das Gefühl, dass wir ähnlich tickten und uns in unserer Zusammenarbeit hervorragend ergänzen würden.

Die Zeit war wie im Fluge vergangen, und als ich auf die Uhr schaute, war es bereits Nachmittag.

»Wenn es für dich in Ordnung ist, würde ich mich für heute ausklinken«, erklärte ich.

»Selbstverständlich. Hat echt Spaß gemacht heute. Ich bin mir sicher, dass wir noch einiges gemeinsam auf den Weg bringen können.«

»Da gehe ich auch fest von aus. Erst recht nach diesem Tag«, bemerkte ich anerkennend.

Er lachte, und ich freute mich auf unsere Zusammenarbeit.

Ich ging hinüber ins *Friesencafé*. Dort stand meine Mutter und besprach gerade etwas mit einer Mitarbeiterin.

»Mein Sohn, darf ich dir Frau Merk vorstellen? Sie führt das Café seit einiger Zeit. Eigentlich ist sie die rechte Hand unseres Küchenchefs.« Sie lächelte. »Frau Merk, das ist mein Sohn Moritz. Er ist gelernter Konditor.«

»Guten Tag.« Sie lächelte schüchtern.

»Moin«, begrüßte ich sie locker. »Sie haben hier gut zu tun, wie ich bemerkt habe.«

Strahlend lächelte die junge, blonde Frau. Sie wirkte nervös. Ich schätzte sie auf Anfang zwanzig.

»Wir haben sehr gut zu tun. Das Team hat sich bisher großartig geschlagen und gibt alles. Wir sind stolz, schon in der kurzen Zeit so viele Gäste begrüßen zu dürfen.«

Ich nickte. »Das dürfen Sie auch sein.« Meine Gedanken gingen zum *Kliffstübchen* und den traurigen Gesichtern der Mitarbeiterinnen dort. Zu sehen, wie wir uns im Hotel vor Arbeit kaum retten konnten und ein paar Hundert Meter weiter die Geschäfte immer schlechter liefen, tat mir leid. Mein Vater würde sicher sagen, dass das zum Geschäft dazugehörte und man da die Emotionen außen vor lassen musste.

Aus mehreren Gründen gelang mir das jedoch nicht. Ich sah Marie vor mir, als sie sich den Lehrgangsteilnehmern vorstellte. Das Leuchten in ihren Augen, wenn sie über ihren Lebenstraum, das *Kliffstübchen*, sprach. Und nun sah ich ihre Schwester, die sicher, wie ihre Eltern auch, ihre ganze Energie in die Teestube steckte. Und dass das zu scheitern drohte, schmerzte. Nicht nur, weil ich an die Zeit, bevor ich Sylt verließ, dachte. Die Frau, der ich jetzt in der Teestube begegnet war, hatte etwas in mir ausgelöst. Ich musste immer wieder an sie denken.

Ich spürte fast so etwas wie eine lange nicht da gewesene Nervosität vor unserem nächsten Treffen. Dabei war es nur eine Schlüsselübergabe für die Unterkunft. Aber ich freute mich darauf, sie wiederzusehen, und auch darüber, dass ich eine Bleibe für die nächste Zeit hatte.

Ich ging in mein Zimmer in der Pension und packte meine Sachen zusammen. Als ich damals Sylt verließ, hatte ich das, was an Möbeln und Alltagsgegenständen in meiner Wohnung war, dort gelassen. Das, was ich täglich brauchte, hatte ich in einem Koffer und zwei Taschen mit auf Reisen gehabt. Diese nahm ich nun erst mal mit zum *Kliffstübchen*.

Ich griff nach meinen Sachen, checkte aus und stieg ins Auto, um zur Teestube zu fahren. Die eisige Kälte draußen passte wunderbar zu der weihnachtlichen Dekoration der Vorgärten und Fenster der Häuser, an denen ich vorbeikam.

Es dämmerte, und die Buchsbäume vor dem *Kliffstübchen* begrüßten mich mit einem Lichtermeer aus unzähligen Lämpchen. Es war hübsch anzusehen und zauberte eine besondere Wärme.

Der kalte Wind ließ mich schnell in den Gastraum eintreten, in dem der Ofen bullerte.

Hineinzukommen in das gemütliche Friesenhaus fühlte sich an, wie wenn ich früher in der Weihnachtszeit zu meinen Großeltern ging. Sogar der Duft, der mich empfing und aus Zimt, Vanille und frischem Teig bestand, war ähnlich wie der von damals.

Die Teestube zu betreten weckte aber noch viel mehr Erinnerungen bei mir. Ich schluckte beim Gedanken daran, wie ich mich mit dem Rezeptbuch in der Hand in dieser Tür stehen sah. Noch heute trug ich es bei mir und hoffte, es bald der Familie Wellendorf anvertrauen zu können.

13. Luise

Ich wusste nicht, wie oft ich wie zufällig am Spiegel vorbeigelaufen war, um zu schauen, wie ich aussah. Ich hoffte, dass unser erster Gast nicht bemerken würde, wie angestrengt ich war und wie sehr mir die Sache mit meiner Großmutter in den Knochen steckte.

Ich hatte noch einmal im Krankenhaus angerufen, und man bat mich, meiner Großmutter, die nahezu die ganze Zeit schlief, Ruhe zu gönnen. Es ging ihr so weit gut, und es würde ausreichen, wenn ich am nächsten Tag wieder zu Besuch käme.

Das passte mir heute ganz gut. So hatte ich auch zum Abend hin keinen Zeitdruck. Außerdem musste ich sie nicht anschwindeln, sollte unser Gespräch wieder auf die Zimmervermietung kommen.

Insgeheim wünschte ich mir, mehr über den Mann zu erfahren, der da bei uns einzog. Hoffentlich würde sich bei einer abendlichen Tasse Tee ein Gespräch ergeben.

Auch wenn dieser Gedanke mich noch nervöser machte, freute ich mich darauf.

Um Punkt 17 Uhr ging die Tür zur Teestube auf, und mit einem eisigen Luftzug kam unser Gast herein. Die Haare vom Wind zerzaust, mit einem Koffer und zwei Taschen in der Hand, stand er da. Sein Lächeln sorgte augenblicklich dafür, dass all die Kälte, die mir soeben noch eine Gänsehaut verursacht hatte, verflogen war und einer glühenden Hitze wich. Diese war sofort wieder begleitet von einem wohligen Schauer auf meiner Haut, als ich seine weiche, dunkle Stimme hörte.

»Was bin ich froh, hier bei Ihnen zu sein«, erklärte er und kam auf mich zu.

»Wir freuen uns auch sehr, Sie bei uns zu begrüßen«, antwortete ich und lächelte, bemüht, mir meine Aufregung nicht anmerken zu lassen.

»Wollen Sie gleich mit zum Zimmer kommen?«, fragte ich und war kurz irritiert, dass er lachte.

»Wenn Sie nichts dagegen haben, würde ich zu gerne einen Tee trinken und diese wunderschön gemütliche Atmosphäre hier am Ofen genießen. Oder wollten Sie gerade Feierabend machen?«

Dankbar, dass das Licht in der Teestube aufgrund der Dämmerung vor der Tür und der gedimmten Lampen nicht allzu hell war, spürte ich die warme Röte in meinen Wangen.

»Oh nein«, stammelte ich. »Aber selbstverständlich bekommen Sie einen Tee. Welche Sorte darf ich Ihnen denn servieren?«

»Was ist Ihre Empfehlung für einen stürmischen Winterabend vor dem Ofen?«

»Ist Ihnen eher schwarzer Tee oder eine Früchteteemischung lieber?«, versuchte ich, seinen Geschmack herauszufinden.

»Gerne die fruchtige Variante.«

»Dann schlage ich Ihnen einen Tee aus Erdbeeren und Himbeeren vor, der außerdem Apfel, Hagebutten und Zimt enthält.«

»Das klingt hervorragend«, freute er sich.

Ich lächelte unbeholfen und ging in die Küche, um den Tee zuzubereiten.

Dort empfing mich Franka mit einem breiten Grinsen.

»Täuscht das, oder sind deine Wangen ganz rot?«

»Das kommt vom Ofen«, mutmaßte ich.

»Ach so«, schmunzelte Franka. »Und ich hatte schon gehofft, unser erster Gast ist mittlerweile da.«

»Ja, das ist er in der Tat auch«, gab ich zu.

»Verstehe.« Sie rieb sich die Hände. »Eigentlich wollte ich ja Feierabend machen. Aber kann ich noch irgendwas tun, wofür deine Hände gerade zu zittrig sind?«

»Franka! Nicht, dass er das noch hört!« Empört schaute ich mich um.

Sie presste gespielt entsetzt die Hand vor den Mund. »Entschuldige bitte«, murmelte sie und flüsterte dann. »Du hast aber sicher nichts dagegen, wenn ich ihm noch einmal ein paar unserer Spezialkekse an den Tisch bringe, oder?«

»Er wird sich bestimmt darüber freuen«, sagte ich und machte mich daran, den Tee zuzubereiten. Die Mischung war bereits zusammengestellt, und ich arrangierte den Tee mit dem Kännchen heißem Wasser auf einem kleinen Tablett.

Bevor ich wieder in den Gastraum ging, straffte ich die Schultern und atmete einmal tief durch.

Franka kam in diesem Moment mit einem enttäuschten Blick wieder in die Küche.

»Ist alles in Ordnung? Gefallen ihm die Kekse nicht?« Erschrocken schaute ich sie an.

Sie schüttelte den Kopf. »Doch, ich denke schon.«

»Aber?«

»Er scheint verabredet zu sein, oder so.«

»Okay. Aber das ist ja auch sein gutes Recht. Wir freuen uns ja über jeden zusätzlichen Gast«, stellte ich fest und ging aus der Küche. Als ich die Verabredung sah, wusste ich jedoch, warum Franka mit einem Mal so betroffen wirkte. An seinem Tisch stand eine junge, hübsche Frau mit langen blonden Haaren, die so nervös wirkte, dass meine Anspannung kaum mehr auffiel. Sie rang unsicher mit den Händen und wich dem Blick unseres Gastes immer wieder verschämt aus. Als er ihr einen seiner Kekse anbot, merkte ich, wie sich ein drückender Kloß in meinem Bauch bildete.

Mit bemüht freundlichem Lächeln trat ich an den Tisch.

»Guten Abend«, begrüßte ich die Frau.

»Hallo«, kam es zaghaft zurück.

Ich servierte dem Mann die Tasse, ein vorgewärmtes Kännchen mit einer abgewogenen Menge an losem Tee und eins mit heißem Wasser, ein Stövchen sowie ein kleines Gefäß mit Sahne. In einem Schälchen waren *Kluntjes*, der Kandis für den Tee. Ich füllte auf die Teemischung heißes Wasser in das Porzellankännchen. Das Wasser sprudelte noch vom Kochen. Dieses stellte ich dann auf das Stövchen, damit es warm blieb. So konnte der Tee ziehen. Durch ein feines Sieb würde dann der fertige Tee in die Tasse gegeben, wenn er so weit war. Ich stellte eine Teeuhr, eine kleine Sanduhr, mit auf den Tisch.

»Ziehzeit bei diesem Tee ist sechs Minuten. Frisch aufgebrüht entfaltet sich seine Wirkung am besten.«

»Danke«, freute sich unser Gast. »Ihre Kollegin hat mir wieder diese hervorragenden Kekse serviert. Sagen Sie, kann man diese auch mitnehmen?«

»Sie sind wirklich ausgezeichnet«, bestätigte die junge Frau.

»Das freut mich. Selbstverständlich kann man die auch zum Mitnehmen und Verschenken bekommen. Wenn Sie mir eine Menge nennen, stelle ich Ihnen gerne ein Tütchen zusammen«, antwortete ich.

»Wenn ich Ihnen eine Empfehlung geben darf,«, wandte Moritz Jacobsen sich an die Frau, die er offenbar siezte, »sollten Sie hiervon eine Tüte als Gastgeschenk mitnehmen. Dazu eine dieser wunderbaren Teesorten. Ich habe gesehen, die Tees gibt es ebenso als Geschenkverpackung? Ich habe zwar wenig Erfahrung mit potenziellen Schwiegereltern, aber das kommt sicher immer gut an.«

Nun schaute er mich wieder fragend an, und ich stand einen Moment lang wie versteinert da. Die Aussage zu den Schwiegereltern vernebelte mir die Sinne. Erst sein amüsierter Blick weckte mich aus meiner Trance.

»Oh, Verzeihung. Tee als Geschenk? Ja, wir haben da was zusammengestellt. Das haben wir vorne.« Ich deutete mit fahrigen Handbewegungen in Richtung der Kasse.

»Super, dann komme ich gleich einmal mit Ihnen mit«, sagte die junge Frau und lächelte dankbar. Sie folgte mir zum Tresen.

»Wissen Sie, als Gastgeschenk für meine Schwiegereltern in spe die köstlichen Kekse und eine Teemischung aus der Teestube mitzunehmen war ein klasse Tipp von Herrn Jacobsen. Das ist eine schöne Idee! Auf dem Weg von der Arbeit war ich vorbeigekommen und hatte gehofft, hier etwas zu finden.«

»Das freut mich sehr. Wie schön, dass wir da das Richtige haben für Sie.« Mein Herz machte einen Luftsprung. Offensichtlich war nicht Herr Jacobsen ihr Freund. Sie schien ihn hier zufällig getroffen zu haben. Innerlich jubelte ich und fühlte mich gleich viel glücklicher.

Sie nannte mir eine Menge für die Kekstüte und wählte die Teesorte aus, deren Name *Winterzauber* war. Dankbar lächelte sie, verabschiedete sich kurz von unserem Gast und ging dann hinaus.

»Danke für Ihre Empfehlung. So ein persönlicher Tipp ist immer Gold wert«, bedankte ich mich bei Herrn Jacobsen.

»Was so gut ist, muss unbedingt weiterempfohlen werden.« Ein langer Blick traf mich, und ich spürte, wie meine Hände feucht wurden.

Ich trat wieder an seinen Tisch. »Ich würde schon ein Stück Kandis in die Tasse legen?«, bot ich an, und er nickte. Ich warf einen Blick auf die Sanduhr, die in diesem Moment durchgelaufen war.

Dann füllte ich den nun aufgebrühten Tee durch ein Sieb in die Tasse. Der Kandis knackte beim Einschenken.

»Ein wenig Sahne?«, erkundigte ich mich.

»So, wie Sie es empfehlen.«

Er schaute zu, wie ich mit dem Sahnelöffel behutsam die Sahne in den Tee gab und die typische Wolke entstand. »Mein Großvater hat immer erklärt, dass man den Tee in drei Etappen trinkt: Erst schmeckt man die Sahne, dann kommt der reine Tee und am Ende der süße Zuckergeschmack des Kandis. Und bloß nicht umrühren, hat er immer gesagt.« Er hob den Zeigefinger, als imitiere er seinen Großvater, wie er zu ihm sprach.

»Man hört heraus, dass Sie Ahnung haben«, stellte ich anerkennend fest.

Er lachte leise. »Mein Opa war ein großer Teeliebhaber. Haben Sie denn einen Mietvertrag, den ich Ihnen unterschreiben soll?«

»Ich habe alles vorbereitet«, erklärte ich, trat hinter den Tresen und zog die Mappe mit den Unterlagen hervor. Dann ging ich zu seinem Tisch und legte den Vertrag vor ihn hin.

»Setzen Sie sich einen Moment zu mir?«, fragte er mich über den Rand seiner Tasse hinweg. Sein Blick sorgte bei mir für weiche Knie.

»Sehr gerne. Ist ja mal wieder nichts los hier, leider«, rutschte es mir heraus.

»Das tut mir sehr leid. Ich verstehe es nicht.« Fragend schaute er sich um. »Wie kann es sein, dass so wenige Leute den Weg hierherfinden? Das *Kliffstübchen* ist auf Sylt doch so etwas wie eine Institution.«

Ich nickte. »Danke. Eigentlich hatte ich auch immer den Eindruck, dass es das ist. So leer wie derzeit habe ich die Teestube auch nie erlebt. Schon seit ich denken kann, wimmelte es hier vor lauter Gästen.« Ich lächelte nachdenklich. »Meine Großmutter hat die Teestube bereits von ihren Eltern übernommen. Eigentlich führen meine Eltern sie heute. Sie sind nur für ein paar Wochen nicht da, und nun halte ich hier die Stellung.«

»Und Sie haben Sylt den Rücken zugekehrt und sind nach Hamburg gezogen?« Interessiert schaute er mich an.

»Genau.« Ich lächelte schief. »Sehr zum Ärger meiner Großmutter bin ich nicht in ihre Fußstapfen getreten und habe stattdessen die Insel verlassen.« Entschuldigend hob ich die Augenbrauen, und in diesem Moment kam mir der Gedanke, ob es nicht viel zu privat war, was ich hier einem wildfremden Mann erzählte.

Er nickte. »Nicht so leicht für die Älteren, wenn die nächsten Generationen andere Pläne haben, als ins Familienunternehmen einzusteigen. Aber ich denke, das muss jeder für sich entscheiden.« Sein Blick hing an der Tasse mit dem dampfenden Tee.

»Absolut. Und woher kommen Sie?«

»Ich habe in den letzten Jahren in verschiedenen Städten gewohnt«, erklärte er ausweichend. »Jetzt bin ich hier gelandet und schaue mal, ob es mich hier länger hält als nur ein paar Monate oder Jahre.«

»Das kommt mir bekannt vor. Ich bin, wann immer es sich anbot, quer durch die Weltgeschichte gereist. Ich liebe es, neue Länder und Kulturen zu erkunden. Gleichzeitig lebe und arbeite ich gerne in Hamburg. Die Stadt bietet so viel. Ich bin in der Tourismusbranche tätig, und daher gab es glücklicherweise einige Gelegenheiten, viel zu verreisen. Der Gedanke, nach meiner Jugend hier auf Sylt zu bleiben, war für mich unvorstellbar.«

Er nickte schweigend, und sein Lächeln wirkte, als sei er meiner Meinung. Weil er aber nicht so recht geantwortet hatte, woher er ursprünglich kam, beließ ich es dabei.

»Lebt denn Ihre Großmutter noch?«, erkundigte er sich.

»Ja. Sie wohnt hier im Nebenhaus und schaut uns allen hin und wieder über die Schulter. Zurzeit liegt sie jedoch im Krankenhaus.«

Sein Blick war erschrocken. »Ich hoffe, nichts Ernsthaftes? Was hat sie denn?«

»Sie ist in der Nacht gestürzt und hat sich am Fuß verletzt. Nicht dramatisch, aber sie muss ein paar Tage zur Beobachtung dableiben. Sie wollen sichergehen, dass der Sturz nicht die Folge eines Schlaganfalls war oder so.«

»Das ist sicher besser so«, stellte er nickend fest.

»Mir ist es auch lieber, wenn Profis sie im Blick haben. Sonst krieg ich hier nachts ja kein Auge zu. Und mit 88 darf man auch keinen zweiten Sturz riskieren. So ein Glück, dass nur wenig dabei passiert, hat man wohl nur einmal.«

Dann nahm er den Vertrag an sich, trug seine Daten ein und unterschrieb. Er zog nach einem kurzen Blick auf die Summe ein Portemonnaie aus der Tasche.

»Sollte ich länger hierbleiben, werde ich den Rest überweisen. Ich gehe erst mal von zehn Tagen aus, wäre aber dankbar, wenn ich kurzfristig verlängern könnte.«

»Vielen Dank, das ist kein Problem«, sagte ich und schob den Umschlag in die Mappe, nachdem ich kurz den Inhalt geprüft hatte. Nervös gab ich ihm eine Durchschrift des Mietvertrags.

»Herr Jacobsen, ich freue mich, Sie als unseren allerersten Gast begrüßen zu dürfen.« Stolz überreichte ich ihm den Zimmerschlüssel, und unsere Fingerspitzen berührten sich.

Ein Prickeln in meinem Bauch entlud sich in einem nervösen Lachen, was zu laut und ein wenig schrill klang.

»Was für eine Ehre, Frau Wellendorf.« Seine Augen fixierten mich, und ich stellte mir vor, wie gerne ich noch länger hier mit ihm gesessen hätte.

Leider trank er gerade den letzten Schluck Tee.

»Was bekommen Sie von mir?«

»Der Tee geht aufs Haus. Ich setze etwaige Kosten, die in den nächsten Tagen zusätzlich entstehen, dann einfach auf die Endabrechnung, wenn Ihnen das recht ist?«, schlug ich vor.

Er hob die Schultern. »Vielleicht rechnen Sie einfach immer mal zwischendurch ab. Wer weiß, wie lange ich hierbleiben möchte. Nachher warten Sie ewig auf die Schlussrechnung, weil ich mich hier so wohlfühle«, sagte er, und wieder wurde ich knallrot.

»In Ordnung, dann bekommen Sie die erste Rechnung nach den angepeilten zehn Tagen, wenn Ihnen das passt. Ihr Zimmer ist das linke der beiden auf dem Flur«, erklärte ich, als wir nach oben gingen. Schon hier empfing uns ein angenehm dezenter Duft von Honigmilch. Ich hatte in dem kleinen Laden in Keitum verschiedene Artikel mit diesem Aroma gekauft. Eine Kerze davon hatte ich oben im Flur aufgestellt.

»Es duftet schon einmal wundervoll nach Honigmilch«, bemerkte Moritz Jacobsen auch gleich. »Diesen süßen Geruch assoziiere ich mit herrlich unbeschwerten Zeiten und meiner Kindheit.«

»Das freut mich sehr, und weil es mir auch so geht, habe ich gehofft, dass der Duft genau so ankommt.« Ich strahlte.

»Kann ich noch irgendetwas für Sie tun? Wünschen Sie morgens ein Frühstück? Wir öffnen eigentlich um 9 Uhr. Da Sie unser erster Gast sind, habe ich noch keine Erfahrung. Gerne können wir auch früher das Frühstück vorbereiten.«

»Nein, bitte nicht.« Er lachte. »9 Uhr ist wunderbar. Und sonst brauche ich eigentlich auch gar nichts weiter. Wenn Sie mir hier und da neue Handtücher hinlegen, bin ich zufrieden.«

»Das klingt einfach«, lachte nun auch ich.

»Vielen Dank, Frau Wellendorf.« Wieder traf mich ein Blick, und ich lief gerade Gefahr, in seinen wunderschönen Augen zu versinken, da drehte er sich um und ging in sein Zimmer. Ich blieb noch einen Moment stehen, bis er verschwunden war. Genau in dem Augenblick, in dem ich zurück zum Gastraum gehen wollte, hörte ich ihn rufen.

»Frau Wellendorf?« Mein Herz raste, und bange drehte ich mich noch mal um. Er stand im Türrahmen und schaute mich an.

»Was sagte ich noch, wie lange ich bleiben will? Streichen Sie die zehn Tage.« Er schmunzelte vielsagend. »Sie können davon ausgehen, dass ich mindestens Silvester hier feiern werde«, sagte er dann und lachte. »Wieso habe ich gerade das Gefühl, dass man manchmal quer durch die Weltgeschichte reisen muss, um zu erkennen, dass man ganz in der Nähe davon, wo es am schönsten ist, gestartet ist?« Er hob fragend die Handflächen, und ich starrte ihn nur mit großen Augen an.

Dann schloss er die Tür, ohne eine Antwort abzuwarten, zu der ich sowieso nicht in der Lage war. Mein Herz vollführte Luftsprünge, und ich unterdrückte einen Jubelschrei. Unser allererster Gast fühlte sich in unserem Zimmer wohl. Dieser Gedanke beflügelte mich. Wie auf Wolken schwebte ich die Treppe hinunter zur Teestube, und erst, als mir bewusst wurde, dass ich dringend verhindern musste, dass meine Großmutter sich Herrn Jacobsen gegenüber so verhielt, wie ich es befürchtete, verschlechterte sich meine Laune wieder.

Erst einmal war aber wichtig, dass Oma überhaupt wieder auf die Beine kam. Ich stellte mir vor, dass spätestens das Kennenlernen mit unserem Gast dafür sorgen würde, dass sie einsichtig war.

Einen Mann wie Moritz Jacobsen konnte man einfach nur sympathisch finden. Sogar meine Großmutter. Das hoffte ich jedenfalls.

»Franka, Oma hat unseren Gast nicht kennengelernt, als er nach dem Zimmer fragte, oder?«, erkundigte ich mich.

»Nein, sie ging gerade durch den Gastraum. Er stand mit dem Rücken zu ihr. Sie hörte unser Gespräch und hat ihn nur von hinten gesehen. Warum fragst du?« Erstaunt schaute Franka mich an.

»Ich habe das Gefühl, dass dieser Typ sie milde stimmen wird. Er ist so charmant – ich bin mir sicher, dass er sogar unser raubeiniges Familienoberhaupt besänftigen kann.« Ich lachte.

»Das wäre großartig«, stellte Franka fest. Ich erkannte jedoch die Skepsis in ihrem Blick.

14. Moritz

Ich stellte gerührt fest, dass Luise Wellendorf auf eine sehr süße Art nervös und schüchtern wurde, wenn wir aufeinandertrafen. Insgeheim hoffte ich, dass dies nicht unbegründet war. Mir ging es auch so, dass ich Herzklopfen verspürte, wenn sie in meiner Nähe war. Dennoch hatte ich auch Angst davor, diese Frau besser kennenzulernen. Ich war nicht ohne Grund hier in der Teestube aufgetaucht. Ich war hier, um mich mit den Ereignissen aus meiner Vergangenheit auseinanderzusetzen. Würde sie alle Beweggründe erfahren, würde sie sich womöglich von mir distanzieren. Außerdem gehörte meiner Familie eins der größten Hotels auf der Insel. Je mehr ich darüber nachdachte und miterlebte, wie gut unser Haus besucht war, insbesondere das neue Café, desto klarer wurde mir, wie viel Schuld uns womöglich daran traf, dass dieses ursprüngliche und individuelle Kleinod so zu kämpfen hatte.

Ich hoffte, dass dies nur eine Momentaufnahme war und mit den Festtagen, die näher rückten, auch wieder mehr Gäste hierherkommen würden. Frau Wellendorf wünschte ich nichts mehr, als dass ihr Strahlen wieder unbeschwert sein durfte und ihr Engagement Wertschätzung erhielt. Das Lächeln stand ihr einfach zu gut.

Womöglich hatte der Name Jacobsen schon dafür gesorgt, dass sie mir gegenüber skeptisch geworden war, weil sie damit das

Hotel in Verbindung brachte. Vielleicht hielt sie das aber auch für einen Zufall.

Ich hoffte, dass ich das Glück, dass ich ausgerechnet genau hier in der Teestube ein Zimmer bekommen hatte, damit nicht gleich wieder verspielte. Nach Jahren war ich so weit und wollte das Gespräch mit jemandem aus der Familie rund um die Teestube herum suchen. Ich konnte kaum erwarten, die Großmutter kennenzulernen. Würde ich sie treffen, würde ich vielleicht endlich zu Ende bringen können, was ich vor einigen Jahren bereits hatte in Angriff nehmen wollen. Was könnte da besser sein, als hier als Gast einzuziehen? Der *Winterzauber*, das einzigartige Rezeptbuch meines Großvaters, welches seinen Ursprung hier im *Kliffstübchen* hatte, sollte wieder in die Hände, in die es gehörte. Vor drei Jahren war es mir nicht gelungen, dies möglich zu machen. Andererseits hatte dieser Plan in meinem Kopf ein wenig anders ausgesehen. Nüchterner und mit weniger Emotionen. Doch ich hatte ihn ohne Luise Wellendorf gemacht. Seit ich ihr begegnet war, kam mir mein Vorhaben ungleich schwerer vor. Ich wünschte mir, diese Frau näher kennenzulernen. Ich hatte aber ein bisschen Angst davor, weil ich fürchtete, dass sie sofort den Rückzug antreten würde, wenn sie erfuhr, dass ich der Sohn der Hoteliersfamilie war, die ihr das Leben erschwerte.

Auch dass ich ihre Schwester gekannt hatte, ja sogar kurz vor ihrem Tod bereits versucht hatte, ihr das Rezeptbuch zu geben, könnte Luise verstören. Dennoch musste ich ihr sagen, dass ich Marie gekannt hatte, ohne Luise dabei das Gefühl zu geben, es sei mehr gewesen zwischen uns. Dass wir uns vor rund drei Jahren gerade besser kennengelernt hatten, sollte sie vielleicht nicht erfahren. Sicher würde sie sich fragen, warum ich Marie sonst nicht schon das Buch gegeben hätte.

Fast wäre das Buch ja auch schon damals wieder zum *Kliffstüb-*

chen zurückgekehrt. Dann aber war Marie durch den schrecklichen Brand aus dem Leben gerissen worden, und ich war von hier geflüchtet. Mit dem Buch. Auf jeden Fall wollte ich meinen Auftrag von damals nun endlich zu Ende bringen.

Es war so gemütlich in der kleinen Teestube mit dem wärmenden Kachelofen und dem heißen Tee. Ich hätte noch Stunden dort in dieser nostalgischen Atmosphäre sitzen können.

Weil Luise aber eingangs so wirkte, als bemühe sie sich, unser Gespräch kurz zu halten, wollte ich nicht unhöflich sein und ihren Feierabend durchkreuzen.

Mir gelang es jedoch, ein wenig mehr über sie in Erfahrung zu bringen. Während sie von sich erzählte, stellte ich fest, dass wir uns nicht unähnlich waren und die gleichen Erfahrungen gemacht hatten.

Als ich die Zimmertür hinter mir geschlossen hatte, ließ ich mich aufs Bett fallen. Flauschig weiche Bettwäsche legte sich um mich. Der Duft eines altvertrauten Waschmittels zog in meine Nase, und es fühlte sich an wie damals, wenn ich bei meinen Großeltern übernachtete. Deren Haus war der Teestube ganz ähnlich gewesen.

In meiner Erinnerung war das alte Kapitänshaus meines Opas immer das schönste der Insel geblieben. Meine Wohnung lag in diesem alten Friesenhaus.

Meine Großmutter war schon verstorben, als mein Opa noch in seinem Haus gewohnt hatte. Wir waren davon ausgegangen, dass er noch einige Jahre darin leben würde, so fit war er gewesen. In dieser Zeit hatten wir bereits geplant, dass ich einen Teil des Hauses bewohnen würde. Mit einem Mal war er dann aber schwer krank geworden und schnell verstorben. Plötzlich hatte ich allein in dem Haus gelebt, und mit meinem Großvater war alle Wärme daraus verschwunden. Nach meinem Auszug vor drei Jahren, als ich Sylt verlassen hatte, hatten meine Eltern irgendwann begonnen, das Haus zu renovieren, in dem ich im Erdgeschoss wohnen sollte. Im ersten Stock hatten wir Büroräume geplant.

Ich wollte in den nächsten Tagen mal einen Blick darauf werfen, um abzuschätzen, wann es bezugsfertig war.

Vor seinem Tod hatte mein Großvater festgelegt, dass, egal, was ich beruflich einmal machen wollte, stets eine Unterkunft für mich auf der Insel zu finden sei. Er hatte deshalb mich als den Erben seines Hauses bestimmt. Heute wusste ich, wie wertvoll dieses war, und war meinem Großvater sehr dankbar.

Auf dem Tisch entdeckte ich eine kleine Aufmerksamkeit. Es war ein Tütchen mit den köstlichen Keksen sowie zwei Teemischungen. Diese trugen den Namen *Winterzauber* und *Maries Bester*. Ich schluckte, als ich das sah. Für ein paar Minuten hielt ich nachdenklich eine der Teetüten in der Hand und hing meinen Erinnerungen nach. Ich sah Maries Gesicht vor mir und den verzweifelten Ausdruck in ihren Augen, der mein Herz schwer werden ließ. Angestrengt rieb ich mir die Schläfen.

Ich war müde nach dem Tag im Hotel, schaltete noch den Fernseher ein, ging kurz ins Bad und legte mich dann matt ins Bett.

Ich schaute zwar irgendeinen Film, war aber abgelenkt. Immer wieder gingen meine Gedanken zu Luise und ihrem hübschen Lächeln. Sosehr ich mich auch auf den Film konzentrieren wollte, ich sah sie immer wieder vor mir. Ihr Gesicht verschwamm mit dem ihrer Schwester.

Dann schlief ich bald ein und wurde erst wach, als die Sonne durch das glasklare Butzenfenster schien.

Ich hatte davon geträumt, dass ich hier auf Sylt etwas verwirklichte, was sich im Traum perfekt angefühlt hatte. Für Sekundenbruchteile sah ich Lichterglanz, hörte Musik und roch den Duft nach weihnachtlichen Gewürzen wie Zimt, Anis und Vanille. Je konzentrierter ich daran dachte und versuchte, mir die Bilder aus dem Traum ins Gedächtnis zu rufen, desto mehr verschwammen jedoch meine Erinnerungen daran. Ich gab auf und entschied mich dazu, aufzustehen.

Ein Blick auf die Uhr sagte, dass es schon 8 Uhr war. Ich duschte, zog mich an und trat gegen 8.30 Uhr vor die Zimmertür.

Kurz horchte ich, ob bereits jemand in der Teestube war. Eigentlich war ich ja noch zu früh. Als ich näher kam, hörte ich, dass Luise telefonierte. Sie verabschiedete sich gerade. Als ich noch zögerte, ob ich in den Gastraum gehen sollte, hatte sie schon bemerkt, dass ich wach war und unschlüssig im Flur herumstand.

»Sie dürfen ruhig reinkommen. Haben Sie gut geschlafen?« Ihr freundliches Lächeln war der perfekte Start in einen Morgen.

»Hervorragend, vielen Dank.« Ich schaute mich um. »Und wieder duftet es hier so wundervoll.« Genießerisch schloss ich die Augen.

»Ich habe frische Brötchen geholt. Für Sie auch heute das süße Frühstück?«

Ich nickte. »Sehr gerne! Und dazu würde ich gerne einmal den Vanilletee probieren.«

»Geht sofort los.« Sie lächelte, und ich setzte mich an meinen Stammplatz.

Kurz darauf stand schon das Frühstück vor mir.

»Haben Sie denn schon etwas gegessen?« Offenbar erstaunte meine Frage Luise. Ihrem Blick nach zu urteilen, war sie nervös.

»Entschuldigen Sie. Ich dachte nur grad, dass wir uns gestern so nett unterhalten haben. Und Sie erzählten, dass die Teestube erst um 9 Uhr öffnet. Da könnten wir doch gemeinsam bei einem leckeren Brötchen in den Tag starten.« Ich deutete auf den freien Stuhl und schaute sie an. »Aber wenn Sie bis dahin noch zu tun haben, habe ich natürlich Verständnis.«

»Nun, ja, also«, stammelte sie. »Dann hole ich mir auch eine Tasse Tee und bin gleich wieder da.

Kurz darauf kam sie mit einer dampfenden Tasse zurück.

»Haben Sie keinen Hunger?«

Unsicher schüttelte sie den Kopf.

»Falls Sie es sich anders überlegen.« Ich deutete auf den Brotkorb, den sie mir eben hingestellt hatte. »Ich hätte köstliche Brötchen anzubieten. Alles vom Feinsten!«

Sie lachte. »Vielen Dank. Ein sehr aufmerksamer Service hier.« Mit gespielter Anerkennung schaute sie sich in der Teestube um und nickte schmunzelnd.

»Ich fühle mich auch pudelwohl hier und werde überall Werbung für Sie machen.« Ich sah ihr in die Augen. Sie wich meinem Blick aus, lächelte jedoch. »Wie geht es Ihrer Großmutter?«

»Oh, habe ich zu laut telefoniert?« Irritiert schlug ihr eben noch freundlicher Gesichtsausdruck um. Offenbar dachte sie, ich hätte ihr Telefonat belauscht, dabei fragte ich aus Interesse.

»Nein!« Ich hob die Hände und suchte nach Worten, die glaubhaft klangen. »Sie erzählten, es ginge ihr schlecht. Ich habe mich nur gefragt, ob Sie etwas gehört haben. Ich wollte Ihnen nicht zu nahe treten. Entschuldigen Sie bitte.«

Ihr Blick war sofort versöhnlich. »Sorry, das war nicht böse gemeint. Und danke, es scheint ihr ganz gut zu gehen. Ich habe in der Tat eben gerade im Krankenhaus angerufen, und sie hält schon wieder große Reden und kommandiert das Personal herum.« Sie schüttelte den Kopf. »Und dass es nicht immer ganz leicht ist, es ihr recht zu machen, weiß ich nur allzu gut.« Sie rollte mit den Augen, schmunzelte aber dabei.

Ich zog fragend die Augenbrauen hoch und lächelte, erstaunt, wie vertraut unser Gespräch sofort wirkte. »Das kenne ich aus meiner Familie«, gab ich zu.

»Was machen Sie denn eigentlich auf Sylt? Sind Sie beruflich hier?« Ihre Frage ließ mich einen Moment überlegen. Ich konnte ihr keinesfalls erzählen, dass ich gleich ins Hotel meiner Eltern fahren und darüber nachdenken würde, wie das neue Café demnächst unter meiner Führung aufgestellt sein könnte.

»Ich bin gerade noch damit beschäftigt, hier anzukommen.« Entschuldigend lächelte ich. »Ich muss ja erst mal schauen, was sich hier so getan hat in den letzten Jahren.«

»Ich beneide Sie.« Ihre Feststellung verunsicherte mich. Hatte sie mich durchschaut und ahnte, dass es da etwas gab, was ich noch für mich behalten wollte?

»Wofür?«

»Als ich die Woche hierherkam, hatte ich nicht einmal einen Tag Zeit, hier anzukommen. Meine Eltern sind schon am nächsten Tag zur Kur aufgebrochen, und kurz darauf stürzte meine Oma. Da war ich gleich gefordert.« Matt lächelnd hob sie die Schultern. »Aber was tut man nicht alles für die Familie.«

Wieder überlegte ich, ob sie damit aus mir herauskitzeln wollte, wer ich wirklich war.

»Was hätten Sie denn gemacht, wenn Sie Zeit gehabt hätten?«

Einen Moment überlegte sie. »Ich wäre so lange in Kampen am Strand spazieren gegangen, bis ich vor lauter Kälte meine Nasenspitze nicht mehr gespürt hätte, und wäre dann irgendwo auf eine *Tote Tante* und heiße Waffeln eingekehrt.« Sie schmunzelte.

»Schöne Idee. Aber das ist ja nichts, was sich nicht zwischendurch mal einbauen ließe, oder?« Auffordernd schaute ich sie an.

Sie deutete in den Gastraum.

»Auch wenn hier nichts los ist, zu tun ist immer was. Und ich muss ja auch die Öffnungszeiten gewährleisten und da sein, falls was ist. Jetzt stehen auch noch Besuche bei meiner Oma im Krankenhaus an und …«

»Das klingt danach, als ob das, woraus Sie die Kraft für diese ganzen Dinge nehmen, in Ihrer Planung viel zu kurz kommt«, lehnte ich mich weit aus dem Fenster. »Ich habe hier in der Teestube schon eine Dame kennengelernt, die den Job der stellvertretenden Chefin sicher ganz hervorragend meistern würde. Mindestens einen ausgiebigen Strandspaziergang lang. Pro Tag.«

Sie lachte leise auf und errötete. »Das stimmt. Aber«, sie senkte den Blick und rührte in ihrem Tee. »Ist schon okay so, wie es ist«, sagte sie dann und nickte wie zur Bestätigung.

»Und dann halsen Sie sich auch noch so einen Untermieter auf, der ungefragt unbrauchbare Ratschläge gibt.« Ich hob entschuldigend die Hände.

Sie lächelte, und dieses Lächeln war herzlich.

Nach einer Pause, in der sie gedankenverloren auf die Tasse Tee in ihren Händen schaute, fuhr sie fort: »Das sind keine unbrauchbaren Ratschläge. Im Gegenteil. Sie haben ja recht, und ich sollte sie mir mal durch den Kopf gehen lassen.«

»Wenn sie zum Nachdenken anregen, ist damit schon einiges erreicht«, erklärte ich.

Sie nickte. »Und zum Aufhalsen: Ich betrachtete es eher als Win-win-Situation. Sie haben einfach genau im richtigen Moment angeklopft.«

Dann stand sie auf und verschwand in der Küche. Ich schaute ihr noch nach, als in diesem Moment ihre Kollegin die Teestube betrat.

15. Luise

Ich flüchtete in die Küche. Das Gespräch mit Moritz Jacobsen wühlte mich völlig auf. Was war es, was diesen Mann so besonders machte, und wie kam es, dass ich mich so offen mit ihm unterhielt, als würden wir uns längst kennen?

Er hatte eine authentische, interessierte Art. Während er einerseits wenig von sich selbst preisgab, gelang es ihm dennoch, unsere Unterhaltung so zu steuern, dass wir über private Dinge redeten. Und es gefiel mir, wie wir miteinander sprechen konnten. Ich wollte mehr über ihn erfahren, wollte hören, was er hier auf Sylt machte und was er auf seinen Reisen erlebt hatte. Aber gerade, wenn ich mutig wurde, brachten mich seine Blicke und die vielen Pflichten, die mir im Kopf herumschwirrten, wieder durcheinander, und es fiel mir schwer, mich darauf einzulassen, ihn näher kennenzulernen. Er antwortete auch immer ein wenig ausweichend, sodass ich noch nicht ganz schlau wurde aus ihm.

In der Küche lehnte ich mich matt an einen Schrank. Ich hörte, wie Franka unseren Gast begrüßte. Sie plauderten einen Moment miteinander, bevor Frankas Schritte der Küchentür näher kamen. Ich richtete mich eilig auf und straffte die Schultern.

»Alles in Ordnung?«, war das Erste, was Franka sagte, noch bevor sie mich zur Begrüßung umarmte.

»Ja, wieso?« Ich tat beiläufig, und Franka schmunzelte.

»Nur so«, murmelte sie. Sie band sich eine Schürze um und machte sich gleich ans Werk, einen neuen Kuchen zu zaubern.

»Du bist immer so eifrig«, lobte ich Franka.

»Macht mir einfach Freude«, stellte Franka fest. »Noch schöner wäre es, wenn am Ende des Tages auch alle Torten und Kuchen verkauft wären.« Traurig verzog sie die Mundwinkel und hob die Schultern. »Mein Mann kann schon keine Torten und Kekse mehr sehen. Jeden Tag nehme ich Reste mit nach Hause.« Leise lachte sie. »Aber das wird schon wieder. Ich bin mir ganz sicher.«

»Ich hoffe es sehr«, gab ich ihr recht.

»Wie ich hörte, ist unser neuer Feriengast bisher sehr zufrieden mit seiner Unterkunft«, sagte Franka.

»Ja, ich freue mich, dass er sich so wohlfühlt. Das ist schon einmal ein erster Schritt in die richtige Richtung.« Ich lächelte. »Jede zusätzliche Einnahme hilft uns. Und bevor die Zimmer leer stehen, kann es nur sinnvoll sein, wenn wir damit ein paar Euro dazuverdienen.«

»Wie geht es denn Inga?« Frankas Blick war besorgt.

»Sie scheint schon wieder fast die Alte«, erklärte ich schmunzelnd.

Nun grinste Franka erleichtert. »Verstehe. Dann sollten wir vielleicht die Ruhe vor dem Sturm genießen, solange sie nur im Krankenhaus die Leute auf Trab hält und wir hier schalten und walten können, wie wir möchten.«

Ich nickte. »Da sagst du was Wahres. Meine Gedanken kreisen auch schon immerzu darum, wie ich sie darauf vorbereiten soll, dass wir die Zimmer vermieten. Es wird ihr definitiv nicht gefallen, dass ich das einfach entschieden habe. Noch dazu in ihrer Abwesenheit.« Matt hob ich die Augenbrauen und stieß Luft durch die Lippen aus. »Nicht, dass sie unseren sympathischen Gast noch hochkant rauswirft. Zwar wohnt Herr Jacobsen ja nicht direkt in Maries Zimmer, allerdings hat sie so oder so etwas dagegen, dass jemand Fremdes hier wohnt.«

»Und wenn du sagst, dass der Herr Jacobsen ein guter Freund von dir ist und du deshalb die Ausnahme machst? Sie muss doch gar nicht wissen, dass er die Unterkunft bezahlt.« Frankas pragmatische Art ließ mich schmunzeln.

»Und wie soll ich das dem Herrn Jacobsen erklären, dass er auf etwaige Fragen meiner Großmutter bitte antwortet, dass er mein Freund ist?«

Franka winkte ab. »Der spielt da schon mit. Das hab ich im Gefühl.« Wir sprachen so leise, dass er uns nicht hören konnte, dennoch wagte ich einen Blick durch das kleine Fenster in der Tür zur Küche und sah erleichtert, dass Moritz Jacobsen zufrieden in einer Zeitung blätterte.

»Na, wenn du meinst. Aber ich weiß nicht, ob das der richtige Plan ist. Irgendwann muss ich ja sowieso ehrlich zu ihr sein.«

»Das stimmt. Aber es gibt Situationen, da muss man zum Wohl aller Beteiligten auch mal zu einer kleinen Notlüge greifen.« Frankas Blick war vielsagend. Sie wusste ja, wie stur meine Großmutter war, und auch, wie kritisch Inga mir gegenüber sowieso schon war. Sie konnte meine Furcht vor möglichen Reaktionen meiner Oma auf derlei Neuigkeiten nachempfinden.

»Zumindest solange sie noch nicht wieder ganz fit ist, halte ich es für besser, diese Strategie zu fahren. Lass es dir wenigstens mal durch den Kopf gehen«, riet sie mir und widmete sich dann weiter ihrer Arbeit.

Ich bereitete auch ein paar Dinge in der Küche vor, und als Franka gerade wieder Gäste bediente, räumte ich schon einmal ein wenig auf. Ich war ganz unruhig und ließ beinahe eine Teetasse fallen. Das restliche Geschirr stellte ich zunächst neben die Spülmaschine. Es sollte lieber warten, bis ich nicht mehr so zittrig war. Ob es Moritz Jacobsen war, der mich so fahrig werden ließ? Oder die Furcht vor der Reaktion meiner Oma auf unseren Feriengast?

Verwirrt trat ich wieder in den Gastraum und stellte mit Bedauern fest, dass er nicht mehr da war.

Gerade traten zwei Gäste ein, und ein weiteres Pärchen folgte. Ich nahm sie in Empfang und war dankbar für die Ablenkung.

Heute Vormittag war verhältnismäßig viel zu tun, was mir guttat. Ich freute mich schon darauf, meiner Mutter davon zu erzählen, und auch davon, dass Herr Jacobsen sich bei uns wohlfühlte.

Kurz nach dem Mittagessen rief ich sie an. Es ging ihr und meinem Papa gut, und sie wirkte ernsthaft erleichtert, dass auch ich mit dem heutigen Tag in der Teestube zufrieden war. Ich hatte ihnen vorsichtig vom Unfall meiner Oma erzählt, konnte sie aber davon überzeugen, dass sie noch einmal glimpflich davongekommen war und sie ihre Kur nicht abbrechen mussten. Ich musste ihnen jedoch versprechen, sofort Bescheid zu sagen, wenn es Oma schlechter ging.

Als ich meiner Mutter erzählte, dass unser allererster Gast schon eine Nacht im Gästezimmer verbracht hatte und zufrieden war, jubelte sie und rief gleich meinen Vater hinzu.

Beide freuten sich, und ihre Freude gab auch mir die Sicherheit, dass ich genau richtig entschieden hatte. Erleichtert legte ich schließlich auf.

»Franka, ist es in Ordnung, wenn ich einmal zu Oma ins Krankenhaus fahre? Ich wollte ihr ein paar Sachen vorbeibringen und mal schauen, wie es ihr geht.«

»Selbstverständlich.« Sie reichte mir eine Packung Kekse. »Gib ihr die doch bitte mit den besten Genesungswünschen von mir. Und dann habe ich auch noch ein Buch für sie.«

Franka kramte in ihrer Handtasche und reichte mir ein Päckchen.

»Das ist aber lieb von dir, danke.« Ich lächelte und hatte gleichzeitig ein schlechtes Gewissen, weil meine Überlegungen, was ich meiner Oma mitbringen sollte, gar nicht über die Dinge des täglichen Bedarfs hinausgegangen waren.

»Fahr du mal zu Inga. Und sag ihr ruhig, dass die Geschenke von uns beiden kommen.« Franka zwinkerte. »Ich halte hier die Stellung.«

»Danke, du bist ein Schatz«, sagte ich, lief hinüber in den Wohnbereich meiner Oma und packte noch ein paar Sachen zusammen.

Mein Blick fiel auf einige alte Bilder. Sie zeigten meine Großeltern als junges Paar. Der strahlende Blick meiner Oma war mir so fremd. Ich konnte mir heute ein so fröhliches Lächeln bei ihr gar nicht mehr vorstellen. Meinen Opa hatte ich nie kennengelernt. Er war früh verstorben.

Was ich aber auch bemerkte, war, dass mit jedem der folgenden Bilder weniger Zufriedenheit in ihrem Gesicht zu sehen war. Eher erkannte ich von Jahr zu Jahr immer tiefere Sorgenfalten auf der Stirn meiner Oma. Ihre Mimik wirkte verbittert.

Ich seufzte, schloss die Tasche und machte mich auf den Weg zur Nordseeklinik.

Auf der Fahrt hörte ich meine Lieblingsweihnachtsmusik. Ich summte mit und ertappte mich dabei, wie ich an Moritz Jacobsen dachte. Ich stellte mir vor, wie es wäre, wenn er tatsächlich über die Feiertage und bis zum Beginn des neuen Jahres bei uns wohnen würde. Weihnachten war für mich das Fest der Familie. Ich freute mich, dass bis dahin meine Eltern wieder auf Sylt sein würden. Ob unser Gast wohl auch die Festtage hier verbringen wollte oder zu seiner Familie reisen würde? Er war nicht so recht damit herausgerückt, wo er ursprünglich herkam. Vielleicht kam er ja auch von der Insel, zumal er sagte, er sei zurückgekommen. Ich vermutete aber, dass niemand aus seiner Familie mehr hier lebte. Sonst würde er sicher dort wohnen und nicht in eine Ferienwohnung ziehen.

Als ich im Krankenhaus angekommen war und vorsichtig an die Zimmertür meiner Oma klopfte, hörte ich ihre schwache Stimme ein »Ja« rufen.

»Hallo, Oma«, begrüßte ich sie, und ein Lächeln huschte über ihr Gesicht. Mir ging durch den Kopf, dass sie mich lange nicht mehr so oft angelächelt hatte wie in den Stunden seit ihrem Sturz.

»Wie geht es dir?«

Sie verzog den Mund. »Wie es einem so geht in einem Krankenhaus. Es ist grässlich.«

»Hast du noch Schmerzen?«, ging ich über ihren Kommentar hinweg.

»Die lassen sich aushalten. Wenn es nach mir ginge, wäre ich schon wieder zu Hause. Aber wenn man einmal hier ist, machen sie gleich ein Fass auf. Gesund kommst du hier kaum wieder raus.« Sie rollte mit den Augen.

»Sie wollen doch nur das Beste für dich, Oma«, versuchte ich, sie zu besänftigen.

»Meinst du!« Ihr Blick war skeptisch.

»Da bin ich mir ganz sicher.«

»Ihr genießt sicher die Ruhe ohne mich in der Teestube«, scherzte sie. Dabei klang ihre Aussage bitter.

»Oma!« Empört schüttelte ich den Kopf, hatte aber gleichzeitig ein schlechtes Gewissen.

»Was gibt's denn sonst so Neues?«, fragte sie zu meiner Verwunderung. Ich bekam ein mulmiges Gefühl und hob beiläufig die Schultern.

»Nix Besonderes.«

»Aha.« Ein Blick, den ich kaum deuten konnte, folgte. Die Pause, die dann entstand, hielt ich aus.

»Die Lisbeth von nebenan, sie hat beobachtet, wie ich abtransportiert wurde.« Theatralisch rollte sie mit den Augen. »Da hat sie sich dann schnell zu mir hier durchgefragt.«

»Verstehe«, sagte ich und wurde unsicher, was nun folgen würde. Lisbeths Neugier war bekannt. Ich ahnte Böses.

»Sie hat mir erzählt, dass Licht in unserem Gästezimmer brannte. Spätabends noch. Und sie hat einen Mann entdeckt. Sag nicht, eine der verrückten Schwestern deiner Mutter samt Anhang ist zu Besuch? Die sollen bloß nicht auf die Idee kommen, hier vorbeizuschauen.«

Ein skeptischer Blick traf mich, und im selben Moment ärgerte ich mich. Wie hatte ich so naiv sein können, dass in diesem Ort nicht sofort Alarm geschlagen wurde, wenn sich eine Änderung ergab. Gehemmt lächelte ich.

»Nein, die sind es nicht.« Ich suchte krampfhaft nach einer unverfänglichen Erklärung für das Licht. Ich landete auf die Schnelle jedoch nur bei Frankas Idee. »Ein Freund von mir ist gestern nach Sylt gekommen und suchte etwas zum Übernachten. Ich habe ihm das Gästezimmer angeboten.«

»Ein Freund von dir?« Interessiert hob meine Oma die Augenbrauen.

Ich nickte. »Ein guter Freund, ja. Er wird nicht lange bleiben, keine Sorge.« Ungern sprach ich dies aus, weil ich hoffte, dass das Gegenteil der Fall war.

»Und ich dachte schon, ihr hättet hinter meinem Rücken das Zimmer doch an diesen Typen vermietet, der sich neulich erkundigt hat.« Prüfend schaute sie mich an. Ich wich ihrem Blick aus.

»Von wem sprichst du?«, fragte ich betont beiläufig. Mein Herz hämmerte gegen meine Brust, und ich war mir sicher, dass ich knallrot geworden war.

»Da hat sich doch neulich bei Franka jemand erkundigt.« Sie rollte mit den Augen.

»Ach so, keine Ahnung«, log ich. Es fühlte sich nicht gut an, sie anzulügen.

»Hätte schwören können, dass das einer dieser Immobilienhaie war, der die Teestube nur auskundschaften wollte«, mutmaßte sie plötzlich. »Leider hab ich ihn nicht richtig sehen können.«

»Meinst du?« Ich war erstaunt, was meine Oma sich offenbar für Gedanken machte.

Sie stieß hörbar Luft durch die Lippen aus. »Die lechzen doch nur danach, sich die gute alte Teestube unter den Nagel zu reißen. Da passt es auch besonders gut, wenn die junge Tochter der Eigentümerin grad hinter dem Tresen steht. Solche Typen machen dir womöglich noch schöne Augen, und hintenrum spionieren sie dich aus.«

Erschrocken hob ich die Augenbrauen.

»Keine Angst, Oma«, stammelte ich. »In diesem Fall kann ich dich beruhigen. Mach dir keine Gedanken.« Gequält grinste ich. Ich machte mir nun umso mehr Sorgen. »Er wohnt auch in meinem alten Zimmer, nicht in Maries«, fügte ich noch hinzu und hoffte damit auf mildernde Umstände.

»Na gut. Für einen Freund der Familie habe ich Verständnis.« Es war klar, dass sie für nichts anderes Verständnis hatte. Dennoch atmete ich innerlich auf.

»Oma, kann ich dir noch irgendwas Gutes tun?«

Sie schüttelte matt den Kopf. »Danke, nein. Ich werde gleich wieder schlafen. Was soll ich auch sonst hier machen.«

Mir fiel Frankas Geschenk ein. »Hier.« Ich hielt ihr das Buch entgegen. »Das hat Franka mir mitgegeben. Ich soll dir liebe Grüße ausrichten. Sie hat auch ein paar ihrer Kekse eingepackt.« Ich lächelte.

»Oh. Sie plant wohl, dass ich länger hier sein werde«, sagte sie, öffnete das Buch und schaute nach der Seitenzahl. »400 Seiten.«

»Oma, sie hat es doch gut gemeint.« Ich ärgerte mich über die undankbare Reaktion meiner Großmutter. Diese nahm jedoch nichts zurück, sondern drehte ihr Gesicht Richtung Fenster und schloss die Augen.

»Schlaf gut, Oma. Ich komme morgen wieder. Und ruf jederzeit an, wenn du was brauchst.«

Sie antwortete nicht, sondern nickte nur schwach.

Mit schweren Schritten ging ich den Flur entlang und zu meinem Auto.

Ich hatte mir Mühe gegeben, meiner Oma so freundlich wie möglich zu begegnen. Sie machte es mir nicht gerade leicht.

Franka hatte recht mit ihrer Aussage, dass manchmal nur kleine Notlügen halfen. Nun, da ich aber wusste, dass Lisbeth, die neugierige Nachbarin der kleinen Teestube, offenbar ein waches Auge auf unsere Gästezimmer hatte, musste ich damit rechnen, dass sie auch nicht davor zurückscheute, Moritz Jacobsen zu fragen, wer er war. Er musste dann dringend dieselbe Geschichte erzählen, wie ich sie meiner Oma gerade vorgetragen hatte. Ich würde mir nicht verzeihen, wenn meine Oma vor lauter Ärger womöglich noch eine Herzattacke erleiden würde, wenn sie erfuhr, dass jemand als Feriengast bei uns wohnte und ich sie darüber hinaus auch noch angelogen hatte. Nicht, dass sie Lisbeth am Ende noch als verdeckte Ermittlerin einsetzte. Die Wahrheit würde sie schon noch früh genug erfahren.

Ich fuhr wieder zur Teestube. Mittlerweile war es später Nachmittag. Gäste waren wenige da, aber die paar Leute, die an den Tischen saßen, hatten ein zufriedenes Lächeln auf den Lippen.

»Franka, meine Liebe. Herzlichen Dank. Du kannst gerne Feierabend machen, wenn du magst. Ich bin wieder da.«

»Prima. Morgen bin ich dann länger hier. Hab in den Rezepten meiner Mutter gestöbert und mir ein paar neue Kuchenideen überlegt.«

»Das klingt wunderbar.«

»Du wirkst bedrückt, ist alles in Ordnung mit Inga?«

Ich nickte. »Sie ist wie immer. Mürrisch, biestig und wie ein Eisklotz.«

»Warum nur kann ich mir so gut vorstellen, was du meinst?« Franka rollte mit den Augen. »Lass mich raten, mein Buch hat sie doch auch nur zu frechen Sprüchen veranlasst, hab ich recht?«

»Ach, Franka«, seufzte ich und nickte betrübt. »Du weißt, wie sie ist. Sie wird sich schon gefreut haben.« Ich konnte Franka nicht anlügen. »Nächstes Mal essen *wir* die Kekse aber lieber zusammen.«

»Oder wir schenken sie Herrn Jacobsen. Der freut sich immer so schön«, bemerkte Franka, und ich schmunzelte.

»Das stimmt allerdings. Ist er schon wieder zurück?« Ich schaute mich um. Franka schüttelte den Kopf. »Nein.«

Ich deutete durch das Fenster auf das Nachbarhaus. »Lisbeth hat übrigens schon Meldung gemacht, dass jemand im Gästezimmer übernachtet hat. Oma war voll im Thema.«

»Ist nicht wahr!« Franka raufte sich gespielt entsetzt die Haare. »Also müssen wir ihn schnellstmöglich einweihen, dass er ab sofort dein Freund ist?«

»So sieht es aus«, stellte ich kopfschüttelnd fest. »Ich hatte keine andere Wahl, als deine Geschichte zu erzählen. Ich muss mir nun allerdings schnellstens überlegen, wie ich Herrn Jacobsen verklickere, dass er lügen muss für den Fall, dass Lisbeth ihn direkt drauf anquatscht.«

»Das wird schon klappen. Ich mache erst mal Feierabend, und morgen früh haben wir vielleicht schon eine Lösung. Lisbeth wird ihn ja nicht in der Nacht aufsuchen und die Wahrheit aus ihm herausquetschen, oder?« Sie lächelte beruhigend.

»Das hoffe ich jedenfalls«, lachte ich. »Möglich ist aber wohl alles.« Ich zuckte die Schultern. »Nur, damit du auf alles vorbereitet bist: Oma vermutet hinter dem Typen, dessen Nachfrage sie neulich mitbekommen hat, einen windigen Immobilienhai, der sich hier einquartieren will, um mir schöne Augen zu machen, und der hinterrücks die Teestube auskundschaften will.« Ich schüttelte den Kopf und schmunzelte.

»Ach du liebes bisschen! Na, die gute Inga hat offenbar zu viel Zeit. Oder sie und Lisbeth schauen zu viele Krimis. Obwohl sie mit dem Punkt der schönen Augen dir gegenüber gar nicht unbedingt unrecht hat, oder?« Keck hob Franka eine Augenbraue und knuffte mich in die Seite. Ich gab ein gequältes Geräusch von mir, und wir lachten. Franka nahm mich in den Arm, und wir verabschiedeten uns voneinander.

Ich kümmerte mich noch um die letzten Gäste, bis diese ebenso nach Hause gingen und ich die Tür abschloss.

Ich räumte den Gastraum auf, machte auch in der Küche noch ein wenig sauber und trat dann matt in den Hausflur. So gerne wäre ich noch in eins der Restaurants gegangen, um mich nach einem anstrengenden Tag mit einem köstlichen Essen zu belohnen. Mir fehlte jedoch die Motivation, allein loszuziehen. Ich würde mich mit ein wenig Arbeit beschäftigen.

Als ich gerade in Richtung meines Zimmers aufbrach, hörte ich, wie die Seitentür aufgeschlossen wurde. Moritz Jacobsen kam nach Hause. Einen Moment überlegte ich, ob ich schnell in die Wohnung meiner Eltern verschwinden sollte. Ich wollte keinesfalls, dass er dachte, ich würde ihn belagern oder auf ihn warten. Aber da hatte er mich bereits entdeckt.

»Guten Abend, Frau Wellendorf«, sagte er freundlich. »Das ist aber schön, dass ich Sie treffe.« Es klang aufrichtig.

»Hallo, Herr Jacobsen.« Unsicher lächelte ich.

»Eigentlich hatte ich Ihnen schon nachmittags vorschlagen wollen, zu einem gemeinsamen Spaziergang zu starten. Dann hatte ich aber so viel zu tun. Ich gehe davon aus, dass Sie heute auch nicht zu Ihrem Strandspaziergang gekommen sind. Haben Sie Lust, mit mir stattdessen irgendwo zu Abend zu essen?«

Mein Herz raste, und ich hatte Mühe, mir meine Freude über sein Angebot nicht anmerken zu lassen, um nicht wie ein verliebter Teenie zu wirken.

»Oh, das ist aber eine schöne Idee«, stammelte ich und spürte, wie mein Vorhaben, souverän rüberzukommen, mal wieder an meiner roten Gesichtsfarbe scheiterte.

»Wenn Sie andere Pläne haben, will ich Sie nicht davon abhalten.«

Da war sie wieder, seine freundliche, respektvolle Art. Sein Angebot klang nicht aufdringlich. Sein Blick schien jedoch, als ob er wirklich auf meine Zusage hoffte.

»Ich habe nichts vor, nein. Ich freue mich. Gerne würde ich mich nur mal schnell umziehen. Ich komme direkt aus der Küche und glaube nicht, dass es so angenehm ist, mit jemandem am Tisch zu sitzen, der nach einer Mischung aus Keksteig und Putzmitteln duftet.«

Er lachte. »Sie übertreiben bestimmt, aber machen Sie ganz in Ruhe. Klopfen Sie einfach, wenn Sie so weit sind.« Mit diesen Worten lief er die Treppe hoch und verschwand in seinem Zimmer, und ich unterdrückte ein Jubeln. Nun ging ich doch etwas essen. Noch dazu mit diesem interessanten Mann.

In meinem Zimmer angekommen, suchte ich mir schnell neue Kleidung raus. Er hatte nicht gesagt, was für ein Restaurant er sich vorstellte. Weil ich mich aber nicht verkleiden wollte, egal, wo es hinging, wählte ich eine Chino und eine Bluse. Dazu eine Cashmere-Strickjacke und gefütterte Chelsea Boots. Meine Haare kämmte ich und band sie zu einem Zopf zusammen.

Bevor ich zu seinem Zimmer ging, erneuerte ich meine Mascara und legte ein hellrosafarbenes Lipgloss auf. Ein Spritzer Parfüm, und ich war fertig.

Ich warf mir meinen Mantel über und wickelte einen Schal um den Hals.

Als ich die Treppe hinaufstieg, hörte ich, wie Musik aus seinem Zimmer erklang. Es war Klaviermusik aus einem italienischen Film, die ich sehr gerne mochte. Ich blieb einige Sekunden lang vor der Tür stehen, bevor ich anklopfte.

»Ja«, klang es von innen, und ich öffnete die Tür. In diesem Moment wehte mir ein angenehmer Herrenduft entgegen. »Ich bin sofort startklar«, erklärte er freundlich, lächelte und trat dann zum Spiegel.

»Was für eine schöne Musik«, stellte ich fest. »Einer meiner Lieblingsfilme.«

»Ich liebe den Film auch.« Er hatte sich kurz zu mir umgedreht, machte sich aber gerade noch fertig.

Ich schaute ihn an, und weil er wieder mit dem Rücken zu mir stand, konnte ich dies unbemerkt tun.

Moritz Jacobsen fuhr sich durch das dichte Haar.

Er trug Jeans und dazu ein hellblaues Hemd und einen dunkelblauen Pullover. Die Haare hatte er locker zurückgegelt. Gerade schloss er noch seine Armbanduhr und griff nach einer Jacke, die auf einem Haken hing.

»Ich freue mich auf den Abend mit Ihnen.« Ein bewundernder Blick traf mich, dem ich etwas schüchtern auswich. Es war schon lange her, dass das ein Mann zu mir gesagt hatte.

»Dann kann es ja losgehen«, sagte er und hielt mir die Tür auf. »Ich schlage vor, wir gehen zu Fuß in ein Restaurant hier im Ort. Dann können wir ein Glas Wein trinken. Was halten Sie davon?«

»Sehr gerne«, antwortete ich und folgte ihm aus der Tür.

Es fühlte sich gut an, mit diesem Mann an meiner Seite aus unserem Haus zu treten. Insgeheim hoffte ich, dass Lisbeth uns sah, sie würde sicher gleich meiner Großmutter berichten, dass wir gemeinsam den Abend verbrachten. Ich schmunzelte bei dem Gedanken.

»Was amüsiert Sie denn so?« Ertappt zuckte ich zusammen, dankbar, dass Moritz Jacobsen im Dämmerlicht der Straßenlaterne meine roten Wangen nicht sehen konnte.

»Ach, nichts Wichtiges.«

Sein Blick ging suchend zu dem Haus von Lisbeth, an dessen Fassade ich eben emporgeschaut hatte.

»Ist es wegen der neugierigen Nachbarin, die sich da gerade hinter der Gardine versteckt?« Er flüsterte seine Worte verschwörerisch und kam mir dabei näher. Verschmitzt grinste er.

»Wenn ich ehrlich bin, ja.« Ich lachte leise.

»Sie ist mir gestern Abend schon aufgefallen. Es war ein Wunder, dass sie nicht aus dem Fenster gefallen ist, so weit, wie sie sich herausgelehnt hat, um alles sehen zu können.«

Ich rollte mit den Augen. »Ich kann es mir bildlich vorstellen, und es wurde mir bereits berichtet.«

Nun war er es, der mich erschrocken ansah. »Sie haben schon

davon gehört? Was hat sie Ihnen denn erzählt, womit ich den Abend verbracht habe?«

Ich lachte. »Mir gar nichts«, beruhigte ich ihn. »Aber meine Oma war bereits bestens informiert darüber, dass unser Gästezimmer bewohnt ist.«

Er schüttelte amüsiert den Kopf. »Oha! Manchmal weiß ich wieder, warum ich damals Sylt verlassen musste.«

Ich nickte. »Es gibt Momente, da wird einem das hier einfach zu eng, das kann ich nur bestätigen.« Nun war also klar, dass er wirklich einmal auf Sylt gelebt hatte.

»Wie ich Ihnen ja erzählte, sind Sie unser allererster Gast. Da war das natürlich sozusagen die ›Breaking News‹ für die Nachbarschaft. Und auch für meine Oma übrigens.«

»Und was hat Ihre Oma dazu gesagt?«

Wir liefen die dunkle Straße hinunter in Richtung Ortskern. Mit unserer Unterhaltung waren wir schneller bei dem Thema rund um die Geschichte um die Ferienwohnung, als mir lieb war.

»Wenn ich ehrlich bin, ist es genau das, weswegen ich gerade geschmunzelt habe, als ich an die Nachbarin dachte und daran, dass sie uns sehen könnte. Wissen Sie, es ist leider so, dass meine Großmutter strikt dagegen ist, dass wir Ferienzimmer zur Vermietung anbieten.« Ich hob ratlos die Schultern. »Sie wehrt sich schon seit Jahren gegen dieses Vorhaben. Und nun habe ich es einfach entschieden.« Ich presste schuldbewusst die Lippen aufeinander. »Ich bin mir sicher, dass es sie umso mehr erzürnt, wenn sie erfährt, dass ich Sie sozusagen hinter ihrem Rücken bei uns einquartiert habe, während sie im Krankenhaus ist. Ganz nebenbei ist sie den meisten Menschen gegenüber etwas skeptisch.«

Irritiert hob er die Augenbrauen. »Aber sie kennt mich doch noch nicht?«

»Nein, sie vermutet jedoch hinter all solchen Anfragen direkt skrupellose Immobilienhaie, die ihr die Teestube streitig machen wollen und sich deshalb für einen Aufenthalt bei uns interessieren.« Unsicher, ob ich Herrn Jacobsen mit dieser Erklärung womöglich gleich wieder verjagt hatte, schaute ich ihn an. Ich hoffte, dass er nicht postwendend seinen Koffer nahm und das Weite suchte. Den Part mit den schönen Augen ließ ich lieber weg.

»Muss ich nun also Angst vor Ihrer Großmutter haben?« Er grinste und blickte mich fragend an. »Oder mich lieber verstecken?«

»Ich übernehme die volle Verantwortung. Sie müssen sich keine Sorgen machen.« Ich lachte.

»Aber was genau hat Sie dann eben schmunzeln lassen? Die Vorstellung, wie Ihre Oma mich gemeinsam mit der Nachbarin vom Hof jagt, wenn sie davon erfährt, dass wir zusammen ausgehen?«

Ich lachte und spürte bei dem Wort »ausgehen« auch ein Prickeln im Bauch.

»Nein, aber weil das Krankenhaus ja derzeit noch die Ursachen für den Sturz meiner Oma abklärt, wollte ich ihr aktuell jegliche Aufregung ersparen.« Nervös suchte ich nach Worten. »Daher habe ich kurzerhand eine kleine Notlüge erfunden, als sie mir von Lisbeths Beobachtungen berichtete. Über die hätte ich früher oder später sowieso mit Ihnen reden wollen. Ich hoffe, Sie sind nicht sauer.« Ich biss mir auf die Unterlippe.

»Jetzt machen Sie mir aber doch Angst«, stellte er schmunzelnd fest, und sein Blick war abwartend.

Ich schaute ihn von der Seite an. Inmitten der dunklen Straßen leuchteten weihnachtliche Lichterketten vor den Häusern. Das Glitzern eines besonders hell und aufwendig illuminierten Baumes vor einem Friesenhaus spiegelte sich in seinen Augen.

Meine Nerven flatterten, und ich hatte Sorge, er würde mich

entweder gleich auslachen oder ärgerlich sein, wenn ich ihm die ganze Geschichte erzählte. Aber es blieb mir ja nichts anderes übrig. Also holte ich einmal tief Luft und packte aus.

16. Moritz

Ich freute mich, dass Luise so spontan meine Einladung angenommen hatte. Daraus schloss ich erleichtert, dass kein Mann auf sie wartete.

Wir gingen in Richtung des Restaurants am Watt, das ich ausgesucht hatte. Es war neu im Ort, und Cay hatte mir davon vorgeschwärmt. Ich hoffte, dass mich in dieser neuen Lokalität niemand kannte und mich womöglich vor Luise auf das Hotel ansprechen würde. Ich wollte mir Zeit nehmen, mit ihr darüber zu reden, wenn es passte.

Luise Wellendorf wirkte nervös und beichtete mir dann, dass sie aufgrund der neugierigen Nachbarin ihrer Großmutter gegenüber zu einer Notlüge gegriffen hatte.

Ich fand es lustig und stellte mir vor, dass mir die Rolle des guten Freundes durchaus gefiel. Das sagte ich natürlich nicht. Ich fand es rührend, wie sie herumdruckste, als sie mir das gestand.

Wenn ich ehrlich sein sollte, konnte ich mir eine Freundschaft mit dieser Frau gut vorstellen, auch wenn ich bisher wenig über sie wusste.

Sie begeisterte mich seit unserer ersten Begegnung. Aber seitdem hatte ich auch ein schlechtes Gewissen. Ich musste ihr irgendwann sagen, dass ich ihre Schwester gekannt hatte. Ich war mir aber sicher, dass dieses Wissen sie sich wieder zurückziehen lassen würde. Erst recht, wenn sie erfuhr, dass ich der letzte Mensch war, der ihre geliebte Schwester vor ihrem Tod gesehen hatte.

Wieder waren da die beklemmenden Schuldgefühle.

»Und Sie sind ganz bestimmt nicht sauer auf mich?«, hörte ich sie in meine Gedanken hinein fragen. Wir liefen noch immer durch den Ort.

»Absolut nicht, nein.« Ich lächelte. »Nur finde ich, dass wir, wenn wir offiziell so gute Freunde sind, Du sagen sollten. Sonst fliegt unser Schwindel doch sofort auf, oder?«

Sie lächelte. »Ich bin Luise.«

»Moritz.«

Wir kamen in dem Restaurant an, in dem es sehr voll war.

»Haben Sie wohl noch einen Tisch für meine Freundin und mich?«, fragte ich die Bedienung, die uns begrüßte. Ich sah, wie Luise verlegen lächelte.

Man zeigte uns einen freien Tisch, und wir nahmen Platz an einem der Fenster, auf deren Bänken Windlichter mit dicken Kugeln darin weihnachtliche Atmosphäre verströmten.

»Es ist schön hier«, stellte Luise fest, als sie sich umschaute. »Hier kommt man schon richtig in Weihnachtsstimmung. Perfekt zum Abschalten und Wohlfühlen.«

»Freut mich, dass es dir gefällt. Es ist noch recht neu. Mir wurde es von einem Freund, der hier lebt und selbst ein Bistro betreibt, empfohlen. Und wenn man sich hier umschaut, scheint sich das ja zu bestätigen. Es ist rappelvoll.« Noch während ich das aussprach, ärgerte ich mich über mich selbst. Im Umkehrschluss sagte ich damit, dass es in der Teestube womöglich aufgrund mangelnden Wohlfühlcharakters oder schlechter Qualität so leer war.

Luises Blick war so, als habe sie meine Aussage genau so gedeutet.

»Entschuldige. Ich habe nicht nachgedacht. Ich meinte nicht, dass es bei euch nicht schön ist. Glaub mir, ich habe ja schon oft gesagt, dass es mich sehr verwundert, dass bei euch so wenig los ist. Und das meine ich auch so.«

»Kein Problem. Die Frage, warum es bei uns so leer ist, stelle ich mir ja auch besonders dann, wenn ich woanders den Trubel sehe. Wir können offenbar nicht mit den Neuerungen der Insel mithalten.« Zerknirscht presste sie die Lippen aufeinander.

»Nein, das glaube ich nicht. Die Menschen sind nur so schrecklich rastlos und unverbindlich geworden. Sie wollen alles mal gesehen und mitgemacht haben. Gerade hier auf Sylt. Der Hype um diese ganzen neuen Lokale und Cafés wird auch wieder abflachen.« Was ich sagte, durfte ich insgeheim auch nicht hoffen, wenn ich an das Unternehmen meiner Eltern dachte. Aber sosehr ich letztlich davon profitierte, dass gerade das Neue hier auf der Insel so gut angenommen wurde, so sehr schätzte ich ja eigentlich das Individuelle der Traditionsgeschäfte, das sich durch Menschlichkeit und Herzlichkeit der Mitarbeiter auszeichnete. Und nicht zuletzt basierte unser Erfolg ja auch auf einer langjährigen Tradition.

»Ich habe mich neulich abends mal hingesetzt und mich im Internet über die Konkurrenz schlaugemacht. Meine Eltern berichteten schon davon, dass es immer mehr Cafés auf der Insel gibt. Vor allem die großen Hotels sind es, die auf diesen Zug aufspringen und immer mehr von dem, was sonst inhabergeführte Cafés und Weinbars anbieten, in ihre Häuser integrieren. Und ich fürchte, sie sind erfolgreich damit.« Bedauernd hob sie die Schultern, und in meinem Magen bildete sich ein schwerer Kloß.

»Sie bieten schon Restaurants, Spa-Bereiche und Kinderbetreuung. Dann eröffnen sie noch Cafés, in denen die Gäste eine eigene kleine Welt innerhalb des Hotels finden, und das, ohne dass sie die Anlage verlassen müssen. Die Kleinen sind betreut, während man einen Tee mit einem Stück Kuchen genießt. In dem Ambiente, das sie sowieso schätzen, weil sie es als Feriendomizil ausgewählt haben. Und wenn es in Strömen schüttet oder stürmt, was ja nicht unbedingt selten ist hier, dann hat man alles nah beieinander.« Sie seufzte. »Da kommt manch einer gar nicht mehr auf die Idee, das Hotel zu verlassen, habe ich den Eindruck. So kommt es mir jedenfalls vor, wenn ich sehe, was derzeit bei uns los ist. Und meine Mutter bestätigte das leider auch.«

Es machte mich traurig, Luise so reden zu hören. Sie klang wenig hoffnungsvoll, und schuld daran waren Hotels wie unseres.

»Aber es gibt so viele Menschen, die hier in Ferienwohnungen leben, die mit den großen Hotels ja viel weniger zu tun haben«, versuchte ich, ihre Aussagen zu relativieren.

Sie zog erneut die Schultern hoch, bevor sie weiterredete. »Achte mal darauf, wie oft davon die Rede ist, dass die Leute ›nur mal einen Kaffee in dem und dem Hotel‹ genossen haben. Da wird schnell ein Instagram-Foto gepostet und dokumentiert, was man erlebt hat. Ich bilde mir ein, damit genießt jeder ein kleines Stück dieses ›Hotelgefühls‹. Man kann sagen, man ist schon einmal da gewesen. Und wenn es nur für ein Stück Kuchen war. Perfekt drapiert und in Szene gesetzt, hat man gleich zig bewundernde Kommentare unter dem Bild. Auch der Gast, für den eine Übernachtung in einem der Luxushotels eher unerschwinglich ist, kann sich meist einen Kaffee leisten und ist dann irgendwie auch ›mit dabei‹.«

»Aber wer will sagen, dass er auf Sylt Urlaub gemacht hat und nicht im legendären *Kliffstübchen* gewesen ist?« Begeistert lächelte ich, hob fragend die Hände und schaute sie an.

Sie erwiderte mein Lächeln. »Das ist nett, dass du das sagst.«

»Aber wenn es ist, wie du vermutest, was ist die Lösung dafür? Da muss es doch einen Weg geben, dass man unter den Sylter Geschäftsleuten kooperiert, oder so? Hast du schon einmal darüber nachgedacht, die Hotels anzusprechen, inwiefern ihr sie mit Produkten beliefern könntet? So individuell, wie ihr eure Teesorten mischt – das bekommt doch kaum einer so hin! Und diese Torten! Erzähl mir nicht, dass auch nur ein einziges der Hotels auf der Insel so liebevoll von Hand backt, wie ihr es in der Teestube macht. Sicher liegen euren Köstlichkeiten traditionelle Rezepte zugrunde, mit denen keins der großen Häuser hier auf der Insel mithalten kann. Das ist doch das, womit ihr punkten könnt. Oder auch beide Seiten.«

Sie lächelte dankbar. »Das klingt so leicht, wenn du das vorschlägst«, sagte sie dann.

Die Bedienung hatte längst die Karten gebracht und fragte nach unseren Getränkewünschen.

Wir bestellten beide Weißwein, Luise eine Schorle.

»Wollen wir ein paar der Vorspeisen vorab bestellen und von jedem mal was probieren?«, schlug ich vor.

»Super Idee, gerne«, freute sich Luise. »Ich esse nahezu alles.«

»Perfekt«, lachte ich. »Vorweg würden wir gerne schon einen großen gemischten Vorspeisenteller nehmen«, erklärte ich, als die Bedienung an unseren Tisch kam. »Sie stellen ganz bestimmt etwas Feines zusammen.«

»Sehr gerne«, erwiderte die junge Frau freundlich und lief zum Tresen.

»Empfehlen kann ich leider nichts, aber ich finde, es klingt vieles lecker«, stellte ich fest.

Wir stöberten in den Karten, und als man uns die Getränke brachte, waren wir fündig geworden.

»Ich nehme die Tagliatelle mit Lachs«, erklärte Luise.

»Ich das Wiener Schnitzel mit Gurkensalat und Bratkartoffeln.« Zufrieden schlossen wir die Karten.

Wir plauderten ein wenig über Lisbeth und darüber, was uns wettertechnisch in den nächsten Tagen erwarten würde und wo man zu dieser Jahreszeit sonst noch schön essen gehen könnte. Auch über die Orte, die sich für einen Winterspaziergang anboten, sprachen wir und landeten bei der Frage, wo man nach einem Weg durch die kühle Winterlandschaft einkehren könnte. Dabei kamen wir auch immer wieder aufs Reisen zu sprechen. Zu diesem Thema hatten wir beide viel zu erzählen. Parallel waren unsere Vorspeisen serviert worden, die köstlich schmeckten.

»Was machst du denn eigentlich beruflich? Irgendwie hört es sich so an, als ob du weißt, wovon du redest, wenn wir hier über die Gastronomie auf Sylt sprechen.« Ihr interessierter Blick traf mich, und ich wusste nicht, ob es richtig war, was ich tat. Aber es fühlte sich falsch an zu lügen.

Ich nickte. »Ja, ich bin hier auf Sylt groß geworden und komme auch aus der Branche. Ich bin gelernter Konditor und Koch. Ich habe dir ja erzählt, dass ich einige Jahre in der Welt unterwegs war. Ich habe viele Länder bereist und habe mir vor Ort Hotels, Cafés und Restaurants angeschaut. Mein Ziel war, möglichst viel von dem, was mich dort begeistert und inspiriert hat, mit hierher nach Sylt zu bringen.«

»Wow! Das klingt nach einem Traumjob. Das muss dann doch aber eher eine private Entscheidung oder vor dem Hintergrund einer Selbstständigkeit möglich gewesen sein, oder? Man kann ja nicht einfach mal so drei Jahre lang dem Job fernbleiben und durch die Weltgeschichte tingeln. Auch wenn die Motivation noch so ehrenwert ist.« Sie lächelte begeistert. »Und wenn es doch so einen Job geben sollte, musst du mir unbedingt den Kontakt nennen, wo ich mich bewerben kann. Das klingt ganz nach meinem Geschmack, und ich wäre dann gern Teil des Teams!« Sie lachte.

»In der Tat wollte ich langfristig in das Unternehmen meiner Eltern zurückkehren, ja. Dass sie begeistert waren, dass ich so lange weg bin, kann ich nicht behaupten. Aber ich bin mir sicher, auch sie werden davon profitieren. Ich habe meinen Horizont als Konditor und auch beim Kochen unheimlich erweitert. Außerdem brauchte ich diese Zeit.«

Ich blickte einen Moment aus dem Fenster, und meine Gedanken wanderten zu Marie. Nach ihrem Tod wollte ich nur noch die Insel verlassen. Dass ich die Welt erkunden wollte, war erst aus dem Gefühl heraus entstanden, es hier nicht länger auszuhalten.

»Ist alles in Ordnung?« Offenbar merkte Luise mir an, dass ich nachdenklich wurde.

»Danke, ja. Ich lasse grad ein paar Erinnerungen Revue passieren.« Das war nicht einmal gelogen.

»Wenn du auch Konditor gelernt hast, bist du dann zufällig mal meiner Schwester begegnet? Marie Wellendorf? Sie war passionierte Konditorin und müsste ungefähr in deinem Alter gewesen sein! Ihr hättet euch sicher gut verstanden«, sagte Luise mit einem Mal, und ich starrte sie perplex an. Dann nickte ich fahrig.

»Da kommst du mir mit deiner Überlegung zuvor. In der Tat wollte ich dich schon fragen, ob Marie deine Schwester war. Wir haben uns mal auf einem Lehrgang kennengelernt. Es war im Herbst vor drei Jahren. Also, es ist nicht so, dass ich sie gut kenne. Aber dass sie leidenschaftliche Konditorin war, das merkte man schon nach wenigen Sekunden. Dazu musste man ihr nur zuhören bei ihrer Vorstellung vor den anderen Teilnehmern.« Ich lachte unsicher. Bemüht, mir das Zittern in meiner Stimme nicht anmerken zu lassen, schaute ich Luise an. Luises Mund stand vor Staunen offen, und ihre Augen bekamen einen sanften Glanz.

»Unglaublich! Du kanntest sie wirklich? Was für ein Zufall«, sagte Luise kopfschüttelnd, und ihr fassungsloser Blick verriet, dass sie ernsthaft überrascht war. »Ihr habt einen Lehrgang gemeinsam besucht? Das hat sie so geliebt.« Luises Blick war wehmütig.

»Den Eindruck hatte ich auch.« Ich nickte. »Ihre Begeisterung war auffallend.«

»In ihrem Job war sie voll in ihrem Element.« Luise lächelte mit liebevollem Blick.

Unser Essen kam, und es schmeckte vorzüglich. Für den Moment waren wir von unserem Gespräch über mich und Marie abgekommen.

»Also hier kann man öfter hingehen. Die Atmosphäre ist toll, das Essen super. Ein fantastischer Ort«, freute sich Luise.

»Da kann ich dir nur zustimmen. Eine hervorragende Küche. Ich fühle mich auch sehr wohl hier.«

Bereits nach der Vorspeisenplatte aus verschiedenen Fischspezialitäten und gebratenem Gemüse war ich begeistert gewesen. Das Hauptgericht hatte dem Ganzen das Sahnehäubchen aufgesetzt. Ich liebte es, wenn so einfache Gerichte wie ein Wiener Schnitzel so raffiniert zubereitet waren, dass man meinte, ein Meisterkoch war am Werk.

»Mein Koch- und Konditorherz stellt fest, dass hier Künstler in der Küche arbeiten. Genau wie im *Kliffstübchen*.«

Luise schaute erfreut. »Danke. Das Lob gebe ich direkt an Franka weiter.« Sie nickte bestätigend. »Sie macht einen tollen Job, und Marie wäre ihr so dankbar.« Sie lächelte und schaute für ein paar Augenblicke gedankenverloren aus dem Fenster. Dann schüttelte sie den Kopf. »Ich kann kaum glauben, dass du auch Konditor bist und sogar meine Schwester kanntest. Und ich dachte zwischenzeitlich, wir sind sozusagen Reisebranchen-Kollegen.«

Sie erzählte mir von ihrem Job. »In meiner Familie haben alle außer mir auch Konditor gelernt«, beendete sie ihre Erzählung von ihrem Berufsleben. »Ich falle da also ein wenig aus der Art.«

»Und dabei schlägst du dich aber ganz hervorragend in der kleinen Teestube«, stellte ich anerkennend fest.

»Danke. Ich bin dort ja quasi aufgewachsen. Vielleicht nimmt man da schon so einiges für sich mit. Ich hab auch immer mal ausgeholfen in den letzten Jahren, aber ich backe nicht. Und was ist es für ein Unternehmen, das deine Eltern führen, wenn du dafür quer durch die Weltgeschichte reist, um Inspirationen zu sammeln? Das klingt mehr nach der Hotelbranche?«

Sie machte eine Pause und schaute mich fragend an. Als ich nickte und nicht sofort antwortete, erkannte ich an ihrem Blick, dass sie ahnte, worauf unser Gespräch hinauslaufen würde, und ihr Gesichtsausdruck war erschrocken.

17. Luise

Es war ein wunderschöner Abend. Das Restaurant war gemütlich, leise Weihnachtsmusik untermalte das Ambiente. Das Essen schmeckte hervorragend, und dieser Mann faszinierte mich auf eine Art, für die ich kaum Worte fand. Wir unterhielten uns so persönlich und offen, dass ich das Gefühl hatte, vertraut mit ihm zu sein. Dabei kannte ich ihn doch kaum. Ich fand ihn interessant und hörte ihm gerne zu, wenn er von sich erzählte. Auch gefiel mir, wie er sich um die Zukunft der Teestube Gedanken machte. Dabei konnte es ihm ja eigentlich vollkommen gleichgültig sein, mit welchen Sorgen wir zu kämpfen hatten.

In meinem Bauch kribbelte es nicht nur wegen der Weinschorle wohlig warm, und immer wieder hing ich an seinen Lippen, wenn er sprach. Ich musste mich konzentrieren, um mitzubekommen, was er sagte, so sehr lenkte mich sein attraktives Aussehen ab. Wir lachten über Lisbeth und die Vorstellung, dass er sich vor meiner Oma verstecken sollte, und stellten fest, dass uns neben der Reiseleidenschaft auch die Tatsache verband, dass unsere Familien ein Unternehmen führten.

Ich war fassungslos, als Moritz meine Vermutung bestätigte, dass er Marie gekannt hatte, wenn auch nur beruflich. Als er davon sprach, dass er Konditor war und hier dazu Lehrgänge besucht hatte, war mir der Gedanke gekommen, dass sie sich dort begegnet sein könnten.

Aber mit einem Mal kippte die Stimmung, und mir wurde bewusst, dass es ein fremder Mann war, der mir hier gegenübersaß und dem ich womöglich vollkommen naiv einen Vertrauensvorschuss gegeben hatte, den er nicht verdiente.

Mir war bereits aufgefallen, dass er herumdruckste, wenn es darum ging, wer seine Familie war und was er beruflich machte. So spannend ich die Vorstellung fand, dass er Koch und Konditor war, so ungewöhnlich kam es mir vor, dass er die finanziellen Möglichkeiten besaß, sich einige Jahre auszuklinken und durch die Welt zu reisen. Dennoch war es ja grundsätzlich nicht ausgeschlossen.

Als ich darüber nachdachte, was seine Eltern wohl für ein Unternehmen führten, drängte sich mir immer mehr der Gedanke auf, dass es ein Hotel sein könnte.

Spätestens, als ich meine Vermutung formulierte, war mir klar, dass er es mir bewusst verheimlicht hatte. Dafür musste ich ihn nicht gut kennen. Sein Blick verriet, dass er noch einen Moment überlegte, was er antworten sollte. Dann nickte er und bestätigte meinen Verdacht.

Seine Antwort war erschütternd für mich.

»Ja, meine Eltern führen hier auf Sylt tatsächlich ein Hotel. Es handelt sich dabei um die Familie Jacobsen und das neu umgebaute Hotel am Watt.« Er senkte den Blick. Ihm war offenbar klar, dass er viel eher damit hätte rausrücken müssen, dass es vor allem das Haus seiner Familie war, welches uns derzeit das Leben schwer machte.

Ich ärgerte mich, dass ich ausgerechnet dem Sohn dieser Hoteliersfamilie mein Herz ausgeschüttet hatte. Und das, während gerade die Familie dieses Hotels meinen Eltern sogar ein Kaufangebot gemacht hatte. Schlagartig widerte mich der Gedanke an, hier mit diesem Mann zu sitzen. Am Ende hatte er sich vielleicht nur an mich herangemacht, um mich um den Finger zu wickeln und mehr Informationen über unsere Teestube zu erhalten, damit die Übernahme doch noch gelang. Womöglich hatte meine Oma mit ihrer wilden Theorie doch gar nicht so unrecht.

»Aha. Und warum hast du so ein Geheimnis darum gemacht? Haben deine Eltern dich gebeten, undercover als charmanter Gast Informationen über die Teestube einzuholen, nachdem meine Eltern ihnen diese nicht hatten verkaufen wollen? Passt ja hervorragend, dass grad die Tochter hier die Stellung hält. Warum sonst zieht man in eine Ferienwohnung, wenn man ein ganzes Hotel im Rücken hat, Herr Jacobsen?« Ich sprach den Namen mit Verachtung aus. Mir standen Tränen der Wut in den Augen, und ich bebte. Allein die Leute um uns herum hielten mich davon ab, ihn anzuschreien. Die wunderbar weihnachtliche Stimmung im Restaurant war erloschen und bis auf den Gefrierpunkt abgekühlt. So auch meine Haltung ihm gegenüber.

»Luise, nein! Wie kommst du darauf? Bitte glaub mir! Es fiel mir nur schwer, dir zu sagen, dass meine Eltern *die* Jacobsens sind, weil Frau Tadsen und du erzähltet, wie sehr ihr aktuell mit Konkurrenzangeboten kämpft.« Verzweifelt schaute er mich an.

Ich bedachte ihn mit einem Blick, der ihm deutlich zu verstehen gab, was ich von seiner Stammelei hielt. Meine Augen hatten sich zu schmalen Schlitzen verengt.

»Luise, ich hatte einfach gehofft, dich näher kennenzulernen. Und verstehst du nicht, dass ich Angst hatte, du gibst mir dazu keine Chance, wenn ich dir erkläre, dass ich zu der Familie gehöre, die es euch gerade so schwer macht?«

Sein Blick flackerte. Er wirkte ernsthaft verzweifelt.

»Ich wollte nicht ›der Sohn der Jacobsens‹ sein. Noch nie

wollte ich das. Und erst recht nicht, als ich dich kennenlernte und du mir von den Sorgen der Teestube erzähltest, an denen wir nicht unschuldig sind. Ich hatte Angst, dass du mich sofort in eine Schublade gepackt hättest mit meinen Eltern.«

»Du hättest doch einfach versuchen können, durch deine ganz eigene Art zu punkten. Das ist dir doch ganz gut gelungen bisher. Du bist doch nicht nur der Sohn der Jacobsens. Du bist Moritz, der, der spannende Dinge berichten kann und mit dem ich mir ernsthaft hätte vorstellen können, noch etliche lustige Abende mit tollen Gesprächen zu verbringen. Da gibt es so viel, worüber ich noch gerne mit dir geredet hätte. Das Reisen, die fernen Länder, unsere gemeinsame Heimat Sylt.« Meine Stimme zitterte. »Aber sorry, die Tatsache, dass du mir verheimlicht hast, wer du bist, spricht dafür, dass du ein schlechtes Gewissen hattest. Erzähl mir nicht, dass du nichts von dem Kaufangebot wusstest.« Ich schüttelte den Kopf, stand auf, legte die Serviette auf den Tisch und griff nach meiner Handtasche. »Vielleicht sollte man sich vorher informieren, wessen Familientradition man zerstören will, indem man einfach genug Geld in die Hand nimmt und ein abgekupfertes Café in ein völlig fremdes modernes Hotel integriert.« Abwertend blickte ich auf ihn herab. »Aber da muss ich dich enttäuschen. Wir werden es schaffen, das Lebenswerk meiner Oma und vor allem meiner Schwester fortzuführen. Wir haben euer Geld nicht nötig.« Missbilligend schaute ich ihn an. »Ich habe es unterschätzt. Meine Oma hat einfach recht damit, dass man hier offenbar mit dem Vertrauen den Menschen gegenüber sehr vorsichtig sein muss.«

Dann drehte ich mich um, nahm meine Jacke und stürmte aus dem Restaurant.

Ich hörte, wie Moritz mir noch hinterherrief. Offenbar war er mir zur Tür gefolgt. Da bog ich aber bereits um die nächste

Hausecke, damit er mich nicht mehr sehen konnte. Immer noch schossen Tränen in meine Augen, und diesmal konnte ich sie nicht mehr zurückhalten. Ich stürmte durch die dunkle Gasse und wusste mit einem Mal nicht mehr, ob ich richtig abgebogen war. Durch den Schleier aus Tränen konnte ich kaum erkennen, wie die Straße hieß.

Vorbei an hell erleuchteten Fenstern, hinter denen ich Menschen an reich gedeckten Tischen vermutete, lief ich durch das dunkle Kapitänsdorf. Höhnisch glitzernde Weihnachtsdekoration flog im Augenwinkel an mir vorbei. Ich nahm sie nur noch schemenhaft wahr.

Keitum kam mir nun plötzlich finster und kalt vor. Ich fühlte mich allein und sehnte mich nach meiner Schwester. Wie gerne würde ich an ihre Tür klopfen, um mich dann bei Eis, Chips und Prosecco an ihrer Schulter anzulehnen und meinem Weltschmerz freien Lauf zu lassen.

Am *Kliffstübchen* angekommen, schloss ich schnell auf und lief in mein Zimmer. Auf gar keinen Fall wollte ich auch nur noch eine Minute mit Moritz sprechen. Ich war mir sicher, dass er direkt hinterhergekommen war. Weil ich womöglich noch einen Umweg eingebaut hatte, war er vielleicht aber sogar schon da.

Ich ging ins Bad, machte mich fertig und legte mich ins Bett.

Ich weinte, weil ich mir so sehr gewünscht hatte, dass dieses Gefühl von Glückseligkeit länger anhalten würde als nur einen halben Abend.

Immer wieder sah ich Moritz' Gesicht vor mir und seine Augen, die besonders lieb schienen, wenn er mir zuhörte. Seine weiche Stimme, der ich unwahrscheinlich gerne gelauscht hatte, wenn er von seinen interessanten Reisen und Erlebnissen erzählte. Selten passierte es, dass ich schon nach kurzer Zeit das Gefühl hatte, einem Menschen dermaßen viel anvertrauen zu können und so gerne mit ihm zu reden.

Ich war enttäuscht, dass der Abend diesen Verlauf genommen hatte, und erst recht darüber, dass ich mich quasi in einen Mann verliebt hatte, der sich derart verhielt. Frankas Gedanke, dass es schon ein merkwürdiger Zufall sei mit dem Namen, hatte tatsächlich seine Berechtigung gehabt.

Zwischen Wut, Verzweiflung und dem unbändigen Willen, jetzt erst recht alles zu geben, damit es weiterging mit der Teestube, schlief ich auf meinem tränendurchnässten Kopfkissen irgendwann ein.

18. Moritz

Luise war im Dunkel der Straße verschwunden, und ich starrte in die Nacht. Ich ging noch mal ins Restaurant, holte meine Jacke und zahlte. Dann trat ich vor die Tür, hinaus in die kalte Luft. Wie konnte es geschehen, dass dieser eben noch so schöne Abend einen solchen Ausgang fand?

Vor der Tatsache, dass meine Eltern Luises Eltern offenbar ein Kaufangebot gemacht hatten, passte Luises Theorie, dass ich auf diesem Wege Informationen erschleichen wollte, natürlich hervorragend. Ich ärgerte mich darüber, dass ich davon nichts gewusst hatte. Es rächte sich, dass ich mich in meiner Abwesenheit in keiner Form mit den Geschäften meiner Eltern befasst hatte. Dann wäre mir dieser Fehler nicht passiert.

Wie sollte ich ihr jetzt glaubhaft vermitteln, dass ich davon nichts gewusst hatte? Die Chancen, dass sie mir das abkaufte, standen nachvollziehbarerweise schlecht.

Genauso wenig würde sie mir abnehmen, dass ich mir ernsthaft Gedanken gemacht hatte, wie verhindert werden konnte, dass immer weniger Gäste in die Teestube kamen. Sie sprang gerade für ihre Eltern ein und setzte sich mit voller Kraft für deren Zukunft ein, was ich sehr bewundernswert fand. Sicher konnte sie sich nicht vorstellen, dass für mich nicht die Interessen meiner Eltern im Vordergrund standen. Das Gegenteil war aber der Fall.

Nicht erst hier, aber besonders in dieser Sache distanzierte ich mich klar von ihren Vorstellungen und Plänen. Ich behauptete, meine Eltern waren auch nicht auf meine Unterstützung angewiesen. Eher wollten sie mich ständig davon überzeugen, dass es für mich das Beste sei, an der Seite meines Vaters das Hotel zu führen. Dabei wollte ich das gar nicht.

Eben noch fand ich die weihnachtliche Dekoration der Nachbarhäuser heimelig ansprechend. Jetzt kam sie mir mahnend vor. Mir graute vor einem Tag wie Heiligabend, an dem ich allein war. Sicher würde ich mit meinen Eltern feiern. Aber wieder einmal war ich im Herzen einsam. Die Gespräche würden sich nur um das neue Jahr im Hotel drehen, womöglich würden meine Eltern bis spätabends arbeiten. So war es schon gewesen, seit ich denken konnte. Bis ich gar nicht mehr kam über die Festtage. Für wenige Stunden hatte Luise den Traum in mir geweckt, dass es in diesem Jahr endlich anders sein könnte.

Ich seufzte, zog die Schultern hoch und ging los. Der eisige Wind sorgte dafür, dass ich den kürzesten Weg nahm. Ich hoffte, Luise wäre längst zu Hause, und es gefiel mir überhaupt nicht, dass sie allein durch die dunklen Gassen gelaufen war.

Eben hatte ich noch so viel Hoffnung gehabt. Während wir uns unterhalten hatten, waren mir etliche Kooperationen des Hotels mit der Teestube in den Sinn gekommen. Durch die Information, dass meine Eltern sogar versucht hatten, die traditionelle Teestube zu übernehmen, erschien mir meine Idee noch plausibler.

Ich wollte Luise eigentlich vorschlagen, dass wir im Hotel eine Art Teesortiment in unserem hoteleigenen Shop aufbauen würden. Wir nutzten diesen Shop, um dort Produkte anzubieten, die unsere Gäste mit dem Haus verbanden. Das lief gut und wurde sowohl vor Ort als auch im Internet super angenommen. Ich konnte mir ebenso vorstellen, dass wir zum Frühstück ausgesuchte Teemischungen aus dem *Kliffstübchen* präsentieren könnten. Sicher würden dann einige Kunden diese mit nach Hause nehmen oder als Souvenirs mitbringen. Die kleine Teestube hätte mit dem Hotel meiner Eltern auf einen Schlag einen richtig großen Kunden, der finanzielle Sicherheit bieten würde.

Aber wenn ich die Mimik von Luise und ihren Aufbruch eben richtig einschätzte, würde ich kaum mehr die Chance bekommen, ihr meine Ideen vorzustellen.

Nachdenklich lief ich durch die raue Sylter Nacht.

Ich dachte daran, wie ich hier vor über drei Jahren entlanggeirrt war. Damals war es ein ganz ähnliches Gesicht, welches immer wieder vor meinem inneren Auge auftauchte, wie heute. Es war die Schwester von Luise, an die ich oft denken musste in diesen Wochen. Und bis heute hatte sich das nicht verändert. Noch immer dachte ich häufig an Marie. Aber in diesem Moment fürchtete ich, dass ich die Geschichte, warum das so war, wohl für mich behalten musste. Luise jedenfalls würde sie nicht mehr hören wollen. Ich hoffte darauf, dass ich ihr wenigstens noch das geben konnte, was ich schon damals ihrer Schwester hatte geben wollen. Vielleicht gab es ja doch noch eine Chance herauszufinden, was für einen Sinn es haben könnte, dass ich von meinem Großvater ein ganz besonderes Buch erhalten hatte, bevor er starb.

Müde kam ich schließlich am *Kliffstübchen* an. Ich konnte nirgendwo mehr ein Licht im Haus erkennen. Schnurstracks ging ich in mein Zimmer.

In der Nacht wühlten Albträume mich immer wieder auf. Sie handelten von Luise und Marie. Schlimme Lügen und Anschuldigungen führten dazu, dass die Schwestern sich stritten. Dabei ging es um mich. Dann kam eine alte Frau dazu, es sollte wohl die Großmutter der beiden Frauen sein. Sie verurteilte die beiden für ihre Entscheidung, mich im *Kliffstübchen* einzuquartieren, scharf. Dann verbrannte sie das Buch, welches ich gerade Luise anvertraut hatte. Sie warfen mich am Ende aus der Ferienwohnung, und das *Kliffstübchen* blieb bestehen, während das Hotel pleiteging.

Schweißgebadet schreckte ich hoch und schaute mich im Zimmer um. Ich war erleichtert, als ich feststellte, dass es nur ein Traum gewesen war.

Am Morgen, nachdem eine kalte Dusche meine Sinne wieder hatte klarer werden lassen, entschied ich mich, auf die Gefahr hin, dass Luise mich rauswerfen würde, zu ihr zu gehen.

Ich ging vorher zu einem Blumengeschäft. Dort kaufte ich einen prachtvollen Strauß verschiedenfarbiger Rosen.

Über den Seiteneingang trat ich ins Haus. Ich wollte nicht, dass ich Luise womöglich noch in eine unangenehme Situation brachte, wenn ich mit dem riesigen Strauß im Gastraum auflief. Ihr Zorn mir gegenüber würde nur weiter wachsen.

Ich wusste, dass diese Blumen nicht ausreichen würden, um das Vertrauen wiederherzustellen. Ich wünschte mir aber, dass sie diese Geste zumindest wahrnehmen würde.

Auf meinem Weg in Richtung des Zimmers hörte ich plötzlich Frau Tadsen hinter mir.

»Herr Jacobsen?«

Ich drehte mich vorsichtig um. »Ja?«

»Ich muss ja gestehen, dass ich kurz vermutet hatte, dass Sie einer *der* Jacobsens sind. Aber das ist doch nichts, worum man ein Geheimnis machen muss.« Sie schaute mich mit schief gelegtem Kopf an.

Matt hob ich die Schultern, nickte und senkte geknickt den Blick. Sie deutete auf den Strauß in meiner Hand. »Die Blumen sind ja wunderschön. Auch wenn ich vermute, dass sie nicht unbedingt den Zweck erfüllen, den Sie sich wünschen.« Ihr Blick war vorwurfsvoll.

»Haben Sie einen Tipp für mich?« Fragend schaute ich sie an. »Ich hatte mir schon überlegt, ob Sie so lieb wären, hier eine Stunde die Stellung zu halten, damit ich Luise auf einen Spaziergang entführen kann. Wäre es sehr dreist, Sie darum zu bitten?«

Sie schmunzelte. »In Ordnung. So was in der Art hätte ich jetzt auch geraten.«

»Ist sie da?«

»Sie ist bei ihrer Großmutter. Ich denke, sie wird aber in einer halben Stunde wieder hier sein. Darf ich Ihnen irgendwas bringen?«

»Nein, danke. Dann gehe ich so lange erst mal aufs Zimmer.«

»Soll ich sie dann hierherschicken? Der Gastraum ist sicher eher ungeeignet für ein Gespräch«, vermutete sie.

»Das ist eine gute Idee. Vielen Dank für Ihre Hilfe.« Ich lächelte und war wirklich froh, dass Frau Tadsen mir dabei half, meinen Fehler wieder auszubügeln.

Ich verschwand in meinem Zimmer, und schon nach kurzer Zeit klopfte es an der Tür.

Mit ganz roten Wangen stand Frau Tadsen vor der Tür.

»Herr Jacobsen«, sagte sie unruhig. »Luise wird gleich zurück sein. Allerdings nicht allein. Sie darf ihre Großmutter wieder mit nach Hause nehmen.« Zerknirscht presste sie die Lippen aufeinander.

»Aber das sind doch wunderbare Neuigkeiten«, stellte ich fest.

»Ja, eigentlich schon«, druckste sie herum. »Aber Luise hat Ihnen sicher erklärt, dass Inga Wellendorf nicht gerade begeistert sein wird von den Neuigkeiten, die sie hier erwarten.« Sie deutete in mein Zimmer.

»Davon, dass Luise und ich Freunde sind?«, fragte ich mit einem vielsagenden Lächeln. »Also sofern Luise weiterhin das Spiel mitspielt und ihre Wut auf mich so lange beiseiteschieben kann, stehe ich jederzeit als Freund, der kurzfristig hier wohnt, zur Verfügung.«

Ich erkannte ein erleichtertes Lächeln auf ihrem Gesicht.

»Vielen Dank! Ich bin mir sicher, damit machen Sie schon so manches wieder gut.« Sie hob hoffnungsvoll die Augenbrauen und atmete tief durch.

»Dann sind Sie erst mal hier, und ich kann Luise Entwarnung geben? Sie spielen mit?«

»Ich bin dabei«, erklärte ich und war nun selbst ein wenig nervös, gleichzeitig aber auch dankbar, dass dies womöglich die Chance war, dass Luise und ich doch noch einen Weg zueinander fanden. »Sagen Sie doch bitte auch ›Du‹ und ›Moritz‹ zu mir, das wirkt glaubhafter, oder?«

»Franka«, stellte sie sich mit einem Lächeln vor. »Danke!«

In den nächsten Minuten lief ich unruhig im Zimmer auf und ab.

Ich hatte Franka vorgeschlagen, dass wir den Blumenstrauß umfunktionieren und als Willkommensgruß von Luise und mir an ihre Oma deklarieren würden. Vielleicht würde sie mir dann wohlgesinnt sein und mich nicht mehr für den gierigen Immobilienhai halten. Für Luise wollte ich dann später einen neuen Strauß kaufen. Ich hoffte sehr, dass dieser Empfang die Großmutter milde stimmen und damit auch die Laune von Luise heben würde.

19. Luise

Als ich auf dem Weg zum Krankenhaus war, schäumte ich noch immer innerlich vor Wut. In dem Moment, in dem ich Franka die Geschichte erzählte, wie der gestrige Abend gelaufen war und wer wirklich hinter Moritz Jacobsen steckte, kamen alle Emotionen wieder hoch.

Ich hatte schon unruhig geschlafen und wünschte mir beinahe, dass die Wut auf diesen Mann überwiegen würde, damit ich ihn schnell wieder vergessen und einen Haken an diese Begegnung machen könnte. Leider waren aber da weiterhin genau dieselben Gefühle, die ich am Abend, bevor er so einen schrägen Verlauf nahm, hatte. Das Kribbeln in meinem Bauch, wenn ich an seine wunderschönen Augen dachte und an die Bewegung, mit der er sich durch seine vollen braunen Haare fuhr. Der Klang seiner Stimme, der mir trotz meiner Wut Gänsehaut zauberte, wenn ich mich daran erinnerte. Es waren untrügliche Zeichen dafür, dass es um mich geschehen war, die sich nicht leugnen ließen.

Sosehr sich mein Kopf gegen den Gedanken stellte, zeigten mir mein Körper und mein Herz, dass sie diesen Mann nicht von einem Tag auf den anderen vergessen konnten. Ich hatte mich verliebt in den Mann mit den tollen Augen und der faszinierenden Art zu erzählen.

Dass er mich angelogen hatte oder mir vielmehr nicht die

ganze Wahrheit erzählt hatte, enttäuschte mich bitter. Ich war unheimlich wütend und gleichzeitig verzweifelt. Irgendwas sagte mir, dass diese Wut es nicht wert war. Aber im selben Atemzug fragte ich mich, wie ich weiterhin mit jemandem Zeit verbringen sollte, dessen Unternehmen dafür sorgte, dass unsere kleine Teestube den Bach herunterging. Vereinbaren konnte ich das mit meinem Gewissen nicht. Vielleicht war es nur der Wunsch, dass das alles ein großes Missverständnis war, der mich hoffen ließ, dass es nicht sofort wieder vorbei sein sollte, ehe es überhaupt begonnen hatte mit uns.

Ich seufzte, und mit wirrem Kopf und schwerem Herzen fuhr ich vor dem Krankenhaus vor.

»Schön, dass du da bist, Luise«, klang es ungewohnt freundlich. Meine Oma lächelte matt. Ihr Gesicht wirkte nicht mehr ganz so fahl wie am Vortag.

»Oma, wie geht es dir?«

»Viel besser! Sie können organische oder neurologische Schäden ausschließen. Allein meine Tüdeligkeit war schuld daran, dass ich mir den Fuß verknackst habe.«

»Das ist ja wunderbar, Oma. Heißt das, du darfst wieder nach Hause?« Sosehr ich mich darüber freute, so bange wurde mir auch bei dem Gedanken. Sollte sie jetzt nach Hause kommen, würde es mir schwerfallen, die Geschichte von einem Freund, der zeitweise über der Teestube wohnte, aufrechtzuerhalten. Noch ehe wir uns überhaupt wie Freunde hatten verhalten können, herrschte nun ja Funkstille zwischen uns.

»Ganz genau. Die Ärzte sagen, sie machen die Papiere fertig, und ich kann gleich mit dir mit zurück nach Hause fahren. Ich musste ihnen versprechen, dass ich schon eine Physiotherapeutin habe und mich an ihre Regeln halte. Lisbeths Tochter macht doch so was. Die habe ich gleich angerufen, und sie hat zugesagt.«

»Na, wunderbar«, sagte ich und hatte Mühe, auch nach außen hin wirklich erfreut zu klingen.

»Du scheinst dich vor Freude ja kaum halten zu können«, stellte sie verschnupft fest. »Oder störe ich deinen Freund und dich womöglich?« Ich sah ein schelmisches Blinzeln in ihren Augen. »Lisbeth hat mir erzählt, dass ihr gestern Abend ausgegangen seid.«

»Oh nein, Oma. Also, ja, das stimmt«, stammelte ich. »Aber das ist es nicht. Ich habe nur gerade überlegt, ob ich noch irgendwas fragen muss, damit ich auch alles richtig mache, wenn du zu Hause bist.« Innerlich schüttelte ich den Kopf über Lisbeths Neugier.

»Da mach dir mal keinen Kopp«, winkte sie ab. »Bisher kam ich immer gut zurecht. Das wird auch so weitergehen. Ich bin startklar.«

Ich nickte, als sie auf die Tasche deutete. »Oma, ich spreche einmal kurz mit dem Arzt, wann's losgehen kann, und dann bin ich zurück, okay?«

»Beeil dich. Ich will so schnell wie möglich wieder raus aus diesem schmucklosen Kasten«, scheuchte sie mich.

Ich ließ es unkommentiert, schließlich hatte ich auf den Zeitpunkt der Entlassung keinen Einfluss. Ich wollte vor allem Franka anrufen und fragen, ob Moritz zurückgekommen war. Diese bestätigte mir, dass er tatsächlich da war und mit mir reden wollte. Halb erleichtert, halb nervös nahm ich das zur Kenntnis.

»Franka, kannst du ihm bitte sagen, dass ich sehr dankbar wäre, wenn wir es bei der Ankunft meiner Oma hinbekommen würden, wie Freunde auszusehen? Es wäre großartig, wenn wir das Drama für den heutigen Abend abwenden könnten. Nicht, dass Inga gleich wieder im Krankenhaus landet.« Meine Stimme zitterte, und mein Puls raste bei dieser Vorstellung. Vor allem bei der, dass Moritz und ich wie Freunde auftreten sollten. Dass wir jetzt gute Miene machen mussten, gefiel mir gar nicht, war aber notwendig.

Franka versprach, gleich zu ihm zu gehen und mich dann noch mal anzurufen. Aufgeregt lief ich den Flur auf und ab und starrte dabei mein Handy an.

Schon nach wenigen Minuten kam der Anruf.

»Mach dir keine Sorgen, Moritz spielt mit.«

»Danke, Franka. Du bist ein Schatz. Dann werden wir wohl demnächst zu Hause aufschlagen. Drück uns die Daumen«, bat ich sie, und wir legten auf. Ich bemerkte, dass auch Moritz und Franka bereits beim »Du« angekommen waren, was ich in Bezug auf die Glaubwürdigkeit unserer Geschichte vor meiner Oma begrüßen würde. Mir fielen etliche Steine vom Herzen, obwohl ich ahnte, dass Moritz mit seiner Hilfsbereitschaft sicher nur sein schlechtes Gewissen beruhigen wollte. Ich hatte es eilig, wieder zu meiner Oma zu kommen.

Diese wartete bereits ungeduldig. Sie saß mit mürrischer Miene auf dem Bettrand und hantierte mit Krücken herum.

»Diese blöden Dinger. Das ist doch komplizierter, als ich dachte. Wie schrecklich, wenn man nicht mehr laufen kann.« Sie war spürbar unzufrieden. »Dann doch lieber einfach tot umkippen, als immer irgendwen um Hilfe zu bitten.«

»Oma!« Erschrocken legte ich ihr die Hand auf den Rücken. »Dafür ist ja dann Lisbeths Tochter da. Sie wird dich ganz schnell wieder auf die Beine bringen. Da bin ich mir sicher«, versuchte ich, sie zu beruhigen.

In diesem Moment ging schon die Tür auf, und eine Pflegerin brachte die Unterlagen für den Hausarzt.

»Dann wünschen wir Ihnen alles Gute, und passen Sie auf sich auf«, sagte sie zu meiner Oma. »Für Sie auch alles Gute.« Ein mitfühlendes Lächeln traf mich. »Und viel Kraft sowie gute Nerven«, raunte sie mir dann zu.

Ich nickte schweigend und konnte mir ein Schmunzeln nicht verkneifen.

Mit langsamen Schritten gingen wir zu meinem Auto. Das Laufen mit den Krücken fiel meiner Oma schwer. Bis zur Krankenhaustür schob ich deshalb einen Rollstuhl neben ihr her für den Fall, dass sie sich setzen musste. Diesen lehnte sie jedoch vehement ab.

Vorbei an Westerland und Tinnum gelangten wir wieder nach Keitum.

»Was haben denn deine Eltern zu meinem Sturz gesagt? Wollten sie gar nicht sofort wieder umkehren?« Beinahe enttäuscht schaute mich meine Oma von der Seite an.

»Doch, selbstverständlich. Sie haben sich große Sorgen gemacht. Aber ich konnte sie überzeugen, dass sie ruhig dortbleiben können. Ich bin ja da.«

»Verstehe«, murmelte sie und schaute aus dem Fenster.

»Isst denn dein Freund auch bei uns in der Teestube mit?«, erkundigte sie sich mit einem Mal.

»Also, er hat bei uns gefrühstückt. Ansonsten versorgt er sich tagsüber in den Restaurants und Cafés der Insel.« Gedanklich fügte ich wütend hinzu, dass er ein ganzes Hotel hatte, wo er im Zweifel den Tag verbringen konnte und bei Weitem nicht auf die Verpflegung durch die Teestube angewiesen war.

Wir fuhren zu Hause vor, und mit jeder Sekunde beschleunigte sich mein Puls.

Ich griff nach der Tasche im Kofferraum und half Oma aus dem Wagen. Langsam gingen wir auf die Eingangstür zu. Durch das Fenster konnte ich schon von außen einen gigantischen Blumenstrauß erkennen. Selten zuvor hatte ich einen so geschmackvollen Strauß gesehen und staunte. Da ging auch schon die Tür auf, und Franka stand strahlend im Türrahmen.

»Inga, wie schön, dass du wieder bei uns bist«, begrüßte sie meine Oma und nahm sie in den Arm.

»Nun wirf mich mal nicht gleich wieder um«, ranzte sie Franka an, und schlagartig wussten Franka und ich wieder, wie entspannt die harmonische Zeit hier ohne die Launen meiner Oma gewesen war.

In diesem Moment trat auch Moritz zur Tür, und sein Erscheinen sorgte bei mir sofort für wackelige Knie und ließ mein Herz einen Schlag aussetzen, bevor es im Jagdtempo weiterpreschte.

»Frau Wellendorf, hallo. Ich bin Moritz, Luises Freund.«

Diese Worte verursachten eine Gänsehaut bei mir, und ein Kloß bildete sich in meinem Bauch.

Meine Oma musterte Moritz von oben bis unten, und während mir mein Herz beinahe in die Hose rutschte, entdeckte ich doch tatsächlich so etwas wie ein Lächeln in ihrem Gesicht. Offenbar erkannte sie nicht den Immobilienhai in ihm, der vor einigen Tagen nach einem Zimmer gefragt hatte. Ich atmete erleichtert auf. Wie auch immer es weitergehen würde, war das ein wertvoller Schritt.

»Ich grüße Sie, Moritz. Ich bin die Alte, der ein Ruf vorauseilt, der Ihnen mit Sicherheit schon bekannt sein dürfte.« Sie lachte leise, und ich warf Franka verwirrte Blicke zu. Moritz wirkte ebenso überrascht, ließ es aber unkommentiert. »Entgegen der Warnungen müssen Sie aber keine Angst vor mir haben. Die galten nur dem Immobilienhai von neulich.«

Ich schluckte. »Warnungen?« Irritiert folgte ich meiner Oma in den Flur.

Sie drehte sich mühsam nach mir um und hob die Augenbrauen, als wolle sie sagen: »Ich ahne doch, dass du ihn vorbereitet hast auf die eigensinnige Art deiner Großmutter.« Ich wich ihrem Blick aus. Moritz ging auch über diesen Kommentar hinweg.

»Wie gefallen Ihnen denn die Blumen, die wir Ihnen als Willkommensgruß ausgesucht haben? Als Luise mich am Telefon darum bat, bin ich sofort losgeeilt und wollte die Chance nutzen, mich zumindest ein klein wenig dafür zu bedanken, dass ich hier wohnen darf.« Stolz lächelte er, und tatsächlich war auch in der Miene meiner Oma so etwas wie freudige Überraschung zu erkennen.

»Die sind für mich?« Ungläubig schüttelte sie den Kopf. »Solch einen zauberhaften Strauß habe ich aber lange nicht geschenkt bekommen. Ich glaube, ich sollte öfter mal über meine eigenen Füße stolpern«, scherzte sie. »Oder meine Enkelin sollte häufiger Freunde mit so einem erlesenen Geschmack mit nach Hause bringen, die sich bei der Großmutter beliebt machen wollen.«

Sie hob die Augenbrauen, und wir grinsten nur unbeholfen.

»Bekomme ich denn nun endlich ein ordentliches Stück Kuchen und einen Tee? Ich habe lange genug diesen Fraß im Krankenhaus ertragen. Zeit, wieder etwas Leckeres zu essen.«

Sie setzte an, um mit ihren Krücken loszulaufen, was nicht sofort gelang.

Moritz eilte zu ihr und hakte sich bei ihr ein. »Lassen Sie mich Ihnen helfen«, bot er an, und tatsächlich nahm sie seine Unterstützung dankbar an. Staunend über diese unerwartete Friedfertigkeit meiner Oma gegenüber Moritz, liefen Franka und ich den beiden hinterher.

»Dein Moritz scheint ja nicht nur dich zu verzaubern«, raunte Franka mir leise zu und erntete einen leichten Seitenhieb von mir. »Er ist nicht *mein Moritz*«, korrigierte ich sie zischend.

»Für Inga schon«, gab Franka zurück, und ich nickte.

»Dieser Teil des Plans scheint wenigstens zu funktionieren«, murmelte ich.

Oma und Moritz nahmen an dem Tisch Platz, an dem Moritz immer saß. Während ich in der Küche verschwand, um für die beiden etwas zu trinken und ein Stück Kuchen vorzubereiten, kümmerte Franka sich um die anderen Gäste.

Ich war erstaunt, wie angeregt Moritz und meine Oma sich unterhielten. Ich hatte nie zuvor ein solch verzaubertes Leuchten in den Augen meiner Großmutter gesehen wie jetzt, da sie mit ihm sprach. Mir kam es vor, als habe er bei meiner verbitterten Oma einen Schalter umgelegt. Besser hätte ihre Rückkehr nicht verlaufen können.

Ich trat mit dem Tablett wieder an den Tisch.

»Oh, danke«, freute sich meine Oma, und auch Moritz lächelte dankbar.

Ich setzte mich zu ihnen. Für einen Moment ruhte Moritz' Blick auf mir, dann wandte er sich meiner Oma zu und ließ seinen ganzen Charme spielen.

»Übrigens sind die Zimmer, von denen ich gerade eines nutzen darf, wunderschön. Haben Sie einmal darüber nachgedacht, diese als Ferienwohnung anzubieten?«

Ich schluckte, denn Moritz sprach kurzerhand genau das an, was für meine Oma so etwas wie ein dunkelrotes Tuch war. Ich bezweifelte, dass das ein gelungener Einstieg für ein Kennenlernen war.

Sie winkte abwertend ab. »Neulich hat grad so ein windiger Typ nachgefragt.« Sie stieß einen verächtlichen Laut aus. Ich verschluckte mich beinahe an meinem Tee, von dem ich gerade den ersten Schluck genommen hatte. Hektisch hustete ich, und Moritz klopfte mir auf den Rücken. »Das ist doch alles Geldabschneiderei. Alles und jeder meint hier auf der Insel, irgendeine Abstellkammer zu Geld machen zu müssen. Das widert mich an. Das hat doch ein Traditionsunternehmen wie unseres gar nicht nötig.« Sie schüttelte den Kopf. »Diesen Konsumquatsch überlassen wir mal den großen Häusern. Die können ja sonst kaum so einen Charme vorweisen, mit dem wir punkten können.« Meine Oma bedachte uns alle mit einem Blick, den ich nicht deuten konnte. »Hier hat alles noch Charakter und eine Geschichte. Eine Seele.«

Ich lächelte nur nervös und warf Franka, die gerade an unserem Tisch vorbeikam, einen verzagten Blick zu. Diese nickte beschwichtigend und formte lautlos die Lippen: »Alles gut!«

Inga plauderte auch schon wieder mit Moritz, der geschickt von dem Thema »Ferienwohnung« abgelenkt hatte und sich gerade Geschichten aus einer besseren Zeit der Insel erzählen ließ. Ich saß noch ein paar Minuten daneben und schwankte zwischen Begeisterung und Verwirrtheit darüber, wie gut Moritz und meine Großmutter sich verstanden.

Entweder lag ihm wirklich etwas daran, dass ich keinen Stress mit meiner Oma hatte, oder aber er spielte das Spiel des dreisten Informanten so perfekt, dass er auch nicht davor zurückschreckte, sich bei meiner Oma einzuschleimen.

Ich ging schließlich wieder Franka zur Hand und bediente die Gäste, während sie in der Küche alles vorbereitete.

Moritz kam irgendwann zum Tresen und sagte mir, er wolle nachmittags wiederkommen und mit mir spazieren gehen. Ich nickte zögerlich, und Franka rief ihm zu, dass sie auf jeden Fall da sei. Irritiert drehte ich mich nach ihr um, erntete aber nur einen Blick von ihr, der sagen wollte: »Keine Widerrede!«

»Bis dann, Moritz«, sagte ich und wich seinem Blick aus.

»Bis später, Luise. Ich freue mich auf dich.« Mit diesen Worten verabschiedete er sich und verschwand aus der Tür.

Dann setzte ich mich zu meiner Oma.

»So richtig herzlich wart ihr aber nicht zueinander«, stellte sie fest. Der Tonfall ihrer Stimme war beinahe vorwurfsvoll. »Dabei ist der Junge ein ganz feiner Kerl, das merke ich sofort. So einen Mann darf man am besten gar nicht wieder laufen lassen.« Sie nickte bekräftigend.

»Dann habe ich ja ausnahmsweise mal alles richtig gemacht«, konnte ich mir eine Spitze nicht verkneifen.

Meine Oma hob die Schultern. »Die Chance dazu hast du jedenfalls noch.«

Ich schaute sie nur verwirrt von der Seite an, schwieg jedoch.

»Sag mal, wie heißt der Moritz eigentlich mit Nachnamen?«, fragte sie, und ich schluckte.

»Jacobsen«, sagte ich dann. »Moritz Jacobsen.« Abwartend, ob meine Oma auf den Namen einging, schaute ich sie an. Sicher war ihr der Name in Verbindung mit dem Hotel ein Begriff. Aber sie wusste bestimmt nichts von dem Kaufangebot, und »Jacobsen« war auch ein Name, den jeder Gast der Insel tragen könnte. Mir war der Zusammenhang zur Hoteliersfamilie ja zunächst auch abwegig vorgekommen, und ich hatte Frankas Hinweis abgetan.

»Jacobsen also«, murmelte sie. Sie schaute in meine Richtung, dabei ging ihr Blick jedoch an mir vorbei ins Leere. Dann nickte sie nur und aß weiter ihr Stück Kuchen.

20. Moritz

Als ich vor die Tür der Teestube trat, atmete ich tief durch. Eine riesengroße Anspannung fiel von mir ab. Ich hatte den Eindruck, dass unser Plan gelungen war und wir Inga Wellendorf einen angenehmen Empfang bereitet hatten.

Darüber hinaus hatte sich auch das Wiedersehen mit Luise nicht so schlimm angefühlt, wie ich es mir vorgestellt hatte. Immer wieder hatte ich das Gefühl, dass zwischen ihren enttäuschten Blicken auch ein Funken Zuversicht durchschimmerte. Vielleicht wünschte auch sie sich, dass wir trotz meines unglücklichen Einstands in unser Kennenlernen einen Weg finden würden, aufeinander zuzugehen und mehr voneinander zu erfahren.

Ich hoffte, dass ich auf unserem Spaziergang nachher die richtigen Worte finden würde, diesen Weg zu ebnen.

Was ich aber auch überlegte, war, dass sich langsam das Puzzle in meinem Kopf fügte. Ich überlegte, ob Inga meinen Nachnamen kannte und gedanklich womöglich die Verbindung zum Hotel und zu meiner Familie herstellte. Das, was mein Großvater mir kurz vor seinem Tod mit auf den Weg gegeben hatte, erschien mir plötzlich viel einleuchtender, seit ich Inga kennengelernt hatte. Als ich merkte, wie sie mich ansah, war ich mir sicher, dass sie die Frau sein musste, die in dem Rezeptbuch meines Opas eine Rolle gespielt und die er geliebt hatte. Ihre Blicke waren eindeutig gewesen. Die Art, wie sie mich ansah, kam mir sofort vor, als ahne sie, wer ich bin. Doch da war kein Groll, sondern nach meinem Empfinden ernsthafte Sympathie mir gegenüber, was mich sehr freute.

Jetzt musste ich nur noch mit Luise darüber sprechen, was ich über ihre Großmutter meinte zu wissen.

Ich ging zum Hotel und hoffte, dort meine Mutter anzutreffen. Ich wollte sie fragen, ob es tatsächlich so war, dass sie der Teestube in Keitum ein Übernahmeangebot gemacht hatten.

Mich wunderte, dass sie das getan haben sollten, zumal sie ja selbst das Café aufgezogen hatten. Womöglich war es aber erst nach der Absage durch Luises Eltern zu der Idee des *Friesencafés* gekommen.

Unabhängig von meinen Gefühlen gegenüber Luise, die derlei Überlegungen als besonders unfair erschienen ließen, fand ich es verwerflich, dass man als großer Hotelier den Weg wählte, die Individualität der Insel, die sich in Orten wie der kleinen Teestube widerspiegelte, zu untergraben. Und das taten meine Eltern, indem sie für ein Kaufangebot einfach so viel Geld in die Hand nahmen, dass sogar traditionsbewusste Familien womöglich ins Grübeln gerieten. Erst recht, wenn sie in finanzieller Not waren.

Ich konnte mir nicht vorstellen, dass die Gäste der Insel es langfristig schätzen würden, wenn sie in einem Ort irgendwann vom Bäcker über das Café bis hin zum Sternerestaurant alles unter einem Namen vorfinden würden.

In meinen Augen war es gerade die Vielfalt der einzelnen Unternehmen, die die Insel so attraktiv und einmalig machte.

Ich hatte Glück und erwischte sie auf dem Weg in ihr Büro.

»Moritz, wie geht es dir nach ein paar Tagen in der Heimat?«, erkundigte sie sich mit einem Lächeln.

»Entspannter war es, als ich noch durch die Weltgeschichte gereist bin, wenn ich ehrlich bin. Aber es hat sich bewahrheitet, dass ich genau zur richtigen Zeit zurückgekehrt bin«, antwortete ich.

»Das klingt vielversprechend«, stellte meine Mutter fest. »Hast du mit Papa schon konkrete Pläne gemacht, wie es mit euch beiden weitergehen wird an der Spitze unseres Hauses?«

Irritiert schüttelte ich den Kopf. »Nein, weil es nicht gemeinsam an der Spitze weitergehen wird.« Angespannt presste ich die Lippen aufeinander.

Perplex starrte meine Mutter mich an. »Aber Papa erzählte, er könne es kaum erwarten, mit dir die neuen Strategien durchzugehen«, erklärte sie.

»Das mag sein. Er muss nichts mit mir besprechen. Allenfalls die Pläne für den Betrieb des Cafés. Aus dem Rest halte ich mich bis auf Weiteres raus.«

»Ach, Moritz«, mahnte meine Mutter.

»Mama, wenn es eurer Strategie entspricht, dass ihr Geld in die Hand nehmt, um traditionelle Familienunternehmen aufzukaufen und zu übernehmen, stehe ich absolut nicht dahinter, und wir kommen da auf keinen gemeinsamen Nenner.« Abwartend blitzte ich sie an.

Meine Mutter schaute sich um. »Lass uns mal in mein Büro gehen«, schlug sie vor und legte den Arm mit sanftem Druck auf meinen Rücken.

Sie schloss hinter uns die Tür.

»Moritz, die Lage im *Kliffstübchen* war offenbar schwierig. Es war lediglich ein gut gemeintes Angebot von unserer Seite, den Betreibern der Teestube ihre Sorgen zu nehmen, indem wir einsteigen in das kleine Unternehmen.«

Ich stieß Luft durch die Lippen aus. »Wie gönnerhaft von

euch. Mich ekelt es eher an, mit welcher Kaltschnäuzigkeit ihr agiert.«

»Moritz!« Entsetzt schlug meine Mutter auf den Schreibtisch.

»Habt ihr schon mal darüber nachgedacht, dass hinter der Teestube eine Geschichte steht? Menschen, die an diesem Haus hängen und die ihr Leben damit verbracht haben, sich für dieses Unternehmen aufzuopfern?«

»Moritz, kann es sein, dass die junge Wellendorf in deinen Überlegungen eine Rolle spielt?« Die Augen meiner Mutter leuchteten.

»Mama, das hat damit nichts zu tun«, wich ich aus. »Ich kann es nicht fassen, wie ihr hier auftretet gegenüber kleinen Familienunternehmen.«

»Ich bitte dich, deine Emotionalität in Geschäftsfragen ein wenig hintanzustellen. Das meine ich nicht böse, mein Schatz. Aber ich kann dir schon jetzt versichern, dass es sonst mit dir und deinem Vater kein gutes Ende nehmen wird.«

Ich stand auf und rückte energisch den Stuhl zurecht.

»Und ich kann dir schon jetzt versichern, dass ich ganz sicher meiner Linie treu bleiben werde. Ob es Papa passt oder nicht. Und wenn ich mich dann wieder von der Insel verabschieden muss.« Mit diesen Worten stürmte ich aus dem Büro meiner Mutter und lief mit schnellen Schritten den Flur entlang.

Kurz vor der Ausgangstür entschied ich mich, noch einen Abstecher zum Café zu machen. Dort erwartete mich die freundliche Leiterin des *Friesencafés*, Frau Merk, die ich auch in der Teestube getroffen hatte.

»Herr Jacobsen, vielen Dank noch mal für Ihren Tipp. Ich glaube, bei meinen Schwiegereltern in spe habe ich nun mehr als nur einen Stein im Brett. Die Kekse und der Tee haben für große Begeisterung gesorgt.« Sie strahlte übers ganze Gesicht, und ich freute mich darüber. »Sie sind alteingesessene Sylter und lieben das *Kliffstübchen*, und der *Winterzauber* ist lange schon ihre Lieblingssorte.«

»Wie schön! Das freut mich zu hören«, antwortete ich. »Hätte ich Schwiegereltern, die hier leben, hätte ich mir so etwas auch für sie überlegt. Was schätzt man mehr als die alteingesessenen Häuser auf der Insel? Klasse, dass es so gut ankam.«

»Es ist an sich eine schöne Geschenkidee, feines Gebäck mit Tees zu kombinieren. Ich könnte mir vorstellen, dass man einige Produkte aus unserem Cafésortiment auch mit in den Hotelshop aufnehmen könnte«, überlegte sie und bestätigte damit, was mir auch schon durch den Kopf gegangen war, allerdings hatte ich es mir mit entsprechenden Produkten aus dem Sortiment der Teestube vorgestellt. Dann hob sie entschuldigend die Schultern. »Wobei ich finde, dass wir, gerade, was die Kekse und Kuchen angeht, nicht ganz mit dem *Kliffstübchen* mithalten können. Ohne unsere eigenen Produkte schlechtmachen zu wollen – die Kekse der Teestube waren tatsächlich unschlagbar lecker. Und gerade Tee ist doch hier im hohen Norden so ein großes Thema.« Sie biss sich nervös auf die Unterlippe. »Aber diesbezüglich bedarf es allerdings sicher der ein oder anderen Fortbildung, was Mischung und Zubereitungen betrifft.« Unruhig rang sie mit den Händen. Offensichtlich fiel es ihr schwer, Kritik zu äußern, dabei war das das wertvollste Feedback, wenn auch Mitarbeiter ihre Ideen und Vorstellungen mit in das Alltagsgeschäft einbrachten.

»Sie sprechen aus, was ich mir ganz ähnlich auch schon überlegt habe«, versuchte ich, ihr ihre Bedenken zu nehmen.

»Wirklich?« Nun wirkte sie fast erstaunt.

»Ja, ich nehme Ihre Idee auf jeden Fall ins nächste Gespräch mit meinen Eltern mit auf und bin mir sicher, da auch schon einige Vorschläge machen zu können. Wenn Sie einverstanden sind, würde ich Sie zu einem Meeting dazu mit einladen?«

Die junge Frau errötete. »Wow! Sehr gerne, Herr Jacobsen. Ich würde mich freuen«, antwortete sie schüchtern.

»Ich mich auch«, erwiderte ich und ging weiter.

Ich hatte den Eindruck, dass meine Anwesenheit sie nervös machte. Sicher, weil ich der Sohn ihres Chefs war und sie nicht einordnen konnte, was mein Auftrag in diesem Hotel war. Da ich selbst mir darüber gerade noch nicht endgültig klar war, zog ich mich erst einmal zurück.

Ein Blick auf die Uhr zeigte mir, dass ich mich bald schon wieder auf den Weg zu Luise machen konnte. Wenn ich vorher noch einen neuen Blumenstrauß kaufen wollte, musste ich ein wenig früher starten.

Im Blumenladen schaute ich mich nach einem vergleichbaren Strauß um wie dem, den ich vorhin schon gekauft hatte.

Die Ladentür war von einem gigantischen Blumengesteck umrahmt. Rote, goldene und grüne Kugeln in allen möglichen Größen steckten darin. Unter sie hatten sich auch maritime Motive gemischt wie in bunten Farben funkelnde Anker, Schiffe oder Seesterne.

Ich betrat den Laden und freute mich erneut über den Duft von Zimtstangen, Vanille und Bratapfel, der sofort die Vorfreude auf Weihnachten weckte.

Die Verkäuferin hob interessiert die Augenbrauen, als sie mich sah.

»Ist irgendwas nicht in Ordnung gewesen mit dem Strauß?«, erkundigte sie sich aufmerksam.

Ich schüttelte den Kopf. »Im Gegenteil. Er hat für so viel Begeisterung gesorgt, dass ich direkt einen weiteren kaufen möchte.«

Erleichtert lachte sie. »Na, das höre ich gern! Was darf ich denn diesmal zusammenstellen?«

»Wenn Sie etwas in Richtung des letzten Straußes machen könnten, wäre das wunderbar.«

»Wird gemacht. Darf ich Ihnen in der Zwischenzeit einen Bratapfelpunsch anbieten? Meine Kollegin hat außerdem Zimtsterne, gebrannte Mandeln und Marzipankartoffeln vorbereitet. Wir machen bis zu den Festtagen jetzt immer einen kleinen Adventsempfang, bei dem unsere Kunden sich mit weihnachtlichen Köstlichkeiten ein wenig auf die besinnliche Zeit einstimmen können. So steigt die Vorfreude.« Sie deutete auf eine kleine Candy Bar in einer Ecke des Raumes. Dort stand eine dampfende Kanne, die den verführerischen Duft nach Bratapfel verströmte. »Da sage ich nicht Nein. Lassen Sie sich also ruhig Zeit mit dem Binden des Straußes«, lachte ich. »Das sieht sehr gemütlich aus«, stellte ich fest, bediente mich an Punsch und Leckereien und ließ mich auf ein weiches Sofa fallen, welches neben den Köstlichkeiten stand.

Ich schaute hinüber zu der Verkäuferin, die wieder ein wahres Kunstwerk aus Blumen und Grün zauberte. »Wow! Da wird sich die Beschenkte aber freuen«, sagte ich.

»So soll es sein.«

»Man merkt Ihnen und dem Laden an, dass viel Herzblut in der Arbeit steckt«, bemerkte ich anerkennend. Mein Blick ging zu einem Tisch mit Blumentorten. Es waren Gestecke, die mit farbigem Filz und einem Bindfaden umrandet waren. Bunte Blüten mit Grün und besonderen Details wie Perlen und Kugeln rundeten die Kunstwerke ab. »Ihre Produkte sind fantastisch! Jedes Einzelne ein Schmuckstück.«

»Oh, vielen Dank«, freute sie sich. »Wir hoffen immer, dass

es so rüberkommt bei unseren Kunden. Selten spricht es jedoch jemand aus. Das freut mich daher ganz besonders.« Sie lächelte glücklich. »Danke.«

»Ich kenne das. Ich arbeite in der Gastro- und Hotelbranche, und glauben Sie mir, deutlich lauter sind die Gäste, die nicht zufrieden sind. Eigentlich schade, dass es so ist.«

»Absolut. Gerade bei etwas Selbstgemachtem tut es doch doppelt gut, wenn man Lob erfährt.«

Ich nickte. »Da ist es mit einer Torte wie mit Ihren zauberhaften Sträußen«, bestätigte ich ihre Aussage.

Ich ließ meinen Blick schweifen und bemerkte, dass in einer weiteren Ecke des Blumenladens ein Tisch aufgebaut war, auf dem Dekoartikel sowie Schmuck und Haarbänder zu sehen waren. Außerdem entdeckte ich einen Stand mit Süßigkeiten einer Sylter Bonbonmanufaktur.

»Wie schön, ich sehe, Sie kooperieren auch mit anderen Sylter Geschäften?«

»Ja«, sie zeigte auf die Dekorationsartikel. »Diese stellt ein Laden hier aus Keitum bei uns aus. *Zurück zum Glück*. Und ein wenig Seelenbalsam findet man in einem Nachbarort in dieser Manufaktur für Süßigkeiten. Wir haben uns entschieden, untereinander Produkte zu tauschen und diese im jeweils anderen Geschäft auszustellen. Unsere Blumengestecke, Kränze und Trockenblumen findet man dann in den Läden der Bonbonmanufaktur und auch im *Zurück zum Glück*. Wir sind der Meinung, dass sich das wunderbar ergänzt und wir durch diese Kooperation alle nur gewinnen können. Auch unsere Weihnachtsartikel kombinieren wir. Wir liefern Kränze und bekommen Kerzen und Weihnachtskarten sowie feinste Marshmallow-Tannenbäumchen und Bonbons mit Schneemännern von unseren Partnern.« Sie deutete auf einen weiteren Tisch gleich neben der Kasse.

»Großartig. Das gefällt mir richtig gut«, merkte ich begeistert an.

Was die junge Frau erklärte, bestätigte genau das, worüber ich mir in Bezug auf die Teestube Gedanken gemacht hatte. Jetzt war ich noch mehr von meinen Ideen überzeugt, und ich konnte es kaum erwarten, Luise davon zu erzählen und ihr eine solche Kooperation mit unserem Hotel vorzuschlagen.

»Ich hoffe, Sie sind zufrieden?«, hörte ich die Verkäuferin sagen, deren Kopf hinter einem fantastischen Blumenstrauß versteckt war.

»Wundervoll! Tausend Dank für Ihre Mühe! Dabei dachte ich schon, der letzte Strauß wäre der schönste gewesen, den ich je gesehen hätte.«

»Vielen Dank für das Kompliment und ganz viel Freude beim Verschenken«, sagte sie und wickelte den Strauß in Papier. »Damit er bei der Kälte keinen Schaden nimmt.«

Ich bezahlte, verließ den Laden und machte mich auf den Weg zur Teestube.

Ich nutzte erneut den Schlüssel des Nebeneingangs und ging von dort aus herein.

Vor meinem Zimmer lief ich direkt Oma Inga in die Arme.

»Oh, Herr Jacobsen«, begrüßte sie mich mit einem Lächeln.

»Frau Wellendorf, hallo«, erwiderte ich ihre Begrüßung. Offenbar hatte sie bereits meinen Namen erfahren. Ich überlegte, ob sie diesen in Verbindung brachte mit ihrer Geschichte. Gespannt schaute ich sie an. Ich meinte, ihr Blick verriet, dass sie eine Ahnung hatte, wer ich war.

»Ist der für Luise?«, erkundigte sie sich mit Blick auf den Strauß. Sie schmunzelte erfreut.

»Ja, ich hoffe, er gefällt ihr«, antwortete ich.

»Da bin ich mir ganz sicher. Sie hat ja auch von meinem

traumhaften Strauß so geschwärmt. Danke nochmals. Sie haben einen erlesenen Geschmack. Das habe ich von einem Jacobsen auch nicht anders erwartet«, murmelte sie im Weggehen, und ich schluckte.

Ich schaute Inga noch einige Sekunden hinterher. Ich war mir sicher, dass diese Frau ihr Geheimnis um das Rezeptbuch, welches sie höchstwahrscheinlich mit meinem Großvater gemeinsam erstellt hatte, bis heute mit sich trug und niemand davon wusste. Auch wenn es ein gewisses Risiko barg, spürte ich, dass es an der Zeit war, dass ich meinen eigentlichen Auftrag hier im *Kliffstübchen* weiterverfolgte. Ich hoffte, dass Luise mir verzeihen konnte und mir eine Chance gab, ihr einiges zu erklären.

Ein Blick in die Gaststube zeigte, dass die einzigen Gäste von Franka versorgt wurden. Luise werkelte offenbar in der Küche, wo ich zaghaft durch die Tür lugte. Als sie mich entdeckte, schaute sie nur kurz auf.

»Moritz«, sagte sie. »Ich bin gleich so weit.« Sie wischte sich die Hände an der weißen Schürze ab. Ihre Wangen waren rot. Sie sah aus, als sei sie bis eben in ihre Arbeit vertieft gewesen und hätte gut zu tun gehabt. Ihr fiel eine Strähne ins Gesicht, und ich bewunderte ihr hübsches Profil, als sie diese zurückschob. »Ich sage Franka Bescheid, dass wir kurz weg sind.« Sie schaute mich gar nicht an, sondern räumte noch ein paar Dinge weg.

»Alles klar«, antwortete ich.

Ich freute mich, dass sie zumindest nach wie vor mit mir spazieren gehen wollte.

»Ich warte im Flur«, rief ich in die Küche und ging mit dem Blumenstrauß, den sie gar nicht gesehen hatte, weil ich halb hinter dem Türrahmen gestanden und Luise sowieso kaum in meine Richtung geschaut hatte, wieder zurück.

»Oh, und wann bekomme ich mal so einen tollen Strauß geschenkt?«, erklang es hinter mir. Es war die freundliche Stimme von Franka.

»Oh, du hast dir mindestens genauso einen Strauß verdient«, gab ich zu. »Vielen Dank, dass du hier die Stellung hältst.«

»Keine Ursache. Ich bin doch sowieso da«, sagte sie und winkte ab. »Außerdem ist mir auch sehr daran gelegen, dass die Laune meiner Chefin wieder steigt.« Sie rollte theatralisch mit den Augen.

»Ich hoffe sehr, dass das dann auch so ist«, erklärte ich und hob die Schultern.

»Darauf hast nur du direkten Einfluss, fürchte ich.« Franka zuckte ebenso die Achseln und verschwand in der Küche.

Ich ging in den Flur, und kurz darauf kam auch Luise.

»Oh«, sagte sie, als sie den Strauß in meiner Hand sah. »Ist der etwa für mich?«

Ich nickte. »Ich glaube, eine kleine Entschuldigung ist das Mindeste, was ich dir schulde«, sagte ich und überreichte ihr die Blumen.

»Er ist wunderschön, vielen Dank. Ich stelle ihn noch kurz ins Wasser, dann können wir los.«

Sie kam zurück, und wir gingen hinaus.

»Apropos Entschuldigung«, fing sie an. »Dein Auftritt vorhin, als Oma nach Hause kam, war großartig. Danke!« Sie schaute mich mit einem lieben Blick an, der mich hoffen ließ, dass die Fronten noch nicht allzu verhärtet waren. »Zumindest hält sie dich schon mal nicht mehr für einen der gierigen Immobilienhaie.« Sie schmunzelte.

»Das ist doch schon einmal eine gute Basis, oder?«

Sie nickte. »Der Einstand hätte nicht besser sein können. Sie mag dich. Und das ist beim allerersten Treffen nur äußerst selten so bei meiner Oma.« Luise grinste. »Sie hat sich sogar nach deinem Nachnamen erkundigt. Das hat mich erstaunt.«

Einen Moment lang schaute ich Luise an, ohne zu antworten. Skeptisch legte sie den Kopf schief.

»Ich vermute, der Name Jacobsen wird ihr ein Begriff sein«, erklärte ich und zuckte betont beiläufig die Schultern, obwohl ich ahnte, warum Luises Oma hier nachgehakt hatte. Wenn wir gleich spazieren gehen würden, wollte ich über das Rezeptbuch mit ihr sprechen. Ich musste unbedingt das Vertrauen von Luise zurückgewinnen.

»Davon gehe ich auch aus. Man kennt sich sicher hier auf der Insel«, überlegte Luise. »Wobei es sie bestimmt auch wundert, warum du hier bei uns wohnst und nicht im Hotel.« Sie warf mir einen vielsagenden Blick zu.

»Wahrscheinlich schon, ja. Ich verspreche dir, dass ich das auch ihr gegenüber aufkläre. Mein Auto steht am Hotel. Wollen wir von dort aus fahren?«, fragte ich.

»Wir können auch meins nehmen«, bot Luise an und zog den Schlüssel aus der Jackentasche.

»Von mir aus gerne«, stimmte ich zu und nahm auf dem Beifahrersitz Platz.

»Ich schlage vor, wir fahren nach Kampen an den Strand?« Sie schaute mich fragend von der Seite an.

»Gute Idee.«

21. Luise

Ich freute mich tatsächlich, als ich Moritz sah. Sosehr ich mich über sein Verhalten geärgert hatte, so wenig nachtragend konnte ich ihm gegenüber sein. Dabei war ich gestern so wütend auf ihn gewesen. Er berührte mich mit seiner charmant interessierten Art. Meine Wut war schnell wieder in den Hintergrund gerückt, als er vor mir stand.

Ich dachte an Marie, die immer gesagt hatte, dass Wut und Groll einen Charakter nur schwächen würden und langfristig dazu führten, dass man verbitterte. Es sei viel stärker, verzeihen zu können. Die Art meiner Großmutter hatte diese Aussage für mich oft bestätigt. Sie wirkte bis heute vergrämt und enttäuscht. Es war für mich unvorstellbar, dass sie noch jetzt so stur und unfreundlich mir gegenüber auftrat, nur weil ich damals eine klare Entscheidung getroffen hatte.

Mein Herz absolvierte verliebte Luftsprünge, als ich Moritz sah, und ich fieberte unserem Spaziergang entgegen.

Moritz hatte auch mir einen bezaubernden Blumenstrauß gekauft. Ich war begeistert davon, wie gut er meinen Geschmack getroffen hatte mit seiner Auswahl.

Wir machten uns auf den Weg nach Kampen.

Ich war nervös. Es fühlte sich einerseits fremd an, mit Moritz so nah nebeneinander im Auto zu sitzen, und andererseits unwirklich vertraut. Seine Nähe sorgte für eine wohlige Wärme in meinem Bauch. Ich freute mich darüber, dass dieses Gefühl kaum getrübt war durch unseren Streit vom Vorabend. Dennoch hatte ich Angst, mir die Finger an ihm zu verbrennen und erneut enttäuscht zu werden von diesem Mann.

»Luise, es tut mir sehr leid, dass du dich gestern so über mich ärgern musstest. Ich hoffe, ich kann das wiedergutmachen.« Er schaute mich an mit einem Blick, nach dem ich ihm überhaupt nicht mehr böse sein konnte. Sicherheitshalber wich ich ihm aus.

»Es tut mir auch leid, dass ich einfach wutschnaubend abgedampft bin«, gab ich zu. »Das war kindisch. Ich habe vielleicht überreagiert. Ich hab mich aber wirklich aufgeregt und war echt enttäuscht. Ehrlich gesagt begreife ich auch noch immer nicht, was die Aktion sollte, ausgerechnet bei uns einzuchecken, wenn du doch ein Hotel in der Familie hast. Noch dazu das, was unser *Kliffstübchen* kaufen wollte.«

»Ich verstehe, dass du wütend bist«, gab Moritz mir recht. »Aber ich kann dir alles erklären.« Er machte eine Pause. »Okay, das klingt wie in einem übertrieben romantischen Film, ich geb's zu.« Entschuldigend hob er die Hände.

»Ich hab nichts gegen romantische Filme, auch nicht gegen übertriebene, solange die Handlung schlüssig ist.« Abwartend schaute ich ihn an.

Erleichtert sah ich ein Lächeln auf seinen Lippen. »Ich bin so froh, dass wir hier zusammen im Auto sitzen. Mir tut es leid, dass ich nicht ehrlich war. Aber bitte glaub mir, ich habe mich nicht bei dir eingemietet, um irgendetwas auszukundschaften. Tatsächlich ist es so, dass ich eine Wohnung hier im Ort habe. Weil ich aber meine Rückkehr nicht konkret geplant habe, steckt diese noch mitten in Renovierungsarbeiten. Ich wohne aber ungern direkt im

Hotel, weil man dann nie seine Ruhe hat und jeglicher Weg kritisch beäugt wird. Deshalb habe ich nach einer anderen Bleibe gesucht. Außerdem ist die plötzlich so unmittelbare Nähe zu den Eltern etwas, was man doch erst einmal überdenkt. Ich zumindest. Aus Gründen.« Er lächelte schief.

»Bis du mir davon erzählt hast, wusste ich auch nichts von dem Angebot meiner Eltern an deine. Und dass sie deinen Eltern die Übernahme vorgeschlagen haben, gefällt mir überhaupt nicht. Wie ich dir gegenüber ja schon betont habe, bin ich ein Gegner der Strategie, dass Sylt irgendwann nur noch von wenigen dominiert wird und nahezu jedes Lokal oder Café zu irgendeinem großen Namen gehört. Ich schätze gerade solche Orte wie das *Kliffstübchen* und die Individualität durch die Nähe zum Eigentümer. Glaub mir, das habe ich meinen Eltern heute sehr deutlich zu verstehen gegeben. Wir sind ziemlich aneinandergeraten.« Er hob matt die Schultern. »Meine Mutter fürchtet sicher, dass ich gleich wieder abreise. Es dauerte wieder einmal nicht lange, und schon rasseln wir aneinander. Erst recht mein Vater und ich. Aber das war leider schon immer so. Die Pläne meiner Eltern stimmen in den seltensten Fällen mit meinen überein.« Er hob die Schultern. »Nicht umsonst habe ich eine Zeit lang das Weite gesucht. Es ist nicht ganz leicht, jetzt wieder hier zu sein und festzustellen, dass sich der Grund für all die Streits nicht geändert hat. Meine Eltern und ich haben vollkommen verschiedene Vorstellungen von vielen Dingen.«

Ich nickte. »Leider kann ich verstehen, was du meinst. Mir geht es ähnlich. Nur, dass es bei mir nicht meine Eltern sind, die so starre Ansichten haben, sondern meine Oma.«

»Ganz ehrlich? Ich nehme deine Oma vollkommen anders wahr. Klar, ich bin ja auch nicht involviert in eure Geschichte. Aber ich hatte erwartet, dass ich als Freund von dir, der noch dazu plötzlich in ihrem Haus wohnt, deutlich kritischer beäugt werde. Darüber hinaus eilte mir ja auch noch der Ruf des skrupellosen Immobilienhais voraus.« Er schmunzelte amüsiert, und auch ich musste grinsen.

»Du hast recht. Es hätte mich auch kaum verwundert, wenn sie mit dir ähnlich schroff wie mit mir umgegangen wäre. Das habe ich im Vorfeld bei der Notlüge mit dem Freund viel zu wenig bedacht, muss ich gestehen.« Ich lachte unsicher. »Umso besser, dass sie dich offenbar gut leiden kann.« Ich sah ihn von der Seite an, und sein attraktives Profil lenkte mich von der Fahrt ab. Schnell schaute ich wieder auf die Straße. Bis zu unserer Ankunft verfielen wir in einträchtiges Schweigen.

Die Sonne schien, und der Himmel war klar an diesem bitterkalten, aber freundlichen Wintertag. Heute war der Wind nicht allzu stark, sodass man gut ein paar Schritte am Meer entlanggehen konnte, ohne dass man den Eindruck hatte, bald zu erfrieren.

Wir waren auf das Holzplateau gegangen, welches direkt am Parkplatz lag und von dem aus man über den Strand blicken konnte. Ein Geländer begrenzte die Aussichtsplattform, unter der der Wind und das Meer gewaltig den Strand bearbeitet und eine schroffe Kliffkante geformt hatten.

»Das sah hier vor meiner Abreise noch ganz anders aus. Es ist schon enorm, wie unnachgiebig sich das Meer hier immer wieder weiter ins Land frisst«, stellte Moritz bedauernd fest.

»Jedes Jahr wird es hier weniger«, gab ich ihm recht. »In diesem Fall ist es gut, dass so viele wirtschaftliche Interessen dahinterstecken, dass Sylt am Leben gehalten wird. Ich fürchte, sonst würde bei Weitem nicht so viel Geld in den Küstenschutz und das Wiederaufschütten des Strandes gesteckt werden und die Insel längst zweigeteilt und an einigen Stellen im Meer versunken sein, oder was meinst du?«

»Das stimmt. Allein die Interessen der Insulaner würden wohl kaum ausreichen, um hier Jahr für Jahr Millionen wortwörtlich an Land zu spülen. Der Tourismus hat neben vielen schwierigen Seiten einfach etliche, die gut sind für die Insel. Das kann und darf man nicht leugnen.« Er sah mich von der Seite an, und ich nickte.

»Davon leben ja auch wir beziehungsweise unsere Eltern in weiten Teilen. Lass uns losgehen«, schlug ich vor und lief den Parkplatz entlang hin zu dem Übergang, der direkt an den Strand führte.

Der Strand war trotz der Jahreszeit gut besucht. Ruhe liebende Menschen und Hundebesitzer, dick eingemummelt in Schals, Mützen und Jacken, fanden sich hier ein zu Winterspaziergängen am Wasser entlang. Da häufig der Sand um diese Zeit ein wenig angefroren war, war es, vor allem unten am Meer, leichter, darüber zu laufen, als im Sommer. Der Strand wirkte, ganz ohne Strandkörbe, noch viel weiter und unberührter als sonst. Diese Jahreszeit hatte ihren ganz besonderen Charme auf Sylt.

»Schade, dass es noch nicht geschneit hat. Ich hab es mir so gewünscht, die Insel endlich mal wieder unter einer Schneedecke zu bewundern«, schwärmte ich wehmütig. »Gefühlt lag hier zuletzt in meiner Kindheit dicker Schnee.«

»Stimmt, das ist leider selten. Aber wenn, dann ist das hier ein einzigartiges Schauspiel. Ein wahrer Winterzauber.« Moritz' Blick ging in die Ferne, und für ein paar Sekunden wirkte er nachdenklich, als er schon wieder lächelte.

»Einmal, als ich mit meinem Opa in List am Schneestrand spazieren gegangen bin, ist uns plötzlich ein Reh begegnet. Das war so eindrucksvoll. Das werde ich nie vergessen«, erzählte er.

»Wie toll! Normalerweise trifft man dort ja allenfalls auf ein Schaf oder eine Robbe. Und schon darüber freue ich mich jedes Mal wie verrückt.«

»Ja, das war ein tolles Erlebnis«, sagte Moritz. »Dazu der unberührte Schnee – mein Opa und ich waren die Allerersten, die ihre Fußspuren hinterließen. Es war beeindruckend.«

Es machte Freude, Moritz zuzuhören, wenn er von seinem Großvater sprach. Er schien ihn sehr gemocht zu haben. Ich bedauerte, dass ich nicht viele Erinnerungen mit meiner Oma teilte, an die ich mit einem so warmen Lächeln zurückdachte, wie er es jetzt auf den Lippen hatte.

Wir liefen bis an den Rand des Wassers. Der gefrorene Sand knarzte bei jedem Schritt unter unseren Füßen.

»Hier geht es mir immer gut«, erklärte ich und sog die frische salzige Luft tief ein. »In jeder Lebenslage waren die Spaziergänge am Strand immer eine Wohltat. Das Rauschen des Meeres, der Wind, der Sand unter den Füßen – einfach herrlich«, schwärmte ich.

»Da hast du recht«, stimmte Moritz mir zu.

»Grad als Jugendliche waren meine Schwester und ich ständig hier, egal, zu welcher Jahreszeit. Diese Zeit werde ich nie vergessen. Kein Ort hat uns mehr inspiriert und gleichzeitig so viel Ruhe gegeben. Wir haben bei endlosen Strandspaziergängen gequatscht und Pläne geschmiedet. Es war eine tolle Zeit, unsere Kindheit und Jugend hier auf Sylt.«

Moritz nickte.

»Komisch, dass *wir* uns da nie begegnet sind«, stellte ich fest.

»Ich war die meiste Zeit in einem Internat, deshalb war ich wenig hier.« Bedauernd hob er die Schultern. »Auch wenn die Jahre dort eine tolle Erfahrung waren und ich sie nicht missen möchte, bin ich der Meinung, dass mir eine Jugend hier auf der Insel so viel mehr mit auf den Weg gegeben hätte.« Nachdenklich blickte er über das Meer.

»Sicher wollten deine Eltern nur das Beste«, vermutete ich, und er nickte.

»Ja, sie stellten sich vor, dass ich nach dem Internat studiere und mit einem riesigen Fundus an Fachwissen dann wieder zurück ins Unternehmen komme. Meine eigenen Pläne spielten da eher eine untergeordnete Rolle.« Er hob die Hände. »Ich kann im Rückblick sehr dankbar sein, dass es meinen Großvater gab.«

Interessiert schaute ich ihn an. Was er sagte, klang spannend, schließlich war es bei mir doch eher umgekehrt, auch wenn man unsere Teestube wohl nicht mit dem Hotel vergleichen konnte.

»Mein Opa war gelernter Konditor. Er hat das Hotel auch von seinen Eltern übernommen und es zu dem gemacht, was es heute ist. Im Gegensatz zu mir hat er sich nach der Konditorlehre nicht seinem Traum gewidmet, diesen Beruf weiterzuverfolgen, sondern hat die Pflichten auf sich genommen und für das Hotel gelebt. Auch seine Frau war aus der Branche und in den Augen meiner Urgroßeltern ein Glücksgriff. Sie kam aus einer wohlhabenden Gastronomenfamilie, und gemeinsam waren sie sozusagen das Dream-Team für unser Hotel.« Er lächelte, doch sein Lächeln wirkte bitter. »Nach außen hin jedenfalls. Ich glaube, weil mein Großvater wusste, wie es ist, wenn einem eine Rolle auferlegt wird, verstand er mich so gut, als ich entschied, dass mein Weg ein anderer sein würde als der, den meine Eltern sich vorstellten.«

»Klingt, als sei dein Großvater ein sehr sympathischer Mensch gewesen«, stellte ich lächelnd fest, und Moritz nickte.

»Er hatte ein gutes Herz. Und er war ein sehr starker Mann.«

»Weil er seine Träume zurückgesteckt hat?« Skeptisch schaute ich Moritz an. Dieser hob die Schultern.

»Weil er, obwohl er auf so vieles verzichten musste, dennoch zufrieden war. Er hat die Dinge angenommen, wie sie waren. Dafür bewundere ich ihn.«

»Das verstehe ich. Allerdings finde ich, dass man gerade dann eine besondere Stärke beweist, wenn man seine eigenen Interessen und Träume eben nicht hintanstellt, sondern sie verfolgt. Was nicht selten nur geht, indem man großen Gegenwind in Kauf nimmt und sich Anfeindungen stellt. Ich finde, dass auch Menschen wie du und ich stark sind. Und der Gegenwind, das sind für dich deine Eltern. Für mich ist das meine Oma.«

Er sah mich für einen Moment schweigend an und nickte dann.

»Ich gebe dir recht. Nach dieser Theorie sind wir beide außergewöhnlich stark.« Stolz lächelte er. »Das ist dann im Prinzip noch etwas, was uns verbindet«, sagte er dann, und wieder wanderte sein Blick übers Meer.

22. Moritz

Luises Blick war fragend. Verständlich bei der Andeutung, die ich gemacht hatte.

»Was meinst du damit, dass da *noch etwas* ist, was uns verbindet? Was denn noch? Also außer, dass wir beide gerne reisen, Sylt trotz der Familienunternehmen auch mal den Rücken kehren mussten und eine Schwäche für leckeres Essen haben.« Sie lächelte, und dass sie weiterhin so herzlich lachte, wenn wir zusammen waren, freute mich. Unser Streit vom Vortag schien vergessen. Ich vergrub die Hände in den Taschen und suchte nach Worten.

Ihr interessierter Blick traf mich. Sie blieb stehen und schaute mich mit schief gelegtem Kopf an. Ihr Haar wehte im Wind, als sie es locker aus dem Gesicht warf und mit ihrer Sonnenbrille fixierte. Ihre blauen Augen leuchteten hier am Strand besonders hell. In diesem Moment fiel mir wieder auf, wie bildhübsch diese Frau war.

»Ich vermute, dass es in unser beider Familiengeschichten eine Verbindung gibt, von der bisher nie jemand etwas ahnte. Und auch das ist ein Grund, weshalb ich ursprünglich überhaupt im *Kliffstübchen* aufgeschlagen bin.«

»Wie meinst du das?« Luise schien verwirrt.

»Lass uns das doch irgendwo besprechen, wo es wärmer ist.« Zaghaft legte ich ihr meine Hand auf den Rücken.

Wir waren einige Hundert Meter gegangen, und hier unten am Wasser war der Wind doch kälter, als ich zunächst vermutet hatte. Ich deutete auf ein Bistro am Strand. Ich wusste, dass es dort Waffeln und heiße Getränke gab, und schlug Luise vor, sie dorthin einzuladen.

»Sehr gute Idee. Allerdings wäre ich wohl mal dran mit der Einladung«, sagte sie und hob die Handflächen.

»Kommt gar nicht infrage«, entgegnete ich, und wir liefen weiter zum Bistro.

Nach wenigen Minuten, in denen sie nah neben mir ging und meine Hand auf ihrem Rücken liegen blieb, kamen wir an der Holztreppe an, und unsere Berührung endete.

Als sie gerade die letzte Treppenstufe erreichte, rutschte Luise aus und verlor das Gleichgewicht. Offenbar hatte der kalte Wind eine feuchte Fläche anfrieren und das Holz spiegelglatt werden lassen. Ich ging hinter ihr und fing sie geistesgegenwärtig auf, bevor sie noch die Treppe herunterpurzelte.

»Ach, du liebe Zeit. Danke«, stammelte sie erschrocken. »Das fehlte gerade noch, dass ich mich nun anstelle meiner Oma im Krankenhaus einquartiere.«

»Grad noch mal gut gegangen«, sagte ich, und als sie sich in meinen Armen zu mir umdrehte und wir uns so nah waren, schien für den Bruchteil einer Sekunde die Welt um uns herum stillzustehen. Dann rappelte sich Luise wieder auf und ging weiter.

»Es sieht gemütlich aus«, stellte sie fest. »Überall Kerzen in den Fenstern und wunderschöne Dekoration an den Türen. Das gefällt mir. Ich freue mich total auf Weihnachten hier auf der Insel. Hoffentlich wird es so richtig klirrend kalt. Und dann am besten noch Schnee.«

Ich lachte. »Das wäre klasse.«

»In diesem Jahr ist so vieles anders. Ich gebe die Hoffnung auf eine echte Winterwunderwelt hier nicht auf«, erklärte Luise, und wir traten ein.

Eine wohlige Wärme empfing uns im Innern der rustikalen Holzhütte. Kerzen auf urigen Holztischen und in den Fenstern gaben ein angenehmes Licht ab und verströmten behagliche Gemütlichkeit. Sofort zog mir der Duft frischer Vanillewaffeln in die Nase, und mir lief das Wasser im Mund zusammen.

Meine Haut kribbelte von der Kälte und dem Wind, und es wirkte, als taue sie auf in der Wärme des Raumes.

Wir nahmen Platz an einem Tisch am Fenster. Von dort aus hatte man einen fantastischen Blick auf das Meer.

»Draußen ist es so windig und kalt, und wir sitzen hier im Warmen bei Kerzenschein. Wie gemütlich, findest du nicht?«, freute sich Luise.

»Absolut.«

»Herzlich willkommen, darf ich Ihnen schon etwas bringen?« Eine freundliche Bedienung erkundigte sich nach unseren Wünschen.

»Also für mich steht fest, dass ich dringend eine dieser köstlich duftenden Vanillewaffeln probieren muss«, erklärte Luise, während sie auf ein Schild deutete, auf dem diese angepriesen wurden, und ich schloss mich ihr an.

»Genau das ging mir auch durch den Kopf«, bemerkte ich schmunzelnd.

»Dazu gerne einen heißen Kakao mit Sahne.« Luise lachte. »Wenn schon, denn schon.«

»Da schließe ich mich ebenso an.« Mir gefiel, dass Luise die schönen Dinge des Lebens zu genießen wusste.

»Ist es interessant für dich, wenn du in anderen Restaurants auf der Insel etwas probierst?«, fragte Luise. »Vergleichst du da oder bekommst neue Ideen?«

Ich nickte. »Ja, nicht nur hier auf der Insel. Ich behaupte, ich kenne an die einhundert verschiedenen Sorten frischer Waffeln, und fast jede hat mich auf ihre Art begeistert«, schwärmte ich. »Da gehen Leidenschaft und Job sozusagen ineinander über. Man schaut sich manches woanders ab und bringt eigene Erfahrungen in seine Gerichte mit ein.«

»Ich finde das toll, wenn man einen Beruf hat, der einen ein Stück weit auch immer im Alltag begleitet und umgekehrt«, erklärte Luise. »Mir geht es mit dem Reisen so, dass ich auch in meiner Freizeit immerzu unterwegs bin und mir neue Orte anschaue oder Kurztrips mache. Das, was ich dabei erlebe, lasse ich häufig mit in meinen Arbeitsalltag einfließen. Manchmal ist es etwas, was ich für unser Unternehmen ummodele, und in anderen Fällen sind es Dinge, die ich dann bei der Planung meiner eigenen Arbeit bewusst anders gestalten will. Zum Beispiel fasse ich alle meine Reisen und Kurztrips in einem Blog für die Firma zusammen. Das macht unheimlich Spaß, auch wenn es offiziell meine Arbeit ist. Weißt du, was ich besonders schätze?«

Interessiert schaute ich sie an. Ich hörte ihr gerne zu.

»Wenn ich auf meinen Reisen Menschen treffe, die mir Geschichten über einen Ort erzählen, die diesem dann eine ganz andere Bedeutung geben. Ich merke auch, dass das was ist, das von unseren Kunden immer gerne gelesen wird auf dem Blog. Es ist so was Individuelles und Einzigartiges. Das hat einen hohen Stellenwert bei den Leuten. Die Geschichte mit dem Reh zum Beispiel. Das würde man in einem Standard-Reiseführer über Sylt wohl kaum lesen. Oder Liebesgeschichten alter Insulaner oder so was. Das ist klasse!« Euphorisch schaute sie mich an. Ich nickte schweigend.

»Ist alles in Ordnung? Langweile ich dich?«, fragte sie erschrocken.

»Oh nein«, sagte ich. »Im Gegenteil. Ich kann so gut verstehen, was du meinst. Wenn wir wieder im *Kliffstübchen* sind, möchte ich dir etwas zeigen. Als ich deine Großmutter kennengelernt habe, hätte ich es am liebsten gleich hervorgeholt. Aber ich wollte erst mit dir darüber sprechen, wie sie tickt.«

»Meinst du, darüber, dass sie gar nicht so eine verbitterte alte Dame ist, wie ich vorher behauptet habe?«, mutmaßte Luise. »Sei bloß vorsichtig, sie täuscht womöglich nur an. Wobei mich wirklich erstaunt, wie aufgeschlossen sie dir gegenüber ist. Richtig freundlich. So kenne ich sie gar nicht.« Luise hob verblüfft die Schultern, und ihr Gesichtsausdruck schwankte zwischen amüsiert und dankbar.

Ich schmunzelte. »Das auch, ja. Ich weiß gar nicht, was du immer hast. Eine sehr zuvorkommende, freundliche ältere Dame ist deine Großmama.«

Luise rollte mit den Augen und warf mir einen vielsagenden Blick zu. »Mach dich ruhig lustig.«

»Nein, im Ernst. Ich wollte erst mit dir sprechen, um deine Meinung dazu zu hören, wie sie so drauf ist und ob es richtig ist, sie damit zu konfrontieren.« Ich machte eine Pause, und ein verunsicherter Blick traf mich. »Es geht dabei um die Verbindung in unserem Leben, von der ich sprach. Ich bin tatsächlich nicht ganz ohne Grund bei euch im *Kliffstübchen* aufgetaucht.«

»Ich bekomme ein wenig Angst, wenn ich ehrlich bin«, gab Luise mit bangem Blick zu.

Die Bedienung trat wieder an den Tisch und servierte uns unsere Waffeln und die heiße Schokolade. Sie hatte aus Kakaopulver einen Stern und ein Herz in die Sahne gestreut, und wir bedankten uns voller Vorfreude.

»Keine Sorge. Es ist nichts Schlimmes, wie ich finde. Als mein Großvater vor einigen Jahren schwer krank wurde, habe ich viel mit ihm gesprochen. Er hat mir den Rat gegeben, immer auf mein Herz zu hören und nicht das Leben eines anderen zu leben.« Mein Blick ging durch das Fenster über das Meer. »Ich habe lange nicht verstanden, dass er damit mehr sagen wollte, als mir nur einen Satz an die Hand zu geben, wie man ihn oft hörte. Hinter dem, was er mir riet, steckte so viel mehr. Es war seine Geschichte, sein Leben, das er nicht so gelebt hatte, wie er es im Rückblick hätte leben sollen.«

Luise hörte aufmerksam zu. »Du meinst, er hat bereut, dass er nicht als Konditor gearbeitet hat, sondern die Aufgabe übernommen hat, das Hotel im Sinne seiner Familie weiterzuführen?«

Ich nickte. »Auch, ja. Das war das eine. Heute weiß ich, dass er für das Hotel noch so viel mehr aufgegeben hat.« Nachdenklich rang ich mit den Händen. »Wir sprachen damals, als ich ihm erzählte, dass ich Konditor und Koch lernen und auch in dem Beruf arbeiten wollte, lange miteinander. Er bestätigte mich darin und stärkte mir auch im Konflikt mit meinen Eltern immer den Rücken. Er stand voll hinter meiner Entscheidung und nahm in Kauf, dass er sich, als er Partei für mich ergriff, auch mit meinen Eltern darüber stritt.«

»Ein toller Mensch. Wie stolz du sein kannst, dass du so einen Opa hattest.« Sie schlug sich die Hand vor den Mund. »Entschuldige. Du hast noch gar nicht erzählt, ob er noch am Leben ist. Es klang für mich nur gerade so, als sei er mittlerweile verstorben«, entschuldigte sie sich.

»Schon gut, ja. Leider hast du recht. Einige Jahre später ist er verstorben. Glaub mir, ich bin für wenige Dinge so dankbar wie dafür, dass ich mir die Zeit genommen habe, ihm zuzuhören.«

»Das glaube ich dir«, sagte Luise, und in ihrem Blick sah ich, dass sie dabei an ihre Oma dachte, mit der sie in den letzten Jahren, so wie es für mich klang, viel zu wenige dieser Gespräche geführt hatte.

»Mein Opa gab mir damals etwas, was mich durch meine Lehre hindurch begleitet hat. Nahezu jeden Tag habe ich in dem Buch geblättert und meine Abschlussprüfung sogar mit einem seiner Rezepte absolviert.

Luise strahlte. »Du meinst, er hat dir seine alten Backrezepte überlassen? Wie wundervoll! Das ist ein unbezahlbarer Schatz! Daraus kannst du bestimmt noch heute ganz viel zaubern.«

Ich nickte. »Ein wertvoller Schatz ist das, ja.« Ich machte eine Pause.

»Es waren nicht nur seine Rezepte, die er darin zusammengestellt hatte.« Erwartungsvoll hob Luise die Augenbrauen. »Er hat sie damals mit seiner großen Liebe gemeinsam erfunden und gesammelt.«

»Oh, wie romantisch!« Luise hatte offensichtlich Freude an der Geschichte. »Dann ist das Buch also doppelt so viel wert. Franka hat mir gerade erzählt, dass etliche ihrer Rezepte aus einem Buch ihrer Mutter stammen. Was kann es Großartigeres geben als eine Rezeptsammlung eines leidenschaftlichen Konditors und einer Tochter eines Gastronomen?« Luises Augen strahlten vor Freude.

»Nun, ich vermute, nur ein Rezeptbuch für Torten, Teemischungen und Gebäck, welches ein Liebespaar kreiert hat, wo *beide* leidenschaftliche Konditoren waren, verbirgt sogar noch viel kostbarere Schätze.«

»Aber sagtest du nicht, seine Frau war die Tochter eines Gastronomen? Oder war deine Oma etwa auch Konditorin?«, fragte Luise und legte verwirrt die Stirn in Falten, als ich den Kopf schüttelte. »Das war sie nicht, nein. Sie war aber leider auch nicht seine große Liebe.«

Irritiert legte Luise den Kopf schief. »War sie nicht?«

»Nein. Ich bin überzeugt, seine Liebe gehörte einer Frau, deren Herzblut in einem bezaubernden Familienunternehmen für feinste Teevariationen in Keitum steckte und die dieses mit Leidenschaft führte, weit über den Tod ihres Mannes hinaus. Bis ihre Familie übernahm und sie dennoch, ich behaupte bis heute, im Hintergrund agierte.«

In diesem Moment verschwand alle Farbe aus dem eben noch so rosigen Gesicht von Luise.

»Du meinst …«, stammelte sie, und weil ihre Sprache versagte, führte ich den Satz fort. Sie presste die Hand vor den Mund, als ich nickte.

»Ich vermute, dass die große Liebe meines Opas deine Oma Inga war, ganz genau. Und als ich in dem Buch blätterte, fielen mir immer wieder kleine Hinweise auf diese Frau auf. Notizen, kleine Komplimente. Ich weiß noch, wie er sagte, dass er mir mit dem Büchlein nicht nur für meine Konditor-Laufbahn einen wertvollen Leitfaden an die Hand geben wollte. Er wollte mir auch die Botschaft mit auf den Weg geben, dass er es bereute, nicht seinem Herzen gefolgt zu sein. Und dass man aufgrund äußerer Zwänge nie sein eigenes Glück hintanstellen sollte. Ich würde irgendwann verstehen, was er meinte. Und damit zurück zur großen Parallele beziehungsweise der Verbindung in unser beider Leben. Wenn es stimmt, was ich vermute.«

»Moritz, das wäre ja unglaublich!« Fassungslos starrte Luise mich an. »Hast du geahnt, Inga zu treffen, als du bei uns eingecheckt hast?«

»Sagen wir so, ich habe es gehofft. Ich kannte ja ihren Namen nicht. Was in dem Büchlein stand, sprach aber dafür, dass es sich um das *Kliffstübchen* handeln muss. Sie beschreiben darin den Ort, an dem sie sich heimlich trafen. Deshalb habe ich mir gewünscht, dass ich Antworten finde. Alles deutete darauf hin, dass sich diese Liebesgeschichte dort abspielte. Und nur dort. Deine Oma war verwitwet, mein Opa jedoch befand sich in einer Ehe. Aber ich habe nicht damit gerechnet, tatsächlich auf diese Frau zu treffen, mit der mein Opa gemeinsam das Buch erstellt hat. Ich wusste ja auch nicht, ob sie vielleicht zwischenzeitlich auch schon verstorben ist. Aber als ich in dem Buch las und die vielen Hinweise entdeckte, malte ich mir aus, wie es wäre, wenn die Person, die Anteil an diesem Buch hatte, es wiederbekommt. Ich stellte mir vor, dass diese Frau sich freuen würde.«

Luise schüttelte den Kopf. »Sie hat nie etwas erzählt. Für mich klang es, als habe seit dem Tod meines Opas nie wieder ein Mann eine Rolle in ihrem Leben gespielt. In meinen Augen lebte sie allein für die Teestube.« Luise schüttelte verwirrt den Kopf.

»Es ist auch eine Art Konzept dabei, welches mein Großvater ihr wohl skizziert hatte. Dabei ging es auch um eine Zusammenarbeit zwischen dem Hotel und der Teestube.« Ich machte eine Pause und schaute sie vielsagend an. »Vielleicht wollte er sie unterstützen oder sie ihn? Aber offenbar hat diese Liebe nicht sein sollen. Dazu passt seine Andeutung auf die äußeren Zwänge. Mein Opa war verheiratet, noch dazu mit einer Frau, deren Familie auf der Insel unheimlich hohes Ansehen genoss. Er war wie gefangen in der Position des Hotelchefs mit dieser Frau an seiner Seite und der heimlichen Liebe. Gesellschaftliche Zwänge machten es ihm unmöglich, seine Frau zu verlassen und zu seiner wahren großen Liebe zu stehen.«

Traurig senkte ich den Blick, und auch Luise wirkte ganz betroffen.

»Und du meinst, es gab keinen ähnlichen Ort wie die Teestube in Keitum? Kann es nicht sein, dass es sich bei der Frau um jemand ganz anderen handeln könnte?« Hilfe suchend schaute Luise mich an.

»Findest du nicht, die Art, mit der deine Oma mir begegnet, beantwortet diese Frage?«

»Stimmt«, stammelte sie und nickte.

»Außerdem ist der Titel des Buches *Winterzauber*. Ich meine, eine Teesorte von euch ist danach benannt.« Ergriffen nickte Luise und presste sich die Hand vor den Mund.

»Das wäre eine Erklärung, warum meine Oma immer so ein Geheimnis um diesen Tee gemacht hat«, sagte Luise dann und schüttelte fassungslos den Kopf.

23. Luise

Was Moritz mir da erzählte, machte mich sprachlos. Ich konnte kaum glauben, dass ausgerechnet sein Großvater und meine Großmutter Inga ein heimliches Liebespaar gewesen sein sollten. Wie wunderschön war der Gedanke, dass sie gemeinsam ein Buch entwickelt hatten, in dem sie ihre Leidenschaft fürs Backen verewigt hatten. Und gleichzeitig war es unermesslich traurig, dass ihre Liebe zueinander nicht hatte gelebt werden dürfen.

In meinem Kopf wirbelten Gedankenfetzen umher. Angenommen, Moritz' Vermutung stimmte, stellten sich mir viele Fragen. Wenn meine Großmutter doch erlebt hatte, wie es war, wenn jemand gezwungen wurde, eine Verpflichtung zu übernehmen, die gar nicht dem eigenen Wunsch entsprach, warum hatte sie mir dann nie verziehen, dass ich ebendies nicht tat, sondern meinen eigenen Weg verfolgte?

Wie tapfer meine Großmutter und Moritz' Großvater aber auf der anderen Seite waren, dass sie ihre Herzen zum Schweigen brachten. Vor allem meine Oma, die den Weg als Selbstständige und alleinerziehende Mutter von da an ja allein ging, nachdem sie nach dem Tod meines Opas nun auch ohne Moritz' Großvater weiterleben musste. Jetzt wusste ich, was Moritz meinte, als er die Stärke seines Opas bewunderte.

»Ich vermute, nach dem Tod ihres Mannes war das *Kliffstübchen* in Schräglage geraten. Sie stand mit ihrem Sohn und dem Unternehmen allein da. Ich kann mir gut vorstellen, dass mein Opa ihr geholfen hat. Dafür spricht das Konzept, das sie in dem Buch skizzieren, was eine Kooperation beschreibt. Wenn ich das richtig lese, zeigte er ihr einige seiner Rezepte, und im Gegenzug stellte sie besondere Teesorten zu verschiedenem Gebäck zusammen. Diese hätte er auch im Hotel anbieten können«, sagte Moritz.

»Nehmen wir mal an, das stimmt. Ich weiß gar nicht, was richtig und was falsch lief in dieser ganzen Geschichte. Wir können es aus heutiger Sicht wohl kaum beurteilen. Es waren andere Zeiten. Der Krieg hatte tiefe Wunden in Unternehmen und Familien hinterlassen, und die Welt war gerade auf dem Weg, Luft zu holen. Vielleicht hätte heute alles anders ausgesehen.« Er zuckte die Achseln. »Außerdem hatten beide ja bereits eigene Familien gegründet und standen mitten in ihrem Leben. Ich bin der Meinung, damals warf man das alles längst nicht so schnell über den Haufen, wie die Leute es vielleicht heute tun.«

»Das stimmt. Keine leichten Umstände. Erst recht nicht in der damaligen Zeit. Und das Buch, das hast du also noch immer?«

»Ja, habe ich. Und ich überlege jetzt, da ich Inga kennengelernt habe, erst recht, ob es richtig wäre, es deiner Oma zu geben. Weil ich dich nun kennengelernt habe, wollte ich erst mal mit dir darüber sprechen und deine Meinung dazu hören. Wie siehst du das?«

Nachdenklich starrte ich auf die Tasse in meiner Hand.

»Das weiß ich auch nicht. Wie du ja mitbekommen hast, haben wir ein paar Schwierigkeiten miteinander. Ich kann für keinerlei Reaktionen ihrerseits die Hand ins Feuer legen.« Die Stirn grüblerisch in Falten gelegt, fuhr ich fort. »Sicher wird sie das ein Stück weit aus der Bahn werfen. Es scheint damals sehr tief gegangen zu sein, wenn ich richtig deute, was du erzählst. Aber meinst du nicht, sie würde sich auch freuen? Wie du schon sagst, mochte sie dich ja auf den ersten Blick. Vielleicht ist das auch der Grund, warum sie sofort nach deinem Namen gefragt hat, als ihr euch getroffen habt. Womöglich hat sie irgendwas an dir an deinen Opa erinnert?«

Moritz lächelte und zog sein Portemonnaie aus der Tasche. Er suchte darin, und zum Vorschein kam ein verblichenes Foto. Es zeigte einen Mann, der ungefähr im Alter von Moritz war und sein Zwillingsbruder hätte sein können.

»Unfassbar!« Ich staunte über die verblüffende Ähnlichkeit von Moritz und seinem Großvater. »Das ist wohl Antwort genug! Sie wird sich gefühlt haben, als sei sie in der Zeit zurückgereist, als sie dich gesehen hat.« Fassungslos schüttelte ich den Kopf. »Verrückt. Mir kam es sofort so vor, als hätte dein Auftreten meine Oma vollkommen wesensverändert. Ihre Reaktion passte überhaupt nicht zu ihrer allerersten Sorge, dass du jemand bist, der sich mit bösen Absichten im *Kliffstübchen* einquartiert. Jetzt hab ich eine Erklärung dafür.« Einige Sekunden starrte ich das Bild in Moritz' Hand an, hing meinen Gedanken nach und konnte kaum glauben, was er mir erzählt hatte.

»Den Verdacht hatte ich auch sofort, als sie so offen mir gegenüber war. Vielleicht müssen wir es ausprobieren. Damit sind wir aber im Prinzip auch bei einer weiteren Idee, die ich habe. Was hältst du davon, wenn wir über Kooperationen nachdenken? Dass wir das, was womöglich unsere Großeltern schon angedacht hatten, zu Ende bringen?«

»Wie meinst du das?« Mir fiel es nicht leicht, so schnell im Thema umzuschwenken, zu tief war ich gedanklich noch bei meiner Oma und Moritz' Opa.

»Meine Mutter hatte in meiner Abwesenheit ja die Idee zu diesem Café im Hotel. Auf den ersten Blick läuft es wohl auch ganz erfolgreich und wird gut angenommen. Ich bin der Meinung, dass wir im Hotel das, was eure Teestube so besonders macht und anbietet, aber nicht richtig darstellen können. Was, wie ich finde, auch nicht unser Ziel sein sollte. Mitarbeiter unseres Teams haben auch so etwas durchklingen lassen. Die Leiterin unseres Cafés sagte, unser Gebäck käme bei Weitem nicht an das des *Kliffstübchens* heran. Das war die Frau, der ich neulich den Tipp mit dem Tee und den Keksen als Geschenk für die Schwiegereltern gab. Meinst du nicht auch, beide Seiten könnten davon profitieren, wenn wir das, was wir gut können, miteinander kombinieren?«

»Erklär mir genauer, was du dir vorstellst.« Mein Kopf fühlte sich an wie in einem riesigen Wattebausch, und ich konnte den Plänen von Moritz noch nicht ganz folgen.

»Mir kam die Idee, als ich über das Buch nachdachte. Und auch, als du davon erzähltest, dass meine Eltern die Teestube übernehmen wollten. Zum einen war da dieses Konzept, was zu der heutigen Situation womöglich passen könnte. In dem Buch beschreiben unsere Großeltern verschiedene Rezepte und erzählen dazu auch immer eine ganz eigene Geschichte. Zu manchen Gebäcksorten empfehlen sie besondere Tees, dann wieder erklären sie die Herkunft einiger Kuchen und Spezialitäten vor dem Hintergrund alter Familientraditionen. Außerdem hatte ich mir vorgenommen, einige Dinge aus dem Buch offiziell nachzubacken. Also sie auch den Gästen anzubieten. Vielleicht lässt sich das anlehnen an das Konzept. Und die Geschichten zu Herkunft und Entstehung bestimmter Kuchen-und-Tee-Kombinationen umrahmen das Angebot. Für mich habe ich vieles ja schon getestet und war begeistert. Aber ich hatte immer den Eindruck, ich würde da versuchen, etwas *Fremdes* zu tun. Als kopierte ich was, das mir nicht zusteht.«

»Interessante Sicht der Dinge«, bemerkte ich lächelnd. Seine

Gedanken rührten mich. »Aber die Sorge des Kopierens ist hier in meinen Augen unbegründet. Dein Opa hat dir das Buch ja gegeben, damit es weiterlebt.«

»Da hast du recht. Es gab aber oft dabei auch einen Haken. Viele Kuchen werden in dem Büchlein in Kombination mit speziell ausgewählten Teesorten angeboten. Und da ging es los.« Bedauernd hob er die Hände. »Ich kenne mich damit nicht aus und bin der Meinung, dass so eine Fertigkeit nicht einfach erlernt werden kann. Sie wird weitergegeben durch persönliche Überlieferung. Und man muss ein Händchen dafür haben. Ein Gefühl für die Wirkungsweise und die Herstellung.«

Fasziniert davon, wie Moritz' Augen leuchteten bei dem, was er sagte, nickte ich nur schweigend. Ich wollte ihn gar nicht unterbrechen, so begeistert klangen seine Überlegungen. »Wie wäre es, wenn an dieser Stelle die Teestube unser Hotel mit Teemischungen ausstattet und ich beziehungsweise auch Franka die Kuchen backen? Wir könnten den Gästen die Produkte mit eigener kleiner Geschichte zu den Tees anbieten. Die Menschen kaufen so viel lieber Produkte mit Storys dahinter, wie du vorhin auch sagtest, als du von dem Blog sprachst. Und wir haben rein von der Anzahl her viele Gäste, die in diesen Genuss und damit auf den Geschmack kommen könnten. Außerdem haben wir einen hoteleigenen Shop. Ich bin mir ganz sicher, dass unsere Gäste, die hier ihren *Keitumer Friesentee* genießen, diesen ebenso gerne mit nach Hause nehmen oder anderen Sylt-Liebhabern als Mitbringsel einpacken.«

Ich nickte. Was Moritz sagte, klang toll und so, als habe er sich viele Gedanken gemacht. Es rührte mich, wie sehr er sich für die Teestube einsetzte und dabei die Geschichte unserer Großeltern auf so wundervolle Art mit einfließen ließ.

»Das könnte womöglich sogar meiner skeptischen Oma gefallen«, überlegte ich schmunzelnd. »Oder es macht sie so traurig, dass sie diese Idee direkt ablehnt.« Verzagt hob ich die Augenbrauen.

»Das wird sie nicht, vertrau mir. Ich habe da ein gutes Gefühl. Würde die Erinnerung an meinen Großvater so sehr schmerzen, wäre ihre Reaktion auf mich bestimmt auch eine andere gewesen, meinst du nicht?«

Unsicher nickte ich. Ich gab ihm recht, musste aber darüber nachdenken, dass sich meine Oma grundsätzlich mit Innovationen, die die Teestube betrafen, schwertat. Wenn es nach ihr ging, würde dort noch alles so laufen wie in den Zeiten, in denen sie hinter dem Tresen stand.

»Heute war ich in einem Blumenladen in Keitum. Ich habe dort ganz ähnliche Kooperationen gesehen. In dem Geschäft stellt ein Keitumer Dekorations- und Wohnaccessoires-Laden seine Produkte aus sowie eine Sylter Bonbonmanufaktur. Umgekehrt bieten diese beiden Geschäfte auch Artikel aus dem Blumenladen an. Das kommunizieren sie auch aktiv und unterstreichen es durch eine tolle Präsentation. Ich fand die Idee großartig.« Moritz sprach voller Euphorie.

Ohne darüber groß nachzudenken, griff ich nach seiner Hand und drückte sie.

»Moritz, ich bin sehr gerührt, wie viele Gedanken du dir machst«, sagte ich und zog die Hand leicht zurück, als mir bewusst wurde, wie weit diese Geste ging. »Wenn ich ehrlich bin, kann ich nachvollziehen, dass dein Vater bedauert, dass du ihm in der Geschäftsleitung nicht zur Seite stehen willst.« Ich versuchte zu überspielen, dass die Geste eben wohl etwas zu weit ging.

Moritz jedoch legte seine warme, weiche Hand auf meine, hielt sie damit mit leichtem Druck fest und lächelte mich mit einem so unheimlich liebevollen Ausdruck an, dass in meinem Bauch Hunderte von Schmetterlingen zu flattern begannen.

»Mir würde es reichen, wenn er mir in Sachen Café und Hotelshop freie Hand lässt. Um den Rest darf er sich gerne weiterhin kümmern.« Moritz lächelte und strich mir mit seinem Daumen über den Handrücken. Diese klitzekleine Bewegung verursachte eine Gänsehaut, die sich wie ein sanftes Prickeln über meinen Arm ausbreitete. »Es freut mich, Luise, dass wir hier zusammensitzen. Es ist großartig, mich mit dir zu unterhalten. Und nicht nur das.« Er machte eine Pause und schaute mich mit diesem Blick an, der mein Herz tanzen ließ. »Danke, dass du mir die Chance gegeben hast, dir alles zu erklären.«

Unsere Blicke trafen sich wieder, und für einen Moment kam es mir vor, als sprängen Funken von einem zum anderen, und eine unerklärliche Magie aus Vertrautheit und Zukunftsmelodien bildete sich um uns. Moritz drückte meine Hand und strich mir sanft über den Arm. »Ich mag dich wirklich sehr.«

Er stand auf, trat um den Tisch und setzte sich mit auf die Bank, auf der ich saß, mit Blick auf den Strand. Er saß ganz nah neben mir, und ich spürte seine Nähe wie ein kribbelndes Flimmern auf meiner Haut. Eine Hitze, die durch jede meiner Adern schoss und mich angenehm aufregend erschaudern ließ, machte mich sprachlos.

Ich merkte, dass auch er nervös wirkte. Seine Atmung war flach, und er rieb sich die freie Hand an der Hose ab. Ich hatte den Eindruck, er wollte irgendwas sagen und suchte nach Worten. Dabei war dieser Augenblick magisch, und ich fand, dass Worte nicht nötig waren.

»Luise«, sagte er, doch ich konnte nicht reden, wollte es auch nicht, sondern einfach den Moment genießen.

Sanft entzog ich ihm meine Hand und legte sie an seinen Hals.

In seinem Nacken fühlte ich sein volles, weiches Haar, und während meine Augen seine fixierten und im tiefen Blau zu versinken drohten, kamen unsere Gesichter sich immer näher.

Ich schloss die Augen, und meine Lippen fanden den Weg zu seinen, und ich erlebte einen Kuss, wie ich ihn nie zuvor erfahren hatte. Das geschäftige Treiben um uns herum im Bistro verschwamm zu einem Rauschen im Hintergrund, und ich nahm keine Menschen mehr wahr, sondern hatte das Gefühl, mit Moritz allein zu sein und mit ihm die Zeit zu vergessen.

Nach einer gefühlten Ewigkeit, die noch lange so hätte weitergehen können, öffnete ich meine Augen, als dieser traumhafte Kuss endete.

Wir schauten uns an, und einige Sekunden ohne Worte vergingen, die den Zauber der vergangenen Minuten nachhallen ließen. Ich lehnte den Kopf an seine Schulter und schloss einen Moment lang die Augen. Ich atmete seinen Duft und spürte, wie er sein Kinn an meinen Kopf legte.

»Ich mag dich auch sehr«, sagte ich.

Er strich mir sanft über die Wange, und seine Finger hinterließen eine kribbelnde Spur, die sich wie unzählige kleine Glückshormone unter der Haut anfühlten.

»So wie es klingt, hast du mit deinen eigenen Fragen zu deiner Zukunft hier auf Sylt schon genug um die Ohren. Ich rechne es dir sehr hoch an, dass du dich zusätzlich noch mit unseren Problemen auseinandersetzt.«

»Luise, ich ...«

In diesem Moment klingelte mein Handy. Es war Franka.

»Ach, du Schreck, ich habe komplett die Zeit vergessen«, sagte ich, rappelte mich auf und nahm das Telefonat entgegen. »Franka?«

»Hallo, Luise, ich will dich gar nicht stören«, Franka kicherte.

»Nur Inga fragt, ob du zum Abendessen wieder da sein wirst. Sie wollte etwas kochen.«

»Oh, das ist aber eine liebe Idee. Ich bin da.«

»Und Moritz auch?«

Unsicher schaute ich Moritz an. »Ich melde mich gleich noch mal, okay?«

»Aber selbstverständlich! Bis gleich«, flötete Franka und legte auf.

»Das war Franka. Meine Oma möchte zum Abendessen etwas kochen, und sie fragte, ob du auch dabei sein willst?«

»Das hängt davon ab, ob du mich dabeihaben willst.« Er lächelte fragend, und sein Blick war hoffnungsvoll.

»Gerne«, sagte ich und überlegte, wie ich ihm, ohne ihn vor den Kopf zu stoßen, sagen sollte, dass ich vor meiner Großmutter trotz des Kusses, der mich noch immer innerlich schweben ließ, gerne noch so tun würde, als wären wir nur Freunde.

»Keine Sorge«, schien Moritz meinen Blick zu deuten. »Ich bin weiterhin Moritz, dein guter Freund und zeitweiser Mitbewohner. Auch, wenn's mir sicher schwerfallen wird.«

»Danke«, sagte ich, lehnte meinen Kopf erneut an seine Schulter und fühlte mich dort so wohl, wie ich mich lange nicht bei einem Mann wohlgefühlt hatte.

Die Bedienung kam an unseren Tisch. »Darf es für Sie noch etwas sein?«

»Oh, vielen Dank, nein. Wir möchten zahlen«, antwortete Moritz, und kurz darauf verließen wir das urige Bistro.

Wir liefen, diesmal Arm in Arm, am Strand entlang zurück in Richtung Parkplatz. Noch immer schien die Sonne, die jedoch tief stand und um diese Zeit nicht mehr viel Strahlkraft hatte.

Ich kuschelte mich im Gehen an Moritz und konnte mein

Glück kaum fassen. Alle Wut und Befürchtungen, dass er irgendwas aus Berechnung getan hatte, waren mit dem Wind weit über das Meer hinaus verflogen. Ich schaute einer Möwe hinterher, die gegen die Böen flatterte. Kurz kam mir der Gedanke, ob es womöglich naiv von mir war, Moritz weiterhin zu vertrauen, aber dann war diese Sorge schon wieder vergessen.

»Wirst du im Hotel eigentlich nicht vermisst?«, erkundigte ich mich.

»Noch habe ich sozusagen Schonfrist. Da ja keiner wusste, wann ich zurückkehre, bin ich auch nirgendwo fest eingeplant.« Er lächelte und wirkte entspannt.

»Aber die Idee mit dem Café klingt ja so, als sei das auch was für dich? Ich hab schon davon gehört. Leider in der Tat so viel Gutes, dass es unserer Teestube das Leben nicht unbedingt erleichtert hat. Erzähl mir doch mehr davon.«

»Ja, meine Mutter hat das in die Wege geleitet. Es ist wohl im Zuge der Überlegungen, die kleine Teestube zu kaufen, entstanden und echt schön. Nun weiß ich aber nicht so recht, was ich davon halten soll. Gutheißen kann ich es natürlich nicht, wenn ich im Gegenzug von dir höre, dass derlei neue Anlaufpunkte im Ort den traditionellen Unternehmen wie eurem Schaden zufügen.«

Ich nickte und presste die Lippen aufeinander. »Es gehört wohl leider dazu, dass man es hier auf Sylt stets mit attraktiver Konkurrenz zu tun hat«, versuchte ich, ihn zu beruhigen. Ich schaute in seine liebevoll ängstlichen Augen. »Und was für attraktive Konkurrenz.« Er zog mich an sich und küsste mich erneut, was alle Schmetterlingsheerscharen in meinem Bauch in Aufruhr versetzte. Er ließ schließlich von meinen Lippen ab, was ich beinahe enttäuscht zur Kenntnis nahm, und sprach weiter.

»Aber ich bin der Meinung, dass man die Situation nicht als Kampf betrachten muss. Ich habe an vielen Orten, die ich bereist habe, so etwas wie eine Gemeinschaft unter den Kaufleuten und Gastronomen erlebt, die mich fasziniert hat. Ich hatte auf meinen Reisen den Eindruck, dass mancherorts die Vielfalt auch dadurch entstanden war, dass jeder sich auf den Bereich konzentriert hat, in dem er am besten ist. Es gab ganz viele Läden, in denen die Besten agierten, die sich dann untereinander ergänzt haben, je nachdem, wie der Gast es gerade wünschte. Durch Empfehlungen, Kooperationen und so weiter.«

Ich musste schmunzeln. Moritz wirkte mit seinen vor Begeisterung strahlenden Augen wie ein kleiner Junge, der seiner Freundin von den Plänen seiner lang ersehnten Kindergeburtstagsparty berichtet. Mir gefiel, dass er so träumerisch war, wenn ich es auch für ein wenig zu unbekümmert hielt.

»Das ist sicher ein großartiger Gedanke«, stimmte ich ihm zu. »Aber irgendwie bezweifele ich, dass das hier auf Sylt wirklich funktioniert. Hier sind die Leute an ihrem eigenen Profit interessiert. Und wenn man dem Kunden das Rundum-sorglos-Paket anbieten kann, gibt man ungern einzelne Dinge davon an jemand anderen ab, weil der es besser kann.«

»Das mag sein. Aber, was ich auch hier auf der Insel, im Blumenladen in Keitum zum Beispiel, gesehen habe, sah anders aus. Da haben sich mehrere Unternehmen ergänzt, und es wirkte großartig. Und warum sollte man nicht den Anfang machen und den Leuten anhand der Erfolge zeigen, was möglich ist? Vielleicht bewirkt man letztlich, dass diese Denkweise sich etabliert? Der Blumenladen und seine Partner machen es vor. Wie stark könnte es sein, wenn nun auch die großen Betriebe sich mit kleineren auf diese Art verbinden? Wenn unser Hotel eine Kooperation mit der Teestube beginnt, könnte das vielleicht wie ein Wegweiser sein, der mehrere Unternehmer zum Umdenken bringt. Stichwort Cross-Selling.«

»Cross-Selling?«, hakte ich nach.

»Man bietet Produkte an, die sich ergänzen. Wenn wir zum Beispiel das *Urlaub-für-zu-Hause-Paket* aus hoteleigenen Produkten anbieten, liefert die Teestube den Tee dazu, den der Gast hier bei seinem Aufenthalt jeden Morgen genießen konnte.«

»Verstehe«, sagte ich. »Deine Idee klingt wunderbar. Wir sollten da ganz in Ruhe mal drüber nachdenken und dann auch mit meinen Eltern sprechen. Sie werden ja irgendwann wieder das Zepter übernehmen, und da sollten sie ja auch einverstanden sein. Schließlich bin ich bald zurück in Hamburg, und sie müssen hier wieder alles allein stemmen.«

Ein trauriger Blick traf mich. »Ich will das gar nicht hören«, sagte Moritz. »Hast du nie darüber nachgedacht, zurück nach Sylt zu gehen?«

Moritz stand noch immer vor mir. Ich streichelte ihm über die Wange. »Herr Jacobsen, wenn es jemand verstehen kann, warum man sich loseist aus scheinbar vorgegebenen Fahrrinnen, dann sollten das ja wohl Sie sein, oder? Das hatte ich jedenfalls so herausgehört.« Ich tippte ihm mit dem Zeigefinger auf die Brust und warf ihm einen mahnenden Blick zu.

»Du hast natürlich recht. Aber ich darf doch noch träumen?« Er lächelte charmant und deutete mit beiden Händen auf sich selbst. »Da kann ich ja nur für mich sprechen. Ich bin wieder hier, und dabei habe ich das lange auch nicht für möglich gehalten. Manchmal sortiert sich unerwartet das Leben ganz neu«, erklärte er betont beiläufig. Er schaute mich abwartend an und legte die Arme um mich.

»Ja, vielleicht. Wobei ich mir hier auf Sylt ein Leben ohne meine Schwester einfach nicht vorstellen kann. Da gibt es auch noch immer offene Fragen, vor denen ich wohl lange weggelaufen bin, weil sie mir hier die Luft zum Atmen nehmen. Wobei manche mir wohl nur Marie selbst beantworten könnte und ich ihnen sicher für immer ratlos gegenüberstehen werde.« Traurig senkte ich den Blick und registrierte dankbar, wie Moritz mich fester an sich drückte und seine Wange an meinen Kopf legte. Sanft gab er mir einen Kuss auf mein Haar.

»Wie schade, dass du Marie damals nur flüchtig kennengelernt hast. Vielleicht hätte das Rezeptbuch unsere Teestube sonst viel früher erreicht. Sie hätte sich so gefreut.«

Er nickte und wirkte mit einem Mal nachdenklich. »Glaub mir, daran habe ich auch oft gedacht.«

Ich überlegte, dass ich ihm noch gar nicht erzählt hatte, was mit Marie geschehen war, dachte mir dann aber, dass das hier auf Sylt und in Keitum sicher kein Geheimnis war. Er drehte sanft mein Gesicht zu ihm, und wir versanken nach einem langen Blick wieder in einem unfassbar schönen Kuss.

24. Moritz

In meinem Bauch formte sich ein monströser Kloß aus schlechtem Gewissen und der Angst davor, dass das mit Luise und mir vorbei sein könnte, wenn sie erfuhr, dass ich ihre Schwester gar nicht nur flüchtig gekannt hatte. Dazu die Wut auf mich selbst, dass es mir nicht gelungen war, es auszusprechen. Aber ich hatte Angst davor, dass Luise denken würde, es sei mehr gelaufen zwischen Marie und mir. Womöglich würde sie sich wie die zweite Wahl vorkommen. Außerdem müsste ich ihr dann erzählen, warum Marie das Buch damals nicht schon bekommen hatte. Ich konnte aber einfach nicht über die Nacht sprechen, in der ich mich mit Marie getroffen hatte. Erst recht nicht nach Luises Andeutungen.

Was meinte Luise damit, dass es noch offene Fragen gab? War der Verlauf des schrecklichen Abends, an dem das Unglück geschah, doch noch nicht vollständig geklärt? Mein Herz raste.

Mir graute davor, ihr zu sagen, dass ich damals, kurz bevor der entsetzliche Brand alles zerstörte, ihre Schwester Marie näher kennengelernt hatte, wenn auch mehr beruflich. Und dass das Rezeptbuch dabei bereits eine Rolle spielte.

Die Erinnerung an ihre Schwester weckte immer wieder die Schuldgefühle, dass ich ihr nicht hatte helfen und ihr Leben retten können. Erst recht nach diesen Andeutungen, dass es noch offene Fragen gab.

Ich sah die Bilder der schrecklichen Nacht vor mir, in der Marie ums Leben gekommen war. Sie würden mich womöglich bis an mein Lebensende verfolgen. Und immer war da auch der schlimmste aller Gedanken: dass ich mir für immer eine Mitschuld am Tod ihrer geliebten Schwester gab, was zwar nie von jemandem ausgesprochen worden war, mir aber seit dem Tag schlaflose Nächte bereitete. Warum hatte Marie den Brand erst bemerkt, als es für sie bereits zu spät war? War es das, was Luise andeutete, weshalb sie womöglich nie Antworten auf noch offene Fragen bekommen könnte? War es doch nicht so, dass Marie bereits geschlafen hatte, als der Brand ausbrach? War ich schuld daran, weil sie das Buch damals ablenkte und sie das Feuer nicht rechtzeitig bemerkte? Ich fürchtete, dass sich diese Sorge bestätigen würde, und diese Angst hemmte mich, mit Luise über Marie zu sprechen.

Ich ärgerte mich darüber, dass ich jetzt, wo ich gerade einen Fehler wieder ausgebügelt hatte, schon den nächsten beging, der ungleich schwerer wog und der kaum wiedergutzumachen sein würde.

Ein paarmal hatte ich versucht, das Gespräch darauf zu lenken, dass ich Marie nicht nur von einer Begegnung bei einem Lehrgang kannte. Nicht noch einmal wollte ich Luise zu lange etwas verschweigen, was sie mir dieses Mal sicher nicht verzeihen würde. All meinen Mut hatte ich unter Herzrasen zusammengenommen, um die Wahrheit zu sagen.

Aber jedes Mal kam irgendwas dazwischen, ein Kuss oder ein Anruf, und ich konnte nicht aussprechen, was mir auf der Seele lag.

Ich fühlte, wie Luise sich bei mir anlehnte, und ihre Nähe tat mir so gut. Wie gerne hätte ich sie für immer im Arm gehalten, das Gestern und das Morgen verdrängt und einfach den Moment genossen. Der Gedanke, den sie auf dem Weg zum Auto aussprach, schmerzte: dass sie früher oder später wieder nach Hamburg zurückkehren würde. Wie auch immer es mit uns beiden weitergehen würde, ich würde sie irgendwann wieder ziehen lassen müssen. Ich wusste, dass auch sie den Drang nach Freiheit hatte. Da waren wir uns sehr ähnlich. Schränkte man uns ein und legte uns von außen Grenzen auf, zogen wir uns erst recht zurück und brachen aus, um das Weite zu suchen.

Die Aussage, dass sie sich ein Leben auf Sylt ohne ihre Schwester nicht vorstellen konnte, ließ auch mein Herz schwer werden. Mir war es vor einiger Zeit genauso ergangen, dass ich dachte, ich würde über den Schmerz über die Geschichte rund um Maries Tod nicht hinwegkommen. Es hatte auch einige Zeit gedauert, bis ich wieder in der Lage war, über eine Rückkehr nach Sylt nachzudenken. Noch länger, bis ich es letztlich auch getan hatte.

Ich hatte in diesem Moment keinen größeren Wunsch, als dass diesmal das Leben es gut mit mir meinte und diese Frau nicht wieder daraus verschwinden ließ, sondern eine gemeinsame Zukunft bereithielt.

Unsere Küsse waren so umwerfend. Wie ein Feuerwerk aus lauter aufsteigenden Glückshormonen, welches ich so noch nie erlebt hatte.

Schweigend gingen wir dann Hand in Hand den Strand entlang, als Luise weiter über Marie sprach.

»Luise«, setzte ich an. »Daran, wie du von ihr sprichst, merkt man, dass Marie dir viel bedeutet hat.« Wir blieben stehen, und sie schaute mir in die Augen.

Luise nickte. »Sie war meine Seelenverwandte. Ich behaupte, sie war der wichtigste Mensch in meinem Leben.« Ein Glanz bildete sich in ihren Augen. Mein Herz hämmerte in meiner Brust. Luise musste wissen, dass ich mit Marie schon über das Rezeptbuch gesprochen hatte. Aber wie sollte ich, ohne die ganze Geschichte zu erzählen, sagen, warum ich es noch immer bei mir hatte?

»Du guckst so ernst. Muss ich mir Sorgen machen?« Sie strich mir sanft über die Wange. »Vorhin hatte ich schon das Gefühl, dich bedrückt irgendwas.«

Ich presste die Lippen aufeinander, bevor ich weitersprach. »Ich weiß, dass deine Schwester ein wundervoller Mensch war, denn auch ich habe sie sehr geschätzt. Auch wenn ich sie nur kurz kennenlernen durfte.«

Luise zog die Augenbrauen zusammen. »Wie gut kanntet ihr euch denn? Sie hätte mir doch sicher von dir erzählt! Und warum hast du *ihr* nicht schon das Rezeptbuch gezeigt?« Sie schmunzelte. Der Klang ihrer Worte war kaum zu deuten. Es schwangen Skepsis, Erstaunen und Herzlichkeit mit. Ich wusste nicht, was ich antworten sollte, und mein Kopf fühlte sich leer an.

»Weißt du, wie sie starb? Du sagtest, der Lehrgang hätte im Herbst vor drei Jahren stattgefunden. Das muss ja wenige Monate vor ihrem Tod gewesen sein.«

Ich nickte, während mir Luises Frage beinahe die Luft zum Atmen nahm. »Ja. Schrecklich, dass sie wenige Wochen später so jung verstarb. Das war ja sogar für mich ein Schock, als ich davon erfuhr. Und wir kannten uns kaum. Es muss wie ein Albtraum für dich gewesen sein. Ich habe später auch noch oft an das Buch gedacht und mir vorgeworfen, dass Marie es nicht bekommen hat. Es war einmalig, wie sehr sie für ihren Beruf brannte. Das war mir sofort aufgefallen. Aber bevor wir uns besser kennenlernten und über das Buch sprechen konnten, kam alles anders.« Ich senkte den Blick.

»Stimmt. Wie schön, dass du nun wiedergekommen bist.«

Luise schwieg einen Moment. »Maries Tod ist ein Albtraum, und der bleibt irgendwie auch für immer präsent, fürchte ich«, bestätigte Luise. »Manchmal glaube ich, ich bin vielleicht auch eher geflohen, als mich mit der Trauer um meine Schwester auseinanderzusetzen. Oft habe ich Angst, dass sich das irgendwann rächt und die Traurigkeit mit Wucht kommt und mir meine Feigheit vor Augen führt.«

»Meinst du? Aber auch wenn du woanders warst, wirst du die Trauer verarbeitet haben und auf eine Art mit dem Tod deiner Schwester umgegangen sein. Dazu muss man ja nicht zwangsläufig an dem Ort sein, an dem man den Menschen verloren hat.«

»Das stimmt. Aber ich glaube, ich hab mich oft nur abgelenkt. Ich bin von Klub zu Klub getingelt, bin umhergereist und hab viele Menschen kennengelernt. Vor allem hab ich mich auch immer im Job so reingehängt, dass ich einfach weniger Zeit zum Nachdenken hatte.«

»Vielleicht ist das gesund, und man wird unbewusst von seinem Körper dazu gezwungen. Wie zum Selbstschutz«, überlegte ich und fand, dass ich ganz ähnlich mit Maries Tod umgegangen war. Ich war so viel unterwegs gewesen, dass ich kaum Zeit dafür gefunden hatte nachzudenken. Nur hatte mir der feste Job gefehlt, um auch die Stunden, in denen ich zur Ruhe kam, mit Ablenkung zu füllen. Mir hatte diese Zeit dann geholfen, mir auszumalen, wie es wäre, hierher zurückzukehren und die Geschichte für mich endgültig zu verarbeiten. »Und irgendwann ist man an dem Punkt, dass man seine Art der Bewältigung der Erlebnisse gefunden hat.«

»Vielleicht«, antwortete Luise, und wir liefen schweigend weiter. Ich legte wieder den Arm um ihre Schultern und spürte, wie sie sich erneut anlehnte. »Dass ausgerechnet du Marie gekannt hast, ist unglaublich. Ich kann es noch immer kaum fassen. Und nun laufen wir uns hier über den Weg.«

»Ich freue mich jedenfalls, dass du wieder hier bist. Ausgerechnet jetzt, wo ich auch hierher zurückgekommen bin«, sagte ich, und sie nickte sachte.

Das Schicksal hatte es womöglich so gewollt und uns zur selben Zeit wieder auf die Insel geführt. Ich hoffte sehr, dass ich diese Chance nutzen konnte.

Wir kamen am Auto an, und ich nahm Luise in den Arm. »Danke für die tolle Zeit. Ist es dir denn wirklich recht, wenn ich mit zum Essen komme? Oder willst du lieber mit Inga und Franka allein sein?«

Luise erschrak. »Ich habe ganz vergessen, Franka Bescheid zu sagen. Das mache ich sofort.« Sie tippte eine Nachricht.

»Im Gegenteil«, beantwortete sie meine Frage, als wir bereits im Auto saßen. »Obwohl.« Sie machte eine Pause, und ich zuckte zusammen. »Der Abend könnte echt anstrengend werden. Es wird mir furchtbar schwerfallen, so zu tun, als ob du nur irgendein Freund bist.« Sie griff nach meiner Hand und küsste meinen Handrücken. Dann schaute sie mich mit einem Funkeln in den Augen so an, dass eine kribbelnde Gänsehaut über meinen Rücken zog.

»Der Abend ist ja lang«, sagte ich, und sie lächelte.

»Würdest du mich noch einmal am Hotel absetzen?«, fragte ich, als wir kurz vor Keitum waren. »Ich will mit meinen Eltern noch ein paar Dinge besprechen und komme dann hinterher.«

»Klar«, sagte sie und bog in Keitum auf die Straße ab, die zum Hotel führte.

Luise hielt vor dem Haupteingang an, und wir verabschiedeten uns. Weil ich schon beim Aussteigen von Claas Kämmerer erwartet wurde, der uns hatte ankommen sehen, fiel unsere Verabschiedung eher verhalten aus. Der Feldfunk im Hotel würde ansonsten innerhalb weniger Minuten dafür sorgen, dass ich mich vor neugierigen Fragen meiner Eltern nicht würde retten können.

»Bis nachher, ich freue mich«, sagte ich und stieg aus. Luise wendete und fuhr davon.

»Moritz, wie schön, dass wir uns treffen. Dein Vater sagte, heute Abend findet eine Mitarbeiterbesprechung statt, in der wir strategische Dinge und die neue Ausrichtung von Café und Restaurant besprechen wollen. Er meinte, du würdest auch dabei sein?« Erwartungsvoll schaute Claas mich an.

»Heute Abend?« Ich wunderte mich, warum mein Vater mir nicht Bescheid gegeben hatte. Wir hatten zwar über diese Themen an einem der Tage zuvor gesprochen, allerdings eher unter vier Augen.

Claas nickte. »Ja, um 19 Uhr, sagte dein Vater.«

»Ich bin noch nicht sicher, ob ich da sein werde. Aber ich kläre das ab«, antwortete ich. Ich ärgerte mich, schließlich hatte ich ja gerade Luise zugesagt, dass ich beim Abendessen dabei sein wollte.

»Wunderbar. Es gab ein paar Punkte, die mein Team und ich uns als Ideen für Events in der kommenden Saison für das Restaurant überlegt haben. Vielleicht willst du einen Blick darauf werfen bei Gelegenheit?« Er hielt mir eine Mappe entgegen, die ich annahm.

»Danke! Das mache ich«, erklärte ich, hob die Mappe an und lächelte.

»Ich muss wieder los. Ich bin gespannt auf deine Meinung. Bis dahin.«

Er verschwand wieder in Richtung Restaurant, und ich machte

mich auf die Suche nach meinem Vater. Wie erwartet, war er in seinem Büro.

»Papa, hast du einen Moment Zeit?«

»Was gibt's, mein Junge?«

»Claas Kämmerer erzählte mir grad, dass heute Abend eine Besprechung stattfindet. Soll ich dabei sein?«

»Nun, ich hatte erst mit dir geplant. Weil ich aber eher den Eindruck habe, dass du keinen gesonderten Wert darauf legst, habe ich die Idee dann doch wieder verworfen.«

»Okay. Du hättest mich einfach fragen können. Ich wäre gerne dabei«, log ich. Angespannt presste ich die Lippen aufeinander. Es ärgerte mich, wie er redete. Er tat wieder einmal so, als drehe sich die Welt nur um ihn und sein Hotel, und jeder, der sich zu dem erlesenen Kreis der Mitarbeiter zählen durfte, konnte dankbar sein.

»Wir treffen uns um 19 Uhr«, sagte mein Vater und widmete sich dann wieder irgendeinem Ordner.

»Ich bin da«, erklärte ich und bereute, dass ich nicht einfach später zum Hotel gekommen war. Dann hätte ich Claas womöglich gar nicht getroffen und hätte nichts ahnend nicht an der Besprechung teilgenommen. Wahrscheinlich wäre es für meinen Seelenfrieden gesünder gewesen.

Ich entschied, mich mit den Unterlagen ins Café zu setzen und dort einen Blick hineinzuwerfen.

Ich bestellte mir einen Cappuccino und blätterte in der Mappe. Es war beeindruckend, welches Programm das Restaurant-Team sich für die kommende Saison überlegt hatte. Mir schien, als steckten innovative Köpfe hinter den Ideen, und es imponierte mir, mit wie viel Engagement und Kreativität sie an die Arbeit gingen.

Ich musste mir überlegen, inwiefern ich mich in der Lage sah, mich in dieses Team einzufügen. Während ich in den Unterlagen las, hatte ich Bedenken, ich könnte das offenbar gut funktionierende Team, welches effizient und erfolgsorientiert ans Werk ging, stören. Andererseits sah ich mich als einen von ihnen und nicht als jemanden, der dem Team eine neue Richtung aufzeigen wollte. Weil die bisherigen Pläne vor allem das Restaurant betrafen, fand ich, dass mein Platz im Café dadurch umso mehr bestätigt wurde. Ich hoffte nur, dass mein Vater das ebenso akzeptieren würde.

Schweren Herzens musste ich zunächst einmal Luise für das heutige Abendessen absagen.

25. Luise

Enttäuscht ließ ich mein Handy sinken. Franka schaute mich besorgt an.

»Ist alles in Ordnung?« Sie legte mir die Hand auf die Schulter.

Wir standen in der Küche und halfen Oma Inga bei den Vorbereitungen. Sie war gerade im Nebenraum des *Kliffstübchens*, einer Art Speisekammer.

»Moritz hat leider doch abgesagt«, erklärte ich, bemüht, mir meine Enttäuschung nicht anmerken zu lassen. »Er muss wohl arbeiten«, fügte ich hinzu.

»Okay. Mach dir nichts draus. Ihr seht euch ja bald wieder. Und wir machen uns mit Inga einen Mädelsabend. Im Prinzip stören doch die Kerle da nur.« Franka legte den Kopf schief und lächelte liebevoll. Dankbar nahm ich sie in den Arm.

»Stell dir vor, Moritz hat Marie gekannt«, erzählte ich Franka.

»Moritz kannte Marie? Das gibt's ja nicht«, staunte sie.

»Ja, also wohl nicht besonders gut. Aber er ist wohl gelernter Konditor, und sie haben mal einen Lehrgang gemeinsam absolviert«, erklärte ich.

»Ach so, dann haben sie eher beruflich was miteinander zu tun gehabt?«

»Ja«, bemerkte ich schulterzuckend. »Verrückt ist es trotzdem, oder?«

Franka nickte. »Das mit euch finde ich insgesamt ziemlich verrückt. Aber auf eine ganz besonders schöne Art!«

»Du bist ein lieber Schatz, Franka. Was bin ich froh, dass ich dich hab.«

»Und ich erst, dass du hier bist. Ich mag gar nicht daran denken, dass ich hier irgendwann wieder ohne dich sein soll.« Sie machte ein ganz betroffenes Gesicht. »Du bringst so wunderbar frischen Wind ins *Kliffstübchen*. Das tut einfach gut!« Liebevoll lächelte sie.

»Erst mal bin ich ja noch da«, beruhigte ich sie. Mein Blick ging zur Speisekammer.

»Ich hoffe nur, Omas Laune ist auch ohne Moritz erträglich heute Abend. Sie war ja vollkommen aus dem Häuschen, dass er auch kommt«, stellte ich fest. Ich dachte wieder daran, dass sie womöglich in ihm seinen Großvater sah. Zu gerne würde ich von ihr die Geschichte hören, wie es damals war. Ich würde besser einschätzen können, inwiefern es richtig wäre, ihr das Rezeptbüchlein zu geben. Nachdenklich seufzte ich. Vielleicht sollte es so sein, dass wir den Abend heute ohne Moritz verbringen würden. Womöglich hatte das alles seinen Sinn.

»Da hast du recht. Sie wirkt wie ausgewechselt, seit sie wieder hier ist. Vielleicht ist sie bei ihrem Sturz ja auch auf den Kopf gefallen, und plötzlich ist aus der grimmigen Inga eine sanftmütige ältere Dame geworden.« Franka konnte sich ein Schmunzeln nicht verkneifen. »Oder sie hat sich auch in Moritz Jacobsen verliebt?« Gespielt erschrocken über ihre Aussage, presste sie die Hand vor den Mund.

»Franka!« Vorwurfsvoll stemmte ich die Hände in die Hüften, musste jedoch lachen.

Ich verkniff mir einen Kommentar, weil ich ja ahnte, woher die neue Friedfertigkeit meiner Großmutter kam, und knuffte sie liebevoll in die Seite, als meine Oma wieder in die Küche kam, in der Hand zwei Flaschen Prosecco.

»Nanu«, schmunzelte ich bei ihrem Anblick.

»Ich sag's ja«, murmelte Franka, und ich biss mir auf die Lippe, um nicht zu lachen.

»Nicht für mich. Ich lass das lieber. Die sind für euch jungen Leute. Ein Gast hat mir das mal mitgebracht.« Sie rollte mit den Augen. »Bin ja froh, dass das Zeug Verwendung findet!«

»Na, da bleibt dann für jede von uns eine Flasche«, stellte Franka fest und hob respektvoll die Augenbrauen.

»Moritz hilft euch sicher beim Leeren«, sagte Inga und lächelte.

»Leider nicht, Oma. Er hat gerade abgesagt. Er muss heute Abend arbeiten.«

Auf ihrem Gesicht machte sich Enttäuschung breit. »Das ist aber schade. Ich hoffe, man sieht sich dann aber wann anders noch einmal?«

»Aber sicher«, beruhigte ich sie. »Er wohnt ja schließlich hier, und ihr werdet euch ganz bestimmt bald wieder über den Weg laufen.« Ich schaute sie an und überlegte, ob ich in ihrem Blick so etwas wie Erleichterung erkennen konnte. Meine Oma ließ jedoch keine Gedanken durchschimmern. Stattdessen machte sie nur eine nachdenkliche Miene, als sie sich konzentriert wieder einem der Töpfe widmete, bevor sie zur Pfanne trat. Es gab gebratene Nordsee-Seezunge mit Salzkartoffeln und Gurkensalat. Sie würzte die Seezunge mit Salz und Pfeffer und wälzte sie dann in Mehl. Interessiert folgte ich ihren routinierten Handgriffen. Butterschmalz wurde in der Pfanne erhitzt und der Fisch darin goldbraun angebraten. Den Salat hatte sie bereits vorbereitet.

»Mmh, Oma«, schwärmte ich nach einem Blick über ihre Schulter. »Was wird Moritz sich ärgern, dass er dieses Festmahl verpasst«, sagte ich, als ich ihr über die Schulter schaute. Sie winkte ab.

Meine Oma war eine hervorragende Köchin, und ich freute mich auf das Essen. Ich bedauerte, dass Moritz nicht in den Genuss ihrer Kochkünste kam, und hoffte, dass wir dies nachholen würden.

»Ich hoffe doch, das wird nicht die letzte Gelegenheit sein, zu der wir ihn zum Essen einladen können«, bemerkte meine Oma nüchtern und füllte die Speisen in die Schüsseln. Ich staunte, wie gut sie sich trotz ihrer Verletzung bewegen konnte. Am Herd stand sie auch ohne Krücken sicher. Wir trugen für sie die Schalen, sodass das Laufen für sie kein Problem sein würde.

Wenig später saßen wir am Tisch. Die Teestube hatte schon vor über einer Stunde geschlossen. Noch immer gab der Kachelofen seine wohlige Wärme ab, und wir genossen das leckere Essen und die lockere Atmosphäre.

Wir hatten einige Kerzen brennen lassen, und die weihnachtliche Dekoration sorgte dafür, dass sich unser Beisammensein wie eine kleine Weihnachtsfeier anfühlte. Die leise Weihnachtsmusik, die noch immer im Hintergrund lief, passte hervorragend. Ich hörte, wie der Wind vor der Tür an den Hecken des Friesenwalls und den zwei großen Kiefern vorm Haus zerrte.

»Was gibt es Besseres, als bei schneidendem Ostwind im Warmen bei so köstlichen Speisen zusammenzusitzen?«, freute sich Franka, und ich stimmte ihr zu.

»Wirklich, Oma! Du hast dich wieder einmal selbst übertroffen. Herzlichen Dank!« Bewundernd nickte ich.

»Dass der Moritz nicht dabei sein kann, ist wirklich schade«, bemerkte Oma Inga nach dem Essen erneut.

»Das stimmt. Ich darf ihm gar nicht erzählen, welchen Hochgenuss er verpasst hat.« Bedauernd hob ich die Schultern. »Beim nächsten Mal ist er ganz sicher dabei«, erklärte ich und lächelte verträumt.

Der Abend war erstaunlich harmonisch und damit sehr schön. Oma hatte viel erzählt und wenig zu meckern gehabt, was mich freute. Ich hatte sie lange nicht so zufrieden erlebt. Nicht auszudenken, wenn jetzt auch noch Moritz da gewesen wäre. Die euphorische Laune meiner Großmutter dank seiner Anwesenheit wäre dann womöglich kaum in Worte zu fassen gewesen.

Wir plauderten nach dem Essen noch eine Zeit lang. Franka hatte uns mit einer ihrer neuen Kreationen überrascht. Weil meine Oma Begriffe wie *Cake Pop* ablehnte, hatte sie die runden, in weiße Schokolade getauchten Teigkugeln am Stiel, die sie mit Schneeflocken aus Zuckerguss garniert hatte, »Schneebällchen« genannt. Sie fanden unsere begeisterte Anerkennung, und wir entschieden, sie gleich mit in unser Weihnachtssortiment aufzunehmen.

»Ich räume mal schnell alles auf«, erklärte ich.

Franka stand mit mir auf, und gemeinsam brachten wir das Geschirr in die Küche und räumten auf. Dann erklärte Franka, dass sie müde sei.

»Soll ich dir ein Taxi rufen?«, bot ich an. Franka schüttelte jedoch energisch den Kopf. »Ich sage meinem Mann Bescheid, der wollte mich mit dem Auto einsammeln.« Dann schrieb sie ihrem Mann eine Nachricht, wir räumten schnell noch gemeinsam den Gastraum auf und bereiteten alles für den nächsten Morgen und die ersten Gäste vor, verabschiedeten uns voneinander, und Franka ging vor die Tür, wo schon ihr Mann im Auto wartete.

Am nächsten Tag sollte sie später kommen. Sie hatte hier so lange die Stellung gehalten, als ich mit Moritz unterwegs war, da hatte sie sich mindestens ein paar freie Stunden zur Erholung verdient.

»Oma, geht es dir gut?«, fragte ich meine Großmutter, als diese aufstand, sich auf ihre Krücken stützte und dann in Richtung ihres Wohnbereiches aufbrach.

»Es geht mir besser, danke. Ich bin nur furchtbar müde.«

»Dann schlaf bald, und erhol dich«, sagte ich.

Sie nickte, und ich schaute ihr nach, wie sie im Halbdunkeln des Hausflurs verschwand.

Ich wurde nachdenklich. Mir kam es vor, als wich sie einer Unterhaltung mit mir aus. Mit einem Mal tat es mir leid, dass ich so wenig wusste über meine Großmutter. Dass ich mir manche Fragen nie gestellt hatte. Wer war sie eigentlich, und was war der Grund, warum sie sich heute so verhielt, wie sie es tat? Ich dachte zurück und versuchte, den Punkt zu finden, an dem sie sich verändert und so verbittert gewirkt hatte. Ich konnte mich aber nicht erinnern, dass ich sie jemals anders erlebt hatte. Der Grund dafür, dass sie unzufrieden war, musste also viele Jahre zurückliegen. Ich hatte es immer auf den Tod meines Großvaters geschoben, den ich gar nicht mehr kennengelernt hatte. Offenbar war es aber nicht nur sein Tod, der sie hatte versteinern lassen.

Wenn sie nach dem Schicksalsschlag womöglich in Moritz' Opa gerade wieder einen Menschen gefunden hatte, der ihr Herz wärmte, wog die Trennung von diesem Mann sicher besonders schwer. Dazu passte, was Moritz mir von seinem Großvater erzählt hatte. Ich konnte mir vorstellen, dass man an einer verlorenen Liebe zerbrach, die nicht hatte sein dürfen. Wenn es so wäre, täte es mir umso mehr leid, dass meiner Großmutter dieses Glück verwehrt blieb in ihrem Leben. Das hatte sie nicht verdient. Wie traurig es war, wenn man irgendwann merkte, dass nicht mehr viel Zeit bleiben würde, in der die eigenen Träume doch noch in Erfüllung gingen. Verständlich, dass sie so sehr an der Teestube hing und so glücklich darüber gewesen war, dass es Marie ebenso ging.

Am liebsten hätte ich sie angesprochen auf die Geschichte, ihr unendlich viele Fragen gestellt. Aber ich wollte dies, wenn überhaupt, damit verbinden, dass sie das Büchlein bekam, was Moritz hatte.

An diesem Abend kam ich nicht zur Ruhe. Immer wieder kreisten meine Gedanken darum, dass Moritz Marie gekannt hatte, um meine Oma, ihre Geschichte und Moritz' Worte über seinen Großvater. Dann dachte ich an die leuchtenden Augen meiner Oma, mit denen sie Moritz anschaute, und meinte, darin so etwas wie glückliche Erinnerungen und Hoffnung zu erkennen. Ich wusste aber nicht, ob ich mir das nur einbildete und mein Kopf sich das jetzt erst zusammenreimte, nachdem ich von den möglichen Hintergründen erfahren hatte.

Irgendwann spät in der Nacht wurde ich wach, weil ich meinte, im Haus ein Geräusch gehört zu haben. Im ersten Moment hatte ich Angst, es könnte ein Einbrecher sein. Dann aber erinnerte ich mich an den Abend, an dem meine Oma gestürzt war, und ich wagte es doch, aufzustehen und nach dem Rechten zu sehen.

Womöglich geisterte meine Oma wieder durchs Haus und würde am Ende erneut hinfallen. Das durfte nicht passieren.

Ich stand auf und öffnete vorsichtig meine Zimmertür. Zögerlich trat ich auf den dunklen Flur. Ich konnte niemanden sehen. Es brannte auch kein Licht.

Unsicher ging ich zur Treppe und lauschte. Ich meinte, das Geräusch kam von oben aus Maries Zimmer. Ich ging auf leisen Zehenspitzen hoch, damit ich nicht noch Moritz aufweckte, und betätigte die Klinke.

Als ich die Tür ein wenig weiter öffnete, erschrak ich. Meine Oma saß im Bademantel und mit Schuhen am Schreibtisch, die Krücken neben sich.

»Luise! Ich bekomme noch einen Herzinfarkt«, rief sie und schlug sich die Hand vor die Brust.

»Entschuldige bitte, Oma, aber mir geht es genauso! Was machst du hier mitten in der Nacht? Und wie bist du überhaupt mit den Krücken die Treppe hochgekommen? Ich bin mir sicher, dass das nicht im Sinne deiner Ärzte wäre, wenn sie das sehen würden.« Empört stemmte ich die Hände in die Hüften.

»Ach, die bekommen es ja nicht mit. Und außerdem ist ja auch alles gut gegangen«, antwortete Oma eingeschnappt und hob gleichgültig die Schultern.

»Zum Glück. Und was machst du nun hier um alles in der Welt?« Ich sah, dass Oma vor sich ein Fotoalbum liegen hatte. Es war geschlossen, sodass ich nicht gleich erkannte, welches es war.

»Ich konnte nicht schlafen, und dann war ich so aufgedreht, dass meine Gedanken verrückt spielten. Ich wollte mich ablenken.« Sie klopfte auf das in Leder gebundene Fotoalbum. »Dabei bin ich auf alte Fotos gestoßen.«

Interessiert trat ich näher und stellte mich hinter den Stuhl, auf dem sie saß. Kälte kroch an meinen Beinen empor. Das Zimmer von Marie war nicht beheizt, was man sofort spürte.

»Wir sollten lieber woanders hingehen. Es ist so kalt hier, findest du nicht?«

Meine Oma ging gar nicht darauf ein, sondern öffnete das Fotoalbum und blätterte darin. Ich dachte daran, was sie mir zu der Wärme in diesem Raum gesagt hatte.

»Schau doch mal«, sagte sie und deutete mir, einen Blick in das Album zu werfen. Ich sah Fotos meiner Schwester. Sie mussten in der Zeit kurz vor ihrem Tod entstanden sein. Einige zeigten sie in der Teestube, manche davon in Konditor-Kleidung mit einem Zertifikat in der Hand und einem stolzen Lächeln auf den Lippen. Wieder eins zeigte eine Gruppe mehrerer junger Leute mit glücklichen Gesichtern. Offensichtlich handelte es sich um Prüfungsabsolventen. Sie hatten Kittel an, leuchtende Wangen und hielten Rahmen mit Zeugnissen in den Händen.

Diese Bilder hatte ich noch nie gesehen. Bis zu Maries Tod hatte es sich wahrscheinlich nicht ergeben, und nach ihrem Tod hatte ich es bewusst vermieden, mir alte Bilder anzuschauen. Das hätte ich nicht gekonnt. Heute aber war es schön, meine Schwester so strahlend und fröhlich zu sehen. Diese Bilder gaben mir das beruhigende Gefühl, dass es ihr zu Lebzeiten sehr gut gegangen war. Der Gedanke tröstete mich. Auch, wenn er nichts daran änderte, dass Maries Leben viel zu früh vorbei gewesen war.

»Marie strahlt so. Es ist schön, sie so glücklich zu sehen, findest du nicht auch?« Ich schaute auf die Bilder, und meine Oma nickte.

»Ja. Obwohl die Bilder den Schmerz auch immer wieder erneut aufwühlen, tut es gut, sie so zu sehen. Sie war so zufrieden mit ihrem Leben. Eine große Ungerechtigkeit, dass es viel zu früh vorbei sein sollte.«

»Meinst du eigentlich, Marie war nie mal so richtig verliebt?« Fragend schaute ich meine Oma an. Ich erntete einen erstaunten Blick.

»Ich denke, wenn jemand das wüsste, wärst das sicher du, mein Kind«, bemerkte sie dann.

»Vielleicht.« In meinem Kopf kreisten die Gedanken.

»Oma, an dem Abend, an dem Marie starb, da habe ich noch eine Nachricht von ihr bekommen.« Noch ehe ich vollständig darüber nachgedacht hatte, war mir der Satz herausgerutscht. Weil

Moritz erzählt hatte, dass er das Gespräch mit seinem Opa nie bereut hatte, wollte ich die Zeit mit meiner Oma auch nutzen.

Interessiert, beinahe ängstlich schaute sie mich an. Ich hob ratlos die Schultern.

»Sie schrieb, dass sie es kaum erwarten konnte, mir etwas zu erzählen.« Ich schluckte. Unausgesprochen blieb, dass es nie dazu kam, dass ich erfahren sollte, was es zu berichten gab.

»Ich hatte gehofft, du hast eine Idee, ob es womöglich mit einem Mann zu tun hatte.« Geknickt lächelte ich. Meine Oma schüttelte jedoch den Kopf.

»Ich habe immer gedacht, wenn es einen Mann für sie gegeben hätte, hätte ich davon sicher was mitbekommen. Aber da gab es wohl niemanden.« Sie schaute an mir vorbei. »Aber wenn ich ehrlich bin, quält mich auch seit Jahren diese Frage, weil ich Sorge habe, sie wollte es mir nicht sagen.«

Irritiert schaute ich sie an.

»Lisbeth meinte, sie habe Marie mal in der Backstube gesehen mit einem Mann. An dem Abend, an dem der Brand geschah. Er habe aber das Haus lange vor dem Brand schon verlassen.« Leise lachte Inga auf, als sei das vollkommen abwegig. »Ich hielt es damals für eine der nervigen Spinnereien unserer lieben Nachbarin. Wie du weißt, scheint sie viel Zeit zu haben, die umliegenden Häuser zu inspizieren.« Sie winkte ab.

Mein Herz krampfte sich zusammen. Womöglich war es tatsächlich so, und Marie hatte mir von einer Liebe erzählen wollen.

»Ich habe nichts darauf gegeben, weil Marie tatsächlich den Eindruck machte, als gebe es nur die Teestube für sie.« Matt hob sie die Schultern, ließ sie dann aber resigniert sinken. »Aber glaub mir, im Nachhinein habe ich mir Vorwürfe gemacht, dass sie vielleicht mir gegenüber nicht zugeben wollte, dass sie sich mit einem Mann traf, und es deshalb geheim hielt. Als wolle sie mich schonen.« Sie presste ihre Lippen aufeinander und rang sichtlich mit den Emotionen. »Ihr dieses Gefühl gegeben zu haben wäre wohl einer der schwersten Fehler, die ich hätte machen können.« Traurig senkte sie den Blick. Hinter ihren Worten las ich nach Moritz' Geschichte nun so viel mehr.

»Du meinst, sie hat sich nicht getraut, dir davon zu erzählen, weil sie Sorge hatte, dass das bei dir irgendwie falsch ankommt?«

»Nun, sie wusste ja, wie ich dir gegenüber aufgetreten bin.« Traurig schaute sie auf ihre Hände. »Vielleicht fühlte sie sich verpflichtet, ihr Privatleben deshalb hintanzustellen. Oder sie hatte Angst vor mir und meiner Reaktion.« Ihre Worte klangen tieftraurig.

»Oma, das glaube ich nicht«, versuchte ich, sie zu beruhigen, war mir aber nun auch nicht mehr so sicher.

Meine Oma schaute mich lange an, doch ihr Blick schien durch mich hindurchzugehen.

»Ach, sie war ein wundervoller Mensch, unsere Marie«, sagte sie dann mit einem Zittern in der Stimme,

Ich legte die Hand auf Omas Rücken und strich darüber. »Wie großartig ist es aber, dass wir alle so liebevoll an sie denken.«

»Oh ja. Ich wünschte, das würdet ihr irgendwann auch von mir behaupten können.« Bedauernd hob sie die Schultern. »Aber das hätte ich mir womöglich früher überlegen müssen.«

Solche Worte hatte ich noch nie von meiner Oma gehört. Unsicher, was ich sagen sollte, schluckte ich. Hätte ich behauptet, wir würden alle nur gute Erinnerungen an die gemeinsame Zeit haben, wäre dies nicht ehrlich, und Oma wüsste es sofort. Aber gerade die letzten Tage hatten mir bewusst gemacht, was ich an meiner Oma hatte und wie sehr sie mir doch fehlen würde. Ich würde es bereuen, dass wir nicht friedlich miteinander gewesen waren, wenn sie einmal nicht mehr da wäre.

»Oma, es ist nie zu spät, eine, sagen wir, schwierige Beziehung, zu kitten.«

»Sicher?« In ihren trüben kleinen Augen schimmerte Hoffnung und ich nickte lächelnd.

»Ganz sicher, Oma.«

»Du bist ein guter Mensch, Luise«, stellte Oma fest und blätterte weiter. Es rührte mich, was sie sagte. Seit Ewigkeiten hatte sie nicht mehr so liebe Worte an mich gerichtet. Mir standen Tränen in den Augen.

Ich schaute auf ein Foto. In der ersten Reihe mehrerer junger Leute stand Marie, immer gut daran zu erkennen, dass sie recht groß und bildhübsch war. Sie hatte eine erstaunlich gerade und stolze Haltung, die sie von vielen anderen Leuten unterschied. Sie fiel deshalb in nahezu jeder Menge positiv auf. Ich hielt auf den Fotos Ausschau nach Moritz, der ja davon gesprochen hatte, dass er Marie bei einem Lehrgang kennengelernt hatte, konnte ihn aber nicht entdecken. Ich wusste allerdings auch nicht, welche Lehrgänge die Fotos zeigten.

»Dieses Bild war bei einem ihrer vielen Lehrgänge entstanden. Marie hatte den Kurs für Sahnetorten und Gebäck belegt, um sich auf diesem Gebiet fortzubilden. Als sie davon zurückkehrte, hatten ihre Wangen geglüht, wie ich es nie zuvor erlebt hatte. Nach diesem Lehrgang dachte ich erst, es gäbe einen Mann.« Oma lächelte sanft. »Sie war so sehr in ihrem Element. Es ging wieder nur ums Backen, wie sie mir versicherte.« Oma strich über das Bild meiner Schwester, und ihr Blick war besonders warmherzig.

»Sie erinnerte mich an mich selbst.« In ihren Augen bildeten sich Tränen, und ich drückte meine Oma einen Moment lang fest.

»Und am Ende steht man da und schaut zurück. Was hat man nun von all dem vielen Arbeiten gehabt?« Matt hob sie die Schultern. »Da wird man schon nachdenklich.« So kannte ich meine Großmutter gar nicht.

»Dieser Gedanke bricht mir das Herz«, sagte ich, und es fühlte sich in meiner Brust auch so an.

»Wollen wir noch einen Tee gemeinsam trinken?«, schlug meine Oma vor, und ich hatte den Eindruck, sie wollte weiter mit mir reden. »Tee geht auch mitten in der Nacht. Und es ist wirklich furchtbar kalt hier. Der Tee wird uns vielleicht vor einer Erkältung bewahren.«

»Gerne. Soll ich einen Tee machen und hochbringen, oder wollen wir runtergehen?«

»Hilf mir doch runter. Dann trinken wir ihn bei mir.« Sie stand auf, stützte sich auf die Krücke. Das Fotoalbum nahm sie mit.

Wir kamen vorbei an Moritz' Zimmer. Ich konnte nicht sagen, ob er nach Hause gekommen war oder die Besprechung so lange gedauert hatte, dass er vielleicht im Hotel geblieben war.

Ich hakte meine Oma unter und stützte sie, erstaunt darüber, wie gut sie überhaupt die Treppe hinaufkam nach ihrem Sturz.

»Du bist echt hart im Nehmen, Oma«, stellte ich anerkennend fest.

»Wenn ich eins perfektioniert habe in meinem Leben, dann ist es, die Zähne zusammenzubeißen.« Was sie mit leiser Stimme sagte, klang bitter. Vor dem Hintergrund dessen, was Moritz mir erzählt hatte, vermutete ich auch, dass sie es leider ernst meinte.

Als wir am Fuße der Treppe ankamen, atmete ich erleichtert auf. Einerseits, weil wir heil unten angekommen waren, andererseits, weil wir Moritz nicht aufgeweckt hatten.

»So, Oma, und jetzt versprich mir bitte, dass du die nächste Zeit die Treppe eher meidest.« Ich warf ihr einen mahnenden Blick zu. »Wenn du wieder was suchst, sag mir doch einfach Bescheid.«

»Wenn's dich beruhigt, bleibe ich erst mal im Erdgeschoss«, sagte sie schmunzelnd.

Wir gingen hinüber in ihren Wohnbereich.

»Ein Glück, dass unser Gast nicht wach geworden ist«, sagte sie. Wir schlichen sicherheitshalber weiter den Flur entlang, und Oma lächelte.

»Nicht, dass der Herr Jacobsen denkt, wir sind Einbrecher«, überlegte sie. »Ich bin mir sicher, er würde bei unserem Anblick einen Todesschreck bekommen.« Ich kicherte bei dieser Vorstellung. In der Tat waren meine Oma im Bademantel und ich in meinem Pyjama ein Anblick, der bestimmt erwähnenswert war.

Mit einem Mal war ich es jedoch, deren Herz beinahe stillstand, denn plötzlich drehte sich der Schlüssel im Schloss, und im Türrahmen stand tatsächlich Moritz.

26. Moritz

Mir rauchte der Kopf nach dieser Besprechung. Wir hatten zwar viele tolle Ideen diskutiert, ich musste jedoch immer wieder meinem Vater widersprechen, der ständig unterschwellig versuchte, mich vor dem Team als neues Mitglied der Geschäftsleitung vorzustellen. Während ich innerlich kochte, weil er das tat, wurde auch er immer wütender, weil er vor seinen Leuten wenig ernst zu nehmend erschien. Es wäre besser gewesen, wir wären erst gemeinsam aufgetreten, nachdem wir uns einig waren.

Ich sah mich als einer aus dem Team des Cafés oder der Küche. Gerne auch beides, aber auf keinen Fall »von oben« in der Geschäftsleitung. Das kommunizierte ich auch.

Ich hatte den Eindruck, die Leute aus dem Service und ich kamen gut miteinander zurecht und waren uns sympathisch.

Ich könnte von den Erfahrungen der Leute profitieren, die hier auf der Insel tagtäglich den Sylt-Urlauber erlebten und mit ihm und für ihn den Tag gestalteten, während ich aus meinen Erlebnissen und Beobachtungen aus aller Welt schöpfen konnte. Hier gab es einige Dinge, die man im Hotel würde einflechten können.

Die Küche hatte für die Besprechung ein eindrucksvolles Fingerfood-Büfett zum Thema »Weihnachten« arrangiert. Goldbraun gebackene Schinken-Blätterteig-Spieße in Weihachtsbaum-Form, Lachscrostini, bei denen das Brot in Sternform ausgestochen war,

Hackbällchen mit Blätterteigsternen und Datteln im Mandel-Bacon-Mantel waren nur einige der Köstlichkeiten, die ich genossen hatte.

Ich zog meinen Hut vor den Künsten der Köche und war schon jetzt gespannt, wie die Weihnachtsmenüs aussehen würden. Ich hatte entschieden, mich zurückzuhalten, weil die Planung schon weit vorangeschritten war und in meinen Augen perfekt schien. Ich bot lediglich meine Unterstützung bei der Umsetzung an, was dankend angenommen wurde.

Mein Vater beendete die Besprechung und ging schon ein wenig früher nach Hause als ich.

Zum Abschied hatten wir dann noch ohne ihn auf ein erfolgreiches Gespräch angestoßen. Ich hatte den Heimweg dazu genutzt, meinen vor lauter Ideen, Worten und Unterhaltungen schwirrenden Kopf wieder freizubekommen.

Ein eisiger Wind zog durch die Gassen des Kapitänsdorfs. Seine schneidende Kälte stand im Gegensatz zu den gemütlich erleuchteten Wohnzimmern, wo Kerzen in den Fenstern flackerten. Vor den malerischen Häusern glommen Lichterketten in den Hecken und Bäumen. So schön der Anblick auch war, mir war so kalt, dass ich den schnellsten Weg suchte, um zum *Kliffstübchen* zu gelangen.

Dort angekommen, schaute ich am Haus empor. Es war kein Licht zu sehen, womöglich schliefen alle bereits.

Ich trat zur Tür, drehte leise den Schlüssel im Schloss, um niemanden zu wecken, und stand im Flur, der wie immer schwach beleuchtet war.

Beinahe hätte ich vor Schreck laut aufgeschrien, weil ich im Flur unerwartet auf Luise und ihre Oma traf, die dort, im Pyjama und im Bademantel samt Krücken, durch den Flur geisterten.

»Ach, du liebe Zeit!«, rief ich geschockt und fasste mir ans Herz. »Hab ich mich jetzt verjagt!«

»Moritz!« Auch Luise stand der Schreck ins Gesicht geschrieben.

Einzig Inga wirkte eher belustigt von der Situation und machte einen entspannten Eindruck.

»Wollen Sie auch noch einen Tee mit uns trinken?«, bot sie lächelnd an. »Is' doch sicher frisch draußen.«

Mit diesen Worten taperte sie weiter in Richtung ihrer Wohnungstür, während Luise und ich uns noch wie konsterniert gegenüberstanden.

»Nun, also, ich bin schon ein wenig müde. War ein langer Tag. Außerdem möchte ich auch nicht stören.« Ich konnte mir ein Schmunzeln nicht verkneifen, als Luise nervös an ihrem Pyjama zupfte und ihr Gesicht einen zarten Rotschimmer bekam.

»Also von mir aus können Sie gerne mitkommen. Wo Sie uns vorhin ja schon versetzt haben«, klang es aus der mittlerweile geöffneten Tür zur Wohnung von Oma Inga.

Fragend schaute ich Luise an. Ihren Blick konnte ich nicht deuten. Dafür kannten wir uns einfach noch zu wenig. Dass es ihr unangenehm war, hier so vor mir zu stehen, war offensichtlich, wenn auch völlig unbegründet. Sie war auch im Schlafanzug bildhübsch. Ich fand sie sogar besonders attraktiv. Kurz wartete ich, bis Inga uns nicht mehr hören konnte.

»Du kannst Oma unmöglich noch einmal enttäuschen«, stellte auch Luise mit leiser Stimme fest. »Verzeih bitte unser Outfit, aber das war so alles nicht geplant«, schob sie schmunzelnd hinterher, und ich folgte ihr.

»Du bist wunderschön«, raunte ich ihr zu, als ich dicht hinter ihr die Wohnung ihrer Oma betrat. Leicht berührte ich ihren Rücken und wünschte mir in diesem Moment, es wäre mein Zimmer, in das wir gingen und in dem wir gleich allein wären.

Die Wohnung von Inga war urig und friesisch eingerichtet. Ich kam mir vor wie in einer Zeitreise ins Haus meiner Großeltern. Dunkle Holzmöbel und ein massiver Tisch bildeten das Zentrum des Wohnzimmers, in dem sich auch ein Ofen befand. An den Wänden hingen Bilder, die Motive aus der Seefahrt und der Geschichte des Ortes zeigten. Auch einen Jöölboom konnte ich entdecken. Es war eine skurrile Szene, wie wir hier spätabends zu dritt vor einer dampfenden Tasse Tee saßen. Ich war der Einzige, der dabei halbwegs alltagstaugliche Kleidung trug, was mir in diesem Moment beinahe ungemütlich vorkam.

Inga verschwand irgendwann zur Toilette. Wir schauten ihr hinterher, bis sie uns nicht mehr hören konnte.

»Wie war denn dein Abend?«, erkundigte sich Luise.

»Lang, sehr kalorienreich, lecker und anstrengend, aber erfolgreich.« Ich lächelte.

»Sicher nicht so köstlich wie unser Abend«, sagte Luise und schaute in die Richtung, in die Inga verschwunden war. Bedauernd hob sie die Schultern. »Meine Oma fand es sehr schade, dass du nicht da warst.« Sie nickte dazu bekräftigend.

»Nur die Oma, oder warst du auch ein ganz kleines bisschen traurig, dass ich abgesagt habe?« Luise lächelte sanft und strich mir über die Hand.

»Frag Franka morgen, ich war tief enttäuscht!«

Besorgt hob ich die Augenbrauen. »Das tut mir leid! Ich wäre auf jeden Fall sehr viel lieber hier gewesen. Nicht nur wegen des Essens. Die Gespräche waren ziemlich kräftezehrend. Zumindest solange mein Vater dabei war.« Ich lächelte schief.

»Inwiefern?«

»Ich denke, alles in allem war die Besprechung relativ erfolgreich. Wir hatten einen guten Austausch, und die Feiertagssaison kann kommen. Es war nur nicht ganz leicht, meinen Vater davon zu überzeugen, dass ich in der Backstube oder der Küche viel besser aufgehoben bin als in seinem Nachbarbüro am Schreibtisch. Leider verfolgte er die Strategie, mich beim Team schon einmal als Mann an seiner Seite in der Hotelleitung vorzustellen. So musste er in Kauf nehmen, dass ich ihn vor seinen Leuten korrigieren musste.« Unsicher schaute ich Luise an, weil ich mit einem Mal nicht wusste, ob ich auch offiziell schon der Sohn der Hoteliersfamilie war, was keine unwesentliche Rolle spielte für den Fall, dass Inga wiederkam.

Da bemerkte ich Luises erschrockenen Blick. Inga war längst zurück und hatte im Türrahmen gestanden. Mit einem Mal packte mich die Angst, mit dieser unbedachten Aussage alles verspielt und Luise endgültig erbost zu haben. Mein Herz flatterte, und ich ärgerte mich über mich selbst.

Eine drückende Stille entstand, in der ich am liebsten im Erdboden versunken wäre.

Aus den Blicken der alten Dame konnte ich nicht lesen, was sie dachte. Sie schaute einen Augenblick gedankenverloren in das Feuer der Kerze auf dem Tisch, ging dann mit langsamen Schritten wieder zu ihrem Stuhl und setzte sich mühsam.

»Ihr Großvater wäre sehr stolz auf Sie, Moritz«, sagte sie dann, und mir blieb fassungslos der Mund offen stehen. In diesem Moment war ich mir sicher, dass Inga die Frau war, von der mein Opa gesprochen hatte. Ohne lange überlegen zu können, was ich antworten sollte, entschied ich kurzerhand, wie selbstverständlich darauf einzugehen.

»Danke. Das würde mich sehr freuen. Meinen Sie wirklich?« Ich schaute sie an und sah, wie sich um ihre Lippen ein zartes Lächeln formte.

»Ganz sicher.«

Interessiert schaute ich die alte Dame an, deren Blick etwas Melancholisches bekam. Sie hob sanft lächelnd die Augenbrauen, wenn auch mit einem traurigen Ausdruck.

»Übrigens bin ich Inga. Sag doch bitte Du zu mir«, erklärte Luises Oma, und ich lächelte dankbar. »Es sind doch sehr persönliche Gespräche, die wir hier führen. Und vielleicht sind sie längst überfällig.« Sie bedachte Luise mit einem langen Blick.

»Danke«, freute ich mich, und sie nickte liebevoll.

»Auch wenn Herzensangelegenheiten in den Hintergrund treten mussten zum Wohle des Hotels, würde er stolz sein auf dich, dass du einen anderen Weg gehst. Eine Zeit lang wollte er es sogar auch darauf ankommen lassen, das Glück herauszufordern.« Matt hob sie die Schultern. »Nur waren die Zwänge zu groß. Aber das heißt nicht, dass es richtig war, wie er gehandelt hat, oder besser gesagt, wie *wir* gehandelt haben.« Abwartend schaute sie uns an. Luise und ich hingen an ihren Lippen. »Und ich bin mir bis heute sicher, dass er das bis zu seinem Tod wusste. Genau, wie ich es immer gewusst habe«, sagte sie. »Aber es ging um den Erfolg seines Hotels. Den ganzen Stolz der Familie.«

»Ist es also wahr, Oma, dass du und Moritz' Großvater …«, stammelte Luise ergriffen, als Inga irritiert nickte.

»Du weißt davon?«

»Das ist eine lange Geschichte«, setzte ich zu einer Erklärung an, als sie mich unterbrach. Es war, als sei sie dankbar, endlich darüber reden zu dürfen, und es brach aus ihr heraus.

»Wir kannten uns schon lange, weil er ein großer Teeliebhaber war. Wir unterhielten uns aber erst privat, als wir einen Vortrag für Konditoren besuchten, zu dem eigentlich mein Mann eingeladen war, den ich dann aber besuchte. Mein Mann war zu dem Zeitpunkt längst verstorben. Moritz, dein Großvater Enno war ein herzensguter Mensch und wollte mich unterstützen, er erkannte, dass ich mich mit Kind und der Selbstständigkeit allein durchschlug und zu kämpfen hatte. Offenbar hatte sich schnell herumgesprochen, dass ich drohte, mit dem *Kliffstübchen* baden zu gehen. Erst vermutete ich, ihm würde dann nur sein Ritual des täglichen Tees fehlen.« Sie lachte leise. »Dann kam er aber fast jeden Abend vorbei. Ich habe deinen Opa, Luise, sehr geliebt. Anfangs kam es mir merkwürdig vor, dass ich mich plötzlich so über den Besuch von Enno freute. Aber er tat mir so gut. Er dachte sich alle möglichen Sachen aus. Und er zauberte die feinsten Torten und Kekse. Daraus wurden mehrere Stunden und lange Gespräche, in denen wir so manche Gemeinsamkeit entdeckten. Nicht zuletzt halfen mir seine Backkünste, die überragend waren. Obwohl ich sonst ablehnte, dass er mich finanziell unterstützte. Und ich kann sehr stur sein.«

»Ach?« Luise konnte sich ein Grinsen nicht verkneifen.

Wie gebannt starrte ich Inga an. Ihr Blick ruhte auf mir, als ich nun sprach. »Wenn ich ehrlich bin, weiß ich, was du meinst, Inga. Wenn ich an die letzten Gespräche mit ihm zurückdenke, in denen er zwar ein bisschen in Rätseln sprach, habe ich den Eindruck, dass er ganz sicher wusste, dass er einen Fehler gemacht hatte mit der Entscheidung, bei seiner Frau zu bleiben. Ich glaube, er hat festgestellt, dass man am Ende des Tages mehr davon hat, jeden Tag eine Arbeit voller Zufriedenheit und mit einem Menschen, den man liebt, an seiner Seite auszuführen, als abends die Münzen zu zählen, die das eigene Unglück aufwiegen sollen.« Ich wagte mich weit vor mit dieser Aussage.

Mein Blick haftete an den Augen der alten Dame, die mich in diesem Moment wissend anschaute.

»Glaub mir, mein Junge, dass ich im Rückblick auch vieles anders gemacht hätte. Und ich bin der festen Überzeugung, dass dein Großvater und ich andere Wege gehen würden, würden wir noch einmal an diesem Punkt in unserem Leben stehen.« Ihr Blick war traurig. »Aber manche Chance bekommt man im Leben nur ein einziges Mal. Und auch die große Liebe gibt es selten ein zweites Mal.«

Was sie sagte, schmerzte.

»Frau Wellendorf«, setzte ich an.

»Inga, bitte«, korrigierte sie mich. »Aber nun verratet mir, woher ihr davon wisst?«

»Inga, ich glaube, ich habe etwas für dich«, erklärte ich und erntete einen überraschten Blick. Luise wirkte aufgeregt.

»Ich bin gespannt«, murmelte Inga.

»Bin gleich wieder da«, sagte ich und stand auf, um schnell in mein Zimmer zu gehen und das Buch meines Großvaters zu holen. Ich sah, wie Luise nervös mit den Händen rang. Sie war auf Ingas Reaktion genauso gespannt wie ich.

Mit klopfendem Herzen kam ich zurück in Ingas Wohnung. Endlich war der Zeitpunkt gekommen, an dem ich das Buch übergeben konnte. Ich wusste nicht, was als Nächstes geschehen würde. Würde die alte Dame sich freuen und Tränen der Rührung weinen? Oder wäre sie wütend, weil ich Hunde weckte, die nun seit Jahrzehnten schliefen?

Mit feuchten Händen trat ich wieder an den Tisch und legte das Buch vor Inga hin. Diese schlug sich die zitternde Hand vor den Mund und starrte mich aus großen Augen an. »Das hast *du*?« Ihre Stimme klang ungläubig, aber nicht ärgerlich. Ich wagte einen Blick zu Luise, deren Augen an dem Buch hafteten. Ihre Hand lag auf Ingas Rücken.

»Dass er das tatsächlich die ganze Zeit aufbewahrt hat. Unfassbar!« Sie griff nach dem Buch und schlug die erste Seite auf.

»*Der Winterzauber. Für meine Süße*«, las sie vor, und ihre Augen schimmerten feucht. »So hat er mich immer genannt.«

»Jetzt verstehe ich auch, warum du nie das Geheimnis zu der Teesorte *Winterzauber* verraten hast«, sagte Luise.

Ingas Hände glitten durch die Seiten, und bei jedem neuen Rezept meinte ich, es hinter ihrer Stirn arbeiten zu sehen. Sie schwelgte in Erinnerungen und wirkte so selig und verliebt dabei.

»Er hat das Buch damals gestaltet und mir einen Brief dazu geschrieben. Darin schrieb er mir, dass er mir mit dem Buch danken wollte, weil ich die Frau sei, die ihm gezeigt hätte, wie sich die große Liebe anfühlt.« Ingas Blick war wehmütig. »Es war der Abend, an dem ich ihn bat, zu seiner Familie zurückzugehen. Dass er sie nicht länger verraten sollte. Ich sagte ihm, er solle nicht bei mir bleiben und damit bei einer Frau, die nicht in das Bild passte, welches für ihn vorgezeichnet war. Unsere Beziehung durfte nicht sein. Er gehörte zu seiner Frau. Sie war die, nach außen hin, perfekte Partie für ihn. Gesellschaftliche Zwänge und familiäre Verpflichtungen haben uns verboten, miteinander glücklich zu sein. Ich wollte das Buch damals nicht behalten. Nicht darin blättern und damit in den schmerzhaften Erinnerungen an die gemeinsame Zeit wühlen, die zu früh geendet hatte. Es tat zu sehr weh.« Als Inga jetzt von ihm erzählte, also Jahrzehnte später, hatte sie einen ganz besonderen Glanz in den Augen, vermischt mit einem zarten Tränenschleier.

»Mir hat er das Buch gegeben, als ich ihm sagte, dass ich als Konditor und Koch arbeiten will. Im Gegensatz zu meinem Vater stand er hinter meiner Entscheidung. Mein Opa riet mir kurz vor seinem Tod, meinem Herzen zu folgen, weil ihm das nicht gelungen war. Das Buch solle eine Hilfe sein in meinem Leben, ein Leitfaden. Und gleich in meiner Abschlussprüfung zum Konditor hat es sich bewährt. Ich habe Seite zwölf ausgewählt, die *Sylter Friesen-*

torte mit Puderschnee. Und sie war auf ganzer Linie ein Erfolg. Die Prüfer waren begeistert.«

Ingas Blick ging zu mir und wie durch mich hindurch. Sie nickte. Ihr hellblauen Augen schimmerten feucht, als sie in Gedanken in die Vergangenheit reiste. »Wir waren spazieren gegangen an diesem Tag. Wie immer waren wir heimlich und schon im Halbdunkel unterwegs. Es war kurz vor Weihnachten, und als wir zurückgekommen waren, begann es plötzlich zu schneien, was selten ist im Dezember auf Sylt. Wir schauten aus dem Fenster der Teestube und sahen, wie die Reetdächer der Nachbarhäuser wie von Puderzucker bestäubt waren. Es war ein wundervoller Anblick. Wir tranken einen heißen Tee und aßen ein Stück Torte, da kam uns die Idee, diese zur *Sylter Friesentorte mit Puderschnee* zu verfeinern. Sie hat köstlich geschmeckt. Ich werde diesen Geschmack nach Winter-Weihnachten und Glück niemals vergessen. So entstanden fast alle Rezepte hier. Aus ganz besonderen Begegnungen.«

»Was für eine wundervolle Geschichte hinter dem Kuchen. Hattest du nie den Wunsch, all diese Köstlichkeiten nachzubacken?«, fragte Luise, die nun offenbar ihre Sprache wiedergefunden hatte. Ihre Stimme klang belegt. Auch sie war sichtlich gerührt.

Inga schüttelte langsam den Kopf. »Nein. Sie gehörten zu uns, zu Enno und mir. Als es mit uns vorbei war, waren sie nicht mehr dasselbe. Und manche Erinnerungen schmerzen zu sehr, als dass man gerne daran zurückdenkt. Sie quälen regelrecht. Erst viel später gelingt es einem, sich mit ihnen wieder zu beschäftigen. Wie schön, dass du mir dieses Buch mitgebracht hast.« Sie schaute mich an und lächelte tief berührt. »Heute fühlt es sich sehr richtig an, es aufzuschlagen und damit Kapitel in meinem Leben endgültig zu beenden. In Frieden. Die Zeit ist da. Das wurde mir schon in den letzten Tagen immer bewusster. Ich möchte nicht länger die verbitterte Alte sein, die allem im Wege steht. Hier ist eine neue Zeit angebrochen. Nämlich die, die Wege zu verfolgen, die Enno damals schon gehen wollte.«

Irritiert tauschten Luise und ich Blicke aus. »Wie meinst du das, Oma?«

»Nun, Enno hatte tolle Ideen, wie wir, sein Hotel und unsere Teestube, uns gegenseitig unterstützen könnten. Einige der Rezepte beziehen sich darauf. Er hatte großartige Einfälle, wie man unsere Teesorten mit Torten und Gebäck kombiniert. Überhaupt war der Gedanke, dass man sich gegenseitig hilft, einfach wundervoll. Ob das heute noch umsetzbar ist, das müsst ihr euch beantworten.« Sie schaute auf das Buch in ihren Händen. »Dafür bin ich in diesem Hause nicht mehr zuständig. Da habe ich nichts mit zu tun, außer, dass ich den Weg frei mache.« Vielsagend blickte sie von einem zum anderen. »Ich bin sehr müde. Diese vielen Eindrücke und Erinnerungen muss ich erst mal verarbeiten. Seid mir nicht böse. Gute Nacht.« Mit diesen Worten stand sie auf, hob eine Krücke zum Gruß und ging aus dem Raum.

Luise und ich starrten ihr hinterher.

»Sie muss das Ganze bestimmt erst einmal sacken lassen.« Luise sprach, als wolle sie sich für Inga entschuldigen, dabei musste sie das nicht.

»Kein Problem. Mir ist wichtig, dass sie das Buch hat. Was sie daraus macht, das bleibt ihr überlassen«, beruhigte ich Luise und legte meine Hand auf ihre. »Oder uns, um auf meine Idee der Kooperation zurückzukommen. Ich meine, auch bei Inga so was zwischen den Zeilen gehört zu haben.«

Sie schaute sich verlegen um. »Mein Kopf fühlt sich an wie im

Nebel. Ich bin auch langsam todmüde. Lass uns schlafen gehen«, schlug sie vor.

Ich nickte. »Gerne.«

Wir standen auf, stellten leise das Geschirr in die Küche und verließen die Wohnung von Luises Großmutter. Auf dem Weg zur Tür war mir ein aufgeschlagenes Fotoalbum aufgefallen. Es zeigte ein Foto des Lehrgangs, bei dem ich Marie kennengelernt hatte. Für einen Moment wurde mir schwindelig, bis ich entdeckte, dass ich nicht zu sehen war. Langsam beruhigte sich mein Puls wieder. Ob Inga ahnte, dass ich damals schon Marie kennengelernt hatte? Ich meinte, Luise hatte ihr nicht erzählt, dass ich bereits ihrer Schwester vor einigen Jahren begegnet war. Sonst hätten wir sicher darüber gesprochen. Womöglich befanden sich noch mehr Fotos in dem Album.

Im Flur machten wir halt vor der Treppe, die zu meinem Zimmer führte.

»Soll die Pyjamaparty hiermit schon beendet sein?«, fragte ich.

Sie lächelte und schaute mich an. Sanft legte Luise ihre Arme um meinen Nacken, und ich sah ihr Gesicht nah vor meinem. Ich bemerkte den Duft ihrer Haare, in denen das Parfüm des Tages noch Wohlgeruch verströmte. Ich vergrub meine Nase darin und gab ihr einen Kuss.

Ihre Hände glitten an meinem Hals entlang und landeten an meiner Brust.

»Wie wäre es, wenn wir den letzten Drink für heute Abend in meinem Zimmer nehmen? Ich finde, wir sollten darauf anstoßen, dass meine Oma ihr Buch wiederbekommen hat nach so vielen Jahren.«

Luise sprach leise und schaute mich aus ihren wunderschönen blauen Augen an. Um ihre Mundwinkel zuckte es verräterisch.

Sanft schob sie mich die Treppe hoch in Richtung meiner Zimmertür und küsste mich. Das war Antwort genug, und ich wand mich nur widerwillig aus ihrer Umarmung, um die Tür aufzuschließen, bis wir gemeinsam das Zimmer betraten und uns ohne Umschweife auf mein Bett fallen ließen.

Für einen Moment dachte ich zurück an den letzten Abend mit Marie. Mein Kopf sagte mir, ich müsse mit Luise reden, ihr erzählen, wie es damals gewesen war. Aber mein Herz schrie, dass das wieder das Ende bedeuten könnte und es womöglich erneut in tausend Teile zu brechen drohte. Dieser Moment schien mir so ungeeignet. Luise wirkte, ebenso wie ich, gerade so glücklich. Ich schaffte es nicht, jetzt mit ihr zu reden, und gab mich meinen Gefühlen geschlagen, indem ich einfach nur genoss, was zwischen uns geschah.

27. Luise

Ich wachte auf, weil mein innerer Wecker perfekt funktionierte. Verwirrt schaute ich mich im mir so vertrauten Raum um, als ich sah, dass neben mir Moritz schlief. Er lag mit dem Gesicht zu mir, und ich betrachtete ihn einige Sekunden lang. Er sah selbst im Schlaf so gut aus. Die langen, dichten Wimpern, von denen so manche Frau nur träumen konnte, verliehen seinem Gesicht einen ganz besonderen Ausdruck.

Am liebsten hätte ich ihn geküsst und dort weitergemacht, wo wir am Ende des gestrigen Tages aufgehört hatten, aber dafür blieb keine Zeit.

Ich musste so unauffällig wie möglich mein derzeitiges Zimmer und das Bad erreichen, um pünktlich in der Teestube zu sein.

Ich schlüpfte leise aus dem Bett, ging zur Tür und schaute auf den Flur. Niemand war zu sehen, sodass ich schnell zu meinem Zimmer laufen konnte, um zu duschen und mich anzuziehen.

Ich fühlte mich, als würde ich fliegen, so leicht war mein Herz, wenn ich an die Nacht zurückdachte. Ich sah Moritz vor mir, und sofort raste mein Puls, und eine kribbelnde Wärme stieg in mir auf.

Ich hörte Moritz' flüsternde Worte, seine Art, wie er mir Komplimente machte und mich berührte. Wenn ich mit ihm zusammen war, fühlte sich die Zukunft so hell an und als wäre alles viel leichter.

Er weckte den Wunsch in mir, Dinge anzupacken und ganz neue Ideen zu entwickeln. Dabei beflügelten mich sein ernsthaftes Interesse und seine liebevollen Blicke und Gesten. Sie wirkten wie Tragflächen für alle meine Träume.

Begleitet waren diese Gefühle von einem Dauergrinsen, was mich sofort verraten würde und mich bei jedem Blick in den Spiegel an Moritz erinnerte.

Bevor ich in die Teestube ging, ließ ich mich auf mein Bett fallen.

»Wow, ich bin total verliebt«, stellte ich mir selbst gegenüber fest und konnte nur mit Mühe ein Jauchzen unterdrücken.

Ich musste an meine Oma denken. Wie hatte sie ihr Herz zum Schweigen bringen können, wenn sie doch damals auch so verliebt war? Fast wirkte es so, als dürfte ich mit Moritz das leben, was unseren Großeltern verwehrt geblieben war. Dieser Gedanke berührte mich sehr, und ich schwankte zwischen Respekt davor und der Pflicht, diese Chance zu nutzen und wahrzunehmen.

Ich stellte mir vor, ich könnte zuallererst meiner Schwester davon erzählen, und die Erkenntnis, dass das nicht möglich war, fühlte sich schlimm an. Überhaupt war es immer wieder diese Endgültigkeit, die ich kaum begreifen wollte und wogegen ich mich wehrte, wenn ich an Marie dachte. Das wurde mir besonders hier auf Sylt in unserem Elternhaus so sehr bewusst.

Aber wenn ich mir einer Sache sicher war, war es die, dass Marie niemals gewollt hätte, dass ich mir meine Freude über Moritz mit traurigen Gedanken verdarb.

»Warum hast du mir nie von Moritz erzählt? Du hast ihn doch bestimmt auch gemocht«, sagte ich in Richtung eines Fotos, auf dem meine Schwester und ich zu sehen waren. Ich hatte es aus einem der Schränke in ihrem Zimmer mitgenommen. »Aber ich fürchte, ihr habt euch gar nicht so gut kennengelernt. Wobei ich das Gefühl habe, dass er in dir sofort den ganz besonderen Menschen erkannt hat. Er ist wunderbar und so interessiert daran, dass es hier mit deiner geliebten Teestube weitergehen darf. Er liebt das Backen und die Arbeit eines Konditors genau wie du. Seine Augen leuchten, wenn er davon erzählt. So, wie es bei dir war. Es fühlt sich an wie ein unwirklicher Traum, Schwesterherz. Ich kann das alles kaum fassen. Auch wenn wir ein paar Startschwierigkeiten hatten, hat es mich voll erwischt. Wenn du mir doch bloß sagen könntest, ob Lisbeth recht hatte und du vielleicht auch so verliebt gewesen bist, als du mir damals noch geschrieben hast.«

Eine Weile lag ich noch da und genoss das Gefühl, wenn ich an Moritz dachte, das wie ein Rausch aus Glückshormonen war.

Dann stand ich auf, duschte, zog mich an und lief die Treppe herunter.

Ich war pünktlich um 9 Uhr in der Teestube. Ich bereitete alles vor und schwebte fast vor übersprudelnder Freude über Moritz und mich durch den Raum.

»Hey, Franka«, wunderte ich mich, als sie viel zu früh in der Tür stand. »Wolltest du heute nicht später kommen? Das hast du dir verdient!«

Franka winkte ab. »Guten Morgen. Zu Hause stehe ich meinem Mann bei der morgendlichen Fütterrunde der Tiere ja doch nur im Wege.« Sie lachte. »Du siehst wunderschön aus heute«, sagte sie und schenkte mir ein bedeutungsvolles Lächeln.

»Danke dir«, sagte ich, und bevor ich weitersprach, schaute ich mich um. Es wäre mir unangenehm, wenn Moritz meine Lobgesänge auf ihn mitbekommen würde.

»Du glaubst nicht, was gestern spätabends noch so los war«, sagte ich und schüttelte den Kopf.

»Ich bin mir auch nicht ganz sicher, was davon ich alles wissen will«, antwortete Franka mit gespielt erschrockenem Gesicht. Sie zwinkerte.

Lachend gingen wir in die Küche. Gäste waren noch keine da. Ich erzählte Franka davon, wie Oma und ich Moritz plötzlich über den Weg gelaufen waren. Sie musste schmunzeln bei der Vorstellung, dass er uns in unseren Nachtoutfits angetroffen hatte.

Franka war begeistert davon, wie es sich zwischen Moritz und mir entwickelt hatte, auch wenn ich ihr nicht alle Details verriet, sondern vielmehr von dem gelungenen Gespräch mit Inga erzählte, und freute sich mit mir.

»Und ist er denn schon wach?«, erkundigte sie sich.

»Nein. Ich habe mich vorhin aus seinem Zimmer geschlichen. Sicher kommt er bald zum Frühstück.«

Die ersten Gäste kamen, und wir hatten relativ viel zu tun. Als bereits zwei Stunden vergangen waren, wunderte ich mich, dass Moritz noch immer nicht da war, und entschied, einmal an seine Tür zu klopfen. Es öffnete niemand, und ich konnte auch keinen Laut aus dem Zimmer hören. Auch auf meine Frage antwortete er nicht.

Entweder schlief er noch immer, oder aber er musste arbeiten und war ohne Frühstück zum Hotel aufgebrochen.

Ich war ein bisschen traurig, dass er einfach ohne Verabschiedung gegangen war, aber erkannte schnell selbst, dass das lächerlich war. Womöglich war ich gerade in der Küche gewesen, als er das Haus verlassen hatte. Oder aber er war aufgebrochen, als ich unter der Dusche stand.

Also ging ich zurück zu Franka in die Teestube und freute mich, dass auch dort heute endlich mal wieder mehr zu tun war.

In einer ruhigen Minute rief ich meine Mutter an, die kaum glauben konnte, wie harmonisch es lief zwischen meiner Oma und mir. Darüber, dass sie sogar auf unseren Gast so gelassen reagierte, wunderte sie sich ganz besonders.

Sie fragte, um was für einen charmanten jungen Mann es sich denn dabei handele, wenn es ihm sogar gelungen war, ihre doch eigensinnige Schwiegermama um den Finger zu wickeln.

Ich musste lachen, stockte dann kurz, weil ich Sorge hatte, meine Mutter würde sich aufregen, dass er der Sohn der Unternehmerfamilie war, aber entschied mich dann doch, ehrlich zu sein. Schließlich hatte ich langfristig ja auch vor, sie einander vorzustellen und auch über etwaige Kooperationen mit ihr zu sprechen.

»Mama, ich bin gespannt, ob ihr euch mögt, wenn ihr euch kennenlernt. Ich bin mir da aber ziemlich sicher«, erklärte ich.

»Mein Kind, das klingt aber sehr begeistert. Täusche ich mich, oder hat da jemand nicht nur die Oma um den Finger gewickelt?« Sie kicherte erfreut.

»Das mag schon sein. Dabei war es zunächst nur eine erfundene Geschichte, dass er mein Freund ist. Franka hatte die Idee, Oma erst mal zu sagen, dass er hier zeitweise eingezogen ist, damit sie in ihrem Zustand nicht zusätzlichen Stress hat. Schließlich musste ja erst mal abgeklärt werden, dass es nicht ihr Herz war, das für den Kummer gesorgt hat. Nachher hätte ein Wutausbruch alles noch schlimmer gemacht.«

»Aha.« Meine Mutter klang skeptisch. »Wenn es nicht eine Notlüge für den guten Zweck wäre, wäre ich doch einigermaßen erstaunt über diese Idee.« Ihre Stimme klang vorwurfsvoll, aber freundlich.

»Ja, sie war plötzlich so schnell wieder zu Hause, und ich hatte ja heimlich unseren Gast einziehen lassen, da musste ich spontan entscheiden.«

»Verstehe.«

»Und im Rückblick ist es vielleicht auch gar keine Lüge mehr«, erklärte ich. »Wenn ich die Vorzeichen richtig deute, hätte es besser kaum laufen können.«

»Das klingt sehr romantisch, mein lieber Schatz. Aber nun mach es nicht so spannend. Wer ist denn der Glückliche, der dich so verliebt klingen lässt?«

Ich spürte, wie ich rot anlief.

»Moritz heißt er, Mama. Er kommt auch von der Insel und war einige Zeit nicht hier, sondern ist um die Welt gereist. Und er ist einfach wundervoll!«

»Moritz? Und er ist Einheimischer?« Die Stimme meiner Mutter klang mit einem Mal so merkwürdig. Ich fürchtete, sie ahnte, dass es sich um den Spross der Familie Jacobsen handelte. Man kannte sich einfach auf Sylt.

»Ja, Moritz Jacobsen«, bestätige ich, und es war still am anderen Ende der Leitung.

»Was du nicht sagst.« Es schwang Besorgnis mit in ihren Worten.

»Mama, ich weiß ja von dem Angebot der Familie Jacobsen und habe ihm sehr deutlich meine Meinung dazu gesagt. Erst gab es tatsächlich schon einen Streit deswegen. Das ist nun aber alles geklärt, mach dir da keine Sorgen. Und er tickt offenbar ganz anders als seine Eltern. Er hat großartige Ideen bezüglich möglicher Kooperationen, mit denen finanzielle Sorgen bald der Vergangenheit angehören könnten.«

»Das wäre ja schön«, sagte sie, klang dabei aber wenig überzeugt.

In diesem Moment kam meine Großmutter in den Gastraum der Teestube.

»Mama, Oma kommt, ich muss mal auflegen. Wir hören wieder voneinander. Hab dich lieb!«

»Ich dich auch, Liebes!«

»Oma, wie geht es dir?«, begrüßte ich meine Großmutter, die schon wieder recht flink unterwegs war mit ihren Krücken.

»Danke, ganz gut«, murmelte meine Oma und ging an mir vorbei in Richtung ihres Lieblingsplatzes. »Hast du einen Tee für mich?«

»Selbstverständlich.« Ich bereitete für meine Oma einen Tee vor und kam dann wieder zu ihr. Franka bediente unsere Gäste, sodass ich kurz neben meiner Oma Platz nahm.

»Es war gestern ein sehr schöner Abend, Luise.« Meine Oma lächelte.

»Das fand ich auch.« Ein aufregendes Prickeln fuhr durch meinen Körper beim Gedanken daran, was noch nach dem Abend geschehen war. »Mir fällt ein Stein vom Herzen, dass du das sagst, Oma. Ich hatte Sorge, dass die Geschichte mit dem Buch dich sehr mitnimmt oder gar verärgert.«

»Mitgenommen hat sie mich auch, das kannst du mir glauben. Aber auf schöne Art. Ich bin kein bisschen verärgert. Im Gegenteil. Es ist eine reine Freude, mit anzusehen, wie verliebt ihr zwei euch anschaut.« Ein schelmisches Grinsen umspielte die faltigen Lippen meiner Großmutter.

»Merkt man uns das an, ja?« Verschämt wich ich ihrem Blick aus.

Inga nickte. »Und ob. Wie habt ihr euch denn eigentlich kennengelernt?«

Ich überlegte, was ich sagen sollte, damit unser kleiner Schwindel nicht auffliegen würde.

»Wir sind uns hier auf der Insel begegnet. Er war ganz überrascht, dass ich hier das *Kliffstübchen* führe. Er kannte es noch aus der Zeit, als Marie noch lebte. Und als er sagte, er bräuchte für eine gewisse Zeit ein Zimmer, kam mir die Idee, ihn in einem von unseren Zimmern unterzubringen.« Gelogen war das nicht, aber richtig aussagekräftig war es auch nicht, musste ich zugeben.

Ein langer Blick traf mich. Zaghaft nickte meine Oma. »Aha. Wo ist er denn nun eigentlich, dein Traumprinz? Sag nicht, er hat sich noch in der Nacht aus dem Staub gemacht?«

Erschrocken schaute ich sie an. Hatte sie doch Angst, dass ein Jacobsen erneut in unserer Familie für Tränen sorgen würde?

»Nein! Also, ich hoffe es nicht«, erklärte ich. »Aber wo er ist, weiß ich tatsächlich nicht. Nur muss er ja auch arbeiten. Sicher ist er im Hotel.«

»Das mag sein, ja. Wenn er dich enttäuscht, bekommt er es jedenfalls mit mir zu tun. Ich hoffe, so gut hat er mich mittlerweile kennengelernt«, bemerkte sie nüchtern, und ich lächelte schief. Ich hoffte doch sehr, dass dieser Fall nicht eintreten würde.

In diesem Moment ging die Tür auf, und weitere Gäste kamen.

»Oma, danke dir! Bis später«, erklärte ich lächelnd, strich ihr einmal über den Rücken und nahm die Leute in Empfang.

Der Tag verging wie im Fluge, und ich wirbelte durch die Teestube, ohne dass ich merkte, dass ich gar nicht an der frischen Luft gewesen war.

Es war noch hell draußen, also fragte ich Franka, ob ich mich ausklinken und eine Runde ans Watt gehen konnte.

»Selbstverständlich«, erklärte diese. »Ich hoffe, du bist nicht allein unterwegs?«

Vielsagend schmunzelte sie, machte dann aber ein betroffenes Gesicht, als ich nur die Schultern hob. »Falls du Moritz als meinen

Begleiter im Auge hast, muss ich dich enttäuschen. Leider ist er wie vom Erdboden verschluckt.«

»Wie schade!« Sie legte die Stirn in Falten. »Bestimmt ist er eingespannt im Hotel«, versuchte Franka, mich zu beruhigen.

»Das denke ich auch«, sagte ich, war mir aber nicht mehr so sicher. »Und hoffe es«, murmelte ich.

Gerade als ich meinen Mantel geholt und angezogen hatte, ging mit einem Mal die Tür zum Hausflur auf, und Moritz kam herein.

»Luise! Wie schön, dass ich dich sehe! Entschuldige, dass ich morgens so schnell weg war. Als ich eigentlich frühstücken wollte, rief mein Vater an und klang, als wolle er etwas sehr Dringendes mit mir besprechen. Ich habe dann noch kurz in den Gastraum geschaut, und da habe ich gesehen, wie du gerade mit Franka in die Küche verschwunden bist. Ich wollte nicht stören.«

Ich freute mich, als ich ihn sah, umarmte ihn und gab ihm einen Kuss.

»Schön, dass du wieder da bist. Ich hatte mir schon Sorgen gemacht.«

»Es tut mir leid«, raunte er mir zu und hob mich leicht hoch, während er mich küsste.

»Wolltest du gerade los?«, fragte er.

»Ich war nicht ein einziges Mal draußen heute, und bevor es dunkel wird, wollte ich eine Runde durchs Dorf spazieren. Kommst du mit?«

Moritz nickte. »Sehr gerne! Von mir aus kann's losgehen.« Er lächelte, und ich freute mich.

»Du siehst müde aus. Liegt das am Schlafmangel heute Nacht oder an dem Gespräch mit deinem Vater?« Besorgt schaute ich Moritz von der Seite an. Seine Haare waren vollkommen strubbelig. Ich wuschelte ihm durch sein weiches Haar. Er sah weniger nach einem Mann aus, der tagsüber in einem Hotel im Büro seines Vaters gesessen hatte, als vielmehr wie jemand, der den Tag am windigen Winterstrand verbracht hatte.

»Vielleicht ist es eine Mischung aus beidem. Aber ernste Gespräche mit meinem Vater sind immer sehr anstrengend. Zum Haareraufen, wie man sieht!«

28. Moritz

Es stimmte nicht, dass ich den ganzen Tag gearbeitet hatte.

Morgens trafen mein Vater und ich uns im Hotel. Standhaft hatte ich meine Sicht auf meine mögliche Zukunft im Hotel vertreten und wich auch trotz hitziger Diskussion nicht davon ab. In einigen Momenten fürchtete ich, dass er mich am Ende überhaupt gar nicht mehr im Unternehmen dulden würde, was ich bedauern, aber in Kauf nehmen würde. Da war ich Optimist genug, dass ich dennoch etwas anderes finden würde. Ich hatte den Eindruck, diese Selbstsicherheit war es, die meinen Vater zeitweise zum Verzweifeln brachte. Ich war längst nicht mehr sein kleiner Sohn, der den Rat der Eltern als Maßstab für eigene Entscheidungen brauchte. Das wollte mein Vater so nicht akzeptieren.

Dementsprechend hatte mein Auftritt im Hotel heute nicht allzu viel Zeit in Anspruch genommen.

Vielmehr war ich stundenlang ziellos am Strand entlanggelaufen und hatte mir den Kopf zerbrochen, wann und wie ich Luise sagen sollte, dass ich Sylt nicht nur verlassen hatte, weil die Pläne meines Vaters mir missfielen.

Wie würde sie reagieren, wenn sie erfahren würde, dass es ausgerechnet der Tod ihrer Schwester war, der mich endgültig hatte flüchten lassen?

Diese Frage und die große Angst, Luise wieder zu verlieren,

waren so übermächtig, dass nur das Alleinsein und die Ruhe am Strand meinem Kopf für ein paar Stunden Entlastung bieten konnten.

Der Wind half mir, dass meine Gedanken sich klarer anfühlten, dennoch drehten sie sich im Kreis, und ich war nicht viel weiter, als ich wieder am Holzsteg über dem Strand angekommen war. Sicher war ich mir nur, dass ich mir nichts sehnlicher wünschte, als dass das, was sich mit Luise und mir anbahnte, weitergehen durfte.

Nur musste ich damit rechnen, dass sie die Geschichte, dass ich ihre Schwester nicht nur kannte, sondern mich noch mehr mit ihr verband, verstören würde. Es war sehr wahrscheinlich, dass sie sich komplett zurückziehen und von mir abwenden würde. Schon die Vorstellung schmerzte und fühlte sich an wie eine drohende Ohnmacht.

Ich überlegte, ob ich ihre Oma mit ins Boot holen konnte, war aber unschlüssig. Die alte Frau trat mir gegenüber geradezu sanftmütig auf. Wäre das aber auch so, wenn es um ihre verstorbene Enkelin ging? Vielleicht war das alles wie ein Wink des Schicksals, wie etwas, was mein Opa vom Himmel aus zusammenfügte, damit mein Leben in die Bahn ging, in der ich es mir wünschte.

Ich schüttelte über mich selbst den Kopf. Nie hatte ich mich vorher so verliebt wie jetzt. Nie war aber auch die Angst größer, einen Menschen wieder zu verlieren.

Wenn ich an Luise dachte, war da auch der schreckliche Gedanke, dass sie Sylt bald wieder verlassen würde. Ich seufzte und fühlte mich hilflos.

Ich hatte noch eine Weile oberhalb des Strandes gestanden und über das Meer geschaut. Es war ähnlich aufgewühlt gewesen wie mein Inneres, und der Wind hatte tosende Wellen an Land gepeitscht. Es war eiskalt gewesen, und meine Haut hatte sich angefühlt wie betäubt. Der Effekt war bis in meinen Körper gezogen, wo auch mein Herz wie gelähmt gewirkt hatte. Als habe der Kopf mit seinen vielen Gedanken dafür gesorgt, dass es sich zurücknahm. Womöglich war das ein gesunder Schutzmechanismus, den mein Körper auslöste, um nicht enttäuscht zu werden.

Aber dafür war es in Wirklichkeit längst zu spät.

Irgendwann war ich wieder nach Keitum und zurück zum *Kliffstübchen* gefahren.

Ich hatte mit Luise reden wollen, auch auf die Gefahr hin, dass sie dann nichts mehr mit mir zu tun haben wollte.

Als ich den Hausflur betrat, stand Luise vor mir. Sie hatte bereits einen Mantel und einen Schal an und war auf dem Sprung zu einem Spaziergang.

Sie machte mir keine Vorwürfe, weil ich mich nicht gemeldet hatte, sondern sagte, dass sie sich schon Sorgen gemacht hatte, und gab mir einen Kuss. Das ließ alles, was ich mir im Kopf für ein klärendes Gespräch zurechtgelegt hatte, verschwimmen. Es war wie ein Traum, den man so schön fand, dass man krampfhaft versuchte, nicht aufzuwachen. Aber gerade dann wurde man wach, und es war sogar so, dass man sich nach dem Aufwachen nicht mehr genau erinnern konnte. Nur das gute Gefühl und kurze Funken einzelner Bilder aus diesem Traum blieben. Und der dringende Wunsch, dass man in der nächsten Nacht genau dort weiterträumen durfte, wo er geendet hatte.

Das Risiko, damit ein jähes Ende unserer Beziehung zu bewirken, war so hoch, dass ich davor zurückscheute, es einzugehen. Wobei mir auch klar war, dass die Enttäuschung mit jedem Tag, an dem ich schwieg, größer sein würde.

Ich schloss mich kurzerhand Luise bei ihrem Spaziergang an, und wir gingen gemeinsam los.

»Ich wollte jetzt hier am Watt entlanglaufen, weil es schon bald dämmert.«

»Gute Idee«, erklärte ich.

Wir liefen nebeneinander die Straße hinunter in Richtung Meer, und ich legte den Arm um sie.

»Wie war denn das Gespräch mit deinem Papa? Willst du darüber reden?« Sie schaute mich fragend an. Durch meine Erzählungen hatte sie ein Bild vor Augen, das meinen Vater wahrscheinlich ganz treffend beschrieb.

Ich hob die Schultern. »Nenn es undankbar oder wie auch immer – ich habe für mich entschieden, dass es ein Leben neben dem Job gibt. Und das ist nur möglich, wenn ich einen Beruf ausübe, den ich zwar gerne mache, der aber nicht meinen kompletten Tag in Anspruch nimmt.«

»Richtige Einstellung, wie ich finde«, erklärte Luise. »Sehr gesund!«

Ich nickte. »Erzähl das mal meinem Vater!« Ich rollte mit den Augen.

Mit aufeinandergepressten Lippen schaute sie in die Ferne. »In unserer Familie habe ich offenbar lange diese Rolle übernommen, in die du da hineinschlitterst.« Luise hob die Schultern. »Am Anfang hatte ich das Glück, und Marie war da. Sie hat in den Augen meiner Großmutter immer alles richtig gemacht. Sie war diejenige, die sofort der Pflicht nachgekommen ist, sich für die Teestube einzusetzen. Und sie hat es gelebt. Ich hatte manchmal den Eindruck, es gab für sie nichts neben dem *Kliffstübchen*.« Luise schüttelte den Kopf. »Für mich war das halt unvorstellbar. Ich glaube nicht, dass einzig ein Beruf die Erfüllung im Leben sein kann. Für mich gab es da so viel mehr, was ich erst mal kennenlernen und erleben wollte. Und meine Oma wollte das nicht akzeptieren und warf es mir jahrelang vor.«

Was Luise von Marie erzählte, konnte ich voll unterschreiben. So hatte ich sie auch kennengelernt.

»Ich sehe das ähnlich wie du, wie gesagt. Das ist sehr traurig, was du von deiner Oma erzählst. Vor allem vor dem Hintergrund, dass deine Großmutter doch im Prinzip die Erfahrung gemacht hat, dass es furchtbar ist, wenn man das Herz zum Schweigen bringt, der Familientradition wegen. Sie hätte dich eher darin bestärken sollen, wenn sie dein Glück im Sinn gehabt hätte, wenn du mich fragst.«

»Du hast recht. Nach dem, was wir jetzt über ihren eigenen Lebenslauf wissen, kann man erst recht kaum verstehen, warum sie sich so verhielt. Eher konnte sie ja froh sein, dass wir beide unser Glück auf ganz unterschiedlichen Wegen fanden. Marie ging voll in der Arbeit dort auf und lebte ihren Traum.« Fassungslos schüttelte sie den Kopf. »Du hast sie ja erlebt, wie sie strahlte, wenn es um die Teestube ging. Sie war ihr Leben.«

Ich bedachte Luise mit einem langen Blick. Luises Worte bestätigten das Bild, das ich von Marie hatte. Ich dachte daran, was Marie von ihrer Schwester erzählt hatte.

»Was guckst du denn so?« Sie knuffte mich in die Seite und lachte. In ihrem Lachen sah ich Marie, als sie mir am letzten Abend von ihrer Familie erzählte. Mein Magen krampfte. Marie hatte gesagt, dass ich mich mit ihrer Schwester hervorragend verstehen würde. Sie schwärmte von Luise, die in ihren Erzählungen genauso war wie ich. Sie suche die Freiheit, die weite Welt und wolle immer das tun, womit sie im Reinen war und was ihrem Herzen entsprach. Auch, wenn dieser Weg von anderen skeptisch beäugt wurde. Und Marie hatte so recht damit.

»Luise«, setzte ich an. Ich wollte endlich sagen, wie es wirklich war, als ich Sylt verließ, und warum ich öfter an Marie dachte, als mir lieb war. Und das, ohne dass eine Beziehung oder eine enttäuschte Liebe der Grund dafür war. Dass ich manches von dem, was sie von ihrer Schwester erzählte, wusste, weil ich sie doch ein wenig besser kennengelernt hatte, als ich bisher zugegeben hatte. »Hm?« Sie lehnte ihren Kopf an meine Schulter. »Moritz, wie traumhaft ist das denn!« Mit einem Mal schaute sie mit leuchtenden Augen in den Himmel. Vor dem Schein einer Laterne sah ich, dass Schneeflocken fielen, und weil es schon tagsüber so kalt gewesen war, legte sich innerhalb weniger Sekunden eine zarte Schneedecke auf die Dächer, Pflanzen und Wege um uns herum.

»Schnee vor Weihnachten auf Sylt – das hat Seltenheitswert. Lass uns noch einen Bogen gehen. Das ist magisch!« Luise flüsterte und freute sich wie ein kleines Kind über die Flocken und zog mich hinter sich her durch die Straße.

Um uns herum erstrahlten bald die Vorgärten der Häuser in weihnachtlichem Glanz aus Lichterketten in den Pflanzen und Kerzen in den Fenstern. Da die Heckenrosen, die die imposanten Friesenwälle sonst blickdicht säumten, im Winter gestutzt waren, bot sich einem ein besonderer Blick in die Wohnungen.

Kugelige Buchsbäume vor den Eingängen waren schon nach einigen Minuten von weißen Hauben geziert.

»Wie schön diese Häuser sind«, träumte Luise. »Ich finde, besonders im Herbst und Winter hat man das Gefühl, diese teils jahrhundertealten Friesenhäuser trotzen jeglicher Wetterlage. Ob Sturm, ob Schnee – sie wirken so stoisch, findest du nicht auch?«

»Da hast du recht. Und die meisten Häuser stehen so lange im Jahr leer«, bedauerte ich. »Ein Freund erzählte mir, dass hier seit 25 Jahren keine Häuser mehr an Einheimische verkauft wurden.«

»Wie traurig«, bemerkte Luise.

Es wurde einem hier an jeder Ecke bewusst, dass das Geld eine unübersehbare Rolle spielte. Jeglicher Luxus konnte erkauft werden, selbst wenn man dafür den historischen Häusern mit dauerhaftem Leerstand so viel ihrer besonderen Seele nahm.

»Wo liegt eigentlich deine Wohnung?«

»Ganz in der Nähe. Auch in Keitum. Ich zeige sie dir mal bei Tageslicht, wenn alles fertig ist«, schlug ich vor.

»Ich freue mich drauf!«

Im Ort kamen wir an einigen Häusern vorbei, die gerade aufwendig renoviert wurden. Es war zu sehen, dass aktuell reichlich investiert wurde in Ferienwohnungen und Apartments. Etliche Domizile standen nach ihrer Fertigstellung dann auch lange Zeit leer, bis ihre wohlhabenden Eigentümer zwei-, dreimal im Jahr anreisten und dort residierten. Den Rest des Jahres begegnete man sonst nur Gärtnern und Hausmeister-Firmen vor den Häusern, die nach dem Rechten sahen.

Luise und ich unterhielten uns darüber, wie schade es war, dass diese wunderschönen Anwesen so wenig genutzt wurden.

»Dabei zählt man als Eigentümer eines Hauses hier ja zu den wenigen Glückspilzen, denen das überhaupt möglich ist, an einem solchen Ort zu leben! Ich merke grad, dass mir das auch lange nicht bewusst war.«

Luises Worte brachten mich zum Schmunzeln.

»Wem sagst du das? Nun, der allergrößte Glückspilz hier auf Sylt bin aber ich. Dessen bin ich mir spätestens seit ein paar Tagen bewusst«, antwortete ich und zog Luise an mich. Sanft streichelte ich ihr über die Wange und gab ihr einen Kuss auf die Stirn.

»Du weißt schon, dass man Menschen nur dann auf die Stirn küssen darf, wenn man mit ihnen alt werden will?«

Mein Herz setzte für einen Schlag aus, als ich diese Worte hörte. Ich nickte.

»Und ob ich das weiß«, antwortete ich und küsste erneut ihre Stirn.

»Lass uns weitergehen, es ist so kalt. Ich muss mich bewegen«, schlug sie vor und rieb sich die Hände. Ich legte meinen Arm wärmend um ihre Schultern.

»Hast du deine Oma heute schon getroffen?«, erkundigte ich mich, als wir weiterliefen. »Wie geht es ihr?«

»Ja. Wir haben uns gesehen. Sie wirkte zufrieden.« Luise lachte. »Sie würde sowieso nie zugeben, dass es ihr nicht gut geht. Ich habe den Eindruck, sie steckt die Neuigkeiten mit dem Buch von deinem Opa ganz tapfer weg. Und ich bin echt glücklich darüber, dass wir so erstaunlich harmonisch miteinander auskommen. Und daran bist du nicht unschuldig, habe ich das Gefühl.« Anerkennend nickte sie.

»Das freut mich sehr. Dabei habe ich gar nicht so recht was dafür getan«, bemerkte ich.

»Und ob. Und damit meine ich nicht nur das Buch. Du tust sogar eine ganze Menge.« Sie schaute mir in die Augen, und ich sah so viel Dankbarkeit darin, dass ich gerührt war. Ich zog sie an mich und drückte sie liebevoll. »Übrigens habe ich bei meiner Mutter schon einmal ganz vorsichtig angesprochen, dass wir über Kooperationen zwischen dem Hotel und der Teestube gesprochen haben«, erklärte Luise.

»Tatsächlich? Wie toll. Und was hat sie dazu gesagt?« Erfreut schaute ich Luise an.

»Sie reagierte zwar nicht euphorisch, aber ich meine, sie ist nicht abgeneigt.«

»Wunderbar. Dann lass uns ein Konzept austüfteln, zu dem sie nicht Nein sagen kann«, schlug ich vor.

»Unbedingt!« Wir kamen, noch immer Arm in Arm, beim Watt an und gingen am *Altfriesischen Haus*, einem Museum, den Weg entlang. Durch den Schneefall war es um uns herum heller geworden, und die Flocken legten eine zarte Schneedecke auf die

Umgebung. Die Landschaft wirkte wie verzaubert. Es war ein beruhigender Anblick.

»Warst du hier schon im Museum?«, fragte ich Luise.

»Oh ja! Ich liebe es!« Luise lächelte.

»Ich finde es auch superspannend, in die Historie der alten Insulaner einzutauchen.« Ich deutete auf das Fenster zum Watt hin. »Genau hinter der Scheibe steht ein Schreibtisch. Ich hab mir oft vorgestellt, wie fantastisch es sein muss, dort zu sitzen und auf das Meer zu schauen, während im Hintergrund ein Kachelofen brennt und das Reetdachhaus warm hält.«

»Wobei man sich das in Wirklichkeit, glaube ich, weitaus weniger komfortabel vorstellen dürfte, was die Vergangenheit angeht«, merkte Luise an. »Wenn ich an die Betten denke, in denen man sitzen musste und auf piksigen Strohkissen lag, weiß ich nicht, ob ich dann eher auf den schönen Ausblick verzichten möchte.« Sie schmunzelte.

»Da hast du recht. Also das Haus, gerne auch friesisch eingerichtet, aber mit dem Komfort der heutigen Zeit. Wie wäre das?«

»Das klingt nach einem hervorragenden Plan!« Es fühlte sich angenehm geborgen an, wie wir dicht nebeneinander herliefen, meinen Arm um ihre Schultern.

»Lass uns doch nur einen Blick übers Watt werfen und dann durch die Straßen wieder zurückgehen. So gemütlich ist es dann doch nicht hier im Halbdunkel und bei diesem frostigen Wetter«, bemerkte Luise, und ich stimmte ihr zu.

Es war trotz des Schnees schon nach einigen Minuten doch dunkler, als ich es für diese Uhrzeit vermutet hatte.

»Aber schön ist es hier allemal. Erst recht mit dem Schnee. Im Sommer sitze ich hier immer gerne auf der Bank. Das war Maries und mein Ort, wenn wir quatschen wollten«, sagte sie und lauschte. »So ruhig. Gespenstisch still. Beinahe ein wenig zum Gruseln.« Sie lachte leise.

»Mit mir musst du niemals Angst haben. Ich beschütze dich, was immer auch geschieht.«

Sie lehnte ihren Kopf dankbar an meine Brust, und ich spürte einen Stich im Herzen. Schon einmal war es mir nicht gelungen, einen Menschen, Luises Schwester, vor Unglück zu bewahren. Das sollte mir in diesem Leben nicht noch einmal passieren, das schwor ich mir.

»Luise«, nahm ich all meinen Mut zusammen, um ihr endlich zu sagen, dass es etwas gab, was sie wissen musste.

In diesem Moment klingelte mein Handy, und ich biss mir auf die Lippe. Es war mein Vater, der anrief. Meine Mutter und er erwarteten mich zum Abendessen.

29. Luise

Ich war sehr erleichtert, als Moritz wieder auftauchte. Wir gingen eine Runde durch Keitum spazieren, und jegliche Zweifel daran, ob er es ernst mit mir meinte, nachdem er sich tagsüber so rargemacht hatte, waren mit jeder seiner Berührungen und jedem so liebevollen Blick wie ausgelöscht. Ich fühlte mich bei ihm und mit ihm so unendlich wohl, dass ich es kaum beschreiben konnte.

Dass es während unseres Spaziergangs doch tatsächlich zu schneien begann, machte mein Glück an diesem Abend perfekt.

Moritz erzählte, dass auch die Wohnung, in die er einziehen würde, in Keitum lag. Ich fand, Moritz durfte sich sehr glücklich schätzen, dass er hier so leben konnte, erkannte aber auch, dass seine Eltern sehr fordernd waren und es ihm nicht leicht machten, seinen eigenen Weg zu gehen. Das war etwas, was sein Leben nicht unbedingt unbeschwert machte.

Gerade als wir am Watt standen, war es leider wieder einmal so weit, und sein Vater rief an. Er erwartete Moritz zum Abendessen, und wie es klang, ließ der Unterton in seiner Einladung keinerlei Alternativen offen, dieser nicht zu folgen.

»Wie du mitbekommen hast, verlangt mein alter Herr nach mir.« Bedauernd hob Moritz die Augenbrauen. »So gerne ich auch wollte, ist es heute der falsche Zeitpunkt, ihm zu widersprechen. Es gab schon genügend Streit.«

»Verstehe«, sagte ich. »Manchmal ist Diplomatie ein guter Ratgeber«, vermutete ich und sah ihm in die Augen, die im Schein des Mondes, der bereits am Himmel stand, funkelten.

»Danke, Luise. Ich verspreche dir, das alles mache ich, weil ich gerne hier in Keitum im Hotel bleiben und dir helfen will.«

Matt lächelte ich. Ich hatte den Eindruck, Moritz vergaß manchmal, dass ich in absehbarer Zeit die Insel wieder verlassen und nach Hamburg zurückkehren würde. Aber daran wollte ich selbst noch nicht denken und schickte den Gedanken in den Himmel, wo er zwischen den dicken Flocken verschwand. Die schweren Schneewolken hoben sich in dunklem Grau vom noch schwach hellen Himmel ab.

»Ich werde es mir mal mit meiner Oma gemütlich machen und mir ein wenig über deinen Großvater erzählen lassen«, sagte ich und schaute ihn abwartend an.

»Das klingt gut.« Moritz lachte.

»Ich bin gespannt«, sagte ich, und wir liefen zurück in Richtung der Teestube.

Auch unser reetgedecktes Haus wirkte märchenhaft verzaubert unter dem leichten weißen Schleier des ersten Schnees.

Dort angekommen, sah ich, dass im Esszimmer meiner Oma Licht brannte. Einige Kerzen leuchteten, und aus dem Schornstein qualmte es.

»Das sieht schön aus«, stellte auch Moritz fest und deutete auf das Fenster.

»Stimmt.« Ich lächelte und freute mich tatsächlich auch auf meine Oma, obwohl ich Moritz nur ungern gehen ließ. »Lass dich nicht ärgern, und melde dich, falls du noch zu einer Zeit zurück sein wirst, zu der ich noch wach bin.«

»Das mache ich«, antwortete Moritz, legte mir seine warmen Hände an die Wangen und gab mir einen leidenschaftlichen Kuss.

Mir war, als drehe sich der Sternenhimmel um uns, und sogar das Fenster der neugierigen Lisbeth von nebenan versank im Strudel um mich herum.

Am liebsten hätte ich Moritz hinter mir her ins Haus gezogen und wäre mit ihm in einem unserer Zimmer verschwunden. Aber die Pflicht rief nach ihm, und ich löste meine Lippen schweren Herzens von seinen.

»Grüß Inga von mir«, raunte er mir zu, und ich nickte. Wir hielten noch im Weggehen die Hände, so lange, bis sich nur noch unsere Fingerspitzen berührten.

Als sich unsere Hände lösten, war mir, als ziehe Kälte um mich herum ein, und all die wohlige Wärme in meinem Herzen wurde weniger, mit jedem Schritt, den Moritz sich weiter entfernte und die dunkle Straße entlanglief.

Ich ging schnell ins Haus und klopfte bei Inga an.

»Luise, wie schön. Du kommst gerade recht. Ich hab Brot gebacken, und Franka hat mir Fisch mitgebracht. Für mich allein ist das viel zu viel. Vielleicht hast du Lust, mit mir zu essen? Nach der Physiotherapie habe ich ordentlich Kohldampf.«

»Sehr gerne«, freute ich mich. »Hast du es schon gesehen? Es hat tatsächlich ein wenig geschneit!«

»Ja, ist das nicht wunderbar? Mit ein wenig Glück können wir vielleicht ein Weihnachtsfest wie lange nicht mehr erleben.« Sie bedachte mich eines vielsagenden Blickes. »Und dazu noch Schnee.« Dann drehte sie sich um in Richtung Küche.

»Wenn du magst, kannst du auch einmal von dem Winterpunsch probieren. Lisbeth hat ihn mir vorbeigebracht, zusammen mit Unmengen an Keksen und Gedöns.«

Meine Oma rollte mit den Augen. »Warum wohl alle der Meinung sind, dass ich verhungere, frage ich mich.«

»Ist doch toll, wie sich die Leute um dich herum sorgen«, fand ich.

Inga zuckte gleichgültig mit den Schultern und deutete ins Esszimmer. »Es steht schon alles auf dem Tisch. Ich hole dann nur noch Teller und Besteck für dich«, erklärte meine Oma.

»Warte, das mache ich. Ist doch leichter als mit den Krücken.«

»Ich bin kein Krüppel«, kam es unwirsch von Oma zurück, und sie ging, so schnell es die Gehhilfen zuließen, doch in die Küche.

»Ist ja gut«, murmelte ich und atmete einmal tief durch. Meine störrische Oma würde sich einfach nie ändern.

Kurz darauf hörte ich ein Zerspringen von Porzellan und das Scheppern von Besteck auf dem Boden. Ich sprang auf. »Oma, alles gut?«

»Hab mich wohl doch überschätzt«, kam betrübt zurück, und ich schnappte mir schnell Handfeger und Schaufel aus dem Schrank im Flur und lief zu ihr.

»Ist doch halb so wild«, beruhigte ich sie und machte mich daran, die Scherben aufzufegen. Dabei merkte ich, dass es sich gar nicht nur um den Teller handelte. Zwischen den Glassplittern fand ich einen Bilderrahmen und ein Foto, die offenbar mit heruntergefallen waren. Das Bild zeigte einen jungen Mann, der verblüffende Ähnlichkeit hatte mit Moritz. Ich kniete mit dem Rücken zu meiner Oma auf dem Boden. Zögerlich griff ich nach dem Foto und spürte, wie meine Oma mir ihre Hand auf die Schulter legte.

»Ein Bild von Moritz' Opa Enno und mir. Ich wollte dich damit überraschen«, merkte sie traurig an. »Hat jetzt nicht wirklich gut funktioniert.« Ich drehte mich zu ihr um. Sie lächelte entschuldigend.

»Jetzt verstehe ich, warum du bei Moritz' Anblick diesen ganz besonderen Ausdruck in den Augen bekommen hast, Oma. Sie sehen sich unfassbar ähnlich«, stellte ich staunend fest. »Und du und ich auch, wie ich finde.«

»Das ist der Grund, weshalb ich es rausgesucht habe.« Sie lächelte verklärt.

»Wenn ich ehrlich bin, habe ich mir vorher viele Gedanken gemacht, ob du sauer sein wirst, wenn jemand hier wohnt. Ich weiß ja, dass du von einer Vermietung nie viel gehalten hast.« Ich hatte den Eindruck, dass es nun der Zeitpunkt war, meiner Oma die Wahrheit zu sagen.

»Moritz ist nämlich gar kein alter Freund von mir«, gab ich zu.

»Oh, wie schade. Sag nicht, dass ihr gar kein Paar seid?« Enttäuschung zog über ihr Gesicht. Ich war erstaunt, dass sie gar nicht auf die Sache mit der Vermietung einging.

»Doch, ich glaube schon«, gab ich zu und spürte, wie ich errötete. »Aber als ich dir das erzählte, stand das noch gar nicht zur Debatte. Ich sah in der Vermietung von Gästezimmern einen Weg, ein paar Taler hinzuzuverdienen.« Mein Herz klopfte aufgeregt, als ich meine Oma abwartend musterte.

»Soso«, kommentierte sie meine kleine Notlüge und schaute mich an. »Steht es so schlecht um die Teestube?«, fragte sie dann, und in ihren Augen lag ein trauriger Schimmer. Ich schluckte.

»Oma, wir haben alles im Griff. Moritz und ich haben so viele Ideen. Vertrau uns, wir werden alles geben, damit es hier weitergehen kann. Und zwar in Maries und deinem Sinne.« Ich war aufgestanden, hatte die Scherben entsorgt und nahm meine Oma in den Arm. Dankbar bemerkte ich, wie sie meine Umarmung mit einem Arm, der nicht die Krücke hielt, erwiderte. Wir gingen hinüber in das Esszimmer.

»Deine Eltern haben versucht, es vor mir zu verheimlichen, wie sehr sie sich um die Zukunft unserer kleinen Teestube sorgen.

Nun, ich bin zwar alt, aber nicht blind. Ich sehe doch, dass sich immer weniger Gäste hierher verirrt haben in der letzten Zeit.« Betrübt senkte sie den Blick, und ich nickte.

»Mama und Papa wollten nicht, dass du dich noch mehr aufregst. Sie haben sich Sorgen gemacht, weil du doch erst den Tod von Marie und den Brand verkraften musstest. Sie hielten es für unzumutbar, wenn sie dich nun auch noch damit belasten, dass finanzielle Nöte ins Haus standen.«

»Ich weiß, mein Kind.« Meine Oma wirkte vollkommen verändert. »Ich bin selbst schuld. Ich habe auf jegliche Ideen deiner Mutter mit Protest reagiert und bin wie ein ungehobelter Klotz darüber hinweggegangen. Indem ich so getan hab, als sei alles wie immer, habe ich niemandem geholfen. Im Gegenteil: Das war nicht fair.« Sie schaute lange in meine Richtung, blickte aber wie durch mich hindurch. »Ich bin halt zwischenzeitlich zu einer schrecklich verbitterten alten Hexe geworden.«

Die kleine, schmale Frau saß zusammengesunken auf einem Stuhl und kam mir mit einem Mal gar nicht mehr herrisch und schroff vor wie noch vor ein paar Tagen, sondern alt und zerbrechlich. Es brach mir das Herz, sie so zu sehen. Die Krücken neben sich, wirkte sie angeschlagen.

»In meinem Leben ist so vieles schiefgelaufen. Ich habe mich festgebissen daran, dass es mit der Teestube immer so weitergehen soll, wie ich es mir vorgestellt habe. Keine Veränderung erschien mir so, als ob ich sie akzeptieren könnte. Sonst wäre ja alles umsonst gewesen. Das *Kliffstübchen* war der Sinn meines Lebens geworden. So wie das Hotel für Enno.« Ein Kopfschütteln mit einem gesenkten Blick unterstrich ihre Worte. »Ich tat mich schwer, andere Ideen anzunehmen. Ich fürchte, das war wie ein Kontrollzwang. Dabei wusste ich doch längst, dass man nicht alles im Leben kontrollieren kann.« Sie hob müde die Schultern.

»Das hat mir meine Erfahrung doch mehr als deutlich gezeigt. Aber was man nicht sehen will, blendet man einfach irgendwann aus. Oder es ist der Altersstarrsinn.« Sie lächelte schief.

»Oma, mach dir keine Vorwürfe. Was du erlebt hast, ist unsagbar schwer. Erst der frühe Tod von Opa, allein mit dem Kind und der Teestube. Und dann verbieten dir äußere Umstände, dass du zu deiner Liebe stehen darfst. Nachdem du das einzig mit dir selbst ausgemacht hast all die Jahre, stirbt dann auch noch deine geliebte Enkelin, als die Teestube brennt. Dass man über diese ganzen Geschichten hinweg sein Lachen verlieren kann, ist wohl nur verständlich. Niemand darf dir einen Vorwurf machen, dass du vor diesem Hintergrund vielleicht manchmal keine Kraft mehr fandest, einen auf eitel Sonnenschein zu machen.«

Sie lächelte mild. »Das hast du sehr diplomatisch gesagt. Aber bring es ruhig auf den Punkt: Ich bin ein alter, widerborstiger Besen.« Sie schüttelte sich angewidert. »Fürchterlich.« Empört starrte sie mich an, und wir mussten beide lachen.

»Und Luischen, am Ende war ich vielleicht immer ein klein wenig neidisch auf dich und habe mich deshalb so verbiestert verhalten. Du hast alles richtig gemacht und bist deinem Herzen gefolgt.«

»Ach, Oma. Wenn das alles aber irgendeinen Sinn hatte, dann kann es vielleicht der sein, dass wir auf diesen Umwegen tatsächlich zueinandergefunden haben.« Ich legte meinen Arm um sie, und sie lehnte ihren Kopf an meine Schulter.

»Du bist ein außergewöhnlicher Mensch, Luise«, sagte sie dann, und der Klang ihrer Worte verursachte eine Gänsehaut bei mir. Was sie sagte, fühlte sich gleichzeitig so fremd und dabei dennoch vertraut an. Ich war gerührt.

Auf den Sprossen der weißen Butzenfenster mit den glänzenden Messinggriffen sammelte sich der Schnee. Das sah friedlich und schön aus. Davor flackerte Kerzenlicht.

Meine Oma hatte einen Jöölboom angezündet. Den traditionellen friesischen Weihnachtsbaum. Seit ich denken konnte, sorgte dieser bei mir für eine ganz besinnliche Stimmung. Weil es früher auf der Insel wenig Bäume gab, drapierte man um ein Holzgestell ein paar Äste Tannengrün. Damit wurde man dem Brauch des Weihnachtsbaums zumindest auf eine abgewandelte Art gerecht. Man schmückte diesen Ständer dann noch mit Schleifen, vier roten Kerzen, die für die Adventssonntage standen, und Gebäck aus Salzteig. Meine Oma hatte an ihren Jöölboom ein Pferd, einen Hahn und einen Hund übereinander an dem Holzgestell angebracht. Sie hatte mir früher erzählt, dass die Tiere Symbole für menschliche Eigenschaften waren. Das Pferd verkörperte Kraft, der Hund Treue, und ein Hahn schaute von ganz oben an der Spitze mit Aufmerksamkeit auf das Leben. Mir gefiel dieser Brauch bis heute, und ich genoss die warme Stimmung im Flackern der Kerzen.

»Der Jöölboom ist nach wie vor wunderschön, Oma. Nichts steht für mich so sehr für Weihnachten wie dieser Brauch.« Inga lächelte und nickte.

»Ich habe ihn lange gar nicht mehr aufgestellt«, gestand sie. »Es ist das erste Mal seit Jahren, dass ich ihn wieder herausgekramt habe.«

Überrascht schaute ich sie an. »Ach wirklich? Aber warum war er in den Jahren vorher nicht aufgebaut?«

»Weil niemand ihn mehr bewundert hat«, erklärte sie, und ich stellte schuldbewusst fest, dass ich mich auch nicht mehr daran erinnern konnte, dass ich ihn gesehen, geschweige denn lobend erwähnt hatte.

Wir genossen das frische Brot und den Fisch, während sich im

Esszimmer dank des Kachelofens eine gemütliche Behaglichkeit ausbreitete. Die Stimmung fühlte sich so sehr wie Familie an, dass mir ganz warm ums Herz wurde.

Es war nicht zuletzt die Harmonie, die mit einem Mal zwischen meiner Großmutter und mir herrschte, die mir schon heute ein Gefühl von Weihnachten gab.

»Oma, wir hatten echt keine gute Zeit miteinander«, stellte ich betroffen fest. »Umso schöner, dass wir endlich die Kurve gekriegt haben. Findest du nicht?«

»Absolut!« Die blassblauen Augen meiner Oma strahlten, und um ihren Mund bildeten sich kleine Fältchen, die ein Lächeln andeuteten. »Wir können deinem Moritz dankbar sein«, sagte sie dann. »Und das nicht nur, weil er dein Herz zum Hüpfen bringt.« Nun grinste sie breit, und auch ich musste lachen.

»Das hast du wunderbar formuliert.«

»Du glaubst nicht, was es mir bedeutet, noch einmal einen Blick in unser *Winterzauber*-Buch zu werfen.« Ungläubig schüttelte sie den Kopf. »Beinahe fühlt sich das Prickeln wieder so an wie damals, als ich mit Enno darüber gesessen habe und wir uns die feinsten Dinge überlegt haben. Außer, dass er fehlt.« Versonnen lächelte sie. Es klang noch immer zärtlich, wenn sie von ihrer großen Liebe sprach. »Aber schon der Gedanke an ihn fühlt sich wundervoll an. Er hatte so zauberhafte Ideen und ein unsagbares Gespür für Zutaten, die miteinander harmonierten. Ich höre noch heute seine tiefe, raue Stimme. Stundenlang hätte ich ihr lauschen können und habe die Zeit mit ihm so sehr genossen. Ein bisschen ist es so, als erlebe ich durch Moritz und das Buch diese Zeit in gewisser Form noch mal im Herzen.«

»Das freut mich sehr, Oma. Solche Gefühle sind so wertvoll. Ich bin mir sicher, dass sie ganz viel Kraft schenken. Mir geht es jedenfalls gerade so.« Ich lächelte verträumt. »Ich hab solche

Angst davor gehabt, hier an jeder Ecke an Marie erinnert zu werden, und meine große Sorge war, dem, was sie hier aufgebaut und hinterlassen hat, nicht gerecht zu werden. Dann der Schock, dass es der Teestube sowieso nicht gut geht. Die Situation war schon beängstigend.«

Oma nickte. »Und obendrauf auch noch die starrsinnige Alte, die alles endgültig schwierig macht«, bemerkte sie selbstkritisch.

»Ich muss zugeben, ich hatte einen gewissen Respekt vor unserem Aufeinandertreffen.« Ich schmunzelte, und sie hob vielsagend die Augenbrauen. »Aber spätestens, als Moritz dann auftauchte, kam es mir vor, als sei auch unser Verhältnis ein anderes. Und das fühlt sich großartig an.« Ein wohliges Kribbeln rauschte durch meinen Bauch. »Moritz hat ganz viele neue Ideen und Wünsche für die Zukunft in mir geweckt.« Mein Blick ging träumerisch aus dem Fenster. Wenn es so weiterschneite, würde morgen eine märchenhafte Schneedecke den Ort schmücken.

»Und wenn es einem am Ende gelingt, neue Ideen dann auch gemeinsam umzusetzen, dann hat man alles richtig gemacht. Ich glaube an euch, Liebes. Euch könnte gelingen, was Enno und mir verwehrt blieb.« Meine Oma strich mir über den Handrücken.

»Danke, Oma«, sagte ich. »Es gibt da noch etwas, was ich dir erzählen will. Weißt du, was die Geschichte mit Moritz und mir ganz besonders unwirklich macht?« Sie schaute mich fragend an.

»Er hat sogar Marie kennengelernt. Sie kannten sich wohl nicht gut, aber sie haben wohl einen Lehrgang miteinander besucht. Es muss ein paar Monate vor dem Brand gewesen sein. Ist das nicht unfassbar?«

»Das ist wirklich ein unglaublicher Zufall.« Meine Oma nickte und schaute schweigend auf ihre Hände. »Wie schade, dass Marie nicht mehr von dem Rezeptbuch erfahren hat. Sie wäre sicher auch davon begeistert gewesen.«

Ich nickte und bedauerte es in diesem Moment einerseits auch, dachte dann aber, dass die ganze Geschichte womöglich eine andere gewesen wäre und ich Moritz dann vielleicht gar nicht kennengelernt hätte.

Der Abend war so schön. Ich war richtig traurig, als meine Großmutter irgendwann sagte, dass sie müde sei und ins Bett gehen wolle. Die Freude darüber, dass sie aber mittlerweile sogar Neuerungen in der Teestube nicht mehr kritisch gegenüberstand und wir uns so herzlich und liebevoll unterhalten hatten, war gigantisch und ließ mich innerlich tanzen.

Ich half ihr noch in der Küche, verabschiedete mich und ging dann auch in mein Zimmer.

Dort angekommen, zog ich meinen gemütlichen Hausanzug an und machte mir noch eine Honigmilch für den Abend. Ich schaute mich im Spiegel an und überlegte, dass ich so auch Moritz empfangen konnte, für den Fall, dass er bald zurückkäme. Ich gefiel mir im Spiegelbild.

Der süße Duft von Vanillemilch und Honig zog in meine Nase, und ich fühlte mich so wohl wie lange nicht.

Ich stellte mich ans Fenster und schaute den Schneeflocken bei ihrem Tanz vor den vielen Lichtern zu. Das kleine Vogelhaus mit dem Reetdach, das im Vorgarten stand, war schon eingeschneit. Auf den Spitzen der Kiefern, die auf dem Friesenwall wuchsen, hatten sich kugelige Hauben aus Schnee gebildet.

Der Garten wirkte eingehüllt unter dem Weiß wie verwunschen. Ich dachte an meine Kindheit, in der ich zum letzten Mal so einen Dezember mit viel Schnee auf Sylt erlebt hatte.

Mit einem Mal hatte ich Lust darauf, alte Bilder anzuschauen und in Erinnerungen zu schwelgen. Das war etwas, was ich sonst bisher eher vermieden hatte, wenn ich hier gewesen war.

Heute hatte ich den Eindruck, dass es mir guttun würde.

Ich stand auf und ging noch einmal hoch in Maries Zimmer, wo sich alle Fotoalben befanden. Ich horchte, ob Moritz zu Hause war, was aber nicht der Fall war, so leise war es in seinem Zimmer.

Meine Mutter hatte die Alben sorgfältig nach Jahren sortiert. Ich entschied, neben einem Album aus unserer Kindheit, wo ich sofort die Winterfotos entdeckte, mir auch eins der Alben auszusuchen, welche die Zeit abbildeten, in der Marie das Zepter in der Teestube übernommen hatte.

Ich war damals nicht oft auf Sylt gewesen, und es interessierte mich zu sehen, wie glücklich sie war in diesen Tagen. Meine Oma hatte mir ja bereits einige Bilder gezeigt, die mich tief berührten, weil sie Marie so strahlend zeigten.

Ich griff nach zwei Alben, die ich noch nicht kannte, und ging wieder in mein Zimmer. Ein Album zeigte ausschließlich Bilder verschiedener Torten-Kreationen meiner Schwester, die diese auf den Fotos präsentierte.

Unter den Fotos waren teilweise Rezepte notiert. Ich fand, dass diese unbedingt kopiert werden sollten, damit man sie vielleicht ins Angebot der Teestube integrieren konnte, wenn sie es nicht längst schon waren. Ich sah nämlich beim Überfliegen der Texte und Bilder, dass ich etliche Backwaren und Teemischungen bereits kannte.

Was mein Herz für einen Moment schwer machte, war das nächste Album, welches wirkte wie ein Tagebuch mit einigen Bildern.

Kurz dachte ich, dass es merkwürdig war, in den Erinnerungen meiner Schwester zu lesen. Dann aber waren schon auf den ersten Seiten so zauberhafte Fotos von uns beiden mit so herzlichen Vermerken eingebracht, dass ich nicht widerstehen konnte und weiterlas. Es waren liebevolle Zeilen, die meine Schwester hier über uns notiert hatte. Mir wurde warm ums Herz.

Das Album schilderte auch ihren Alltag in der Teestube und verschiedene Ideen, die sie hatte. So dokumentierte sie einen Kurs über die verschiedenen Zubereitungen von Teemischungen oder auch ein Seminar über das Verzieren von Keksen.

Ich schmunzelte über die Euphorie und die Detailverliebtheit meiner Schwester, die jedes Foto und jeder Text darunter erkennen ließen. Die persönlichen Einträge las ich alle, so sehr gingen sie mir zu Herzen.

Die handschriftlichen Worte meiner Schwester ließen mich in den Seiten des Albums versinken, und mit jedem Buchstaben fühlte ich das, was meine Oma schon beschrieben hatte. Die Wärme, die sie beim Blättern in den Alben in Maries Zimmer empfunden hatte, breitete sich auch in meinem Körper aus.

Am Ende des Buches traf ich dann auf einen Eintrag, der bei mir beinahe zu einem Herzstillstand führte. Wort für Wort las ich ihn, und mit jeder Zeile sackte tiefer, was ich kaum fassen wollte.

Maries Zeilen brachten alle Flugzeuge in meinem Bauch zum Abstürzen.

Es gibt etwas, womit ich meine Familie bald überraschen will. Aber erst, wenn wirklich alles feststeht und wir das Backen schon immer mal geübt haben. Noch soll keiner davon etwas wissen. Was bin ich aufgeregt! Das, was mir unser Prüfer eben erzählte, war großartig und gigantisch. Moritz und ich sind von der Kommission ausgewählt worden, die Sylter Konditoren bei der deutschlandweiten Konditorenmeisterschaft zu vertreten. Für mich eine kleine Sensation! Noch nie war Sylt bei dem Wettbewerb dabei! Und ausgerechnet Moritz und ich geben wohl auch in den Augen der Kommission ein Dream-Team ab.

Unsere geheimen nächtelangen Treffen und der Austausch der Ideen haben sich ausgezahlt. Ich bin völlig aus dem Häuschen, weil ich nicht fassen kann, dass mein Traum wahr wird. Das Dream-Team aus dem Sohn der Familie Jacobsen und der Teestuben-Betreiberin, mit dem wir bald die Sylter Konditorenwelt überraschen wollten, steht fest. Ich bin überglücklich, und wir können es kaum erwarten, allen davon zu erzählen und es endlich offiziell zu machen!

Fassungslos presste ich die Hand vor den Mund, und Tränen schossen in meine Augen. Endlich hatte ich eine Antwort darauf, was es gewesen sein könnte, was Marie mir hatte sagen wollen. Und dabei dachte ich weniger an den Wettbewerb. Das Wort *Dream-Team* hallte in meinem Kopf nach, und es fügte sich einiges. Auch die Worte meiner Oma passten dazu. Womöglich hatte Lisbeth doch recht gehabt mit ihrer Beobachtung. Vielleicht war Omas Befürchtung richtig, und Marie hatte die Beziehung auch vor ihr verheimlicht. Und es war erneut so, dass Moritz mich belogen hatte. Es stimmte nicht, dass es nur ein Lehrgang gewesen war, auf dem sie sich flüchtig kennenlernten. Es musste danach weitergegangen sein mit den beiden, denn diese Aufzeichnung war auf die Vorweihnachtszeit datiert.

Mein Zimmer, das Fotoalbum – alles drehte sich um mich herum, und mir war, als kämen die Wände auf mich zu, um mich jeden Moment zu erdrücken.

30. Moritz

Ich wäre so viel lieber bei dir, Luise. Ich kann es kaum erwarten zurückzukommen und hoffe, du schläfst bis dahin noch nicht. Kuss, Moritz.

Ich tippte die Nachricht an Luise kurz vor dem Nachtisch.

Der Abend war anstrengend. Ich hatte meinen Eltern nahegelegt, dass wir das Konzept mit dem *Friesencafé* überdenken und stattdessen daraus eine Art Zweigstelle der Teestube machen sollten, auch wenn die Gespräche mit Luises Eltern noch ausstanden. Unser Haus würde vor allem den Service stellen, während die Produkte aus der Teestube unser Sortiment bereichern könnten.

Wir würden so den erfreulichen Zustrom einiger Gäste zwar auffangen und halten können, würden aber aus der unmittelbaren Konkurrenz zur Teestube aussteigen. So argumentierte ich meinen Eltern gegenüber natürlich nicht. Ich stellte ihnen meine Konzepte dar, die von individuell angefertigten Teemischungen bis hin zu einem Online-Shop für Tee und Gebäck gingen, welches die Teestube uns liefern würde.

Bei allem, was ich mir überlegt hatte und an Argumenten vorbrachte, hatte ich Luise und ihre Familie im Sinn. Es war mir eine Herzensangelegenheit, dem Traditionshaus unter die Arme zu greifen. Nicht nur, weil mir Luise so wichtig geworden war, sondern auch, weil ich damit das Erbe meines Großvaters fortführte und an die Erinnerungen an Marie anknüpfte, die all ihr Herzblut in diese Teestube gesteckt hatte.

Meine Eltern waren unerwartet offen für meine Pläne. Meine Mutter noch eher als mein Vater. Das war viel wert, denn sie hatte natürlich wesentlichen Anteil an den Entscheidungen im Hause Jacobsen. Die Verhandlungen mit meinem Vater waren wie zu erwarten zäh und schwierig.

Mir schien jedoch, als würden sie erkennen, dass ich hierbleiben wollte, wenn ich mich auf das konzentrieren konnte, was mir wirklich lag und für das ich vollen Einsatz brachte. Auch ihre Mitarbeiter hatten bestätigt, dass das Know-how, welches ich mitbrachte, sicher nicht schaden könnte. Es wäre also abwegig, sich Profis im Bereich des Konditorwesens ins Haus zu holen, wo ich doch genau diese Eigenschaften vorweisen konnte und ausleben wollte. Und mit dem *Kliffstübchen*-Team hatten wir gleich Experten in allen Fragen rund um den Tee und seine Wirkungsweise an Bord.

Darüber hinaus hatte ich ihnen ebenso ehrlich gesagt, dass ich mich aus persönlichen Gründen entschied offenzulassen, wohin die Reise für mich gehen sollte. Dabei hatte ich Luise im Hinterkopf und die Hoffnung, dass das, was zwischen uns war, eine Zukunft hatte. Irgendetwas tief in meinem Herzen gab mir diese Zuversicht, die ich lange nicht in dieser Form gespürt hatte.

Ich merkte meinen Eltern an, dass sie nicht uneingeschränkt zufrieden waren mit dem, was ich ihnen als meinen Plan vorstellte. Vor allem mein Vater nicht. Dennoch hatte ich den Eindruck, dass wir uns zumindest auf den Kompromiss einigen konnten, dass ich zunächst das Projekt »Café« in Angriff nahm, welches ich an der Seite von Frau Merk angehen wollte. Ich schloss in diesem Fahrplan nicht aus, dass ich in einigen Jahren meinen Vater unterstützen wollte, sagte es ihm jedoch auch nicht zu.

Luise hatte zwar meine Nachricht gelesen, jedoch nicht geantwortet.

Meine Eltern orderten Champagner. »Mein Sohn, lass uns heute auf jeden Fall darauf anstoßen, dass du vorerst hierbleiben willst. Alles andere wird sich fügen«, erklärte mein Vater.

Er warf meiner Mutter einen abwartenden Blick zu.

»Ich bin stolz auf dich, mein Schatz«, raunte sie ihm zu und schmunzelte vielsagend. Sie streichelte ihm liebevoll die Wange, bevor sie mich mit einem herzlichen Blick bedachte. »Auf euch«, fügte sie hinzu.

»Vertrau mir, Papa. Das Bewusstsein für das Familienerbe werde ich nie verlieren.«

»Versprich nichts, was du nicht halten kannst. Aber dein Vater will sich nicht nachsagen lassen, der jungen Generation kein offenes Ohr geschenkt zu haben.« Er lächelte milde. »Und stell dir vor, auch ich bin in allererster Linie dankbar, dass du überhaupt zurückgekommen bist.«

So positiv hatte ich eine Unterhaltung mit meinem Vater selten erlebt. Meine Mutter schien ihm ordentlich ins Gewissen geredet zu haben. Aber wie auch immer es dazu gekommen war, dass er sich offener zeigte für meine Pläne – ich wollte mich einfach darüber freuen, statt nach den Beweggründen zu forschen.

Wir hoben die Gläser, und ich konnte es kaum erwarten, Luise von den Neuigkeiten zu erzählen. Ein Blick auf die Uhr ließ mich hoffen, dass es noch nicht zu spät und sie womöglich noch wach war.

»Ich bin müde, ihr Lieben. Seid mir nicht böse, aber ich verabschiede mich für heute. Ich will mich dann morgen mal mit Frau

Merk und Claas konkret unterhalten, wie es weitergehen wird und wo ich mich einbringen kann.«

»Danke, Moritz. Und eine gute Nacht«, sagte meine Mutter. Sie hatten nie genau nachgefragt, wo ich schlief, nachdem ich zunächst nur die Pension erwähnt hatte, in der ich zuerst übernachtet hatte, was mir aber auch ganz recht war.

Ich ging kurz an der Hotelbar vorbei, wo ich eine weitere Flasche Champagner holte. Diese packte ich ein und machte mich auf den Weg zu Luise.

Ich lief den Weg zu Fuß, und der eisige Wind an diesem Abend war ungemütlich.

Heute Abend war kaum noch etwas von Weihnachtsstimmung zu spüren, so rau und nasskalt empfing mich die Nacht. Auch wenn der Schnee nach wie vor schön aussah. Es war erst 21.30 Uhr, und ich hatte Hoffnung, dass bei Luise noch Licht brannte.

Ich kündigte meine Ankunft im *Kliffstübchen* mit einer weiteren Nachricht auf ihrem Handy an. Nach einigen Hundert Metern warf ich einen Blick auf das Telefon. Sie hatte sie noch nicht gelesen. Ich fürchtete, dass sie doch bereits schlief.

Seufzend setzte ich meinen Weg fort und kam vollkommen durchgefroren bei der Teestube an. Mit klammen Fingern nestelte ich nach dem Schlüssel und steckte ihn in die Tür. Sie öffnete sich knarzend, und ich trat in den finsteren Flur. So dunkel, wie er heute war, hatte ich ihn noch nie erlebt. Nicht einmal die elektrische Weihnachtsdeko leuchtete an diesem Abend.

Unsicher, ob ich zu Luises Zimmer gehen sollte, stand ich da und horchte.

Es war leise im ganzen Haus. Auch die Nachricht auf dem Handy war weiterhin ungelesen.

Enttäuscht ging ich in mein Zimmer, stellte die Flasche Champagner mangels Kühlschrank außen auf die Fensterbank und ging ins Bad. Wie es schien, musste ich mich gedulden und konnte erst am nächsten Tag mit Luise sprechen.

Ich hatte mir vorgenommen, die freudige Nachricht, dass meine Eltern sich zum ersten Mal Zeit genommen hatten, sich meine Pläne anzuhören, Luise zu überbringen, während ich auch mit meiner eigenen Geschichte reinen Tisch machen wollte.

Ich würde ihr sagen, wie es gewesen war, als ich zuletzt einen Abend in der Teestube verbracht hatte, in die ich erst vor ein paar Tagen nach drei quälenden Jahren zurückgekehrt war.

In meinem Kopf war ich unser Gespräch hundertmal durchgegangen, hatte mir jedes Wort zurechtgelegt, mir all ihre Ängste und Bedenken überlegt und hoffte, sie ihr nehmen zu können. Ich musste damit rechnen, dass sie verärgert war, dass ich ihr nicht früher davon erzählt hatte. Aber das konnte ich rückwirkend nicht mehr ändern, nur erklären. Ich konnte jetzt nur versuchen, dennoch ihr Vertrauen zu behalten. Das, was ich mit Marie erlebt hatte, war so ein tiefer Einschnitt in meinem Leben und schwebte lange wie ein Trauma über mir. Ich hoffte, sie würde verstehen, dass ich deshalb nicht immer den Weg fand, damit umzugehen, zu dem ich mir selbst als Außenstehender geraten hätte.

Ich lag in meinem Bett und starrte die Decke an. Langsam begann meine Gesichtshaut zu brennen, weil Wärme die Eiseskälte vertrieb. Ich war hellwach.

31. Luise

Ich lag im finsteren Zimmer und spürte, wie das Kissen unter meinem Kopf langsam ganz durchnässt wurde. Selten hatte ich erlebt, dass man so viele Tränen weinen konnte. Tränen der Enttäuschung darüber, dass dieser Mann, dem ich trotz anfänglicher Lügen eine zweite Chance gegeben und vertraut hatte, mich wieder enttäuscht hatte. Es waren auch Tränen der Wut auf ihn und auch auf mich, dass ich so naiv war vor lauter Verliebtheit.

Aber da war neben der Wut und Enttäuschung auch tiefe Traurigkeit. Mein Herz war wie von einem Vorschlaghammer getroffen und ins Taumeln gebracht worden. Ich hatte mich unsterblich in diesen Mann mit den schönsten Augen der Welt und der berührenden Art, mir zuzuhören und sich für meine Ziele zu interessieren und einzusetzen, verliebt. Moritz hatte so viel angestoßen bei mir und meine Gedanken und Emotionen in den wenigen Tagen komplett auf den Kopf gestellt. Er ließ mich daran glauben, dass ich mich hier auf Sylt doch wohlfühlen und an diesem Ort Glück empfinden konnte, obwohl ich meine geliebte Schwester nicht mehr an meiner Seite hatte, die hier verstorben war. An dem Ort, der unsere gemeinsame Heimat war.

Mit ihm fühlte es sich so an, als gebe es dennoch und doch wieder ein Leben auf der Insel, zumindest zeitweise. Denn er war, wie ich, ein Mensch, der die weite Welt liebte. Wir sprachen eine

Sprache, wenn wir sagten, dass wir nicht ausschließen wollten, irgendwann wieder in die Welt hinauszugehen und neue Orte zu entdecken. Wie fantastisch hatte es sich angefühlt, dass es einen Menschen gab, der ähnliche Träume hatte, während seine Wurzeln auch hier auf der kleinen Insel in der Nordsee lagen, zu der ihn unsichtbare Bande doch immer wieder zurückkehren ließen.

Doch er war wieder nicht ehrlich mit mir. Denn das, was Marie geschrieben hatte, war eindeutig. Mich erschütterte, was sie notiert hatte. Sie schrieb tatsächlich von einem Mann. Und dieser war ausgerechnet Moritz. Einerseits tat es weh, dass ich mich fühlte wie die zweite Wahl. Aber das allein war ja noch nicht einmal etwas, das ich ihm zum Vorwurf machen konnte. Es war ja nicht ausgeschlossen, dass er sich ein paar Jahre später zufällig ausgerechnet in die Schwester der Frau verliebte, an die er damals sein Herz verloren hatte. Auch wenn das für mich einen merkwürdigen Beigeschmack hatte. Vielleicht traute ich mir sogar zu, damit umzugehen.

Mich bedrückte daran besonders, dass ich in Moritz' Gegenwart so oft über Marie gesprochen und er nicht gesagt hatte, dass er sie offenbar doch besser kannte als nur von ein paar Begegnungen. Dabei hatten wir sonst so offene Gespräche geführt. Ich fühlte mich belogen und verletzt durch diese Heimlichtuerei. Offenbar kannte er Marie sogar sehr gut, wenn ich das, was sie schrieb, richtig deutete. Was meinte sie sonst mit *Dream-Team*? Waren sie womöglich ein Paar gewesen und das war es gewesen, was sie mir erzählen wollte? Ich konnte mir keinen Grund vorstellen, den ich gelten lassen würde, warum er nicht ehrlich mit mir war. Wenn er Angst hatte, dass ich deswegen nicht mit ihm zusammen sein wollte, war das längst keine Entschuldigung. Was könnte sonst der Grund für seine Geheimniskrämerei sein? In meinem Kopf fuhren die Gedanken Achterbahn. Stimmte es vielleicht doch, dass er sich bewusst hier einquartiert hatte, um nach und nach Informationen über die Teestube zu erhalten? Womöglich hatte er das auch schon mit meiner Schwester versucht. Diese Vorstellung ekelte mich direkt an.

Aber wie sollte es zusammenpassen, dass er dann so einen Wert darauf gelegt hatte, dass meine Großmutter das *Winterzauber*-Buch bekam? Sollte das zu seinem Plan gehören? Das wollte ich einfach nicht glauben. Seine Motivation, das Buch unserer Großeltern wieder zu der Person zu bringen, zu der es gehörte, war so warmherzig und wunderschön. Was er sich dabei gedacht hatte, zeugte von einem großen Herzen. Es durfte nicht wahr sein, dass auf der anderen Seite ein böser, berechnender Charakter hinter dieser liebenswerten und emotionalen Fassade stand.

Die Nacht war schrecklich. Ich meinte, ich hätte Moritz nach Hause kommen hören. Sicher hatte er mir noch eine Nachricht geschrieben. Aber ich hatte schon die erste nicht beantwortet und dann mein Handy auf lautlos gestellt und im Badezimmer liegen lassen, sodass ich es in meinem Bett nicht hören konnte.

Ich lag so lange wach, dass es nur die Erschöpfung war, die mich am Ende in einen unruhigen und albtraumlastigen Schlaf fallen ließ. Immer wieder schreckte ich hoch, träumte davon, dass meine Schwester mit Moritz zusammen war, und spürte den Schmerz darüber so realistisch, als wäre es so. Dabei wäre sie der Mensch gewesen, dem ich die große Liebe von Herzen gewünscht hätte. Moritz in meinem Traum an ihrer Seite zu sehen fühlte sich dennoch schwer an für mich. Ich sah wie ein Beobachter, wie meine Familie gemeinsam mit Moritz und Marie um den Weihnachtsbaum saß, daneben meine Oma mit einem Leuchten in den Augen, das einem Mann neben ihr galt, dessen Gesicht ich nicht erkennen konnte. Ich stand vor dem Fenster und fror, weil es dick verschneit war.

Im nächsten Traum war Marie es, die ebenso von Moritz belogen wurde, und ich diejenige, die versuchte, sie wieder aufzubauen. Sie, die sich nie etwas aus Männern gemacht hatte, entschied in meinem Traum nach der enttäuschenden Beziehung mit Moritz erst recht, von da an nur noch für die Teestube zu leben. Mein Kopf schien sich Erklärungen dafür zurechtzulegen, warum Moritz nicht ehrlich war. Schon im Traum spürte ich, wie mir schlecht wurde und sich alles um mich herum drehte.

Und dann sah ich, wie ihr Lebenstraum in Schutt und Asche lag, hörte die Sirenen der Feuerwehr und die Stimme des Arztes, der sagte, dass meine Schwester an den Folgen des Brandes verstorben war. Dichte graue Rußwolken waberten um mich herum, und der Weihnachtsglanz, der noch in meinem vorherigen Traum in der Teestube geleuchtet hatte, war verschwunden. Es fühlte sich an wie zu ersticken, und ich wachte schweißgebadet auf. Ich war erleichtert, dass der schreckliche Albtraum vorbei war.

Als ich auf die Uhr schaute, erschrak ich dennoch. Es war bereits nach 9 Uhr. Ich musste irgendwann am Morgen noch mal eingeschlafen sein, diesmal offenbar tiefer.

Hektisch stand ich auf und rief Franka auf dem Handy an.

Diese lachte, noch bevor ich etwas sagte, und erklärte, meine Oma hätte sie reingelassen, und sie wäre schon in der Teestube. Ich sollte mir keinen Stress machen, sie habe alles im Griff.

»Danke, Franka, du bist ein Schatz«, krächzte ich. Meine Stimme klang vom vielen Weinen ganz belegt.

»Ist alles in Ordnung?«, fragte Franka.

»Hab ganz schlecht geschlafen«, murmelte ich. Ich war froh, dass es mir gelang, endlich wieder einigermaßen die Fassung zu bewahren, da musste ich erst mal versuchen, dieses Gespräch zu beenden. »Eine Dusche wird helfen.«

»Wenn du magst, dreh doch erst mal eine Runde draußen. Es hat über Nacht so viel geschneit. Das ist ein seltenes Naturschauspiel. Ich war schon ganz früh unterwegs und kann es dir nur ans Herz legen. Das solltest du dir nicht entgehen lassen. Ich halte hier die Stellung, bis du da bist. Keine Sorge«, bot Franka an.

»Oh, das ist sehr lieb von dir. Tatsächlich täte mir das wohl ganz gut«, gab ich zu. »Vielleicht komme ich dann eine halbe Stunde später.«

»Kann auch eine Stunde sein. Liebe Grüße übrigens von Moritz«, flötete Franka. »Er war schon hier und hat wieder einen zauberhaften Blumenstrauß für dich vorbeigebracht. Diesmal hab auch sogar ich einen bekommen. Mein Mann wird Augen machen.« Sie kicherte.

Ich vergaß vor lauter Schreck, etwas zu sagen.

»Luise?«

»Oh, danke«, erwiderte ich schwach.

»Na, das klingt ja nach überbordender Freude«, stellte Franka fest.

»Sorry, ich bin irgendwie noch im Halbschlaf. Ich bin bald da!«

»Keine Panik. Dein Moritz musste sowieso los. Er sagte, ich solle dir ausrichten, dass er arbeiten muss.«

»Danke. Auch wenn er mir eigentlich keine Rechenschaft schuldig ist, *mein* Moritz«, murmelte ich. Im Hinterkopf fügte ich an, dass er es sonst ja mit ausführlichen Erklärungen auch nicht so ernst nahm. Ich witterte sein schlechtes Gewissen.

Auf meinem Handy sah ich einige Nachrichten von ihm. Die, in der er schrieb, dass er mich vermisste und er lieber bei mir als bei seinen Eltern war, hatte ich noch gelesen. Ich erinnerte mich, wie ich durch einen Tränenschleier hindurch die Worte entzifferte und das Handy beinahe an die Wand gepfeffert hätte. Höhnisch lachte ich auf. Plötzlich klang alles, was er schrieb, so zurechtgelegt und falsch.

Weiter fragte er, ob wir uns nachmittags zum Spaziergang treffen wollten. Franka sei in der Teestube, das hätte er schon geklärt.

Heute freute ich mich nicht darüber, dass er sich bereits darum gekümmert hatte, dass ich freihatte, sondern empfand es als Einmischen in meine Planung. Was fiel ihm ein, über meinen Tag zu entscheiden und irgendwas mit meiner Mitarbeiterin abzuklären?

»Heute habe ich keine Zeit«, schrieb ich zurück. »Ich bin tagsüber voll eingespannt und treffe mich abends mit potenziellen neuen Geschäftspartnern.«

Mit Genugtuung sendete ich die Nachricht ab.

Wenige Minuten später klingelte mein Handy, und er rief an.

Ich stellte es auf lautlos, stieg unter die Dusche, und das Rauschen des Wassers überspielte das Vibrieren.

Vor dem Fenster der Dusche sah ich, dass Eiszapfen sich am Reetdach gebildet hatten, und für einen Moment wünschte ich, mein Herz wäre aus Eis und dieser Schmerz nicht so unerträglich. Ich seufzte.

Moritz schrieb danach noch, dass er sich auch spätabends über ein Treffen freuen würde. Ich solle mich jederzeit melden.

Ich fuhr zunächst an den Strand von Kampen. Es waren bereits einige erste Autospuren Richtung Strand zu sehen. Franka hatte recht, und es war atemberaubend, die Insel unter einer dichten Schneeschicht zu sehen. Die Orte wirkten wie beruhigt und gezuckert.

Oberhalb des Wassers stellte ich mich an den Steg und ließ den eisigen Wind meinen Kopf freipusten. Ich war allein am Strand, als ich hinunterging. Spuren im Schnee zeigten, dass aber schon andere diesen Ort besucht hatten. Am Vortag schien ein Trecker über den Sand gefahren zu sein. In den Furchen sammelte sich der Schnee. Hinter den Strandkörben war es zu Verwehungen gekommen, die malerische Gebilde kreiert hatten.

Ich lief hinunter ans Meer und ging dort einige Meter. Über dem Strand entdeckte ich etwas, was ich noch nie zuvor gesehen hatte. Marie hatte mir jedoch einmal von dieser Erscheinung am Himmel berichtet. Um die Sonne hatte sich ein runder Lichtkreis gebildet, der sich wie ein Heiligenschein um den glühenden Ball legte. Der Anblick war fantastisch. Erst recht, als eine Möwe diesen »Haloring« durchkreuzte.

Ich bedauerte, dass ich diesen Moment allein erlebte und ihn niemandem zeigen konnte. Dabei dachte ich an Marie und stellte mir vor, dass sie mir damit ein Zeichen sendete, dass alles wieder gut werden würde. Mein Herz wurde dennoch wieder schwer. Der gefrorene Sand knarzte unter meinen Füßen, als ich mich langsam wieder auf den Weg zur Teestube machte. Ich war unendlich traurig, und nicht einmal der Weg am Meer hatte meine Seele aufgehellt.

Auf der Fahrt zum *Kliffstübchen* überlegte ich, wie es mir gelingen könnte, Moritz auszuweichen, falls er auf die Idee kam, zwischendurch dort vorbeizuschauen. Mit nachdenklich in Falten gelegter Stirn betrat ich den Gastraum, wo Franka gerade ein Pärchen bediente. Ich freute mich auch auf ein heißes Getränk.

Ich entdeckte an einem der Tische unsere Stammkunden Herrn und Frau Menke, die ich bereits bei meiner Ankunft getroffen hatte.

»Guten Morgen, ich freue mich, Sie bei uns zu begrüßen«,

sagte ich und trat an ihren Tisch. »Und was für ein grandioses Wetter Sie mitgebracht haben.« Ich lächelte, auch wenn mir das heute schwerfiel.

»Oh, guten Morgen, Frau Wellendorf! Es ist ein wahrer Wintertraum, da haben Sie recht. Und wir sind so gerne hier. Es ist so schön zu sehen, wie liebevoll Sie weiterhin hier alles arrangieren. Die Gemütlichkeit bei Ihnen ist einfach unschlagbar auf der Insel. Gerade in der Weihnachtszeit gibt es keinen Ort, an dem wir uns so wundervoll auf die Festtage einstimmen lassen können wie hier. Das Ambiente und Ihre zauberhaften Teevariationen gehören für uns zu Weihnachten wie der Jöölboom.« Sie lachte.

»Ach, vielen Dank! Das freut mich wirklich sehr zu hören«, erwiderte ich.

»Waren Sie jetzt schon einmal im Hotel?« Frau Menke schaute mich freundlich an.

»Nein, ich hörte aber viel Gutes. Es muss wunderschön sein.« Ein beklemmendes Gefühl zog durch meinen Bauch.

»Das ist es!« Sie hielt halb die Hand vor den Mund, als wolle sie mir ein Geheimnis erzählen. »Aber darf ich Ihnen mal was im Vertrauen sagen? Wir schätzen die Jacobsens seit vielen Jahren sehr. Was aber das Angebot im Café angeht, da können die dort so manches von Ihnen lernen«, raunte sie mir zu.

»Oh, tatsächlich?« Ich spürte, wie sich nun Genugtuung in mir breitmachte. »Ich will mir auf jeden Fall mal ein Bild von dem Hotel nach dem Umbau machen.«

»Das sollten Sie unbedingt«, bekräftige mich Frau Menke in meiner Absicht. Ich nickte und war dankbar, dass Franka in diesem Moment nach mir rief.

Ich verabschiedete mich von unseren Gästen und ging zu ihr. Mein Kopf schwirrte, und ich atmete tief durch.

»Du siehst ja grauenvoll aus«, stellte Franka mit schockiertem Gesichtsausdruck fest.

»Danke, ich hab so was schon befürchtet. Heute muss es auch mal ein Kaffee sein. Und zwar ein besonders starker«, sagte ich zerknirscht.

Wir gingen kurz in die Küche, wo unsere Kaffeemaschine stand. In der Teestube servierten wir nur Tee. Franka kochte mir einen Kaffee.

»So schlimm? Haben deine Augenringe mit Sorgen um Inga, dem *Kliffstübchen* oder Moritz zu tun?«

»Letzteres, aber sei mir nicht böse, ich mag grad gar nicht mehr drüber reden.« Meine Stimme war dünn. Es fiel mir schwer, über Moritz oder das Hotel zu sprechen. Ich hatte mich schon gegenüber Frau Menke zusammenreißen müssen.

Franka nahm mich schweigend in den Arm, und diese Geste baute mich auf.

»Ich hab deiner Mama doch versprochen, auf dich aufzupassen, mein Liebes«, erklärte sie und streichelte mir fürsorglich die Wange. »Kann ich sonst irgendwas tun? Willst du dir nicht ein paar Stunden freinehmen? Ich krieg das hier schon hin.«

»Das ist lieb, danke. Aber gerade die Ablenkung ist heute genau das Richtige.« Dankbar lächelte ich.

»Wenn es was gibt, sag Bescheid. Ich bin da«, erklärte Franka.

»Einen Gefallen kannst du mir tun«, fiel mir ein. Interessiert blickte Franka mich an. »Bitte sag Moritz, falls er danach fragt, dass du heute Nachmittag doch früher Feierabend machst und ich deswegen nicht hier wegkann.«

»Verstehe. Das mache ich. Auch, wenn's mir schwerfällt.« Franka presste die Lippen aufeinander. »Ich geh mal wieder raus. Heute ist ja in der Tat ganz gut zu tun.«

»Das freut mich auch. Vor allem, dass Stammgäste wieder hier sind wie Familie Menke. Mama würde sehr glücklich sein.«

»Da gebe ich dir recht«, stimmte Franka mir zu und eilte schon wieder Richtung Gastraum.

Ich lehnte mich an eine Arbeitsplatte und trank den heißen Kaffee, der meine angeschlagenen Geister wach rüttelte.

Genießerisch schloss ich die Augen, als meine Oma um die Ecke kam.

»Oma, möchtest du vielleicht auch einen Kaffee?«

»Ach, danke, gerne. Der tut zwischendurch ja auch mal ganz gut bei dem vielen Tee.« Sie lächelte. »Mädchen, du siehst aus, als hättest du Kummer. Und heute Morgen hast du Franka nicht reingelassen. Muss ich mir Sorgen machen?«

Fieberhaft überlegte ich, wie ich antworten konnte, ohne dass Oma sich Gedanken machte. Ich war mir sicher, sie würde sich aufregen, wenn sie erfuhr, dass mein Zustand mit Moritz, den sie so sehr schätzte, zu tun hatte. Außerdem musste ich bestätigen, dass Marie womöglich tatsächlich heimlich verliebt gewesen war. Ich wusste ja jetzt, dass meiner Oma das wehtun würde und sie deshalb Schuldgefühle hatte. Sie fürchtete, dass Marie es ihr damals verschwiegen hatte, weil sie befürchtete, dass Oma kein Verständnis für eine Beziehung haben würde.

»Ich hatte heute einfach eine dieser Nächte, in denen man ganz viel nachdenkt«, erklärte ich, was ja nicht gelogen war.

»Oh, diese Nächte kenne ich nur allzu gut. Sie rauben einem wortwörtlich den Schlaf. War es denn etwas Akutes, das dich wach gehalten hat?«, ließ sie nicht locker. »Ich sehe da eine Zornesfalte!«

Ich hob die Schultern, hielt sie eine Weile dort, um sie matt fallen zu lassen, und nickte.

»Ich habe an Marie gedacht. Habe mir alte Fotoalben angeschaut und darin einige Dinge gelesen, die mich nachdenklich gemacht haben.«

»Das klingt, als richte sich dein Ärger gegen Marie?« Betroffen schaute sie mich an. Ich hatte ihr einen Stuhl zurechtgerückt, auf den sie sich setzte.

»Nein. Nicht gegen Marie. Sie hat gar nicht direkt was damit zu tun.«

»Du sprichst in Rätseln. Aber ist es so schlimm, dass du deshalb wertvolle Lebenszeit opferst mit Groll und Ärger? Lass dir von einer Fachfrau, die diesen Fehler für sich leider perfektioniert hat, sagen, dass das keine gute Lösung ist.« Sanft lächelte sie. »Ich wünschte, ich hätte öfter nach diesem Credo gelebt.«

»Ich wünschte, es wäre nicht so schlimm«, murmelte ich.

»Wenn dafür ein Gespräch nötig ist, um alles zu bereinigen, dann führe es«, riet sie mir. Ich holte Luft, setzte an, um irgendwas zu erwidern, als sie jedoch weitersprach. »Und ja, ich kann und muss dir sogar diesen Ratschlag geben, weil ich so viel falsch gemacht habe im Leben. Reden hätte in den meisten Fällen geholfen. Was aber kaum half, war mein Groll gegen alles und jeden.« Sie hob die Augenbrauen. »Irgendeinen Sinn muss das ja gehabt haben. Und wenn es der ist, dich nun davor zu bewahren, einen ähnlichen Fehler zu begehen.«

Sie schaute mich an, und ihre Augen schienen nachdrücklich zu funkeln. »Gib ihm noch eine Chance«, sagte sie, trank ihren Kaffee und stand dann auf, um die Küche zu verlassen.

Ich schaute ihr noch hinterher. Sie ahnte also, dass es um Moritz ging. Unser Gespräch kam mir vor wie ein ganz neuer Weg zwischen uns, dank der viel besseren Beziehung, die meine Oma und ich miteinander geknüpft hatten. Aber aktuell war ich so wütend, dass ich mir nicht vorstellen konnte, mit Moritz in aller

Ruhe zu reden. Ich fürchtete, ich würde vor lauter Verzweiflung eher auf ihn losgehen, was in keinerlei Hinsicht hilfreich wäre.

Ich brauchte Abstand und musste für mich erst mal sortieren, wie es weitergehen könnte. Außerdem konnte ich es nicht zulassen, dass Franka hier dauerhaft die Arbeit allein schulterte. Meine Eltern hatten mich um Hilfe gebeten und nicht darum, hier tagtäglich stundenlang meine Liebesprobleme zu managen.

Ich verabschiedete Franka an diesem Tag früh in den Feierabend, und die Arbeit lenkte mich ab. Ich hatte ein wenig Sorge, dass Moritz trotzdem vor der Tür stehen würde. Stattdessen schrieb er mir jedoch eine Nachricht.

> Viel Erfolg nachher für die Gespräche. Ich bin in Gedanken bei dir. Du musst mir unbedingt davon berichten. Du schaffst das. Vermisse dich. Moritz.

Ich ließ das Handy sinken und überlegte, ob er wirklich nicht ahnte, dass das, was ich geschrieben hatte, nur eine Ausrede war. Es musste ihm doch merkwürdig vorkommen, dass ich so distanziert antwortete.

Aber vielleicht war er tatsächlich nicht der Moritz, für den ich ihn hielt, und er sah wirklich nur seine eigenen Ziele, und seine guten Wünsche waren nur aufgesetzt.

Mein Blick ging zu dem wunderschönen Blumenstrauß, den er mir mitgebracht hatte. Ich hatte mich gar nicht dafür bedankt, wollte es aber auch gerade nicht.

Durch die letzten zwei Stunden des Arbeitstages kämpfte ich mich mit Bauchschmerzen. Mir schlug die Situation auf den Magen.

Als es endlich 18 Uhr war, schloss ich die Tür der Teestube

ab. Ich wollte noch eine Runde spazieren gehen. Heute würde ich mit dem Auto irgendwohin fahren und dort laufen. Ich hatte keine Lust, in Keitum noch irgendwo Moritz zu begegnen.

Und wenn er mich doch suchen würde, wäre ich halt offiziell bei diesem Geschäftstermin, den ich erfunden hatte.

Ich holte mir einen dicken Mantel, stieg ins Auto und startete den Motor. Gerade wollte ich zurücksetzen und drehte mich um, da erschrak ich, weil jemand an meine Fensterscheibe klopfte.

Ich schlug die Hand an die Brust und atmete tief, als ich versuchte zu erkennen, wer es war. Ich ahnte es bereits, und mein Verdacht bestätigte sich.

Ich ließ den Fensterheber runter.

»Moritz, hi. Ich bin spät dran, leider habe ich keine Zeit.«

»Das weiß ich ja, ich wollte dir auch nur ganz schnell viel Erfolg wünschen und dir einen kleinen Glücksbringer vorbeibringen.«

Er lächelte, und ich wich seinem Blick aus, weil dieser mir schlagartig wieder die Sinne vernebelte und allen Ärger innerhalb weniger Sekunden wie ungeschehen aussehen ließ. Auch diese Geste wirkte wieder so liebenswert, dass es mir schwerfiel, die eiserne Miene zu wahren. Zaghaft lugte ich wieder in seine Richtung.

Er hielt mir eine kleine Schachtel entgegen.

»Moritz. Das ist sehr lieb von dir«, sagte ich. »Aber ich muss los«, log ich.

»Willst du nicht wenigstens einmal hineinschauen?« Sein enttäuschter Blick war herzzerreißend, aber dann dachte ich daran, was ich in Maries Aufzeichnungen gelesen hatte, und sah unsere gemeinsamen Stunden am Strand vor meinem inneren Auge vorbeifliegen. In diesem Moment machte Moritz' unschuldiges Auftreten mich eher wütend.

»Dich quält wohl das schlechte Gewissen«, sagte ich schroff und erntete einen entsetzten Blick.

»Das schlechte Gewissen? Im Gegenteil, ich habe wundervolle Nachrichten! Was ist los?« Seine Stimme klang überzeugend ratlos.

»Ist nur die Frage, ob sie für dich oder für mich wundervoll sind?« Ich funkelte ihn wütend an.

»Ich verstehe nicht, worauf du hinauswillst.« Er hob verzweifelt die Hände, und seinem Gesichtsausdruck nach sagte er diesmal die Wahrheit. Vielleicht war er aber tatsächlich nur ein hervorragender Schauspieler.

»Wieso werde ich den Verdacht nicht los, dass du immer wieder nicht ehrlich zu mir bist? Und wer sagt mir, dass all deine guten Wünsche und lieb gemeinten Glücksbringer nicht nur Show sind?«

»Aber Luise«, stammelte er.

»Ich bin so naiv gewesen, dass ich dir meine Sorgen und Ängste anvertraut und tatsächlich daran geglaubt habe, dass du es ernst meinst und mir helfen willst.« Ich schüttelte den Kopf. »Und dass das mit uns wirklich eine Chance hat.« Verachtend schaute ich an ihm herunter. »Dabei hätte ich schon von Anfang an ahnen müssen, dass eine Lüge immer weitere nach sich zieht.«

»Aber Luise, ich habe dich nicht noch einmal belogen. Und ich wollte dir alles erzählen«, sagte er dann.

Was bis gerade eben noch wie eine zarte Flamme von Hoffnung darauf, dass das alles ein großes Missverständnis war, in mir flackerte, war mit seinen Worten schlagartig ausgetreten. Sie trafen mein Herz wie Pfeilspitzen. Er wusste, worauf ich hinauswollte. Was er sagte, klang für mich wie ein Geständnis, und ich fuhr das Fenster hoch, ohne sein Geschenk anzuschauen, und ließ den Wagen langsam anrollen. Er trat einen Schritt zurück, und sein Blick schien Unmengen von Entschuldigungen aussprechen zu wollen. Seine wunderschönen Lippen formten irgendwelche Worte. Mich erreichten sie aber nicht mehr, sondern ich fuhr, mit Tränen in den Augen, vom Grundstück und weiter in Richtung Munkmarsch, von wo es nach Braderup und dann über Wenningstedt nach Kampen ging.

Ich drehte die Musik auf und versuchte, an den Tränen vorbei auf die Straße zu schauen. Nur mühsam gelang mir das. Es war stockdunkel, sodass ich mich besonders konzentrieren musste. Das war der einzige Grund, warum ich es schaffte, nicht direkt wieder hemmungslos zu weinen.

Schon in Munkmarsch klappte es nicht länger weiterzufahren, und ich fuhr rechts in eine Straße, wo ich mein Auto abstellte.

Ich tupfte meine Tränen ab, wickelte den Schal fester um meinen Hals und lief durch den schneebedeckten Sand ans Meer, das gerade aufgrund der Flut bis an den Sandstrand reichte. Sanftes Plätschern und die fast magische Stille an diesem Ort, an dem ich in der Ferne nur unzählige funkelnde Lichter der Häuser sehen konnte, die wirkten wie eine große Lichterkette, beruhigten mich. Der Wind trocknete die restlichen Tränen und verwandelte sie in einen eiskalten Film auf meiner Haut.

Ich stand einen Moment lang da, lief langsam ein paar Schritte, und die kühle Luft und der Sturm fegten Wut, Traurigkeit und Verzweiflung aus meinem Kopf.

Mir ging es sofort ein wenig besser, und ich staunte, welche Wirkung das Meer, die Einsamkeit und die Ruhe auf mich hatten.

Es war sehr finster hier, und ich konnte nur dank des Schnees ein wenig erkennen, wusste aber ganz genau, was ich sonst wo sehen konnte. Einer meiner Lieblingsorte lag genau zwischen Munkmarsch und Keitum, die Lügenbrücke. Höhnisch lachte ich auf. »Ich hätte rechtzeitig mit Moritz drübergehen sollen, vielleicht wäre es dann nicht so weit gekommen, dass ich mich auf diese Weise in ihn verliebt hatte. Die Brücke wäre unter seinen Füßen zusammengebrochen und er zu Tal gegangen. Wäre es wahr, was man sich über diese Brücke erzählte, würde es einem vielleicht viel Kummer ersparen«, flüsterte ich in die Dunkelheit.

Luise, bitte lass mich dir alles erklären.

Die Nachricht, die mir Moritz gerade schickte, löschte ich, ohne darauf zu antworten.

Nachdem wenig später eine weitere gekommen war, in der er mir schrieb, er würde sich freuen, wenn ich mich nach meinem Termin melde, stellte ich den Ton aus und steckte das Telefon weg.

Ich lief noch ein paar Hundert Meter am Wasser entlang, hatte dann aber Angst, weil es immer dunkler wurde, je weiter ich mich von der Straße entfernte. Im Sommer wäre ein Spaziergang um diese Zeit herrlich gewesen. Aber jetzt war es hier doch eher unheimlich.

Noch war es zu früh, um wieder zurück in die Teestube zu fahren. Die Gefahr, dass Moritz dort auf mich wartete, war zu groß. Schlagartig fühlte sich das Alleinsein nicht mehr gut an. Ich fühlte mich verloren und unendlich einsam.

Da vibrierte in meiner Tasche erneut das Handy. Zögerlich griff ich danach. Diesmal war es nicht Moritz, sondern ein Anruf der lieben Franka, der wie gerufen kam.

»Luise, ich hatte heute so ein schlechtes Gefühl. Ich möchte nicht, dass du heute Abend alleine bist. Hast du Lust vorbeizukommen? Mein Mann ist spontan mit seinen Kumpels unterwegs, und ich habe gekocht. Es wäre doch zu schade, wenn ich das nachher wegwerfen müsste.«

»Franka, wie so oft in den letzten Tagen bist du meine Rettung«, erklärte ich. »Du kennst mich gut. Ich würde mich wirklich freuen. Ich bin in ein paar Minuten da.« Dankbar legte ich auf. Ich wollte noch schnell meiner Oma Bescheid sagen, dass ich noch zu Franka fuhr, damit sie sich keine Sorgen machte, falls sie nach mir suchte. Außerdem wollte ich seit ihrem Sturz immer mal anrufen, um sicherzugehen, dass es ihr gut ging.

»Mach dir einen schönen Abend. Und versuch, dich nicht allzu sehr aufzuregen. Es klärt sich alles wieder auf«, gab sie mir einen Rat. »Ich werde früh schlafen gehen heute. Lisbeths Tochter hat mich heute ganz schön gefordert.«

»Danke, Oma. Dir später eine gute Nacht, erhol dich gut, und morgen früh sehen wir uns.«

Ich fuhr in Richtung Archsum, wo Franka in einem alten Resthof mit ihrem Mann und etlichen Tieren lebte. Seit ihr Mann früh in Rente gegangen war, hatten sie hier ihren eigenen kleinen Bauernhof. Sie arbeitete in der Teestube, weil sie es gerne tat und froh war, dass sie so tagtäglich einer Aufgabe nachkam, während ihr Mann sich um die Tiere und den Hof kümmerte.

Als ich vorfuhr, kam mir bereits ihr Hund Wagner entgegengerannt.

»Hey, Wagner, grüß dich«, sagte ich und knuddelte den großen Weimaraner. Sein Fell war seidenweich. Ich hatte bei meinem letzten Besuch Franka gemeinsam mit meinen Eltern einmal auf ihrem Hof getroffen und das Tier kennengelernt.

In der Tür des Bauernhauses erwartete mich bereits Franka.

»Franka, es ist so traumhaft dekoriert hier bei dir! Wow«, staunte ich und deutete in den Garten, wo eine kleine Schar Rehe aus Draht mit darin eingeflochtenen Lichterketten graste und auf der anderen Seite mehrere kleine Tannen in goldenem Licht erstrahlten.

Ein knorriger Apfelbaum war bis in die Äste hinein umwickelt mit einem Lichterschlauch. Das rot geklinkerte Backsteinhaus mit weißen Fensterrahmen und einer hellblauen Tür wurde rundherum von kleinen Spots angestrahlt.

In den weißen Butzenfenstern standen gedimmte Lampen, und goldene Kugeln an dicken roten Bändern hingen in den Rahmen.

»Ach, du kennst mich ja. Ich liebe es ein bisschen übertrieben. Das gilt für die Kalorien in meinen Torten genauso wie für die Dekoration unseres Hauses.« Sie kicherte. »Deine Mama schmückt im Übrigen nicht ganz allein die Teestube jedes Jahr zu Weihnachten.« Sie zwinkerte.

»Es sieht toll aus. Genau so muss das sein um die Feiertage herum«, stellte ich anerkennend fest.

»Nun komm schon herein! Es ist so kalt. Da will ja nicht einmal Wagner draußen bleiben«, bemerkte Franka und klopfte dem Tier den Rücken, das sich gerade an ihr vorbeischob und in die warme Stube trottete. Franka war so klein und der Hund so groß, dass sie sich dafür gar nicht bücken musste.

Wagner rollte sich im gemütlichen Wohnzimmer vor dem Kamin ein und beobachtete, wie Franka den Tisch deckte.

»Mmh, was ist das Feines? Es duftet ja köstlich«, sagte ich und warf einen Blick in die Schüssel.

»Lauch-Hack-Suppe«, erklärte Franka. »Und lass noch ein bisschen Platz im Magen. Als Nachtisch gibt es Bratapfel mit Vanillesoße.«

Mir lief das Wasser im Mund zusammen. »Oh, Franka! Ich werde mich nach Hause rollen müssen«, schmunzelte ich.

»Das ist gut für die Seele. Manchmal ist das die Hauptsache.

Ein paar Minuten dauert es noch, dann bin ich bei dir«, erklärte Franka.

»Kann ich dir bei irgendwas helfen?«, bot ich an.

»Nee, danke. Lehn dich mal zurück, und quatsch 'ne Runde mit Wagner«, sagte sie lachend.

Ich warf dem Hund einen Blick zu. Dieser hatte demonstrativ die Augen geschlossen. Ich lehnte mich zurück und schaute mich in dem gemütlichen Wohnzimmer um.

Es gab eine Ecke mit Sofa und zwei Sesseln in einem dunklen Grau mit kuscheligen beigefarbenen Decken und Kissen. Der Kamin in diesem Bereich rundete das behagliche Ambiente ab. Im Hintergrund lief klassische Musik.

Franka kam mit frischem Brot und Schalen sowie Löffeln auf einem Tablett ins Wohnzimmer.

»Getränke stehen ja schon auf dem Tisch und die Suppenschüssel auch«, erklärte sie. »Setz dich doch«, sagte sie und nahm ebenso Platz.

»Guten Appetit. Ich freue mich, dass du so spontan vorbeigekommen bist.« Sie lächelte herzlich. »Und ich behaupte, du siehst jetzt auch ein klein wenig glücklicher aus als vorhin.«

»Diese Suppe ist schon beim ersten Löffel ein Gedicht! Einfach superlecker«, lobte ich Frankas Kochkünste. »Dank dir bin ich nun wieder etwas besser drauf. Was für ein Glück, dass du angerufen hast.«

»Das freut mich«, antwortete Franka. »Kein guter Tag heute, was?« Franka aß einen Löffel Suppe und schaute mich fragend an.

»Gar nicht gut, nein.« Ich zuckte matt die Achseln. »Ich hatte schon vergessen, wie schrecklich es sein kann, verliebt zu sein.« Ich grinste gequält.

Franka nickte. »So wunderbar es in einem Moment ist, so

schmerzhaft ist es manchmal im nächsten. Aber meinst du nicht, das renkt sich alles wieder ein?«

»Ich hoffe es ja irgendwie auch. Aber ich bin so enttäuscht.« Geknickt presste ich die Lippen aufeinander.

»Was hat er denn verbrochen, unser Lieblingsferiengast?« Franka lächelte zaghaft.

Ich erzählte Franka alles, und sie lauschte meinen Worten aufmerksam.

Nachdenklich legte sie die Stirn in Falten.

»Ich schwöre, ich habe auch nichts gewusst von diesem Wettbewerb. Und schon gar nicht, dass die beiden womöglich ein Paar waren.« Fassungslos schüttelte sie den Kopf. »Das hätte ich doch mitbekommen. Ich hätte ihn dann doch sofort wiedererkannt.« Franka war mit einem Mal ganz unruhig, und ich griff nach ihrer Hand.

»Hey, Franka, schon okay! Mir geht es vielmehr darum, dass Moritz mir doch wenigstens einmal hätte sagen können, dass er Marie nicht nur flüchtig, sondern offenbar sehr gut kannte. Er hätte es mir erzählen *müssen*.« Ungläubig schüttelte ich den Kopf. Es tat mir gut, mir meine Sorgen und Gedanken von der Seele zu reden.

Während wir sprachen, vibrierte mein Handy. Es war Moritz, der anrief. Ich nahm das Telefonat nicht an, auch nicht, als er es kurz darauf wieder versuchte. Wütend, dass er nicht respektierte, dass ich Abstand brauchte, stellte ich mein Handy aus.

32. Moritz

Ich saß in meinem Zimmer und starrte abwechselnd auf mein Handy und dann auf den Plan mit möglichen Ideen für Kooperationen, den ich ausgearbeitet hatte.

Vor mir sah ich Luises Augen, aus denen so viel Enttäuschung sprach. Ich boxte vor Wut über mich selbst in ein Kissen. Es waren nun schon bald zwei Stunden vergangen, in denen Luise mir nicht antwortete.

Ich hatte große Angst davor, nun diese wunderbare Frau endgültig verloren zu haben. Ich ärgerte mich über mich selbst, dass der Moment, um mit Luise über alles zu sprechen, zu spät kam.

Ich wünschte mir nichts mehr, als dass sie mir noch eine einzige Chance gab, ihr alles zu erklären. Ich wollte, dass sie verstand, warum es mir so schwergefallen war, ihr zu sagen, dass ich Marie besser kannte als nur von ein paar Begegnungen, ja, sogar an dem Abend, an dem sie starb, vorher bei ihr gewesen war.

Das, was ich ihr erzählen musste, weckte schlimme Bilder, Erinnerungen und Schuldgefühle in mir, die mich bisher davon abgehalten hatten, es ihr anzuvertrauen. Erst recht, als sie andeutete, dass noch Fragen zur Geschichte ihrer Schwester offen waren. Ich hatte Angst bekommen, meine Schuldgefühle nach diesem Abend seien doch berechtigt. Ich hoffte jetzt, dass sie versuchen würde, mich zu verstehen. Ich wollte, dass sie erkannte, dass es kein böser Wille von mir gewesen war, nicht über alles mit ihr zu reden. Dass es allein die Zeit war, die noch nicht reif gewesen war, ihr dieses finstere Kapitel in meinem Leben offenzulegen. Nicht zuletzt, weil diese tieftraurige Geschichte nicht zu den Hochgefühlen und der Leichtigkeit passte, die eine junge Verliebtheit auslösten. Eher würden sie sie vielleicht sogar im Keim ersticken, was meine große Angst war. Wie erschlagen von allen Emotionen, die in mir aneinanderprallten, lag ich auf meinem Bett.

Die Zeit verging so zäh, dass ich es kaum aushielt. Ich überlegte fieberhaft, ob Luise plötzlich erfahren haben könnte, was geschehen war in dieser schrecklichen Nacht vor drei Jahren. Sie wusste ja noch nichts davon, dass auch Marie das Rezeptbuch schon in den Händen gehalten hatte. Die schreckliche Sorge, dass es das Buch war, welches sie damals abgelenkt und den Brand zu spät hatte entdecken lassen, trug nur ich mit mir. Niemand sonst hatte je davon erfahren.

Von dem Vorschlag der Prüfer, dass wir die Insel beim großen Wettbewerb vertreten sollten, wusste außer uns niemand. Oder hatte Inga eine Ahnung? Waren in dem Fotoalbum Bilder von Marie, auf denen auch ich zu sehen war? Auf einigen Gruppenbildern bestimmt. Vielleicht war Inga das aufgefallen und sie interpretierte mehr in die Fotos hinein? Ich hatte ja ein Fotoalbum bei ihr gesehen. Das konnte ich mir durchaus vorstellen und Luises Enttäuschung darüber, dass ich ihr das nicht erzählt hatte, auch nachvollziehen. Ich musste endlich alles klarstellen und dabei die ganze Geschichte erzählen.

Ich drehte in meinem Zimmer beinahe durch und war mir sicher, dass Luise nicht in den nächsten Minuten zurückkommen würde, zumal sie auf keine meiner Nachrichten reagiert und die letzten nicht einmal gelesen hatte. Ich schaute auf die Uhr. Noch war es nicht allzu spät. Ich überlegte, ob ich zu Inga gehen und sie um Rat fragen sollte.

Inga war gut auf mich zu sprechen. Gleichzeitig war sie aber auch eine Frau der klaren Worte und würde mir, wenn sie mir etwas zu sagen hatte, keinen Honig um den Bart schmieren.

Kurzerhand rappelte ich mich auf, straffte die Schultern und ging hinüber zu Ingas Wohnung. Entschlossen klopfte ich an die Tür. Zunächst öffnete niemand. Dann aber hörte ich etwas.

»Inga?«, fragte ich und lauschte an der Tür. Ingas Stimme erklang schwach. Ich konnte aber nicht verstehen, was sie sagte. Ich wartete kurz, aber sie kam nicht zur Tür.

Dann verstand ich meinen Namen. Es klang wie ein Hilferuf.

»Inga, ist alles in Ordnung?« Mein Herz raste, ich hatte ein ungutes Gefühl. Ich rüttelte am Türknauf, aber konnte die Tür nicht öffnen.

Ich lief hektisch nach draußen, um zu schauen, ob Luises Auto schon wieder da war, was nicht der Fall war. Ich wählte ihre Nummer, sie ging jedoch nicht dran.

Von außen konnte ich durch ein Fenster in Ingas Wohnung sehen und erkannte mit Schrecken, dass Inga neben ihrem Sessel auf dem Boden kauerte, die Krücken lagen etwas entfernt von ihr.

Ich schaute, ob ich ein geöffnetes Fenster entdeckte, was aber nicht der Fall war.

Mir fiel die Nachbarin Lisbeth ein. Vielleicht hatte sie einen Schlüssel für den Fall der Fälle.

Ich rannte zu ihrem Haus, so schnell es der vereiste Weg und die Schneedecke zuließen, und klingelte. Verwirrt öffnete sie die Tür.

»Nanu?« Ihr Blick war sichtlich überrascht.

»Hallo, ich bin Moritz, der Feriengast des *Kliffstübchens*«, stellte ich mich vor, obwohl sie ja genau wusste, wer ich war. Fahrig nickte sie. »Inga ist gestürzt, ich habe es von draußen gesehen, aber kann nicht in die Wohnung. Haben Sie einen Schlüssel? Luise ist nicht da, und ich will nicht die Tür aufbrechen«, erklärte ich kurz.

»Ja, habe ich«, sagte Lisbeth mit aufgeregter Stimme, griff an ein Schlüsselbrett und reichte mir mit zittrigen Fingern den Schlüssel.

»Danke!« Ich rannte wieder zum Haus, lief über den Flur zur Wohnungstür von Inga und öffnete diese. Lisbeth folgte mir. Auf dem Boden kauerte Inga mit angestrengter Miene. Als sie mich sah, wirkte sie erleichtert.

»Inga!«, rief ich und kniete mich auf den Boden. Ich griff nach einer Decke, die auf dem Sessel lag. Inga war eiskalt und zitterte. »Was ist passiert?«

»Moritz, du bist ein Engel«, sagte Inga mit schwacher Stimme. »Ich komme nicht mehr hoch. Es ist mir sehr unangenehm«, fügte sie hinzu und schaute betroffen an sich herunter.

»Mach dir keine Gedanken«, sagte ich.

»Es ist schrecklich, alt zu werden. Und mit dieser Blessur aufzustehen war unmöglich.« Verzweifelt schüttelte sie den Kopf.

Ich griff ihr unter die Arme und hob sie sicher und behutsam auf den Sessel.

»Danke, Moritz«, sagte sie erleichtert. »Ich kann dir nicht sagen, wie froh ich bin, dass du da bist.« Ihr Blick ging zu Lisbeth, die mit besorgtem Blick im Türrahmen stand. »Danke auch dir, meine Liebe. Es ist alles in Ordnung. Ich kam nur nicht wieder hoch. Ich hatte was fallen lassen, das ich aufheben wollte, und weil ich nicht wieder auf die Beine oder vielmehr auf die Krücken kam, hab ich mich sicherheitshalber erst mal ganz hingesetzt. Und da hockte ich nun.«

»Inga, dann bin ich sehr erleichtert«, sagte Lisbeth. »Da hast du uns aber einen ordentlichen Schrecken eingejagt.« Sie schüttelte aufgelöst den Kopf. »Ich würde dann wieder rübergehen?«

»Vielen Dank, ja. Wir sehen uns morgen, und ich lade dich gerne auf Kuchen und Tee ein«, rief Inga ihr zu, und Lisbeth verabschiedete sich lächelnd und ging zur Tür hinaus.

»Nun hat sie wieder was zu erzählen«, feixte Inga schon wieder und schüttelte den Kopf. »Sie ist schon eine ganz schöne Schnackerin, meine Lisbeth. Aber gut, dass es sie gibt.« Sie schaute mich ein paar Sekunden lang an.

»Absolut«, gab ich ihr recht und dachte daran, wie Lisbeth gleich Meldung gemacht hatte, als sie mich im Zimmer der Teestube bemerkte.

»Aber was um alles in der Welt wolltest du denn nun bei mir, als du erst geklopft und dann durch mein Fenster gelugt hast?« Mit schief gelegtem Kopf schaute sie mich an und deutete dann auf eine Kanne, die auf dem Tisch stand. Daneben ein Töpfchen mit Honig. »Falls du auch nicht schlafen konntest, empfehle ich dir eine Tasse Honigmilch. Sie bewirkt Wunder. So lange hab ich dank dir ja hier nun doch nicht gehockt. Die Milch dürfte noch heiß sein, und für uns zwei reicht sie wohl auch.«

»Da sage ich nicht Nein«, erklärte ich.

»Tassen sind dort«, sagte sie und deutete auf einen Schrank.

Ich griff mir eine Tasse, schenkte uns beiden Milch ein und gab Honig hinzu.

»Hast du Luise gesucht? Die ist bei Franka«, plauderte Inga drauflos, und ich wunderte mich, hatte sie doch gesagt, dass sie in Sachen neue Kooperationen unterwegs war.

»Sie war heute nicht besonders gut auf mich zu sprechen«, gab ich zu und erntete Ingas bestätigendes Nicken.

»Verwunderlich?«

»Ich denke nicht, nein.« Ich senkte den Blick und schüttelte ratlos den Kopf.

»Ich weiß nicht, was du verbrochen hast, aber ich hoffe, dass du eine überzeugende Erklärung dafür hast. Besser noch, eine Entschuldigung.«

»Nichts beschäftigt mich gerade mehr! Und ehrlich gesagt bin ich auch deswegen hier.«

»Du bist deswegen *hier*? Bei mir?« Ingas Blick war sichtlich überrascht. »Ich glaube kaum, dass *ich* dir eine große Hilfe bin, aber schieß los.« Erwartungsvoll blickte sie mich an.

»Ich war ein schrecklicher Feigling. Das heißt, vielleicht bin ich es noch immer.« Mein Puls beschleunigte sich, und ich suchte nach Worten. Noch ehe ich antworten konnte, fuhr sie allerdings schon fort.

»Es hat irgendwas mit Marie zu tun?« Inga hob nachdenklich die Augenbrauen, und ich nickte.

»Ich habe erneut einen großen Fehler begangen, und das, obwohl ich schon nach dem ersten hätte wissen müssen, dass mir das kein zweites Mal passieren darf. Ich bin ein Idiot«, erzählte ich. Ich erntete einen vielsagenden Blick der alten Dame. »Und nein, ich erwarte keinerlei Antwort darauf«, fügte ich sicherheitshalber hinzu. Verkrampft presste ich die Lippen zu einem Lächeln zusammen.

Inga sagte nichts, sondern lächelte mild. »Aber es gibt kaum einen Fehler, den man nicht wiedergutmachen kann. Wenn man nicht gerade jemanden umgebracht hat oder so.« Sie hob gespielt entsetzt die Augenbrauen, und ich schluckte.

»Inga, darf ich dir etwas anvertrauen und dich um deine Meinung bitten, was ich tun soll?«

Ein Zittern lag in meiner Stimme, und ich blickte in die blassblauen Augen der alten Dame. Auf meiner Zunge spürte ich den süßen Geschmack der Honigmilch, die heiß und wärmend meinen Körper ausfüllte. Dies fühlte sich angenehm wohltuend nach Kindheit und Geborgenheit an.

Es fiel mir mit einem Mal leicht, Inga zu erzählen, was damals geschehen war und warum ich die Insel verlassen musste. Dass ich an dem Abend, an dem der Brand geschah, bei Marie war. Offiziell, weil wir für den Wettbewerb probten, aber auch, weil ich schon damals versucht hatte, ihr das Rezeptbuch zu geben. Dass ich noch als der Brand geschah, versuchte, Marie zu retten, und ich ihr dennoch nicht mehr helfen konnte, weshalb ich bis heute mit schlimmen Schuldgefühlen kämpfte. Dass es mir nicht gelungen war, Luise davon zu erzählen, dass schon Marie von dem Rezeptbuch wusste, weil ich dann erklären musste, warum es dennoch heute bei mir war. Es fühlte sich befreiend an, mit der alten Dame zu reden. Inga anzuvertrauen, wie tief seitdem meine Verbindung zur Familie Wellendorf war, ohne dass jemand davon wusste, kam mir richtig vor. Ich hoffte, dass sie mir am Ende einen Rat geben konnte und verstand, dass sich für mich ein Kreis schloss, als das *Winterzauber*-Buch nun endlich wieder dort war, wo es hingehörte. Ich erzählte ihr, dass es deshalb am Ende die Liebe meines Großvaters zu ihr, Inga Wellendorf, war, die auch mich mit Luise zu einer Frau führte, die ich auf gar keinen Fall wieder gehen lassen wollte.

Kurz befürchtete ich, dass die Geschichte die körperlich angeschlagene Dame zu sehr aufregen würde. Diese Sorge nahm sie mir bald, als sie mir klar und aufrichtig zuhörte, mich am Ende fest in den Arm nahm und mir ihre volle Unterstützung anbot. Sie war sichtlich bewegt von meiner Geschichte, wirkte aber nicht nur traurig, sondern ehrlich interessiert.

»Immerhin habe ich nun endlich eine Erklärung für Lisbeths Feststellung, dass Marie sich damals in der Zeit vor ihrem Tod heimlich mit einem Mann in der Backstube vergnügte«, stellte sie nüchtern fest. Verschmitzt lächelte sie, und ich hob unschuldig die Hände. »Ein Wunder, dass meine aufmerksame Nachbarin dich gar nicht wiedererkannt hat.«

»Also das Vergnügen lag einzig und allein beim Backen«, bemerkte ich. »Ich schwöre es dir! Und ich habe mich vielleicht ziemlich verändert in den letzten Jahren. Damals trug ich noch viel längere Haare.« Wir mussten beide trotz der traurigen Erinnerungen lachen, als Inga wieder einen ernsten Gesichtsausdruck bekam.

»Weißt du, dass deine Erzählung *mich* auch ein Stück weit beruhigt?«

Fragend schaute ich sie an.

»Ich habe lange befürchtet, dass Marie doch verliebt war und sie ihre Liebe aus reinem Pflichtbewusstsein mir und der Teestube gegenüber in den Hintergrund stellte. Du kennst Lisbeth mittlerweile ja auch – sie hatte schon damals ein waches Auge, und ich ahnte, dass irgendwas dran sein muss an ihrer Beobachtung.« Vielsagend schüttelte Inga den Kopf. »Weil Marie aber nie einen Mann erwähnte, hatte ich Sorge, das tat sie mir gegenüber bewusst nicht, um das Bild zu wahren, dass es für sie nur die Teestube gab. Als neulich Luise davon sprach, sie habe kurz vor Maries Tod die Nachricht erhalten, sie wolle ihr etwas sagen, bestärkte das meine Angst. Und dann war sie nun plötzlich so wütend auf dich. Das hat auch mich verunsichert. Ich habe oft bereut, dass ich Marie das Gefühl gegeben haben könnte, dass sie ihr Glück hintanstellen sollte.« Bedauernd seufzte sie. »Gerade ich! Nach meiner Geschichte. Den Fehler habe ich ja auch bei Luise gemacht. Die hat sich nur nicht davon beeindrucken lassen.«

Ich schluckte, ratlos, was ich darauf antworten sollte. »Marie war eine bemerkenswerte Persönlichkeit. Leider habe ich sie nur viel zu kurz gekannt. Aber was ich zu meinem Eindruck von ihr sagen kann, ist, dass sie sehr ehrlich war. Ich bin überzeugt, dass sie dir eine Liebe nicht verheimlicht hätte.« Ich nickte bestätigend. »Und ganz sicher kann ich sagen, dass sie definitiv keine heimliche Liebesbeziehung geführt hat. Jedenfalls nicht mit mir!« Ich schmunzelte.

Inga lächelte gedankenverloren. »Ein Stück weit hast du dir den Schlamassel ja nun selbst eingebrockt. Obwohl du längst reinen Tisch hättest machen sollen, verstehe ich aber auch deine Gründe, die es dir erschwerten. Und ich kann dich auch schon mal beruhigen. Dich trifft keine Schuld an dem schrecklichen Unglück vor drei Jahren. Davon mach dich mal frei. Viel mehr will ich dazu gar nicht sagen. Das kann dir Luise ganz in Ruhe erklären. Nun mach du jedenfalls mal Butter bei die Fische, und dann schaun wir mal weiter«, munterte sie mich auf, und ihre lieben Augen strahlten Zuversicht aus.

33. Luise

»Nun plagt ihn das schlechte Gewissen. Ständig schreibt er und ruft andauernd an. Wie auch immer es weitergeht, er soll jetzt ruhig ein wenig zappeln und sich Gedanken machen, was da schiefgelaufen ist.«

Franka nickte. »Ich verstehe dich. Dass du sauer bist, ist klar. Irgendwas sagt mir aber, dass es einen Weg für euch gibt. Ihr passt so gut zueinander. Dieses Leuchten in euren Augen, das war vom ersten Moment an etwas ganz Besonderes; ist es noch immer. Und so schräg das klingt, dass sogar Inga so ein gutes Gefühl hat, was euch zwei angeht, das bestätigt meine Vermutung, dass ihr euch einfach über den Weg laufen *solltet*. Gib noch nicht auf, Luise. Ich lehne mich vielleicht weit aus dem Fenster, aber ich würde das nicht sagen, wenn ich nicht überzeugt davon wäre, dass es richtig ist.«

»Franka, mein größter Wunsch ist, dass ich irgendwann zurückschauen und sagen kann, dass du recht hattest.« Beklommen lächelte ich.

»Das hoffe ich auch«, erklärte sie. »Und jetzt gibt es als Seelenfutter erst mal Bratapfel mit Vanillesoße.« Mit diesen Worten stand sie auf, und wir räumten zusammen den Tisch ab.

»Oh, wie wundervoll«, freute ich mich. »Das habe ich zuletzt bei meiner Oma gegessen, und das ist schon ein paar Jahre her, glaube ich.«

»Wunderbar! Apropos Oma. Unsere Inga, die ist echt zäh, oder?«, stellte Franka fest. »Es geht ihr doch erstaunlich gut nach ihrem Sturz, oder täusche ich mich?«

»Nein, absolut. Sie ist wirklich ein Phänomen. Ich höre sie kaum jammern oder hadern mit der Situation. Das ist schon bemerkenswert.«

Mir fiel ein, dass es sicherer wäre, ich würde mein Handy nicht ganz ausgeschaltet lassen für den Fall, dass Inga anrief. Immerhin konnte ich nicht ausschließen, dass sie noch ein wenig wackelig auf den Beinen war.

Wir stellten das Geschirr in die Spülmaschine, und ich füllte die Vanillesoße in eine Karaffe, während Franka die Bratäpfel anrichtete.

»Mmh, wie das duftet«, freute ich mich und leckte mir über die Lippen. »Nie hätte ich geahnt, was das noch für ein schöner Abend wird.«

»Das freut mich wirklich sehr. Und da sieht man mal, wozu so eine spontane Männer-Verabredung gut sein kann. Erst hatte ich mich noch geärgert, als mein Mann abdampfen wollte. Aber das hat doch jetzt perfekt gepasst.«

Wir gingen zurück ins Esszimmer.

»Wollen wir uns vor den Kamin setzen? Das hat dann fast ein bisschen was von Weihnachten, findest du nicht?«, schlug Franka vor, und ich nickte begeistert.

Auf dem Kaminsims stand auch bei Franka der traditionelle Jöölboom. Sie hatte diesen modern interpretiert, was mir auch sehr gefiel.

Franka hatte das Pferd und den Hahn auf Salzteigplättchen mit Farbe gemalt, dazu das Tannengrün nicht am Holzgestell direkt befestigt, sondern einen Kranz gebunden, den sie dann am Jöölboom angebracht hatte. Dieser war verziert mit silbernen und weißen Sternen sowie verschiedenen Schleifen.

Ich setzte mich in die weichen, tiefen Kissen des Sofas, und dank des Flackerns des Feuers und der sanften Wärme fühlte ich mich hier so wohl, als sei dies mein Zuhause. Schon der erste Bissen des Bratapfels mit Vanillesoße, der nach einem Hauch von Orange und Zimt schmeckte, zauberte Weihnachtsvorfreude.

Erst nach dem vorzüglichen Dessert fiel mir wieder ein, dass ich mein Handy anstellen wollte.

Ich ging zu meiner Tasche. Kurz nach dem Anschalten gingen, wie erwartet, mehrere Nachrichten über verpasste Anrufe von Moritz ein. Dazu eine weitere Nachricht meiner Eltern, die mir ein Foto sendeten, auf dem sie sehr glücklich aussahen.

»Schau mal«, sagte ich und zeigte Franka das Foto. »Meinen Eltern geht es so richtig gut. Du glaubst nicht, wie sehr mich das freut. Ich bin mir sicher, Mama ist wieder ganz die Alte und hat ordentlich Kraft getankt, wenn sie zurückkommt.«

»Das sieht ganz danach aus.« Franka machte eine Pause. »Und willst du uns dann wirklich sofort wieder verlassen?«, fragte Franka mit traurigem Blick.

»Ganz ehrlich? Gerade kann ich mir kaum vorstellen, wieder in Hamburg zu sein. Auch, wenn ich in meinem Ärger über Moritz kurz daran gedacht hatte, schnellstmöglich wieder die Koffer zu packen.« Nachdenklich drehte ich mein Glas in den Händen.

»Kommt es für dich denn überhaupt gar nicht infrage, dass du ganz hier auf Sylt bleibst? Deinen Job kannst du doch von überall aus erledigen, oder habe ich das falsch verstanden?«

Die Antwort auf die Frage, die Franka mir stellte, hatte ich bisher noch nie wirklich zu Ende gedacht. Lange erschien mir dieser

Gedanke viel zu abwegig. Noch hatte ich Urlaub, würde aber bald einmal schauen, wie es mit der Arbeit von hier aus klappen würde.

Ich hob unsicher die Schultern.

»Arbeiten kann ich von überall aus, das stimmt. Hier und da muss ich mal reisen, aber das ginge ja auch. Richtig konkret darüber nachgedacht habe ich bisher kaum. Weil ich mir lange auch sehr sicher war, dass Sylt als Lebensmittelpunkt für mich, erst recht nach Maries Tod, nicht mehr infrage kommt. Früher kam es mir hier immer zu eng vor. Jeder kannte jeden, und die Möglichkeiten schienen so begrenzt. Das sehe ich heute gar nicht mehr so. Vielmehr hatte ich in den letzten Jahren Angst davor, hier auf Sylt wieder mit den vielen Erinnerungen an Marie konfrontiert zu werden. Ich dachte, ich ertrage das nicht. Und gerade die Geschichte mit Moritz zeigt mir jetzt auch, dass diese Angst nicht unberechtigt ist.« Ich lächelte schief.

»Meinst du nicht, Moritz könnte auch ein weiterer Baustein sein, der dir dabei hilft, hier wieder so etwas wie eine Heimat zu finden? Jemand, der dich auffängt, wenn du mal traurig bist. Gerade, weil er Marie auch gekannt hat?«

»›Gekannt‹ ist gut. Mich wundert nur, dass er Marie das Buch nicht gegeben hat, wenn sie sich doch offenbar ständig getroffen haben.« Ich schüttelte ratlos den Kopf. »Grad klingt das alles so abwegig.« Nachdenklich schaute ich Franka an und nickte zögerlich. »Aber das mag schon sein, ja. Womöglich trägt von uns jeder für sich Marie auf seine Art im Herzen. Das beschreibt auch dieses wunderschöne Gefühl von Vertrautheit, das ich bei ihm empfinde. Also, was ich jedenfalls bis gestern so fühlte«, korrigierte ich meine Aussage.

»Warte mal ab, wie sich alles aufklärt.«

Als ich mich nach einer weiteren Stunde von Franka verabschiedete, ging es mir so viel besser als noch vor unserem Treffen.

Ich fuhr wieder in Richtung Teestube und freute mich auf mein Bett. Der Tag war emotional anstrengend gewesen für mich, und ich merkte, wie mir die Erschöpfung vor lauter Wut, Ärger und dennoch auch Hoffnung in den Knochen steckte. Auch wenn der Abend dem Tag nun eine schöne Wendung gegeben hatte.

Das Haus lag im Dunkeln, als ich ankam. Auch ein Blick in Richtung Moritz' Zimmer zeigte, dass er entweder nicht da war oder aber schon schlief. Im Nebengebäude bei meiner Oma brannte jedoch noch Licht, was mich wunderte.

Sicherheitshalber trat ich ein wenig näher an das Haus und konnte einen Blick auf meine Oma erhaschen, die im Sessel saß und lächelnd irgendwem etwas erzählte. Ich hatte zunächst Lisbeth in Verdacht, war dann allerdings mehr als erstaunt, als ich sah, dass es Moritz war, der ihr gegenübersaß.

Ob es Wut oder Überraschung war, die mich überkam, konnte ich nicht genau sagen. Was ich sicher wusste, war, dass ich schnellstmöglich und ohne von den beiden entdeckt zu werden, in mein Zimmer kommen wollte. Dies gelang mir glücklicherweise. Ich machte mich eilig im Bad fertig und lag kurz darauf schon im Bett.

An Schlafen war trotz meiner immensen Erschöpfung nicht zu denken. Ich überlegte, wie es dazu kam, dass Moritz plaudernd mit meiner Großmutter in ihrem Wohnzimmer saß.

Andererseits hatte ich ja auch kein Recht dazu, ihm das zu verbieten. Meine Großmutter mochte ihn, und umgekehrt war es wohl auch so. Außerdem konnte es ja auch sein, dass sie gemeinsam in Erinnerungen an Moritz' Großvater schwelgten.

Wenn meine Großmutter dabei so glücklich war, sollte ich meine Wut auf Moritz deswegen hintanstellen.

34. Moritz

Ich hatte mit Inga den Plan geschmiedet, dass ich vor dem Frühstück schon in Richtung Hotel aufbrechen wollte. Inga hielt es für besser, sie würde zunächst mit Luise sprechen und ihr erzählen, dass ich ihr gestern nach dem kleinen Zwischenfall geholfen hatte.

Dies wäre ein geeigneter Einstieg in ein Gespräch, in dem sie Luise ans Herz legen wollte, mir die Chance zu geben, ihr einiges zu erklären.

Der Abend mit Inga hatte mich bewegt. Es gab etliche Geschichten, die sie mir über meinen Großvater erzählen konnte. Es ging auch um das Buch und die Rezepte darin, zu denen wir, aus ihrer Erinnerung heraus, zusammen mit meinen Erfahrungen, Ideen entwickelt hatten für die Weihnachtszeit in der Teestube und in unserem Hotel.

Ich war nervös, als ich im Hotel ankam. An Frühstück war nicht zu denken. Wohl aber an einen Kaffee.

Frau Merk aus dem Café, die gerade einige Unterlagen in einem Ordner in den Händen trug und mir auf dem Weg ins Café entgegenkam, begrüßte mich freundlich.

»Guten Morgen, Herr Jacobsen.«

»Guten Morgen, wie schön, dass wir uns treffen. Bald kann

unser erstes Meeting stattfinden. In Absprache mit meinen Eltern habe ich einige Ideen entwickelt.«

»Das klingt gut.« Interessiert lächelte sie.

»Nicht alles soll sofort umgesetzt werden, aber manches betrifft noch die Zeit bis Weihnachten. Ich bin schon gespannt, Ihre Meinung zu erfahren.« Frau Merk wurde leicht rot. Es schien sie zu freuen, dass ich sie mit einbezog in die Planung.

»Es ist so, dass es in meinen Plänen vor allem um eine Kooperation gehen soll. Da ich da erst noch ein paar Gespräche führen muss, würde ich diese gerne noch abwarten und mich dann vielleicht sogar gemeinsam mit den Kooperationspartnern und Ihnen zusammensetzen.«

»Sie wissen, wo Sie mich finden. Ich freue mich.« Sie lächelte und lief in einen der Nebenräume.

»Könnte ich wohl einen Kaffee bekommen?«, fragte ich eine weitere Mitarbeiterin, die gerade hinter dem Verkaufstresen an der Kaffeemaschine stand.

»Selbstverständlich, Herr Jacobsen«, antwortete diese und bereitete mir einen Kaffee zu.

Dankbar nahm ich die Tasse entgegen und setzte mich an einen der Tische.

Ich hatte mein Tablet mitgebracht, auf dem ich verschiedene Events von meinen Reisen, die ich hier auf Sylt ebenso für umsetzbar hielt, in Kurzpräsentationen skizziert hatte.

Allem voran gab es in einem Hotel einen Weihnachtsmarkt, der Spezialitäten der Region und Produkte verschiedener Unternehmer vor Ort präsentierte. Das Hotel lag in Südtirol, die Produkte waren italienischer und österreichischer Herkunft, und ich erinnerte mich an das große Interesse der Urlauber und Hotelgäste an diesem Event. Der Zulauf war enorm gewesen, und ich hatte damals gleich daran gedacht, dass ich mir das für unser Hotel ebenso vorstellen konnte.

An Ständen vor dem Haupthaus im Freien hatten die Besucher verschiedene Spezialitäten kosten können, es gab neben heißen Getränken und Speisen auch handgemachte Produkte, die die Urlauber als Mitbringsel und Geschenke kauften.

Ich erinnerte mich noch gut an die vielen köstlichen Gerüche rund um die Holzbuden. Über Feuer wurde geräuchert, und auf großen Grills bereiteten die Wirte Fleisch und Fisch zu. Es waren tolle Rezepte und mit so raffinierten Gewürzen, dass mir die Gerichte bis heute als Gaumenfreude in Erinnerung geblieben waren.

Läden wie den Blumenladen im Ort und vielleicht auch den Laden für Wohnartikel, Dekoration und Accessoires würde ich neben der Teestube ansprechen wollen. All das ginge aber nur, wenn Luise dem Ganzen zustimmen würde. Und nicht nur, weil es immer weiter auf Weihnachten zuging, wollte ich endlich mit Luise reinen Tisch machen und ihr von meinen Plänen erzählen.

Nun aber musste ich mich erst einmal gedulden und Ingas Anruf abwarten.

Claas kam im Café vorbei. Ich freute mich, ihn zu sehen.

»Moin, Moritz, hast du einen Moment Zeit?«, erkundigte er sich höflich.

»Klar, nimm bitte Platz«, bot ich an, und er lächelte und setzte sich zu mir.

»Weißt du, in den letzten Tagen war es hier ein wenig turbulent.« Er wirkte unsicher und starrte beim Reden auf seine Hände, mit denen er nervös rang.

»Es geht darum, dass wir mehr und mehr mitbekommen, dass wir das, was das Café eigentlich an Aufwand benötigt, kaum leisten können. Es wird großartig angenommen, was uns natürlich freut. Aber mein Team und ich sind in der Küche des Restaurants voll ausgelastet. Den Service im Café kriegen wir zwar gut hin, jedoch fehlen die Ressourcen beim Backen und Anrichten von Kuchen, Torten und Heißgetränken. Dafür bräuchte es eigentlich ein eigenes Team.« Er schaute mich an, und mir schien, als überlege er, wie er etwas formulieren sollte. »Es häuften sich zuletzt leider auch Beschwerden. Nicht dramatisch, aber wir werden da unserem Standard einfach nicht gerecht. Offenbar mangelt es bei den Produkten doch noch an Qualität. Als du mich begleitet hast in der Küche, klang durch, dass die Konditorei und das ganze Drumherum zu einem deiner Steckenpferde gehören. Meinst du, du könntest uns in dieser Hinsicht unterstützen und deinen Input mit einfließen lassen in das Café? Wir stoßen da gerade an unsere Grenzen und müssen uns eingestehen, dass das nicht mal so eben parallel umzusetzen ist.«

Zerknirscht blickte er mich an. »Die Nerven lagen so manches Mal blank. Es kam wohl schon zu Streits unter den Leuten im Team, als diese sich deinen Eltern gegenüber kritisch äußerten. Das wollen wir selbstverständlich verhindern, und das tut uns leid. Während deine Mutter zunächst überrascht darauf reagierte, dass die Kolleginnen und Kollegen ihr mitteilten, dass sie mit der zusätzlichen Aufgabe derzeit überfordert seien, war es dein Vater, der mir den Rat gab, dich direkt einmal darauf anzusprechen.«

Erstaunt darüber, dass mein Vater indirekt Entgegenkommen mir gegenüber zeigte mit dem Rat, Claas solle sich an mich wenden, hob ich die Augenbrauen. Ich vermutete, die Offenheit meiner Eltern meinen Plänen gegenüber rührte auch daher, dass ihre Mitarbeiter ihnen bereits von den Problemen berichtet hatten. Der Küchenchef fuhr fort.

»Es müssen Entscheidungen getroffen werden, die uns entlasten. Und speziell bei dir habe ich das Gefühl, dass du uns mit deiner Erfahrung und deinen Ideen unter die Arme greifen könntest.«

»Danke für deine offenen Worte. Es freut mich sehr, wie engagiert du dir Gedanken machst und dich für dein Team, aber damit auch für die Belange des Hauses einbringst. Ich lasse mir gerade sowieso einige Ideen durch den Kopf gehen, von denen ich der festen Überzeugung bin, dass diese die nötige Unterstützung bringen können. Gerne bringe ich auch mein Wissen im Alltagsgeschäft mit ein. Darüber hinaus habe ich einen Plan, den ich dir hoffentlich bald konkret vorstellen kann. Dafür bedarf es jedoch zunächst noch klärender Gespräche. Sobald diese erfolgreich verlaufen sind, würde ich mich gerne mit dir und Frau Merk zusammensetzen und eine ganz neue Strategie für das Café entwickeln, von dem dann alle Bereiche profitieren.« Abwartend schaute ich ihn an und stellte zufrieden fest, dass er begeistert nickte. »So viel kann ich dir schon einmal versprechen: Ich stehe dir mit all meinem Wissen und meinen Erfahrungen uneingeschränkt zur Verfügung. Und wenn ich dabei auch als Schnittstelle in der Kommunikation zwischen meinen Eltern und dem Team dienen kann, umso besser.«

»Das klingt wunderbar. Danke, Moritz, dass du dir die Zeit nimmst. Ich freue mich zu erfahren, was du dir überlegt hast.«

Ich lächelte und nickte. »Ich bin ebenso gespannt, was du dazu sagst, und bin überzeugt, dass wir gemeinsam ganz viele tolle Ideen umsetzen werden.«

Es machte mir Freude zu sehen, wie engagiert die Mitarbeiter und Mitarbeiterinnen meiner Eltern bei ihrer Arbeit waren. Außerdem hatte das Gespräch mit Claas mich darin bestärkt, dass eine Kooperation mit der kleinen Teestube tatsächlich etwas sein konnte, von dem beide Seiten profitierten. Das Team im Hotel bot exzellenten Service und höchste Kundenorientierung, während ich das Know-how zum Backen und Herstellen von Torten, Keksen und Gebäck mitbrachte, was ich gerne weitergeben würde. Nicht zuletzt würde ich dabei auf die Rezepte Ingas und meines Großvaters zurückgreifen. Wenn dieses begleitet werden würde von individuellen Teemischungen seitens der Teestube und Torten, die Franka dort anfertigte, könnte dies ein perfektes Zusammenspiel werden. Ich war sehr gespannt, wie es weitergehen würde.

Bis zum frühen Nachmittag war ich im Hotel beschäftigt und hielt mich im Café auf. Ich führte Gespräche mit verschiedenen Leuten aus der Gastro-Abteilung, die mich bezüglich der aktuellen Abläufe im Hause auf den neuesten Stand brachten, und las mich ein in die derzeit gültigen Speisekarten und Angebote.

Mittags hatte ich gemeinsam mit dem Team in der hauseigenen Kantine gegessen und mich mit den Leuten hervorragend verstanden. Sie sahen mich als einen von ihnen an und merkten schnell, dass ich keinesfalls den Chefposten übernehmen wollte. Wir lachten, tauschten uns aus, und es formten sich erste Pläne für die Zukunft. Sie erzählten von den letzten Events im Hause, an denen ich nicht teilgenommen hatte. Und als ich davon berichtete, was ich dazu in anderen Hotels in Deutschland und auch anderen Ländern gesehen hatte, waren auch sie begeistert und überzeugt davon, dass man so manche Idee auch hier adaptieren konnte.

Vor allem aber hatte mich die Zeit vom Grübeln über mein Gespräch mit Luise abgelenkt.

Nachmittags kam endlich ein Anruf von Inga.

»Hallo, Moritz. Wie wir beide vermutet haben, war es nicht ganz leicht, Luise davon zu überzeugen, dass sie sich den Abend heute für dich freinehmen soll.«

»Hallo, Inga, aber – ist es dir gelungen? Will Luise mit mir reden?« Ich spürte, wie mein Herz aufgeregt schlug.

»Du glaubst ja wohl nicht, dass eine Inga Wellendorf sich so leicht abwimmeln lässt.« Sie lachte leise. »Nun, mein Junge, ist es aber an dir, dass ich nicht dumm dastehe. Jetzt darfst du nicht wieder kalte Füße bekommen. Ich behaupte, viele Chancen wird sie dir nicht mehr geben.«

»Versprochen, Inga. Drück mir die Daumen«, sagte ich, und mein Puls lief weiterhin auf Hochtouren.

»Ich schlage vor, du kommst einfach gegen 17 Uhr zur Teestube. Franka hält die Stellung bis Feierabend.«

»Ihr seid super! Vielen, vielen Dank, Inga.«

»Da nich für.« Mit diesen Worten legte sie auf.

Nun war ich zu nervös, um mich länger auf das Hotel zu konzentrieren. Stattdessen rief ich meinen Freund Cay an und fragte ihn, ob es möglich sei, dass er uns Essen aus seinem Bistro zum *Kliffstübchen* liefern würde. Ich wollte mit Luise zu Hause sein, wenn wir uns heute unterhielten. Ich wusste, dass es sicher emotional für sie werden würde, und fürchtete, sie würde sich unwohl fühlen, wenn sie in aller Öffentlichkeit von den Dingen erfahren würde, die ich ihr erzählen wollte.

Cay sicherte mir zu, dass er uns gegen 18 Uhr Essen vorbeibringen wollte. Ich bestellte eine Fingerfood-Platte und verschiedene kleine Speisen. Er hatte sich schon gewundert, warum ich mich gar nicht meldete, freute sich dann aber, dass eine Frau der Grund dafür war. Irgendwann würde ich ihm die ganze Geschichte erzählen.

»Du wohnst also tatsächlich nicht im Hotel?«, erkundigte sich Cay.

»Nein, ich hatte Glück und habe im *Kliffstübchen* ein Zimmer bekommen«, antwortete ich.

»Cool, ich wusste gar nicht, dass sie auch Zimmer anbieten«, wunderte er sich.

»Bisher war das auch noch nicht so. Ist ganz neu. Also wenn du mal wen hast, der was sucht, ich kann es nur empfehlen.«

»Das erzähl aber nicht deinen Eltern«, scherzte Cay.

»Das ist was ganz anderes. Hier findet man einfach nette ruhige Zimmer, wenn man für all das Spa- und Wellness-Gedöns nichts übrig hat.« Ich lachte.

»Verstehe.«

Wir legten auf, und ich ging schon einmal herüber zum *Kliffstübchen* und in mein Zimmer.

Ich kramte erneut das Geschenk hervor, das ich Luise neulich schon hatte geben wollen. Es war ein silberner Schlüsselanhänger mit den Initialen L.W. Diesen hatte ich von einem kleinen Juwelier anfertigen lassen und wollte ihn ihr als Glücksbringer schenken. Er hatte die Form einer Teekanne. Egal, welchen Weg Luise in der Zukunft gehen würde, würde sie so oder so mit der Teestube immer etwas ganz Besonderes verbinden. Dazu hingen an dem Anhänger noch eine kleine Weltkugel und ein Anker, was bedeuten sollte, dass uns sowohl die Reiseleidenschaft als auch der gemeinsame Ort, wo wir immer festmachen konnten, nämlich unsere Heimat Sylt, verbanden. Außerdem hing ein kleines Buch daran, was das *Winterzauber*-Buch symbolisieren sollte.

Die letzten Minuten, bis es endlich 17 Uhr war, schienen zu schleichen.

Ich warf noch einen Blick in den Spiegel, dann ging ich zum Gastraum der Teestube.

Ich straffte die Schultern und trat ein. Am Tresen stand Luise, und neben all dem Zweifel und der Skepsis, die ich in ihrem Gesicht sah, war da auch dieser ganz besondere Blick, mit dem sie mich anschaute und der für Flugzeuge in meinem Bauch sorgte. Am liebsten hätte ich sie fest in den Arm genommen vor Freude, dass sie mit mir reden wollte, hätte sie durch die Luft gewirbelt und sie geküsst. Aber nun musste ich erst einmal zusehen, dass ich diese womöglich allerletzte Chance nicht verspielte. Sie sah wunderschön aus in ihrer Jeans, der hellblauen Bluse und dem offenen Haar, was leicht gewellt über ihre Schultern fiel. Mein Herz donnerte gegen meine Brust.

»Moritz, du hast ein verdammtes Glück, dass du in diesem Haus so viele Fürsprecher hast«, sagte sie und schaute mich mit leicht schief gelegtem Kopf vorwurfsvoll an.

»Luise, du ahnst nicht, wie sehr ich das zu schätzen weiß«, erklärte ich und machte eine einladende Handbewegung.

»Lass uns doch in mein Zimmer gehen«, schlug ich vor.

35. Luise

Wenn Moritz wüsste, wie lange ich vor dem Kleiderschrank gestanden hatte und ständig etwas Neues anprobierte, um es kurz darauf wieder zu verwerfen. Am Ende war ich doch wieder bei meinem Lieblingsoutfit aus Jeans und Bluse gelandet.

Dann hatte ich sekündlich mein Make-up überprüft und mich auf weichen Knien vor dem Spiegel gedreht wie ein verliebter Teenager, bevor ich wieder in den Gastraum gegangen war. Dort wollte Moritz hinkommen.

Immer wieder hatte ich überlegt, wie der Abend verlaufen könnte. Ich spielte unser Treffen in verschiedenen Varianten im Kopf durch. Wir könnten uns furchtbar streiten und noch an diesem Abend getrennte Wege gehen. Ich sah bildlich vor mir, wie er noch heute Abend mit seinen Sachen das *Kliffstübchen* wieder verließ und ins Hotel zog. Bei diesem Gedanken krampfte sich mein Herz zusammen. Oder aber er konnte mir eine Entschuldigung vortragen, die zumindest meine Wut wieder eindämmen würden. Wenn ich ehrlich war, wünschte ich mir nichts mehr.

So recht vorstellen konnte ich mir allerdings kaum einen Grund, der entschuldigte, dass er mir verheimlichte, meine Schwester offenbar doch besser als nur flüchtig gekannt zu haben. Jedenfalls keinen, der mich beruhigen könnte. Vielmehr hatte ich

Sorge, dass das, was er mir sagen würde, mich erst recht verstören würde.

Aber so laut hämmernd, wie mein Herz mir zu verstehen gab, dass ich mir wenigstens anhören musste, was Moritz sagen wollte, spätestens, nachdem sogar Inga mich eindringlich darum gebeten hatte, musste ich mit ihm reden. Auch wenn mein Verstand immer wieder anmerkte, dass es absehbar war, bis es zur nächsten Enttäuschung käme.

Als er in der Teestube vor mir stand, waren auch sofort alle Schmetterlinge wieder in Flugbereitschaft und flatterten schon wie wild drauflos, während ich mich äußerlich um Coolness bemühte. Er bat mich in sein Zimmer, und ich stakste auf wackeligen Beinen hinter ihm her.

Sein Duft vernebelte mir sofort wieder alle Sinne, und ich sehnte mich danach, dass er mich im Arm hielt.

»Dass wir uns nicht in irgendeinem Restaurant treffen, verwundert mich, wenn ich ehrlich bin«, gestand ich, als er hinter mir die Tür schloss. »Hast du Angst, dass ich dich wieder wutschnaubend irgendwo sitzen lasse? Da kann ich dich beruhigen, ein zweites Mal hätte ich mich besser im Griff.« Ich lächelte unsicher.

»Nein. Ich hoffe, das steht diesmal nicht zur Debatte. Ich dachte nur, es ist angenehmer, wenn wir ohne Publikum reden können«, sagte er.

»Vielleicht«, murmelte ich.

»Luise, glaub mir, ich habe mir unfassbar viele Gedanken gemacht in den letzten Tagen«, fing er an, und parallel zu jedem seiner Worte schoss ein neuer Adrenalinschub durch meine Blutbahn.

Er deutete mir an, mich auf einen der Stühle an dem kleinen Tisch zu setzen.

Ich presste die Lippen aufeinander, und mein Blick hing an ihm, während er ebenso Platz nahm.

»Wasser?« Er griff nach einer Flasche.

Ich nickte nur stumm, und er schenkte uns je ein Glas ein.

»Ich bin ein paar Jahre nicht nach Sylt zurückgekommen, weil ich geflohen bin. Einige der Gründe kennst du, den anderen will ich dir heute erklären.« Er machte eine Pause, in der ich meinte, er würde meinen Herzschlag hören können, so stark pochte es in meiner Brust. »Danke, dass du mir die Chance gibst.«

Wir schauten uns lange in die Augen, bis ich unsicher den Blick senkte, nickte und konzentriert auf das Glas starrte, welches ich mit beiden Händen umklammert hielt. Es fühlte sich so an, als glühten meine Wangen, während ich Mühe hatte, den Orkan, der in meinem Bauch tobte, zu bändigen. Mein Mund wurde trocken, und ich trank einen Schluck.

»Mein Vater machte es mir hier schon als Jugendlichem und jungem Mann nicht leicht. Die Tatsache, dass er nicht gelten ließ, dass ich nicht an seiner Seite das Hotel leiten wollte, sondern für mich erst herausfinden wollte, in welchem Beruf und an welcher Position im Hotel ich mich sah, ließ mich letztlich ausbrechen. Aber ich bin mir nicht sicher, ob ich diesen Schritt gegangen wäre, wenn vorher nicht das wohl schrecklichste Ereignis in meinem Leben geschehen wäre.«

Moritz kämpfte sichtlich mit dem, was er sagen wollte, und wie aus einem inneren Reflex heraus griff ich nach seiner Hand, die krampfhaft das Glas vor ihm umklammerte. Ich streichelte seinen Handrücken mit sanftem Druck mit dem Daumen. Diese kleine Geste ließ ihn sich ein wenig entspannen. Er lächelte matt.

Es kam mir vor, als seien wir uns durch diese Berührung schon wieder einen Schritt näher.

»Bei meinem Vater hatte ich endlich durchgesetzt, dass ich an verschiedenen Konditorlehrgängen und Zertifizierungen teilnehmen konnte. Du kannst dir vorstellen, dass das einige Anläufe gebraucht hat. Auch ohne dass du meinen alten Herrn bisher persönlich kennengelernt hast, hast du wohl schon ein recht zutreffendes Bild von ihm.« Moritz rollte mit den Augen. »Mein Großvater hatte früher ähnliche Pfade beschritten, bevor er die Leitung des Hotels übernahm, was ich als Argument nutzte und was mich darin bestärkte, dass auch ich zunächst diesen Weg verfolgen wollte. Ich hatte da schon im Hinterkopf, dass sich meine nächsten Schritte dann womöglich aber von denen meines Opas unterscheiden würden.« Er machte eine Pause, um sich und seine Gedanken zu sammeln. »Bei einem der Lehrgänge lernte ich eine Person kennen, die mich vom ersten Moment an fasziniert hat. Sie strahlte, brannte für das, was sie tat, und steckte uns alle an mit ihrer Begeisterung für das Konditorenhandwerk. Das war deine Schwester Marie. Mit leuchtenden Augen und glühenden Wangen führte sie vor, zu welchen Leistungen sie fähig war.« Er schaute lächelnd auf unsere Hände, und in seinem Blick lag etwas besonders Liebevolles, als er von Marie sprach. Das zu sehen fühlte sich merkwürdig, aber auf eine gewisse Art auch schön an. »Wir staunten alle, und es machte großen Spaß, ihr bei ihrer Arbeit zuzusehen. Sie stellte uns alle in den Schatten. Aber irgendwie nahm man es dieser liebenswerten Person kaum übel.«

Ich lächelte, weil es mich berührte, wie wertschätzend er von Marie sprach. Mir wurde warm ums Herz, und ich wünschte, sie hätte hören können, wie Moritz von ihr schwärmte. Was er sagte, war einerseits schön. Andererseits war die Situation, wie der Mann, an den ich mit flatterndem Herzen dachte, von einer anderen Frau, noch dazu meiner verstorbenen Schwester, sprach, seltsam befremdlich.

»Von meiner Seite aus war es aber nicht nur die Begeisterung für ihr Talent.«

Ich schluckte.

»Für Marie gab es nur eins, und das war ihr *Kliffstübchen*. Sie erzählte ununterbrochen von der Teestube und ihrer Arbeit und davon, wie stolz sie sei, das Familienunternehmen fortzuführen. Ihr Leben schien sich komplett um diesen Ort hier auf unserer Heimatinsel zu drehen.« Staunend schüttelte er den Kopf. »Wir beide können das so sicher kaum nachvollziehen«, stellte er fest.

Ich nickte. »Sie war das Gegenteil von mir, die das Weite gesucht hat.«

Moritz schüttelte lachend den Kopf. »Und mich ließ damals schon der Gedanke nicht los, dass diese Teestube vielleicht die sein könnte, die im Leben meines Großvaters mal eine Rolle gespielt hatte. Da entschied ich mich, herauszufinden, ob ich das Buch wieder dorthin zurückgeben könnte, wo es hingehörte. Aber ich kannte Marie ja kaum, und es war sehr persönlich, was ich vermutete.« Er machte eine Pause, und in meinem Kopf fuhren die Gedanken Achterbahn, während ich ihm zuhörte.

»Vollkommen euphorisch war sie dann, als unsere Prüfer der Konditorengruppe vorschlugen, dass wir die Insel bei einem der größten Wettbewerbe für Konditoren vertreten sollten, und wir vereinbarten ein erstes Treffen.«

»War diese Konditorengruppe eine von denen, die auch auf den Fotos zu sehen waren, die Inga hatte? Dann musst du da doch auch drauf gewesen sein?«, überlegte ich.

»Irgendwo auf den Gruppenbildern sieht man mich sicher«, erklärte er. »Aber ich stand wortwörtlich sowieso hinter Marie«, fügte er hinzu. »Wir alle!« Er lachte und hob ernüchtert die Schultern. »Wir haben uns unheimlich darüber gefreut. Wobei Marie niemandem davon erzählen wollte. Sie hatte sich vorgenommen, ihre Familie mit dem Wettbewerb zu überraschen. So trafen wir uns tatsächlich immer mal, aber heimlich. Und auch wenn wir uns schon ein wenig besser kennenlernten, als ich dir zunächst erzählt habe, blieb es beruflich«, sagte Moritz mit einem Lächeln. »Ich trumpfte auf, als ich ein Rezept auswählte, das mein Großvater mir damals ans Herz gelegt hatte. Wir feilten daran und waren uns sicher, damit den Sieg einzufahren, als dann endlich feststand, dass wir tatsächlich die Insel vertreten durften. Marie nannte uns das *Dream-Team* aus Jacobsen und Wellendorf – wenn auch nur beruflich.« Er lachte leise, während sein Blick in die Ferne ging. Ich schüttelte ungläubig den Kopf.

»Und ich habe einen Eintrag in einem Fotoalbum von Marie gelesen, in dem sie von euch als *Dream-Team* schreibt, und dachte, sie wollte mir mit der letzten Nachricht an mich andeuten, dass sie endlich verliebt war«, überlegte ich ratlos. »War es der Wettbewerb, den sie meinte?«

Moritz hob die Augenbrauen. »Also verliebt war sie nicht – jedenfalls nicht in mich. Ich kann mir vorstellen, was es war, was sie dir erzählen wollte.«

Verwirrt starrte ich ihn an.

»Ich wollte ihr von dem Buch erzählen, das mein Großvater mir gegeben hatte. Je mehr ich Marie und das *Kliffstübchen* kennenlernte, desto sicherer war ich mir, dass das Buch zu der Teestube gehörte, deren ehemalige Betreiberin in meinen Überlegungen die Frau war, die mein Opa liebte. Dieser Gedanke war mir spätestens dann bestätigt worden, als ich zum ersten Mal in der Karte des *Kliffstübchens* blätterte und den *Winterzauber*-Tee entdeckte. Marie erzählte mir, dass ihre Oma das Rezept wie einen Schatz hütete. Dies ist ja auch der Titel des Buches. Das war der Tag, an dem ich ihr das Buch zeigte.«

»Das heißt, Marie hat noch von dem Buch erfahren?« Meine Stimme flatterte. »Dann war es das, was sie mir sagen wollte«, flüsterte ich entgeistert.

Moritz nickte. »Wir wollten gemeinsam am Rezept für den Wettbewerb feilen und es schon einmal ausprobieren. Wir entschieden uns, uns in der Teestube zu treffen. Ihre Familie war unterwegs an dem Abend, also passte das. In ihren Augen trafen wir uns wieder einmal heimlich, um für den Wettbewerb zu üben. Vor allem wollte ich ihr aber etwas sehr Wertvolles geben.«

»Das Buch unserer Großeltern«, vermutete ich mit einem Zittern in der Stimme. Moritz nickte. »Das war es, ja.«

»Aber warum hast du es ihr dann nicht gegeben?« Verwirrt schüttelte ich den Kopf und konnte mir keinen Reim auf den Verlauf dieses Treffens machen.

Moritz nickte. »Ich hatte es dabei an diesem Abend. Und wir haben lange darin geblättert. Ich fand, das Buch sollte zurück zum *Kliffstübchen*. Vor allem zu dieser Frau, die das Erbe ihrer Großmutter angetreten hatte.«

»Was für ein schöner Gedanke«, stellte ich fest. »Aber warum hast du es dann heute wieder? Wollte Marie es etwa nicht haben? Oder meinte sie, dass es nicht Inga war, von der dein Opa schreibt?«

Moritz schüttelte ganz leicht den Kopf. Ich sah, wie sich Schweißperlen auf seiner Stirn bildeten. Er drückte meine Hand fest in seiner, während er in der anderen Hand nervös das Glas drehte und nach Worten suchte.

»Doch. Auch sie war sich sicher, dass es Inga war. Als ich mich verabschiedet hatte, ging ich noch eine Runde durch Keitum.« Matt hob er die Schultern. »Die Weihnachtsdekoration und die

Lichter in den Häusern führten mir höhnisch vor Augen, wie glücklich alle anderen gerade waren und wie einsam ich. Meine Eltern arbeiteten nahezu Tag und Nacht, und wenn ich in ihre Fußstapfen treten würde, würde ich Weihnachten immer nur im Dauerstress erleben. Mir fehlte in dieser Zeit mein Opa mehr denn je, und ich war traurig, dass ich ihm nicht von dem Wettbewerb erzählen konnte. Er wäre sehr stolz gewesen. Leider war er in diesem Jahr verstorben. Es sollte das erste Weihnachtsfest ohne ihn sein. Damals hätte ich Sylt am liebsten verlassen.«

»Ich kann es so gut nachvollziehen«, sagte ich. »Mir ging es in der Vorweihnachtszeit vor drei Jahren ebenso. Wenn auch irgendwie anders. Ich dachte, dass ich nie wieder lachen kann, weil mir Marie so unendlich fehlte. Seitdem bin ich erst recht quer durch die Welt gereist und geflüchtet vor diesen Gefühlen.« Offenbar hatten wir in dem Jahr beide schreckliche Weihnachtsfeiertage erlebt. Und die selben Gedanken gehegt. Mit einem Mal erschrak ich. Was Moritz erzählte, musste ungefähr zu der Zeit geschehen sein, als Marie verstarb.

»Moritz, wenn du sagst, dieser Abend fand kurz vor Weihnachten statt, muss Marie ja wenig später gestorben sein. Hast du von Maries Tod noch erfahren, als du hier warst, oder hattest du Sylt da schon verlassen? Und warum hast du das Buch überhaupt dann heute wieder?«

Sein Blick war plötzlich leer, ging zu mir, aber wie durch mich hindurch. Dann presste er die Lippen aufeinander, und ich sah den Schmerz in seinen Augen. Er schluckte, bevor er weitersprach, begleitet von einem Zittern in seiner Stimme.

»Luise, das ist der Grund, warum ich erst verschwiegen habe, dass ich Marie kannte und wir uns sogar trafen. Ich hatte Angst, dass du die ganze Geschichte von mir hören willst. Ich fürchtete, sie würde mich in deinen Augen zu einem anderen Menschen machen. Denn es vergeht kein Tag, an dem ich mich nicht frage, ob es meine Schuld war, was passiert ist. Und ebenso quält mich der Gedanke, warum es mir nicht gelungen ist, ihr zu helfen.«

Die Worte von Moritz erreichten mich, wie als ob ich unter einer Glocke saß. Was er sagte, konnte mein Kopf nicht mit meiner Schwester in Verbindung bringen. Um mich herum begann sich das Zimmer zu drehen, und mir wurde schwindelig. Ich ließ Moritz' Hand los und hielt mich stattdessen an der Tischkante fest.

»Ich bin nach einiger Zeit, die ich durch Keitum irrte, wieder zu meinem Auto gegangen, das noch vor der Teestube stand. Schon als ich auf das Haus zuging, kam mir etwas merkwürdig vor. Der Duft des Ofens war gerade noch so angenehm behaglich. Plötzlich kam er mir vor wie beißender Rauch. Die bis eben so klare, frische Luft fraß sich nun bei jedem Atemzug wie Gift in meine Lunge.«

Ich hing an Moritz' Lippen, und mein Mund fühlte sich ganz trocken an. Mir war, als röche ich das, was er beschrieb. Mit dem Gestank legte sich etwas wie ein drückender Stein auf meine Brust.

»Ich lief zum Haus und sah, dass aus der Küche Flammen kamen. Marie konnte ich erst nirgendwo entdecken. Durch eine Tür kam ich rein und lief in die Küche, wo Marie, in einem dünnen Nachthemd, zusammengesackt war. Auch ich konnte kaum atmen und hatte das Gefühl, jeden Moment ohnmächtig zu werden. Aber ich musste ihr helfen. Ich zog also Marie aus der Küche und ins Freie, wo ich die Feuerwehr und den Notarzt rief.«

Moritz stockte, und mir liefen, mit noch immer vor den Mund gepresster Hand, heiße Tränen die Wangen hinunter.

»Die Rettungskräfte waren schnell da, und ich ließ von Marie ab, die ich bis dahin versucht hatte, wach zu halten. Ganz leise hatte sie noch mit mir gesprochen. Das »Danke« werde ich in meinem Leben nie vergessen. Auch nicht das, was sie noch sagte.« Moritz machte eine Pause, und während ich kaum aushalten konnte, was er erzählte, wollte ich unbedingt hören, was er mir noch sagen wollte.

»Sie nahmen sie sofort mit in den Krankenwagen, und den Leuten von der Feuerwehr gelang es recht schnell, den Brand in der Küche zu löschen. Sie fragten mich, ob ich okay sei. Ich wollte nicht, dass sie mich untersuchten. Noch während die Ärzte sich um Marie kümmerten und die Feuerwehr die letzten Brandherde löschte, war eine Nachbarin da und informierte die Familie. Der Krankenwagen mit Marie war schon unterwegs Richtung Klinik, da bin ich noch mal reingelaufen ins Haus. Ich hatte Marie etwas versprochen, als sie schwer atmend sagte, ich solle das Buch ihrer Oma geben. Oder ihrer Schwester Luise.«

Gänsehaut, die eben noch über meinen ganzen Körper kroch, ließ mich schaudern bei Moritz' Schilderungen. Ich konnte kaum fassen, dass er derjenige war, der die letzten Minuten im Leben meiner Schwester mit ihr verbracht hatte.

»Das Buch lag noch da, wo es bei unserem Gespräch gelegen hatte. Schnell lief ich wieder raus, und niemand entdeckte mich. Es fühlte sich nicht richtig an, länger dort zu sein und neben der geschockten Familie zu stehen. Also fuhr ich los. Ich stand ebenso unter Schock, handelte vollkommen irrational und wie ferngesteuert. Ich hatte große Angst, etwas falsch gemacht zu haben oder dass das Buch schuld war, dass Marie den Brand womöglich zu spät bemerkte. Dass sie dadurch vielleicht so abgelenkt war, dass sie die Flammen erst entdeckte, als es schon zu spät war.«

»Ist es das, was dir bis heute Schuldgefühle bereitet? Dass der Brand erst dadurch so gefährlich für sie geworden sein könnte, weil Marie in das Buch vertieft war?«

Moritz nickte. »Das war meine allererste Angst, ja. Und der

Schock, als ich am nächsten Tag davon erfuhr, dass sie es nicht geschafft hatte, riss mir den Boden unter den Füßen weg. Mir war es nicht gelungen, Marie rechtzeitig zu retten. Immer wieder hörte ich ihr »Danke« und fragte mich: Wofür? Es stand mir nicht zu. Ich dachte, ich könnte nie wieder glücklich sein hier im Ort, hier auf der Insel, mit diesen Bildern im Kopf.«

»Haben meine Eltern und meine Oma dich denn damals gar nicht kennengelernt?«

Moritz schüttelte den Kopf. »Ich gab zu Protokoll, dass ich dort spazieren ging, als mir der Geruch auffiel. Ich war Ersthelfer vor Ort, bat aber darum, meine Daten nicht herauszugeben, weil mich die Geschichte selbst verfolge und ich mir Hilfe suchen würde. Ich wollte Abstand haben, keinesfalls mit der Familie Kontakt, die sich womöglich noch bei mir bedanken würde, obwohl ich am Ende vielleicht eine Mitschuld trug, durch dieses Buch und damit die Ablenkung.«

»Aber«, setzte ich an, Moritz unterbrach mich jedoch.

»Ich erfuhr, dass es ein technischer Defekt war und Marie wahrscheinlich bereits in ihrer Wohnung gewesen war, als sie von dem Geruch wach wurde. Dafür sprach ihr Nachthemd, und laut den Berichten sah ihr Schlafzimmer aus, als sei es fluchtartig verlassen worden. Das Buch lag wie gesagt im Gastraum. Sie hatte sich also wahrscheinlich nicht unmittelbar damit beschäftigt, als das Feuer ausbrach. Das hat mich irgendwann beruhigt. Trotzdem dachte ich immer wieder daran, ob es anders gelaufen wäre, wenn sie an diesem Abend nicht das Buch bekommen hätte. Oder ob sich die Ermittler irrten und sie vielleicht doch noch in der Teestube über dem Buch brütete. Oder wenn ich es ihr nie gegeben hätte.« Angespannt presste er die Lippen aufeinander. »Aber vor allem das Gefühl, versagt zu haben, als sie so hilflos und kämpfend vor mir lag, das wird mich mein Leben lang begleiten. So was bleibt. Da hilft auch keine Zeit.«

Ich war aufgestanden und kniete mich vor Moritz, der zusammengesackt auf seinem Stuhl saß. Ich legte die Hände auf seine Oberschenkel.

»Moritz, du hast alles getan, was du tun konntest. Und ich kann dich beruhigen. Marie schrieb mir noch eine Nachricht. Da lag sie bereits im Bett. Das belegen auch die Berichte unserer neugierigen Nachbarin, die genau gesehen hatte, dass in Maries Zimmer das Licht brannte, während es in der Teestube längst erloschen war. Lange meinte ich, wenn ich an Maries Nachricht dachte, dass sie mir sagen wollte, sie hätte sich endlich mal verliebt. Als ich nun diesen Eintrag mit dem *Dream-Team* las, bestätigte sich in meinen Augen mein Verdacht.« Bitter lachte ich auf. »Aber wie wir wissen, war es das nicht, was sie mir sagen wollte. Nach dem, was du nun sagst, bin ich mir sicher, dass sie von dem Buch sprach. Da du das Buch hast, kann sie es nicht mit ins Zimmer genommen haben. Die Untersuchungen ergaben, dass sie viel zu lange den giftigen Rauch eingeatmet hatte. Als der Notarzt kam, war es schon zu spät, und er konnte letztendlich nichts mehr für sie tun. Marie ist noch im Krankenwagen gestorben.«

Moritz presste die Lippen aufeinander und starrte auf den Boden. Auch er kämpfte mit den Tränen. »Verstehst du, was es mir so schwergemacht hat? Ich wusste nicht, wie ich dir erklären konnte, wie sehr ich mich mit der Teestube und der Geschichte eurer Familie verbunden fühlte. Im Hinterkopf waren da noch immer schreckliche Vorwürfe, die ich mir selbst machte. Ich hatte so oft versucht, es anzusprechen. Immer passierte dann irgendwas, was es mir unmöglich machte. Vor allem, als du von noch offenen Fragen zu Maries Tod sprachst, war meine Angst größer denn je, dass ich mit den Antworten zu tun haben könnte. Es tut mir so leid.« Er starrte mich mit feuchten Augen an, schüttelte kraftlos den Kopf, und ich nahm Moritz in den Arm und drückte ihn fest.

»Moritz, lass uns den Weg nun gemeinsam gehen«, flüsterte ich ihm zu, und er erwiderte meine Umarmung dankbar. Beide weinten wir, aber dieses Weinen war nicht traurig, sondern so befreiend, als falle die Last von unseren Schultern, mit den schrecklichen Erinnerungen allein zu sein und sie einsam bewältigen zu müssen.

Es fühlte sich an, als hätte das Schicksal uns bewusst zusammengeführt. Und am Ende war das Buch unserer Großeltern nicht der Grund für das bittere Schicksal meiner Schwester, wie Moritz es befürchtet hatte, sondern es hatte uns zusammengeführt, um das zu leben, was meiner Oma und Moritz' Opa verwehrt geblieben war. Wir hatten nun die Chance, das Beste daraus zu machen, und irgendwie würde Marie immer in unser beider Herzen ein Teil davon sein.

»Marie hat damals gesagt, ich würde dich mögen, wenn ich dich mal kennenlernen sollte«, sagte Moritz. »Wie recht sie hatte und wie gut sie uns beide kannte. Und sie hat sehr bewundernd von ihrer mutigen kleinen Schwester gesprochen, die sich auch dem Gegenwind der sturen Oma stellte.«

Wir schüttelten beide ungläubig den Kopf und saßen lange einfach so da, gaben uns gegenseitig Halt und das Gefühl, nicht allein zu sein, als ich hochschreckte, weil Moritz' Handy klingelte.

»Oh, das muss Cay sein«, sagte Moritz.

»Cay?« Irritiert, wer jetzt zu Besuch kam, stand ich auf. Moritz nahm das Telefonat entgegen, ging zu seiner Jacke, holte sein Portemonnaie heraus und öffnete die Tür.

Kurz darauf kam er mit einer großen Box zurück.

»Weil ich geahnt hatte, dass es nicht gerade angenehm für uns beide sein könnte, wenn wir mitten in einem Lokal in Tränen ausbrechen, habe ich einen Freund gebeten, uns Essen zu liefern.«

»Was für eine schöne Idee«, sagte ich. »Soll ich noch irgendwas holen? Geschirr oder so?«

»Es ist Fingerfood. Ich hoffe, es ist etwas für dich dabei«, erklärte Moritz mit liebevollem Blick und stellte verschiedene Boxen auf den Tisch.

Bald war ein fantastisches Büfett auf dem kleinen Tisch angerichtet, welches keinerlei Wünsche offenließ. Ich war erstaunt, wie schnell mein Appetit zurückgekehrt war, nachdem es sich bis eben noch so angefühlt hatte, als läge ein schwerer Stein auf meinem Magen.

Wir genossen das hervorragende Essen und lehnten uns irgendwann mit vollem Magen zurück. »Was hältst du davon, wenn wir Inga auch etwas anbieten? Es ist noch so viel da, und es wäre doch viel zu schade, wenn wir es einfach wegwerfen?«, schlug Moritz vor.

»Gute Idee«, stimmte ich ihm zu. »Ich vermute fast, sie lauscht bereits an der Tür und drückt dir die Daumen für unser Gespräch«, ich lächelte. »Ich habe euch gestern doch dabei beobachtet, wie ihr spätabends einen Plan ausgeheckt habt«, sagte ich.

»Hat Inga dir nicht erzählt, was los war?« Irritiert schaute Moritz mich an.

»Sie hat gesagt, du hättest ihr geholfen, und sie habe dich noch auf eine Honigmilch hereingebeten«, erklärte ich.

»Das stimmt auch. Aber da wollte sich wohl jemand bloß keine Schwäche eingestehen.« Zögerlich fuhr Moritz fort.

»Das musst du mir erklären«, sagte ich.

»Nun, ich habe deine Großmutter auf dem Boden kauernd vorgefunden und ihr dann auf die Beine geholfen. Lisbeth ist Zeugin«, erklärte Moritz mit ernstem Blick.

»Nein! Ist das wahr? Sie hat es mir nicht erzählt. Ist sie gestürzt? Warum habt ihr mich denn nicht angerufen?« Ich war erschrocken. Moritz hob die Augenbrauen.

»Entschuldige. Du hast es mehrfach versucht.« Ich schlug mir vor die Stirn. »Und ich hatte gedacht, du gibst einfach keine Ruhe und rufst deswegen immerzu an.« Schuldbewusst senkte ich den Kopf.

»War auch nicht so schlimm. Sie war nicht gestürzt. Inga hatte nur etwas aufheben wollen, und dann verließen sie die Kräfte, sodass sie sich lieber hingesetzt hat, was ja schlau war. Nur kam sie dann leider nicht mehr hoch. Ich hab versucht, dich anzurufen, bevor ich Lisbeth um einen Schlüssel gebeten habe.«

»Zum Glück haben wir diese aufmerksame Nachbarin.« Ich schmunzelte, und Moritz nickte. »Und dann habt ihr euch bis spät in die Nacht unterhalten?«

»Ja. Ich war so konfus und bin in meinem Zimmer fast durchgedreht. Da kam mir die Idee, Inga um ihren Rat zu bitten. Was ja in mehrfacher Hinsicht kein schlechter Plan war. Deshalb hab ich sie überhaupt gefunden. Und als wir da saßen, habe ich ihr dann mein Herz ausgeschüttet.«

»Inga war übrigens ebenso erleichtert, dass Lisbeth zwar recht damit hatte, dass sie mich an dem Abend bei Marie gesehen hat. Dass wir aber kein Paar waren, hat deine Oma irgendwie beruhigt.« Er hob die Schultern.

Ungläubig schüttelte ich den Kopf über diese Geschichte. Bis vor Kurzem hätte ich niemals für möglich gehalten, dass ausgerechnet Inga mir in Sachen Liebe mal eine Unterstützung sein würde.

»Ich war auch gar nicht bei einem Geschäftstermin. Ich war bei Franka. Ich wollte nur nicht hier zu Hause sein und dir über den Weg laufen, da bin ich ziellos umhergefahren. Franka rief zu meinem Glück an. Als ich dann von Franka kam, ging es mir schon etwas besser.« Ich schaute ihn mit schief gelegtem Kopf an.

»Du hast nämlich übrigens auch in ihr eine deutliche Fürsprecherin.«

»Was habe ich für ein Glück«, sagte Moritz und tat so, als wischte er sich Schweiß von der Stirn.

Bevor ich rüberging zu meiner Oma, um ihr etwas von dem Essen anzubieten, trat ich zu Moritz, der nun ebenso vom Stuhl aufstand.

Er legte seine Hände an mein Gesicht und schaute mich mit einem Strahlen in den Augen an. »Luise, ich bin so unfassbar erleichtert, dass du endlich alles weißt.«

»Ich auch, und ich hoffe, dass wir uns nun nie wieder irgendetwas verschweigen müssen.«

Moritz schüttelte sanft den Kopf, und wir versanken in einem Kuss. Dieser fühlte sich wundervoll an, sodass ich das Gefühl hatte zu schweben. Die vielen Schmetterlinge flatterten und sorgten für ein Gefühl von Schwerelosigkeit vor lauter Glück, Erleichterung und Zuversicht.

»Nicht, dass alles kalt wird und es dann Inga nicht mehr schmeckt«, raunte Moritz mir zu und küsste mich noch einmal kurz. Dann lösten wir uns voneinander, und ich stellte eine Schale mit verschiedenen Köstlichkeiten zusammen.

Ich ging zu Ingas Tür und klopfte. Sie öffnete mit einem erwartungsvollen Lächeln die Tür und schaute mich an.

»Danke, Oma«, sagte ich und umarmte sie mit dem freien Arm.

Sie legte die Hand auf meinen Rücken. »Da nich für«, murmelte sie. »Freue mich ja auch, wenn's nicht gleich wieder vorbei ist mit euch beiden«, fügte sie nüchtern hinzu. »Und auch für mein Gewissen ist die Geschichte nicht die schlechteste. Nun komme ich auch endlich zur Ruhe.« Dankbar lächelte sie.

»Wir haben dir eine kleine Auswahl an Essen zusammengestellt, falls du magst. Moritz hat etwas bestellt«, sagte ich und hielt ihr den Teller entgegen. »Ich stelle ihn auf deinen Tisch.«

»Oh, das ist ja wunderbar«, freute sich meine Oma und kam mir hinterher. »Und nun lauf mal schnell wieder rüber.« Sie machte eine Handbewegung, als scheuche sie mich aus der Tür.

Ich warf ihr eine Kusshand zu und kehrte zu Moritz ins Zimmer zurück.

Moritz saß am Tisch und hielt ein kleines Päckchen in den Händen.

»Gestern wolltest du es nicht haben. Aber ich hoffe, es bringt dir trotzdem Glück. Mein Talisman für dich.«

Ich öffnete das Päckchen und hielt gerührt einen Schlüsselanhänger in Form einer Teekanne mit meinen Initialen in den Händen. Dazu hing eine kleine Weltkugel als Anhänger daran, sowie ein Anker und ein Buch.

»Die Welt steht für all die Orte, die ich mit dir gemeinsam bereisen will. Der Anker soll möglichst hier sein, wo wir beide unsere Heimat haben. Und die Teekanne steht für das, was uns zusammengeführt hat: eure zauberhafte Teestube. Und über alldem steht das Rezeptbuch.«

»Wie schön, Moritz. So liebe Gedanken. Ich freue mich. Du bist ein Schatz, vielen Dank!«

36. Moritz

Ich war mir sicher, Inga konnte im Nebenhaus hören, wie Tonnen von Felsblöcken von meinem Herzen polterten, als ich Luise alles gesagt hatte. Dass sie mich in den Arm nahm, gab mir das Gefühl, dass sie mir verzeihen konnte, und war der schönste Ausgang für unser Gespräch, den ich mir hätte vorstellen können. Auch, weil sie mir einen Großteil meiner Schuldgefühle endlich nehmen konnte.

Der Abend hätte nicht besser verlaufen können. Vom Gespräch mit Luise bis hin zum köstlichen Essen stimmte alles.

In diesen Stunden hatte ich den Eindruck, Weihnachten wäre bereits um einige Tage vorgezogen. So fühlte es sich für mich an. Wie eine behagliche, herzliche Wärme, die meinen Körper mit unzähligen Glückshormonen flutete. Ein Ankommen. Als sei man genau dort, wo man hingehörte.

In den Momenten, in denen mich Luise anschaute und berührte, konnte ich kaum fassen, dass es wahr war.

Ich war mir sicher, dass sich so die große Liebe anfühlte, und freute mich auf alles, was ich mit dieser tollen Frau erleben würde.

Ich konnte kaum erwarten, mit Luise die nächsten Schritte zu gehen. Ganz anders wurde mir bei dem Gedanken, dass Luise in der letzten Zeit immer mal wieder gesagt hatte, sie würde die Insel früher oder später verlassen und nach Hamburg zurückkehren.

Auch wenn es sicher möglich wäre, über die überschaubare Entfernung Sylt–Hamburg eine Fernbeziehung zu führen, mochte ich mir das gar nicht vorstellen. Aber ich fürchtete, ich würde Luise erschrecken und zu sehr einengen, wenn ich das jetzt schon zum Thema machte. Ich hoffte nun, dass das Schicksal es auch in dieser Angelegenheit gut mit mir meinte und die Weichen für uns stellen würde.

Wir genossen, dass wir Zeit miteinander hatten, in der nichts mehr zwischen uns stand und wir nicht länger zurück-, sondern nur noch nach vorne schauen wollten.

»Es war übrigens nicht nur das, was ich mit dir besprechen wollte«, erklärte ich, als Luise wieder bei mir im Arm lehnte. Wir hatten uns auf mein Bett gesetzt und kuschelten uns aneinander.

Ein banger Blick traf mich. »Du willst aber nichts sagen, was diesen fantastischen Abend zerstören könnte, oder?« Ängstlich drehte sie sich zu mir. »Bitte nicht!« Ihr Blick war flehend.

»Das ist das Allerletzte, was ich möchte«, beruhigte ich sie und küsste sie auf die Stirn. Ein dankbares Lächeln traf mich, und ein weiterer Kuss folgte.

»Ich hatte eigentlich vor, dir von dem erfolgreichen Gespräch mit meinen Eltern zu berichten.«

»Das klingt vielversprechend«, freute sie sich und wandte sich mir mit leuchtenden Augen zu.

»Ich habe ihnen gesagt, dass ich es mir gut vorstellen könnte, dass wir zwar das *Friesencafé* weiter betreiben, hier aber in Zukunft eher nur den Service und die Location stellen. Ich habe mir überlegt, dass wir es wie eine Zweigstelle der Teestube aufziehen. Dass ihr diese durch eure Produkte beliefert in dem Rahmen, in dem ihr es bewältigen könnt, und wir all diejenigen Gäste auffangen, die als Ort unser Hotel schätzen. Sie würden euch damit nicht verloren gehen, und wir würden uns eher ergänzen. Beim Team habe ich das auch schon einmal angedeutet. Ich gehe davon aus, sie werden begeistert sein, weil sie selbst merken, wie wir mit dem Café und insbesondere den Produkten an unsere Grenzen kommen. Erst wollte ich aber mit dir reden.«

Luise nickte und hörte mir schweigend zu, als ich fortfuhr: »Außerdem könnten wir einige eurer Produkte, von den Keksen bis hin zur Teemischung, mit in unseren Hotelshop aufnehmen. Ich habe mir in diesem Zuge zum Beispiel auch überlegt, einen Online-Shop zu eröffnen, den man mit eurem Angebot verknüpfen könnte. Wenn die Gäste im Hotel euren Tee zum Frühstück kredenzt bekommen, diesen auch aufs Zimmer und für zu Hause bestellen könnten und beim nächsten Besuch vielleicht als persönliche »Begrüßungsmischung« erneut vorfinden, wäre das doch eine runde Sache, findest du nicht?« Ich konnte meine Vorfreude auf unsere gemeinsamen Pläne kaum verbergen.

»Klar«, sagte Luise staunend. »Das sind großartige Ideen!«

»Wir haben im Hotel ja bereits einen Souvenirshop. Wenn euer Tee und vielleicht auch Gebäck dort mit im Sortiment wären, bin ich mir sicher, dass alle Seiten davon profitieren. Das Hotel, der Gast und auch das *Kliffstübchen*.«

»Moritz, ich weiß gar nicht, was ich sagen soll. Deine Ideen klingen toll. Wenn es allein nach mir ginge, würde ich sofort loslegen.« Luise wirkte noch nicht hundertprozentig überzeugt und zu meinem Bedauern eher skeptisch.

Unsicherheit kroch in mir hoch. »Deine Eltern überzeugen wir auch davon«, sagte ich selbstsicherer, als ich diesbezüglich war. »Ich erinnere mich an eine, laut Erzählungen recht sture, Großmutter, die ich mir zunächst ausmalte wie einen Drachen und die mit einem Mal auch ganz andere Töne anschlug.« Ich schmunzelte.

»Du hast ja recht«, murmelte Luise, klang aber noch immer nicht endgültig begeistert.

»Was sind deine Bedenken?«

»Ich wäre sofort dabei und würde am liebsten direkt damit loslegen, deine Pläne umzusetzen. Ich traue es dem *Kliffstübchen* auch ohne Weiteres zu, die Lieferungen zu stemmen.« Ihre eigenen Worte bestätigend, nickte Luise, bevor ihr Blick nachdenklich wurde.

»Aber?«, fragte ich vorsichtig.

Verhalten zuckte Luise die Schultern. »Meine Eltern sind ein paar Jahre älter und nicht umsonst derzeit in einer Kur, um neue Kraft zu schöpfen. Ich habe Sorge, dass das auf Sicht nicht zu leisten ist von den beiden. Auch, wenn sie in Franka die beste Mitarbeiterin der Welt an ihrer Seite haben.«

Ich hob in aller Selbstverständlichkeit die Hände. »Da gibt's eine naheliegende Lösung«, behauptete ich.

»Und die wäre?« Mit kugelrunden Augen schaute Luise mich fragend an.

»Da musst du schon selbst drauf kommen. Nicht, dass es heißt, ich dränge dich dazu, bei mir zu bleiben«, sagte ich. »Menschen wie du und ich tun sich bekanntlich schwer damit, wenn man sie an einen Ort binden will, wenn sie selbst nicht vollständig davon überzeugt sind, dass dieser der richtige ist.«

Luise stand auf, trat hinter meinen Rücken und legte die Arme um meinen Hals. Zärtlich wanderten ihre Lippen von meinem Ohr über meine Wange. Eine Gänsehaut zog über meinen Körper.

»Nicht umsonst sind wir beide doch einige Jahre quer durch die Welt gereist, auf der Suche nach dem Glück, oder?« Fragend suchte ich ihren Blick.

»Wieso habe ich gerade das Gefühl, dass man manchmal quer durch die Weltgeschichte reisen muss, um zu erkennen, dass man ganz in der Nähe von dem Ort, wo es am schönsten ist, gestartet ist?« Sanft lächelte Luise und strich mir über die Wange.

Was Luise sagte, ließ mich dankbar schmunzeln. Es waren die Worte, die ich bei meinem Einzug in dieses Zimmer genutzt hatte, als ich längst spürte, dass ich mich in diese Frau verguckt hatte, die mir ein Gefühl von Heimat gab. Ich drehte mich zu Luise um, legte meine Arme um sie, und wir versanken in einem innigen Kuss. Ich zog sie an mich und auf meinen Schoß, und es fühlte sich an, als würden unsere Herzen miteinander verschmelzen und im selben Takt schlagen.

In jeden Film wäre dies der Moment gewesen, wo man ausblendete und das Happy End auf sich wirken ließ. Uns standen jedoch noch einige Herausforderungen bevor, die ich aber mit dieser Frau an meiner Seite gerne auf mich nehmen wollte. Das Wissen, dass wir jetzt erst am Beginn von etwas ganz Wunderbarem standen, ließ meine Energie so groß werden wie selten zuvor in meinem Leben.

Ich nutzte unsere Euphorie, um gleich auch die Idee mit dem Weihnachtsmarkt genauer zu skizzieren, und Luise war davon ebenso begeistert.

37. Luise

In den nächsten Tagen kam es mir vor, als glitt ich unbeschwert und leicht durch die Zeit. Nicht nur die Lichterketten und Kerzen leuchteten in den Gärten und Fenstern in jedem Haus, sondern alles um mich herum glänzte wie von magischem Glitzerstaub überzogen.

Franka hatte am nächsten Morgen, als ich ihr von meinem Gespräch mit Moritz und unseren Plänen erzählte, fast einen Freudentanz vollführt.

Es war rührend, ihre Begeisterung darüber, dass die Geschichte mit Moritz und mir weiterging, mit anzusehen.

Meinen Eltern wollte ich vorerst nur andeuten, dass ich neue Ideen hatte. Meine Mutter hatte mir schon versichert, wie sehr sie sich über frischen Wind in der Teestube freute. Dass nun meine Oma nicht länger ihr Veto einlegte, war eine große Erleichterung. Die einzige Hürde könnte die sein, dass sie sich zusätzlichen Aufwand nicht zutrauten. Aber Moritz und ich hatten bereits Pläne geschmiedet, wie es für mich auch hier auf Sylt weitergehen könnte.

Mit meinem Chef wollte ich die Rahmenbedingungen abklären, unter denen es möglich wäre, auch mein Homeoffice auf die Insel zu verlegen. Ganz wollte ich meinen Beruf nicht aufgeben, überlegte aber, weniger Stunden zu arbeiten, damit ich mich für die Teestube engagieren konnte.

Meine Freundin, die zeitweise in meine Wohnung eingezogen war, schrieb mir, dass sie sich bereits erfolglos weitere Wohnungen angeschaut hatte. Ich war mir sicher, sie wäre dankbar, wenn ich ihr sagen würde, dass sie meine Wohnung übernehmen könnte.

Ich war guter Hoffnung, dass meine Eltern spätestens voll und ganz hinter unseren Ideen stehen würden, wenn sie erfahren würden, dass ich meine Zelte in Hamburg womöglich abbrechen und sie hier wieder aufschlagen würde.

Selbst ganz berauscht von den vielen Ideen, Plänen und Herausforderungen, die sich mir plötzlich auftaten, nutzte ich die Vorzüge meines Heimatortes in diesen Tagen oft, um meinen Kopf freizubekommen. Bei langen Spaziergängen am Strand und am Watt konnte ich mir ganz in Ruhe Gedanken machen, was sich für mich gut und richtig anfühlte. Kein Ort erdete mich so sehr, wie Sylt es tat, und das wurde mir mehr denn je bewusst. Ich fühlte, dass ich hier meinen Anker setzen und in die Zukunft blicken wollte.

Meine Großmutter, die sowieso seit Moritz' Auftauchen in der kleinen Teestube wie ausgewechselt war, blühte mit jedem Tag weiter auf. Wir kamen uns immer näher, und dieses Kennenlernen nach so vielen Jahren fühlte sich neu, unwirklich und spannend an. Es machte mich glücklich, dass das, was zwischen uns im Argen gelegen hatte, nach und nach ausgeräumt und in Zuversicht und Nähe umgewandelt wurde. Immer wieder schüttelte ich fassungslos den Kopf über diese Tatsache, die ich noch bis vor wenigen Wochen für das Abwegigste überhaupt gehalten hatte.

Moritz und ich buken mit ihr das gesamte *Winterzauber*-Buch nach, und sowohl wir als auch die Gäste, denen wir Kostproben anboten, gerieten ins Schwärmen.

Schnell hatten wir die Lieblingsrezepte herausgefunden und diese in einem neuen kleinen Büchlein zusammengefasst, welches wir für jeden Gast im Hotel als Geschenk im Zimmer auslegen ließen. Darüber hinaus wurde das Buch mit dem Titel *Winterzauber am Meer* in das Hotelshop-Sortiment aufgenommen. In dieser Abwandlung des Originals fanden sich einfache Rezepte zum Ausprobieren für jedermann.

Speziell auf die Vorlieben und Wünsche der Hotelgäste angepasste Teemischungen wurden im Online-Shop so mit dem Laden des Hotels verknüpft, dass es sogar gelang, den Gästen schon vor Anreise die Option zu bieten, sich ihren persönlichen Wohlfühl-Tee zusammenzustellen. Dieser wartete dann in ihrem Hotelzimmer schon auf sie und stand auch als Mitbringsel oder Geschenkidee im Zimmer bereit.

Die Mitarbeiter des Hotels perfektionierten in aller Ruhe und allein darauf konzentriert ihren Service rund um das *Friesencafé*, während die Teestube sich um das Liefern verschiedener Torten, Gebäck und Teesorten kümmerte.

Vor allem auch die Idee eines Weihnachtsmarktes, wie Moritz ihn im Hotel umsetzen wollte, nahm immer mehr Gestalt an. Auch wenn wir nicht mehr allzu viel Zeit hatten bis Weihnachten, stellten wir Großes auf die Beine.

Wir akquirierten noch den Blumenladen sowie weitere Geschäfte aus dem Ort, die zum *Winterzauber* im Hotel ebenso Produkte in kleinen Ständen anbieten wollten.

Der Innenhof der großzügigen Hotelanlage eignete sich perfekt, um dort einen Markt mit Holzhütten, Tischen und Bänken aufzubauen, der nicht nur die Gäste zum Verweilen einladen sollte.

Während das Hotel eine große Weihnachtstombola veranstaltete, deren Erlös dem Küstenschutz zugutekommen sollte, hatte sich jeder der Aussteller etwas zum Thema *Winterzauber am Meer* ausgedacht.

Franka, Oma und ich hatten uns überlegt, dass wir verschiedene Weihnachtsgebäckspezialitäten nach alten Sylter Rezepten anbieten wollten, die wir jeweils mit einer Teesorte kombinieren würden. Dabei wollten wir sowohl auf traditionelle Teemischungen zurückgreifen, als auch auf moderne Zutaten setzen, bei denen wir ganz neue Aromen ausprobierten. Zu jedem Produkt schrieben wir ein paar Worte als Hintergrundgeschichte. Mal ging es um die Herstellung, mal um die Wirkungsweise.

Der Blumenladen hatte sein Augenmerk auf gebundene Kränze und Gestecke gelegt, die von bunten Farben über klassische Weihnachtstöne bis hin zu rustikal dekorierten Jöölboom Interpretationen alles zu bieten hatten. Besonders schön fand ich das Sortiment an Deko für den Weihnachtsbaum aus ungewöhnlichen Formen und Figuren.

Vom Anker, der mit Tannengrün umrahmt war, bis hin zum Engel mit Matrosenhut und dem Seepferdchen mit Weihnachtsmütze war alles dabei und funkelte in den schillerndsten Farben.

Vor allem die kunstvoll arrangierten Blumentorten begeisterten mich bereits auf den Fotos.

Ein besonders liebevolles Sortiment für den *Winterzauber* hatte sich auch der kleine Laden *Zurück zum Glück* im Ort überlegt.

Neben weichen Cashmeredeckchen und Kissen für Babys boten sie Windlichter in allen Größen und Farben an, die sie zum Teil schon gemeinsam mit Duftkerzen, Seifen und Bonbons als Präsente zusammengestellt und in Folie verpackt hatten. Schon beim Erstellen der Plakate, die wir überall im Ort aufhängten, lag für mich der Duft all dieser Köstlichkeiten und Geschenke in der Luft.

Mit dem Aufbau begann das Team des Hotels rund zehn Tage vor Weihnachten. Der *Winterzauber* sollte von einem Donnerstag bis zum Wochenende andauern, bis dann am Montag Heiligabend war und die Ruhe über die Festtage einkehren würde, bevor Silvester gefeiert wurde.

Es wurde gehämmert, dekoriert und Elektrik installiert, damit sowohl die Beleuchtung als auch die Musik für den Weihnachtsmarkt gesichert waren.

Die Hütten und Bänke, die auf dem Innenhof aufgestellt waren, verströmten einen holzigen Duft, der nach langen Abenden am Kamin roch, und ich konnte es kaum erwarten, dass der Weihnachtsmarkt startete.

Die Zeit bis dahin genossen Moritz und ich zwischen den Vorbereitungen und viel Arbeit sooft es ging bei Spaziergängen oder beim Kochen zu Hause.

Ich lernte Orte auf Sylt kennen, die ich bis dahin noch nicht besucht hatte.

Moritz zeigte mir den Katrevel, eine kleine Seenlandschaft, die inmitten der Morsumer Wiesen in der Nähe des Deiches aus einem ehemaligen Meeresarm entstanden war. Den Sylter Osten liebte ich schon seit jeher für seine sattgrüne Natur. Ich war jedoch vorher noch nie an diesem Platz gewesen. Moritz und ich nutzten den Katrevel bald als Ort der Ruhe, an dem wir für einige Momente dem Trubel der Sylter Gastronomie entfliehen konnten. Ein romantischer Steg war nicht selten unser Anlaufplatz, den ich wohl von da an mit den glücklichsten Stunden verbinden würde. Ich konnte es kaum erwarten, hier im Frühjahr oder im Sommer hinzugehen, wenn es nicht so eisig kalt war wie jetzt. Schon jetzt freute ich mich auf mein erstes Picknick mit Moritz hier auf dem hölzernen Steg, inmitten dieser besonderen Idylle.

Die Nähe zu ihm, die schon nach so kurzer Zeit kaum wegzudenken war aus meinem Leben, fühlte sich wie ein unwirkliches großes Glück an. Immer mal musste ich zwischendurch für meinen Job in Hamburg arbeiten, was aber gut dazu passte, dass Moritz im Hotel zu tun hatte. Franka hielt mir für diese Stunden in der Teestube den Rücken frei, und auch wenn ich abends todmüde wusste, was ich getan hatte, ging es mir gut damit.

Meine Eltern erholten sich weiterhin hervorragend, und es hatte den Anschein, dass ihnen die Kur wirklich guttat. Sie wollten kurz vor Weihnachten zurückkommen, sodass sie zum *Winterzauber* wieder in Keitum sein würden. Ich freute mich sehr auf ihre Rückkehr und das Weihnachtsfest. Lange nicht hatte ich so vorfreudig an die Festtage gedacht, die mir auch immer wieder bewusst gemacht hatten, wie sehr meine Schwester mir fehlte. Die Gewissheit, dass sie aber lächelnd von ihrer Wolke aus die Entwicklungen beobachten würde, gab mir endlich wieder das Gefühl, dass ich es mir erlauben durfte, glücklich das Jahr abzuschließen und zuversichtlich in die Zukunft zu schauen. Eine Zukunft mit Moritz an meiner Seite und großen Plänen, die ganz in Maries Sinne gewesen wären.

In den nächsten Tagen bat Moritz mich an einem Abend, mit ihm und seinen Eltern in einem Restaurant etwas essen zu gehen.

Ich freute mich darauf, sie endlich kennenzulernen, auch wenn ich mir vorher viele Gedanken machte, ob sie mich mögen würden.

Die Sorge fiel jedoch schnell von mir ab, als Moritz' Mutter mich so herzlich empfing, dass sie mir sofort das »Du« anbot, und das Eis war gebrochen.

»Luise, wenn ich das Leuchten im Blick meines Sohnes sehe, wenn er von dir spricht, geht mir mein Mutterherz auf. Was wünscht man sich mehr?« Sie schaute ihren Mann von der Seite an. »Mein Mann hat recht gehabt, als er sich vor Kurzem mit Moritz unterhielt.«

Überrascht hob ich die Augenbrauen, gespannt, was nun folgte. Während die Mutter von Moritz einen warmherzigen und offenen Eindruck machte, hatte Moritz' Vater weiterhin ein Pokerface aufgesetzt, das mich noch nicht erkennen ließ, wie er zu mir stand.

»Wie schön, dass sich die Familientradition fortsetzt«, sagte er, und ich wusste nicht so recht, worauf er hinauswollte. Schließlich hatte Moritz ja gesagt, sein Vater kenne mittlerweile seinen Standpunkt und wo Moritz sich im Unternehmen sah. Unsicher schaute ich Herrn Jacobsen senior an.

»Keine Sorge, ich bin zwar stur, aber auch ich habe nun einiges verstanden«, fügte er hinzu, als er meinen angespannten Blick bemerkte. Als mit einem Mal der strenge Gesichtsausdruck des edel gekleideten älteren Herrn mit kerzengerader Haltung zu einem Lächeln zerfiel, rollten mir Steine der Erleichterung vom Herzen. »Ich habe Moritz ja gesagt, dass man, um der richtigen Frau zu begegnen, bei Weitem nicht quer durch die Weltgeschichte reisen muss.« Er legte den Arm um seine Frau. »Wie schön, dass offenbar auch mein Sohn das Glück hat, hier auf unserer Heimatinsel eine so tolle Frau getroffen zu haben.«

Ich spürte, wie warme Röte meine Wangen überzog, und lächelte schüchtern, dankbar, dass Moritz nach meiner Hand griff und diese leicht drückte.

»Danke, Papa«, sagte er und schaute mich glücklich an. »Vielleicht mussten wir beide einmal um die Welt reisen, um dorthin zurückzukommen, wo wir gestartet sind und wirklich glücklich sein können.«

Der Abend war entspannt und das Essen lecker. Moritz' Eltern freuten sich aufrichtig für Moritz und mich. Auch sein Vater, der mit ihm ja offenbar eher selten einer Meinung war, wirkte erstaunlich fröhlich. Es erinnerte mich daran, wie Inga dank Moritz wie ausgetauscht war. Beide hatten wir im Leben des anderen für angenehme Veränderungen gesorgt, die noch viel weiter als über unsere Beziehung hinausgingen.

Als endlich der Tag gekommen war, an dem der *Winterzauber* startete, war ich sehr nervös. Moritz versuchte immer wieder, mich zu beruhigen, indem er mich mit liebevollen Gesten, einem Becher Honigmilch oder ein paar Keksen ablenkte.

Wir holten gemeinsam meine Eltern vom Bahnhof ab, und schon beim ersten Zusammentreffen wusste ich, dass sie und Moritz sich sympathisch waren.

Sie plauderten sofort drauflos, schienen auf einer Wellenlänge zu sein und lachten viel.

Während meine Eltern erst einmal wieder ankommen sollten, machten Moritz und ich uns daran, die allerletzten Vorbereitungen zu treffen, damit der *Winterzauber* reibungslos starten konnte.

Die üblichen Hürden, die sich manchmal erst kurz vor so einem Event auftun – wie fehlende Steckdosen oder ein in letzter Sekunde vom Dach purzelnder Weihnachtsstern –, meisterten wir ohne größere Nervenzusammenbrüche, was ich vor allem Moritz' besonnener Art zu verdanken hatte.

Entspannt und lässig schritt er den Markt ab und legte selbst noch mal Hand an, wenn er sah, dass es irgendwo hakte, als auch schon die ersten Gäste kamen. Es war Familie Menke und vor allem Frau Menke, die mit ausgebreiteten Armen auf mich zulief.

»Frau Wellendorf! Es ist traumhaft! Sagen Sie bloß, Sie hatten das neulich alles schon im Kopf, als wir uns über das Hotel unterhielten? Warum haben Sie nichts gesagt? Mit einem so zauberhaften Event haben wir gar nicht gerechnet und freuen uns umso mehr, hier die Festtage zu verbringen!« Anerkennend schaute sie sich um und bedachte speziell Moritz und mich mit vielsagenden Blicken. »Was Sie hier gemeinsam mit Herrn Jacobsen organisiert haben, ist großartig!« Mit diesen Worten ging sie auch bereits zum nächsten Stand, und ich hörte noch lange ihre verzückten Ausrufe.

Aus dem Augenwinkel sah ich, dass Moritz' Eltern am Eingang des Hotels standen. Sie unterhielten sich, und mein Herz machte einen erfreuten Hüpfer, als ich auf dem Gesicht von Moritz' Vater ein Lächeln entdeckte.

Ich lehnte den Kopf an Moritz' Schulter. »Ich freue mich so sehr«, raunte ich ihm zu und spürte, wie er seinen Kopf mit sanftem Druck an meinen schmiegte. »Schau mal, dein Vater sieht richtig stolz aus«, sagte ich. »Da scheint jemand erkannt zu haben, dass sein Sohn hier ganz in seinem Element ist. Und ich finde, er wirkt kein bisschen ärgerlich mehr darüber, oder?«

»Stimmt! Und ich kann dir gar nicht sagen, wie erleichtert ich bin!« Er gab mir einen Kuss auf die Stirn, und mein Bauch kribbelte wohlig warm bei seiner Berührung.

Als die ersten Gäste schon Waffeln und Bratwurst aßen, während andere gemütlich an den Ständen entlangschlenderten oder an der Glühweinhütte ein heißes Getränk genossen, kam auch meine Mutter hinzu.

Ihre Augen leuchteten, und sie presste fassungslos vor Überraschung die Hände vor den Mund.

»Liebes! Ich bin überwältigt!« Hinter ihren Lidern zitterten

Freudentränen, und ich meinte, ich hatte meine Mutter seit Jahren nicht so glücklich erlebt wie in diesem Moment. »Papa und Oma sind auch gleich hier«, erklärte sie und konnte sich kaum sattsehen. »Franka wollte nur noch die Teestube abschließen und dann auch hierherkommen.«

Ihre Wangen glühten vor Aufregung, und sie sah toll aus, erholt und so zufrieden.

»Frau Wellendorf!« Mit einem fröhlichen Ruf kam auch schon Frau Menke auf meine Mutter zugestürmt, und für die nächsten Minuten sprudelte ein Redeschwall über meine Mutter hinweg, der mich schmunzelnd zurückließ.

Dann sah ich auch, wie mein Vater seinen Wagen parkte und meiner Oma aus dem Auto half. Sie stieg aus, noch immer lief sie zur Sicherheit mit Krücken und schaute staunend über den Weihnachtsmarkt.

Moritz und ich gingen auf sie zu und begrüßten sie.

»Inga, herzlich willkommen«, freute sich Moritz.

»Oma, wie schön, dass du da bist!« Ich nahm sie in den Arm.

»Enno wäre so stolz auf euch, meine Lieben«, stellte sie anerkennend fest. Nur Moritz und ich konnten es hören, und sie ging mit langsamen Schritten auf den Weihnachtsmarkt zu. Ihr Blick wanderte über die Stände und die zufriedenen Gesichter der Menschen, die gerade etwas aßen oder die ausgestellten Produkte bewunderten. »Und ich bin es für ihn mit!«

Dann trat auch mein Vater neben uns. »Das kann sich sehen lassen! Ich bin tief beeindruckt«, bemerkte er und legte den Arm um mich. »Das habt ihr großartig hinbekommen. Ich bin mir sicher, dass sich das zur festen Institution für Gäste und auch Insulaner entwickeln könnte.«

»Danke, Papa. Ich bin auch sehr glücklich, wie toll alles geworden ist. Das Team des Hotels ist grandios. Ich habe selten eine so hoch motivierte Mannschaft erlebt, die sich gegenseitig so toll unterstützt. Die Jacobsens können sehr stolz auf ihre Leute sein.«

»Darf ich dir etwas zu essen holen?«, bot Moritz meiner Oma an.

»Oh ja! Am liebsten probiere ich von allem etwas.« Inga kicherte wie ein junges Mädchen.

»Alles klar!« Moritz lachte. »Möchtest du mal einen von Claas' Flammkuchen probieren?«, fragte er mich, und ich nickte. »Sonst noch jemand Wünsche?«

»Danke! Ich komme mit meiner Frau dann später und schaue«, erklärte mein Vater lächelnd. »Hier kann man sich ja kaum entscheiden.«

Auf einer der Bänke, die wir mit Decken und Sitzkissen ausgestattet hatten, nahm Inga Platz. Von hier aus hatte sie einen tollen Überblick über den Platz, und es war kuschelig warm.

Sanfte Weihnachtsmusik klang aus Lautsprechern, die wir überall verteilt aufgestellt hatten, und es duftete nach Waffelteig und geröstetem Brot.

Servicepersonal des Hotels balancierte Tabletts mit gebrannten Mandeln, Baumkuchenspitzen, kleinen Gläsern mit Punsch für Erwachsene und Kinder sowie Frankas Cake-Pops mit Schneeflocken aus Zucker durch die Leute. Diese wurden sie schnell los. Die Stiele der Cake-Pops waren in einen Mooskranz gesteckt, der so mit Puderzucker bestäubt war, als sei es feiner Schnee. Über allem lag ein wunderschöner, romantischer Lichterglanz von Kerzen, Lichterketten um die malerischen Holzhäuschen und funkelnden Glitzerkugeln, mit denen die Stände dekoriert waren.

Einen Stand hatten die Auszubildenden des Hotels arrangiert und boten dort Lebkuchenherzen mit Schriftzügen an. Vor allem bei Familien mit Kindern fand dies großen Anklang. Die Praktikantinnen des Hotels hatten sich dazu eine niedliche Dekorationsidee überlegt. Sie hatten Tannenzapfen und Muscheln gesammelt, die sie unter einem Zelt gemeinsam mit einer Schar von Kindern mit kleinen bunten Pompons verzierten, sodass, mit einem rot-weißen Band versehen, ein farbenfroher Tannenbaumschmuck entstand. Glitzerstaub machte die kleinen Kunstwerke perfekt, und die strahlenden Augen der Kinder, als sie ihre Basteleien ihren Eltern präsentierten, waren der größte Dank.

Moritz kam zurück mit einem Brett, auf dem sich verschiedene Flammkuchen befanden. Dazu hatte er ein Tablett mit einem Teller mit einer Waffel für meine Oma sowie zwei Bechern mit einer imposanten Sahnehaube, in der Strohhalme steckten.

»Erst mal ein heißer Kakao gegen die Kälte und was Feines für den Magen.« Mit diesen Worten bot er uns seine Errungenschaften an und lud meinen Vater ein, mit ihm noch einmal loszugehen, um sich etwas zu essen zu holen. Meine Mutter redete noch immer mit Frau Menke. Franka war inzwischen auch gekommen, aber direkt abgefangen und ebenso in das Gespräch verwickelt worden, sodass ich sie noch gar nicht begrüßt hatte. Ihren Mann sah ich bald auch an einem der Stände, wie er fröhlich mit anderen Leuten sprach.

Die Stimmung war weihnachtlich freudig, und es herrschte eine festliche Atmosphäre. Ich wünschte mir, dass wir diese Abende in Zukunft noch ganz oft erleben durften, und sah mich auch im nächsten Jahr auf einem solchen Markt. Womöglich würde man bis dahin noch viel mehr Unternehmen mit einbinden können und könnte die Vielfalt der Produkte und Spezialitäten noch ausweiten.

Aber das war Zukunftsmusik. Nun würden wir einen Schritt nach dem nächsten gehen.

Das Büchlein mit den Rezepten, die wir in Teilen aus dem Buch von Inga und Enno übernommen und schon in den Zimmern der Gäste ausgelegt hatten, verkauften wir auch auf dem Markt. Das Interesse war riesig, und oftmals waren gleich mehrere Exemplare geordert worden. Ich vermutete, dass viele es als Geschenk für Sylt-Liebhaber verwenden wollten, und mir gefiel dieser Gedanke sehr.

Die Jacobsens führten viele Gespräche mit Gästen und Insulanern, und nach einiger Zeit kamen sie auch an unseren Tisch.

Höflich begrüßten sie meine Familie. Moritz, meine Oma und ich warfen uns vielsagende Blicke zu. Wir hatten zu dritt entschieden, dass das Buch von Enno und Inga, der ursprüngliche *Winterzauber*, für immer unser Geheimnis bleiben würde, zumindest der Jacobsen-Familie gegenüber. Meinen Eltern wollten wir die Geschichte ganz in Ruhe erzählen.

Inga wollte ihren Enno als eine warme Erinnerung in ihrem Herzen behalten und nicht noch im Nachgang für böses Blut bei seinem Sohn sorgen.

»Liebe Familie Wellendorf«, sagte Moritz' Mutter. »Hätte ich geahnt, welche wunderbaren Ideen noch auf das Hotel und das *Kliffstübchen* zukommen, ich hätte Sie niemals mit unserem Angebot belastet. Ich hoffe, Sie verzeihen uns, falls wir Ihnen damit in irgendeiner Form zu nahe getreten sind. Mein Sohn hat mir deutlich zu verstehen gegeben, dass ich mit dieser Idee übers Ziel hinausgeschossen bin.«

Sie rang mit den Händen, und meine Mutter winkte ab.

»Wir waren in einer schwierigen Lage, und Sie haben Ihre Hilfe angeboten. Ich denke, die Motivation war keine böse. Wie sollte ich Ihnen das übel nehmen?« Versöhnlich lächelte sie. »Unsere Kinder haben das Problem auf ihre Weise gelöst – besser hätte es wohl kaum laufen können!« Alle stimmten ihr zu, sogar Moritz' Vater lächelte, wenn auch verhalten.

Der Abend war aufregend schön, anstrengend und außergewöhnlich. Wir waren alle erschöpft, aber glücklich, als wir schließlich in unsere Wohnungen gingen. Und als ich endlich im Bett lag, fiel ich sofort in einen tiefen Schlaf.

38. Moritz

Als wir am Morgen nach dem ersten Abend des *Winterzaubers* aufwachten, spürte ich die Anstrengung des vorherigen Tages noch in den Knochen.

Ich drehte mich zur Seite und schaute in Luises liebes Gesicht. Sie schlief noch tief und fest.

Leise stand ich auf, duschte und ging zum Bäcker.

Das *Kliffstübchen* blieb für die Zeit des Weihnachtsmarktes weiterhin geöffnet. Die Zeiten deckte Franka gemeinsam mit Luises Mutter ab. Sie waren nur zum Eröffnungstag auch auf dem Markt erschienen und hatten für diese Zeit die Teestube geschlossen. So konnten Luise und ich uns voll auf den Markt konzentrieren, und parallel würde weiterhin ordentlich Werbung bei den Besuchern der Teestube gemacht werden für unser Event. Wir waren uns sicher, dass der ein oder andere dort vorbeischauen würde, wenn er einen persönlichen Hinweis erhielt.

Als ich vom Bäcker zurückkam, begegnete mir Inga vor dem Haus. Sie hatte einen Blumenstrauß unter dem Arm.

»Inga, guten Morgen. Wohin des Weges?«, fragte ich überrascht.

»Moritz«, sagte sie. »Du bist aber schon wieder früh auf den Beinen. Ruh dich mal lieber ein wenig aus«, mahnte sie. »Die Abende sind sicher lang.«

»Und du?«, ging ich gar nicht darauf ein. »Wo willst du denn so früh schon hin?«

»Ich war lange nicht mehr auf dem Friedhof. Heute Nacht kam mir der Gedanke, dass es der richtige Zeitpunkt wäre, einen Strauß Blumen dort zu hinterlegen.«

»Aber Inga, bis dahin ist es viel zu weit. Lass mich die Brötchen reinbringen und den Autoschlüssel holen, dann fahre ich dich kurz«, schlug ich vor.

»Das wäre tatsächlich wundervoll«, freute sich die alte Dame und lächelte erleichtert.

»Ich bin sofort zurück«, erklärte ich und lief zu meinem Zimmer. Leise öffnete ich die Tür und bekam einen Riesenschreck, als Luise mich, frisch geduscht und angezogen, begrüßte.

»Du meinst, du könntest dich ganz leise rausschleichen?«, sagte sie, legte die Arme um mich und zog mich an sich. Ein zärtlicher Kuss folgte.

Als ich mich sanft aus ihrer Umarmung löste, erntete ich einen empörten Blick.

»Nanu?«

»Inga wartet auf mich«, erklärte ich.

»Bist du gar nicht mit mir, sondern mit meiner Oma zum Frühstück verabredet?«, fragte Luise mit hochgezogener Augenbraue und schmunzelte. »Wie schade. Da werde ich direkt eifersüchtig«, gab sie zu.

Ich lachte. »Nein. Ich bin gleich wieder hier. Ich habe Inga gerade vor der Tür auf der Straße getroffen. Sie war auf dem Weg zum Friedhof. Ich denke, es ist besser, ich fahre sie schnell. Nicht, dass sie sich wieder überschätzt, und nachher passiert noch was.«

Luises Blick war erst nicht zu deuten. »Zum Friedhof?«

Ich nickte und sah, wie es in ihrem Kopf zu arbeiten schien.

»Frühstück kann warten. Lass mich mitkommen«, sagte sie dann, griff nach einer Jacke und folgte mir aus der Tür.

»Sicher?« Fragend schaute ich sie an, als wir über den Flur zur Haustür gingen.

Sie nickte, doch die Zweifel standen ihr ins Gesicht geschrieben. »Ich denke, ich bin so weit«, kam es leise.

»Heißt das, du warst nie wieder da?« Ich konnte mir vorstellen, dass der Weg dorthin für Luise kein leichter war. Sie schüttelte tatsächlich den Kopf.

»Nein. Seit der Beerdigung war ich nie wieder dort. Für mich war immer klar, dass ich diesen einen Ort nicht brauche, um an Marie zu denken. Im Gegenteil, ich hatte den Eindruck, es wäre besonders schlimm für mich, vor einem Stein und einem Blumenbeet zu stehen, an dem ich Marie irgendwie so nah, aber gleichzeitig so fern sein sollte. Ich konnte es nicht, wollte es auch nicht. Für mich war Marie immer in meinem Herzen. Ihre Seele war zu jeder Zeit um mich herum. In meinen Augen hatte es keine Bedeutung, dass ihre Urne dort auf dem Friedhof vergraben war. Das war sie nicht und ist sie bis heute nicht für mich.«

»Ich finde, das ist in Ordnung. Jeder hat seine Art zu trauern. Das Wichtigste ist, dass sie ihren Platz im Herzen behält.«

Luise nickte. »Aber seit ich mich mit Oma so viel besser verstehe, weiß ich, was ihr dieser Ort bedeutet. Sie spricht so oft davon, dass sie sich in Maries Zimmer zum Beispiel Marie so nah fühlt wie an kaum einem anderen Ort. Ich will gerne bei ihr sein und ihr den Weg leichter machen.«

Ich legte den Arm um Luise und küsste sie auf ihr Haar. Dann gingen wir zu Inga, die vor dem Haus auf einer Holzbank wartete.

»Luise«, sagte sie erstaunt. »Sag bloß ...«

»Ja, Oma. Lass uns gehen«, antwortete Luise, und ich stellte gerührt fest, dass Inga Tränen in den Augen hatte.

39. Luise

Der Weg auf den Keitumer Friedhof war schwer. Mein Puls raste, als wir ausstiegen und durch das Tor gingen. Vorbei an den Grabstätten namhafter Einheimischer, die hier auf der Insel ihre Ruhestätte gefunden hatten, gelangten wir an das Grab von Marie, welches direkt neben dem meines Großvaters lag.

Jahrelang hatte ich mir vorgestellt, dass in dem Moment, in dem ich hier sein würde, meine Beine versagen und ich in Ohnmacht fallen würde vor lauter Emotionen, die dieser Ort in mir hervorrufen würde. Ich stellte mir vor, dass ich eine unbeschreibliche Hilflosigkeit und Angst spüren musste.

Das Gefühl, als es endlich so weit war, war auch in der Tat eines, welches ich in der Form selten zuvor erlebt hatte. Aber mit Moritz an meiner Seite und meiner Oma, der ich Halt gab, fühlte es sich an, als sei es genau das, was gerade richtig war.

Ich merkte, wie erleichtert meine Oma war, dass ich mitgekommen war. Es bedeutete ihr viel, dass ich mich endlich überwunden hatte und neben ihr stand, das wusste ich.

Meine Oma stellte einen Blumenstrauß in ein kleines Gefäß.

Sie lächelte. »Die Floristin sagt, der hält sogar ein wenig Kälte aus«, bemerkte sie und nickte. Ihr Blick war traurig und liebevoll. Sie war sichtlich berührt von diesem Ort und der Situation.

Auch das Grab meines Großvaters lag gepflegt und ordentlich

vor uns. Ihm war ebenso anzusehen, dass es mit viel Hingabe erhalten wurde. Ich war stolz auf meine Großmutter, die hier offenbar still und leise dafür sorgte, dass die letzten Ruhestätten ihrer Familie immer in diesem Topzustand waren.

Wir standen einen Moment vor dem Grab.

Schweigend gingen wir schließlich wieder, als meine Großmutter kurz vor dem Ausgang Moritz einen fragenden Blick zuwarf.

»Normalerweise besuche ich auch meinen Enno immer einmal und erzähle ihm die neuesten Geschichten.« Sie lächelte, und eine Gänsehaut kroch über meine Haut, als sie das sagte. Ein Kloß in meinem Hals hinderte mich am Sprechen.

»Da hätten wir uns bis vor drei Jahren hier treffen können, Inga. Es ist viel zu lange her, dass ich ihm so viel Positives berichten konnte. Lass uns vorbeischauen«, schlug Moritz vor, und das Strahlen in den blassblauen Augen meiner Oma war umwerfend. Hand in Hand, Oma Inga untergehakt, gingen wir einen Pfad entlang zu einer großen Grabstätte.

Auf dem Stein las ich »Enno Moritz Jacobsen«.

»Dein Großvater hatte deinen Namen?«, stellte ich fest.

»Oder ich seinen, genau«, bestätigte Moritz. »Sicher war es für dich, liebe Inga, schon als du meinen Namen hörtest, ein merkwürdiges Gefühl?«

»Ein schönes, min Jung. Und das, obwohl ihr mich angeflunkert habt mit eurer Geschichte vom guten Freund oder so.« Sie hob gespielt ärgerlich den Zeigefinger.

»Aber glaubt mir, das Flunkern, das hatten Enno und ich eine Zeit lang ebenso perfektioniert. Engstirnige Verwandtschaft und gesellschaftliche Erwartungen machen nun mal erfinderisch.« Wir lachten, und Inga berichtete Enno an seinem Grab tatsächlich davon, was geschehen war. Sie lobte uns dabei in den höchsten

Tönen. Die Art, in der sie so wertschätzend von Moritz und mir sprach, berührte mich sehr, und ich tupfte mir ein paar Tränen aus dem Augenwinkel.

Nach einiger Zeit gingen wir wieder zum Auto und fuhren zur Teestube.

»Willst du mit uns frühstücken?«, fragte ich Inga. Diese verneinte jedoch und sagte, sie wolle ja nachher fit sein für den Weihnachtsmarkt. Da würde sie lieber noch ein wenig die Beine hochlegen.

Nach dem Frühstück brachen wir noch zu einem kleinen Spaziergang auf.

Wir wollten die Zeit bis zum Beginn des Marktaufbaus vor dem ganzen Trubel noch für eine kurze Atempause nutzen.

»Ich will dir etwas zeigen«, erklärte Moritz, und ich freute mich. Er hatte mir in den letzten Tagen so viele schöne Orte gezeigt, und es machte große Freude, die Insel mit ihm auf ganz neue Art zu entdecken. Obwohl Sylt ja meine Heimat war, gab es etliches, was ich hier bisher aber so nie gesehen hatte. Aber auch ich hatte ihm ein paar Geheimtipps geben können.

Ein besonderes Erlebnis war der winterliche Gang in eine der Strandsaunen, den ich mit Moritz zum ersten Mal in meinem Leben genoss und nach wenigen Tagen kaum mehr wegdenken wollte aus meinem Alltag. Aber es waren auch bekannte Orte, die ich mit ihm ganz neu erlebte.

Wir wanderten vor ein paar Tagen zum Beispiel rund um das Bauerndorf Archsum durch die winterliche Salzwiesenlandschaft, genossen die Ruhe der Hörnumer Odde, die ich natürlich kannte, mit Moritz an meiner Seite aber viel ausgiebiger erkundete. Er zeigte mir Häuser, die er in seiner Kindheit und seiner Jugend bewundert und wo er Freunde besucht hatte. Teilweise durfte ich hineinschauen. Das Haus der Eltern seines Freundes Cay faszinierte mich am meisten. Es war seit Jahren nichts darin verändert worden, sodass der friesische Charakter auf unverwechselbare Art erhalten war.

An einem Kachelofen auf alten Holzbänken lauschten wir bei Futjes, einem traditionellen nordfriesischen Gebäck, welches häufig um die Weihnachtszeit hergestellt wurde, Sylter Geschichten. Nicht nur, dass wir auch Futjes nach dem Rezept von Cays Vater mit in unser Programm aufnahmen, sondern auch die Erzählungen aus anderen Zeiten auf der Insel waren einmalig.

An diesem Morgen gab Moritz wieder die Richtung vor, und wir gingen durch eine verwinkelte Gasse im Dorfkern des kleinen Kapitänsdorfs Keitum, die ich ewig nicht entlanggelaufen war.

Am Ende des Weges sah ich eine Einfahrt, die mit einem dicken Tau anstelle eines Tores verschlossen war, in dessen Mitte eine Glocke hing.

Je näher wir herankamen, desto mehr konnte ich von dem Haus erkennen.

Ich hatte zunächst vermutet, dass auch hier, fernab der Hauptstraße und kaum mit einem Auto zu erreichen, ein uriges Friesenhaus lag, in dem die Zeit stehengeblieben war.

Der Garten lag hinter einem Friesenwall, der aufgrund der Jahreszeit karg bewachsen war, sodass man dahinterschauen konnte.

Was sich dort bot, überraschte mich doch sehr.

Ein strahlend weiß getünchtes Haus unter Reet mit noch hellem Dach, neu eingedeckt, über dessen dunkelgrüner Klöntür die Jahreszahl 1915 prangte. Ein kleines, halbrundes Fenster neben dem Eingang wirkte wie eine Einladung einzutreten.

Ein Weg aus kugelrunden Steinen führte zur aufwendig gearbeiteten Tür. Dezente Spots waren in den Boden eingelassen. Rechts und links des Weges standen Kriechkiefern.

Moritz verlangsamte seine Schritte, und ich wunderte mich, als er direkt vor dem Weg Richtung Haus stehen blieb. Er drehte sich zu mir um, lächelte und zog einen Schlüssel aus der Tasche.

Irritiert schaute ich auf seine Hände, als er sich wieder umdrehte und den Weg auf die Haustür zuging.

Das Kapitänshaus versprühte diesen typischen Charme eines historischen Friesenhauses.

»Moritz?«, fragte ich unsicher, als er mit dem Schlüssel die Tür öffnete.

»Hereinspaziert«, sagte er und machte eine einladende Handbewegung.

»Nein! *Das* ist dein Haus?«

»Zumindest der untere Bereich ist meine Wohnung, ja. Die Pläne für oben sehen aktuell Büroräume vor. Das ist das Haus meiner Großeltern. Mein Opa hat festgelegt, dass ich es erbe. Damit ich hier auf der Insel immer ein Zuhause habe.« Mit stolzem Blick schaute er sich um. »Meine Mutter hat, seit ich auf die Insel gekommen bin, den Gewerken Dampf gemacht, und sie sind viel schneller als geplant fertig geworden.« Er lächelte.

Schon im Eingangsbereich sah ich, mit wie viel Sachverstand und Liebe hier jemand ans Werk gegangen war. Der Charakter des alten Hauses war mit großer Detailtreue aufrechterhalten worden. Ein Ambiente zum Wohlfühlen war entstanden, zwischen hellgrauen Wänden und weißem Kachelofen vor rustikalen Holzdielen strahlte das Haus Wärme und Behaglichkeit aus.

Noch war es leer, die wenigen Möbel waren in einem Raum aufgestellt und abgedeckt. Es roch nach frischer Farbe.

Moritz griff nach meiner Hand und zog mich in den Raum mit

den Möbeln. Es war ein offener Wohn- und Essbereich mit großen Fenstern und einer Tür, die auf eine Terrasse führte.

»Hier stelle ich mir die Sitzecke vor, dort den Esstisch. Und beim Kochen ist man sozusagen immer mit dabei und kann sich unterhalten mit den Gästen«, schwärmte Moritz und deutete quer durch den Raum. Dann lief er weiter, und ich folgte ihm in Richtung eines Zimmers, an das ein modernes Bad und ein kleinerer Raum mit eingebauten Schränken angrenzten.

»Gefällt es dir?«, fragte Moritz stolz.

»Mir?« Nervös schaute ich mich um. »Selbstverständlich! Es ist traumhaft!«

»Perfekt!« Moritz strahlte. Im selben Moment merkte ich, wie er unsicher wurde. »Also, nicht, dass du mich falsch verstehst. Nie würde ich dich zwingen wollen, hier einzuziehen. Ich weiß ja, du reist für dein Leben gern, und du willst dich nicht festlegen. Ich kenne das ja von mir«, stammelte er.

»Du redest dich ja um Kopf und Kragen«, sagte ich und gab ihm, um ihn zum Schweigen zu bringen, einen Kuss. »Es ist unfassbar schön hier! Hier kann man sich wohlfühlen.«

»Meine Tür steht offen für dich, und ich verspreche dir, dass ich sie niemals fest zuschließe hinter dir. Wenn du rauswillst, warte ich mit Honigmilch und Tee, bis du wieder zurückkommst.« Mit liebenswertem Hundeblick schaute er mich an, und in meinem Bauch drehten unzählige Schmetterlinge ihre Runden und streichelten dabei mit ihren Flügeln mein Herz.

Ich legte die Arme um seinen Nacken und zog ihn sanft an mich.

»Vielleicht ist es mit der echten Liebe so, wie nach Hause zu kommen. Dann ist das Festlegen auf einen Ort kein Einsperren mehr, sondern so etwas, wie ein ideales Refugium zu schaffen? Ein »Reetfugium« in diesem Fall.«

Wir küssten uns, und wenn es nach mir gegangen wäre, hätte dieser Kuss nie wieder geendet. Aber die Pflicht rief, und auch die Vorfreude auf den Markt war wieder riesig.

Wir verließen das wunderschöne Haus wieder und gingen direkt zum Hotel.

»Das Haus ist ein Traum, Moritz«, bemerkte ich staunend.

Moritz nickte. »Ich bin auch sehr, sehr dankbar dafür. Ein schöneres Zuhause kann ich mir kaum vorstellen. Für uns.«

Ich lächelte und drückte seine Hand. Er erwiderte diese zarte Geste, und wir gingen schweigend weiter. Es fühlte sich wunderschön an, mit Moritz hier entlangzulaufen.

Direkt am Eingang empfing uns bereits Claas. »Nach dem großen Erfolg von gestern Abend haben wir heute noch mal die Menge erhöht. Wir sind uns sicher, wir werden auch noch mehr Leckereien loswerden«, erklärte er, und sein Blick war überzeugt und fröhlich.

Moritz und ich halfen aus, wo wir gebraucht wurden, und am Nachmittag ging es wieder los, und die ersten Besucher kamen.

Auch dieser Abend war ein voller Erfolg, und Claas und sein Team kamen kaum hinterher mit dem Zubereiten neuer Gerichte.

Wir hatten Frau Merk mit ins Boot geholt, die uns bei den Vorbereitungen zur Planung der Kooperation zwischen der Teestube und dem Hotel unterstützte. Sie pflegte die Social-Media-Kanäle des Hotels, und ich erstellte parallel einen für die Teestube, worüber wir unsere Ideen und Produkte anboten und vorstellten.

Der Weihnachtsmarkt war perfekt geeignet, um Fotos für alle zukünftigen Events zu machen, und Frau Merk lief mit hochroten Wangen mit der Kamera und ihrem Smartphone die Stände ab, fotografierte die Gerichte und die strahlenden Gesichter der Gäste.

Sie fing wunderschöne Impressionen ein, und ich konnte es kaum erwarten, die Resonanz zu sehen.

Das Hotel hatte im Hof einen riesigen Jöölboom aus Holz aufgebaut, welcher viele staunende Betrachter anlockte und als Fotomotiv diente. In der Luft lag der Duft frischer Plätzchen. Wo man hinsah, glitzerten Lichterketten und paillettenbesetzte Kugeln, in denen sich Kerzenschein und Lichter spiegelten.

Das Kinder-Betreuungsteam hatte sich für diesen Nachmittag eine besondere Aktion ausgedacht. An einem bunten Stand konnten Kinder ihre eigenen Plätzchen, deren Teig vorbereitet war, verzieren und sich Lebkuchenherzen mit ihrem Namen gestalten lassen.

Darüber hinaus gab es Bonbons, die die Süßwaren-Manufaktur gesponsert hatte und die nicht nur die Kinderherzen höherschlagen ließen.

Während das Hotel seinen herausragenden Service bewies und mit den liebevoll gestalteten Aktionen untermalte, waren etliche der Produkte von Franka in der Teestube zubereitet worden, die von den Gästen immer wieder gelobt wurden.

Rundherum war die Idee des *Winterzaubers* ein voller Erfolg.

Wir freuten uns nach dem Weihnachtsmarkt alle auf die Festtage, die für uns unter einem besonderen Stern standen.

Moritz erzählte, dass seine Eltern es an Heiligabend erstmalig etwas ruhiger angehen lassen wollten und nicht arbeiten würden. Moritz' Vater schlug sogar vor, dass meine Familie, Franka und ihr Mann sowie die Familie Jacobsen gemeinsam im Hotel ein Abendessen genießen sollten.

Alle stimmten zu, und an Heiligabend fanden wir uns in großer Runde im gemütlichen Restaurant des Hotels wieder.

Dieses Essen fühlte sich an wie ein Treffen der Familie, und selten zuvor in meinem Leben spürte ich an einem Ort so sehr, endlich angekommen zu sein wie hier auf Sylt an Moritz' Seite. Es war nicht genau dieser Ort, nicht die Teestube und vielleicht auch nicht »nur« Sylt. Mein Herz war angekommen, und es war, als atme es erleichtert auf, nicht länger auf der Suche danach zu sein, sein Zuhause zu finden.

Epilog

Der Morgen des ersten Weihnachtsfeiertags war ein eiskalter Start in den Tag. Am Vorabend hatten wir, kurz vor dem Essen mit der Familie, noch vor der tief über dem Strand stehenden Sonne einen Spaziergang in Kampen gemacht. Die Strandkörbe warfen im letzten Leuchten des Tages lange Schatten im Schnee. Moritz hatte mich schon gewarnt, dass er mich ganz früh wecken wollte, damit wir womöglich am Watt ein ganz besonderes Schauspiel bewundern konnten. Moritz hatte erzählt, er habe einmal erlebt, dass das Watt durch extreme Kälte zu einer Eiswüste aus Diamanten verwandelt worden war.

Ich konnte es kaum erwarten, mir das Spektakel anzuschauen, sollten wir Glück haben.

»In dem Jahr, als ich Sylt verließ, lag auch viel Schnee, was ja selten vorkommt. Ich lief dann morgens früh am Watt und sah die Pracht. Es war der Tag, an dem ich abreiste. Mein Großvater hatte mir mal davon erzählt, wie es ist, wenn der Strand zum Diamantenfeld wird. Wenn das Meer gefriert und man genau den Zeitpunkt erwischt, in dem die Sonne die Spitzen der Eisformationen wie tausend kleine Edelsteine leuchten lässt. So oft haben wir darauf vergeblich gelauert. Und als er nicht mehr am Leben war, war es endlich so weit. Damals dachte ich daran, wie schade es war, dass ich diesen Zauber nun allein bestaunen musste.« Bedauernd schaute er mich an. »Ich hätte nie gedacht, dass mir das Leben eine zweite Chance gibt, dieses Schauspiel zu bewundern, und ich das noch dazu jemandem zeigen darf. Lass uns schnell starten. Nicht, dass die Sonne schneller ist als wir und die vielen Eiskristalle schon wieder dem Meer übergeben hat.«

»Ich bin gespannt«, sagte ich und rieb mir voller Vorfreude die kalten Hände.

Wie schlafend lag das Dorf unter einer zarten weißen Decke. Wir fuhren nach Munkmarsch. Ich erinnerte mich daran, wie ich hier noch vor wenigen Tagen spätabends allein durch die Dunkelheit geirrt war. Dankbar griff ich nach Moritz' Hand und drückte sie.

»Schau!« Ich spürte sanften Zug an meinem Arm. Moritz deutete auf das Watt. Was ich dort sah, hatte ich in dieser Form noch nie erlebt. »Lass uns aussteigen.« Noch ehe er eine Antwort abgewartet hatte, war er rechts rangefahren und ausgestiegen. Überrumpelt folgte ich ihm. Wir liefen durch den Sand Richtung Meer.

Das Schilf leuchtete golden in der hellen Morgensonne, die am winterklaren Himmel stand. Der Mond zog sich gerade immer mehr zurück und verabschiedete sich langsam. Kurz nach dem Sonnenaufgang zeigte sich der Himmel in einem hauchzarten Rosé. Das sah so schön aus, dass mir die Worte dafür fehlten.

»*Winterlicht* hat es mein Opa immer genannt«, erklärte Moritz.

»Das passt«, bestätigte ich nickend.

Es herrschten arktische Bedingungen hier an der Wattseite.

Eine Eisschicht schob sich in großen Schollen übereinander. Wir hatten Glück und konnten ein Feld aus gefrorenem Meerwasser bestaunen, welches eine Glitzerwelt aus Eiskristallen, die wie Diamanten funkelten, darstellte.

»Wow!« Staunend betrachtete ich die einmalige Landschaft.

Der ganze Strand leuchtete wie ein surreales Kunstwerk. Es

war eiskalt, und als wir näher an das Wasser herantraten, sah ich, dass sich in einem der Priele, der gefroren war, eine Schicht vieler kleiner Juwelen aus Eis gebildet hatte. Das Licht brach sich darin, und es sah magisch aus. Es schimmerte golden bis zum Horizont. Wir genossen den Moment, denn schon bald würde sich das Meer sein Wasser zurückholen.

»Ich kann nicht fassen, dass ich diese Pracht hier mit jemandem teilen darf«, stellte Moritz dankbar fest. »Ist es nicht traumhaft schön?«

»Absolut!« Ich war so fasziniert, dass mir für mehr die Worte fehlten.

Wir bestaunten dieses Schauspiel so lange, bis die Sonne die Kristalle zum Schmelzen brachte.

Wir entschieden, noch weiter nach Kampen zu fahren.

Über Schneeverwehungen an der Straße Richtung Strand kamen wir an und liefen zum Meer. Auch dort bot sich uns ein unwirklicher Anblick.

»Vor der Sonne wirkt das gefrorene Meerwasser wie ungeschliffene Edelsteine. Auch die letzten Buhnenreste. Überall kantige Spitzen. Es ist unwirklich«, freute sich Moritz.

Es war, als habe jemand mitten in einem Naturschauspiel die Stopptaste gedrückt und die Wellen leicht angefroren zum Anhalten gebracht. Dort, wo sanfte Rinnsale auf Land trafen, hatte sich eine zarte Eisschicht gebildet und die Wellen eingefangen. So war der Zauber für einen Moment festgehalten wie in einer Fotografie.

»Ich finde, es sieht aus, als hätte jemand mit einer Spraydose weiße Wellen in den Sand gesprüht, oder?«, überlegte ich.

»Stimmt! Dazu dieser lilafarbene pastellige Himmel! Einfach grandios!«

Die Strandkörbe duckten sich hinter Schneewehen, die sich an der Windseite gebildet hatten, wie kleine Dünen. Die im Sommer so beliebten Sitzmöbel waren beinahe unter der weißen Decke aus Schnee versunken.

»Das ist ein wahrer *Winterzauber*«, stellten wir wie aus einem Mund fest.

»Es ist überwältigend schön, ja! Balsam für die Seele! Und jetz freue ich mich schon auf ein ausgiebiges Frühstück mit Krabben, Pfannkuchen mit Heidelbeeren und vor allem einer heißen Tasse *Maries Bester*. Schau mal, die Kliffkante sieht aus wie mit Zuckerguss garniert. Vielleicht sollten wir das, was wir hier gerade erlebt haben, einfließen lassen in unser Angebot? In Form einer neuen Teesorte oder eines Wintergebäcks mit Zuckerkristall-Diamanten?«, freute ich mich.

Sanft legte ich den Arm um Moritz' Hüfte und dieser seinen Arm um mich. Dicht aneinandergekuschelt liefen wir zum Auto, und während wir durch die Kälte stapften und nach Variationen für Heißgetränke oder Kuchen suchten, dachte ich daran, dass meine Oma und Enno damals wohl von ganz ähnlichen Gedanken begleitet am Strand entlanggelaufen waren.

Auf dem Boden hatte sich Schnee in den fest eingefrorenen Fußabdrücken der vorherigen Spaziergänger gesammelt. Mein Blick hing daran, und ich lehnte den Kopf an Moritz' Schulter. Es fühlte sich unwirklich gut an, den *Winterzauber am Meer* in den Fußspuren unserer Großeltern fortzuführen. Und während Marie in unser beider Herzen ihre Spuren hinterlassen hatte, nahmen wir sie gemeinsam an alle Orte und durch alle noch kommenden Zeiten mit.

Danksagung

Danke an den Ullstein Verlag, der meinen Geschichten ein Zuhause gibt.

Danke an meine großartige und unersetzliche Lektorin. Mit viel Engagement und Fingerspitzengefühl haben Sie, gemeinsam mit Ihren Kollegen aus dem Korrektorat, aus meinem Manuskript ein Buch gezaubert. Das Ergebnis lässt mich staunen und macht mich stolz, Teil der Ullstein-Familie zu sein. Danke für die wertschätzende und bereichernde Zusammenarbeit und das Vertrauen.

Danke an meine Familie. Ihr seid meine Herzensmenschen.

Danke dafür, dass Ihr immer an mich glaubt.

Danke an meinen lieben Mann – für Dein unendliches Verständnis für meine Schreibleidenschaft und Deine Unterstützung in allen meinen Plänen. Deine Art, Dich mit mir zu freuen, tut so gut. Danke, dass es für mich die große Liebe gibt.

Danke an meine wundervollen Kinder. Ihr zeigt mir jeden Tag, dass ein Traum gelebt werden kann, wenn man dem Kurs seines Herzens folgt. So geht Glück. Ihr seid mein Ein und Alles und meine Welt.

Danke an meine Eltern – für das gute Gefühl, dass Ihr mein Heimathafen seid und immer an mich glaubt. Ihr habt mir gezeigt, die Segel zu setzen, egal, welcher Wind mir begegnet. Ihr gebt mir Wurzeln und Flügel. Ihr seid die Besten!

Danke für jede Umarmung und dafür, dass Ihr immer da seid.

Danke an meine Schwester. Du steigst mit mir in jedes Boot, bist mit grenzenlosem Optimismus an meiner Seite, um zu jeder Zeit gemeinsam die Segel zu setzen, und steuerst immer gen Sonnenschein. Danke für jedes Gespräch, Deine Unterstützung und den Spaziergang in einer Schreibpause, die Du immer genau im richtigen Moment vorgeschlagen hast. Danke für Deine Umarmung, unser Lachen und unsere unersetzliche Seelenverwandtschaft. Danke, dass Du mehr als meine beste Freundin bist, dass Du zu jeder Zeit für mich da bist und dafür, dass Du einen weiteren Sonnenschein in mein Leben gezaubert hast.

Danke an die weltbeste Schwiegermama. Du fehlst so sehr. Ich hätte so gerne noch unendlich viele Bücher von mir mit Dir besprochen und werde es im Herzen weiter tun. Die Nachricht von diesem Roman hätte Dich so sehr begeistert. Dein Stolz und Deine Freude über meine Bücher waren mit die wertvollsten Komplimente für mich und werden mich für immer begleiten und motivieren.

Ich trage sie in meinem Herzen und bin unendlich dankbar dafür, dass es Dich für mich gab und immer auch weiter geben wird.

Danke an meine liebe Omi, die die Liebe zum Schreiben fest in meinem Herzen verankert hat und die bestimmt stolz wäre, dass ich ihren Traum lebe.

Ihre Kreativität, ihre Fantasie und ihre Liebe zum geschriebenen Wort sind Basis meines Schreibens, und ich bin unendlich dankbar dafür.

Danke an meine lieben Freunde. Euer Interesse an meinen Geschichten, Eure Freude und unsere Zeit sind tägliche Inspiration für mich. Ich weiß das sehr zu schätzen.

Danke an all die großartigen Menschen hinter den Instagram-Accounts, die mich mit ihren wundervollen Bildern, Storys und Beiträgen den Winter 2020/2021 auf Sylt haben miterleben lassen. Dieser Winter, mit viel Schnee und frostigen Temperaturen, hatte besondere Naturschauspiele zu bieten. Weil ich diese nicht alle live erleben konnte, habe ich die wunderbaren Bilder als Inspiration genommen und bedanke mich von Herzen dafür.

Und dann geht mein Dank an Euch, meine lieben Leser. Danke für das Wertvollste – Eure Zeit –, die Ihr Euch für meine Bücher, jedes Wort und jeden Gedanken dazu nehmt. Ihr seid Motivation, Antrieb, meine »Traumverwirklicher« und meine größten Kritiker. Dass Ihr mir schreibt, wenn Euch meine Bücher gefallen und meine Geschichten Euch berühren, ist ein großes Geschenk für mich.

Eure Julia Rogasch

JULIA ROGASCH, geboren 1983, verkaufte bis 2010 Autos eines großen deutschen Herstellers. Seitdem sorgt ihr Leben als Mama mit Job täglich für Inspirationen, die sie in ihrem Marketingberuf und dem Schreiben auslebt. Sie wohnt mit ihrem Ehemann und ihren Töchtern in Hannover. Daneben ist die Nordseeinsel Sylt die Heimat ihres Herzens und Inspiration für ihre Bücher.